EL
VAGÓN
DE LOS
HUÉRFANOS

PAM JENOFF

EL VAGÓN DE LOS HUÉRFANOS

HarperCollins *Español*

Título en inglés: The Orphan's Tale
© 2017 por Pam Jenoff
Publicada originalmente por Mira Books, Ontario, Canadá

© 2017, para edición en España HarperCollins Ibérica, S.A.

Imágenes de cubierta: Tren: Yolande de Kort/Trevillion
Imágenes y árboles: Sharon Meredith/Istockphoto

Editora-en-Jefe: Graciela Lelli

ISBN: 978-1-41859-884-6

Impreso en Estados Unidos de América
18 19 20 21 22 LSC 7 6 5 4 3 2 1

Para mi familia.

PRÓLOGO

París

Ya estarán buscándome.

Me detengo en los escalones de granito del museo, en busca de la barandilla para enderezarme. El dolor, más agudo que nunca, me recorre la cadera izquierda, que no se ha recuperado por completo de la rotura del año pasado. Más allá de la Avenue Winston Churchill, tras la cúpula de cristal del Grand Palais, el cielo de marzo se tiñe de rosa al atardecer.

Me asomo por el portal arqueado del Petit Palais. De las impresionantes columnas de piedra cuelga una pancarta roja de dos pisos de altura: *Deux Cents ans de Magie du Cirque*, doscientos años de magia circense. Está decorada con elefantes, un tigre y un payaso cuyos colores son más brillantes en mis recuerdos.

Debería haberle dicho a alguien que me iba. Aunque habrían intentado detenerme. Mi huida, planificada durante meses desde que viera el anuncio de la exposición en el *Times*, estaba bien orquestada: había sobornado a un auxiliar de la residencia para que tomara la foto que yo tenía que enviar por correo a la oficina de pasaportes y había pagado el billete de avión en efectivo. Estuvieron a punto de pillarme cuando el taxi que había pedido se detuvo frente a la residencia poco antes del amanecer y tocó el claxon con fuerza. Pero el guardia de la recepción siguió durmiendo.

Reúno de nuevo mis fuerzas y empiezo a subir otra vez, soportando el dolor a cada paso. En el vestíbulo, la gala de la inauguración está en pleno apogeo, hay grupos de hombres con esmoquin y mujeres con vestido de noche charlando bajo el techo abovedado y pintado de manera elaborada. A mi alrededor fluyen las conversaciones en francés, como un perfume largamente olvidado que estoy deseando volver a inhalar. Me llegan palabras que me resultan familiares, primero gota a gota, después en un torrente, a pesar de que apenas las he oído en medio siglo.

No me detengo en el mostrador de recepción para registrarme; no esperan mi asistencia. En lugar de eso, esquivo a los camareros que sirven canapés y champán y recorro los suelos de mosaicos, dejo atrás paredes llenas de murales y me encamino hacia la exposición circense, cuya entrada está señalizada por una versión más pequeña de la pancarta de fuera. Hay fotos ampliadas y colgadas del techo con alambres demasiado finos para verlos, imágenes de un tragasables, caballos que bailan y más payasos. Leyendo los pies de foto, los nombres vuelven a mi cabeza como en una canción: Lorch, D'Augny, Neuhoff; grandes dinastías circenses europeas vencidas por la guerra y el tiempo. Al llegar al último nombre, empiezan a escocerme los ojos.

Más allá de las fotos hay colgado un cartel alargado y gastado de una mujer suspendida en el aire por cuerdas de seda enredadas en sus brazos, con una pierna estirada por detrás en un arabesco. Apenas reconozco su rostro y su cuerpo juveniles. En mi mente comienza a sonar la canción del tiovivo a lo lejos, como en una caja de música. Siento el calor abrasador de los focos, tan fuerte que casi me quemaba la piel. Sobre la exposición cuelga un trapecio volante, instalado como si flotara. Incluso ahora, mis piernas de casi noventa años ansían subirse ahí.

Pero no hay tiempo para recuerdos. Llegar hasta aquí me ha llevado más tiempo del que pensaba, como todo lo demás últimamente, y no hay un minuto que perder. Trago saliva para aliviar el nudo que siento en la garganta, sigo avanzando y dejo atrás los vestidos y los tocados, artefactos de una civilización perdida. Al fin llego hasta el vagón. Han quitado algunos de los paneles laterales para dejar al descubierto las literas diminutas y apiñadas del interior. Me sorprende el reducido tamaño, menos de la mitad de la habitación que comparto en la residencia. En mi cabeza era mucho más grande. ¿De verdad habíamos vivido ahí durante varios meses seguidos? Estiro el brazo para tocar la madera podrida. Aunque, nada más ver la foto en el periódico, había sabido que era el mismo vagón, una parte de mi corazón había temido creerlo hasta ahora.

Las voces se vuelven más fuertes a mis espaldas. Miro un segundo por encima del hombro. La recepción ha terminado y los asistentes se acercan a la exposición. En pocos minutos ya será demasiado tarde.

Miro hacia atrás una vez más, después me agacho para pasar por debajo del cordón de terciopelo. «Escóndete», parece decirme una voz, ese instinto enterrado que resurge. En lugar de eso, paso la mano por debajo del fondo del vagón. El compartimento está ahí, tal y como recordaba. La puerta todavía se atasca, pero, si presiono ligeramente así… Se abre y yo imagino la emoción de una joven que busca una invitación escrita a mano a un encuentro secreto.

Pero, al meter la mano, mis dedos se encuentran con un espacio frío. El compartimento está vacío, y la esperanza de encontrar allí las respuestas se evapora como la niebla.

CAPÍTULO 1

NOA

Alemania, 1944

Es un sonido grave, como el zumbido de las abejas que una vez persiguieron a mi padre por la granja y le obligaron a pasarse una semana envuelto en vendas.

Dejo el cepillo que estaba usando para frotar el suelo, que otrora era de un mármol elegante y ahora está agrietado por los golpes de los tacones y con finos surcos de barro y de ceniza que son ya imposibles de eliminar. Presto atención al origen del sonido y paso por debajo del cartel de la estación, en el que puede leerse en letras negras: *Bahnhof Bensheim*. Un gran nombre para algo que no es más que una sala de espera con dos retretes, una ventanilla de billetes y un puesto de salchichas que funciona cuando hay carne y el clima no es horrible. Me agacho para recoger una moneda que hay al pie de uno de los bancos y me la guardo en el bolsillo. Me sorprenden las cosas que la gente se olvida o deja atrás.

En el exterior, veo el vaho que mi respiración provoca por el frío invernal de esta noche de febrero. El cielo es un *collage* de marfil y gris que amenaza con más nieve. La estación se encuentra en el fondo de un valle, rodeada por tres lados de colinas frondosas de pinos cuyas puntas verdes asoman por encima de las ramas cubiertas de nieve. El aire tiene un ligero aroma a quemado. Antes de la guerra, Bensheim no era más que otra parada que casi todos los viajantes pasaban de largo sin reparar en su existencia. Pero parece ser que los alemanes lo aprovechan todo, y la ubicación es buena para aparcar los trenes y cambiar motores durante la noche.

Llevo aquí casi cuatro meses. Durante el otoño no había sido tan malo, y me alegraba de haber encontrado cobijo después de ser expulsada con comida para dos días, a lo sumo tres. La residencia de chicas donde viví, después de que mis padres descubrieran que estaba embarazada y me echaran a la calle, estaba ubicada lejos de cualquier parte, para preservar la discreción; podrían haberme dejado en Mainz, o al menos en el pueblo más cercano, pero se limitaron a abrirme la puerta y echarme sin más. Me fui a la estación de tren antes de darme cuenta de que no tenía ningún sitio al que ir. En más de una ocasión durante los meses que estuve fuera, había pensado en volver a casa y suplicar perdón. No es que fuera demasiado orgullosa. Me habría puesto de rodillas si hubiera pensado que serviría de algo. Pero, a juzgar por la furia en los ojos de mi padre el día que me echó de casa, sabía que no cambiaría de opinión. No podía exponerme por segunda vez al rechazo.

Pero, por suerte, la estación necesitaba limpiadora. Miro hacia la parte trasera del edificio, hacia el diminuto armario en el que duermo sobre un colchón tirado en el suelo. El vestido premamá es el mismo que llevaba el día que abandoné la residencia, salvo que ahora la parte delantera cuelga holgadamente. No siempre será así, claro. Encontraré un trabajo de verdad, uno que me permita comer pan sin moho y tener un hogar en condiciones.

Me veo reflejada en la ventana de la estación de tren. Tengo el clásico aspecto que encaja por aquí: pelo rubio sucio que se aclara con el sol en verano y ojos azules muy claros. En otra época, la ausencia de atractivo me molestaba, pero aquí es un beneficio. Los otros dos trabajadores de la estación, la chica que despacha los billetes y el hombre del quiosco, vienen y después se van a casa cada noche, sin apenas dirigirme la palabra. Los viajeros atraviesan la estación con el ejemplar diario de *Der Stürmer* debajo del brazo, apagan los cigarrillos en el suelo y no les importa quién soy o de dónde vengo. Aunque es una vida solitaria, necesito que sea así. No puedo responder a preguntas sobre el pasado.

No, no se fijan en mí. Pero yo los veo, a los soldados de permiso y a las madres y esposas que vienen cada día a escudriñar el andén con la esperanza de ver a un hijo o a un marido antes de marcharse solas. Siempre se sabe quiénes son los que intentan huir. Tratan de aparentar normalidad, como si se fueran de vacaciones. Pero llevan la ropa demasiado ajustada por las capas acolchadas de debajo y las bolsas, que van tan llenas que amenazan con explotar en cualquier momento. No te miran a los ojos, meten prisa a sus hijos con la cara pálida y cansada.

El zumbido se hace más fuerte y más agudo. Proviene del tren que oí llegar antes y que ahora está aparcado en la vía más alejada. Comienzo a caminar hacia allí, paso junto a los contenedores de carbón casi vacíos, que fueron esquilmados hace tiempo para las tropas que luchan en el este. Quizá alguien se haya dejado encendido un motor o alguna otra máquina. No quiero que me culpen a mí y arriesgarme a perder el empleo. Pese a la austeridad de mi situación, sé que podría ser peor... y que tengo suerte de estar aquí.

Suerte. La primera vez que lo oí me lo dijo una anciana alemana que compartió un poco de arenque conmigo en el autobús de camino a La Haya tras marcharme de casa de mis padres.

—Eres el ideal ario —me dijo mientras se relamía los labios y avanzábamos por carreteras llenas de baches.

Yo pensé que bromeaba; tenía el pelo rubio y una naricilla pequeña. Mi cuerpo era robusto; atlético, hasta que comenzó a suavizar sus formas y a ganar curvas. Salvo cuando el alemán me susurraba palabras tiernas al oído durante la noche, siempre me había considerado poco llamativa. Pero ahora acababan de decirme que estaba bien. De pronto me descubrí confesándole a la mujer lo de mi embarazo y le expliqué que me habían echado.

Ella me dijo que me fuera a Wiesbaden y garabateó una nota en la que decía que llevaba en mis entrañas un hijo del Reich. Acepté la nota y me fui. No se me ocurrió que pudiera ser peligroso irme a Alemania o que debiera negarme. Alguien deseaba niños como el mío. Mis padres habrían preferido morir antes que aceptar ayuda de los alemanes. Pero la mujer me dijo que ellos me darían cobijo. Tan malos no podían ser y yo no tenía ningún otro lugar al que ir.

Cuando llegué a la residencia de mujeres, volvieron a decirme que tenía suerte. Aunque era holandesa, me consideraban de raza aria y mi hijo –que de lo contrario habría sido declarado un *uneheliches Kind*, concebido fuera del matrimonio– podría ser aceptado en el programa Lebensborn y lo criaría una buena familia alemana. Había pasado casi seis meses allí, leyendo y ayudando con las tareas domésticas, hasta que mi tripa se volvió demasiado prominente. Las instalaciones, si no excelentes, eran modernas y estaban limpias, diseñadas para asistir los partos de bebés sanos para el Reich. Yo había conocido a una chica robusta llamada Eva que estaba embarazada de unos pocos meses más que yo, pero una noche se despertó con una hemorragia, se la llevaron al hospital y no volví a verla nunca. Después de eso, traté de pasar desapercibida. Ninguna de nosotras pasaría allí demasiado tiempo.

Mi momento llegó una fría mañana de octubre, cuando me levanté de la mesa del desayuno en la residencia de mujeres y rompí aguas. Las siguientes dieciocho horas las pasé entre intensos dolores y órdenes estrictas, sin una sola palabra de ánimo o una caricia. Al fin nació el bebé con un chillido y todo mi cuerpo se estremeció al quedar vacío, como una máquina que se apaga. Vi una mirada extraña en la cara de la enfermera.

—¿Qué sucede? —pregunté. Se suponía que no debía ver al bebé, pero resistí el dolor y me incorporé—. ¿Qué sucede?

—Todo va bien —me aseguró el médico—. El bebé está sano.

—Sin embargo, su voz sonaba tensa y parecía preocupado tras

aquellas gafas de cristales gruesos. Me incliné hacia delante para ver al bebé y me encontré con unos ojos negros y penetrantes.

Unos ojos que no eran arios.

Comprendí entonces la preocupación del doctor. El bebé no tenía rasgos de la raza perfecta. Algún gen oculto, por mi parte o por la del alemán, le había otorgado unos ojos negros y una piel oscura. Jamás lo aceptarían en el programa Lebensborn.

Mi bebé soltó un chillido agudo y desgarrador, como si hubiera oído su destino y quisiera protestar. Yo estiré los brazos hacia él a pesar del dolor.

—Quiero abrazarlo.

El doctor y la enfermera, que había estado escribiendo detalles sobre el niño en una especie de formulario, se miraron incómodos.

—No podemos. Es decir, el programa Lebensborn no lo permite.

Yo intenté incorporarme.

—Entonces me lo llevaré. —Había sido un farol; no tenía ningún sitio al que ir. Al llegar, había firmado unos papeles en los que renunciaba a mis derechos a cambio de una estancia, había guardias en el hospital y yo apenas podía caminar—. Por favor, dejen que lo tenga en brazos solo un segundo.

—*Nein*. —La enfermera negó enfáticamente con la cabeza y salió de la habitación mientras yo suplicaba.

Cuando se fue, algo en mi voz obligó al doctor a ceder.

—Solo un momento —me advirtió antes de entregarme al niño con reticencia. Me quedé mirando esa carita roja, inhalé el delicioso aroma de su cabeza, que acababa en punta después de pasarse horas luchando por salir al mundo, y me fijé en sus ojos. Esos preciosos ojos. ¿Cómo era posible que algo tan perfecto no fuese su ideal?

Pero era mío. Un torrente de amor se apoderó de mí. No había deseado tener aquel bebé, pero, en ese momento, el arrepentimiento se esfumó y fue sustituido por el anhelo. Me invadieron el pánico y el alivio. Ya no lo querrían. Tendría que llevármelo a casa porque no había otra opción. Me lo quedaría, encontraría la manera de…

Entonces regresó la enfermera y me lo arrebató.

—No, espere —protesté yo. Cuando intenté alcanzar a mi bebé, algo afilado me pinchó en el brazo. Empezó a darme vueltas la cabeza. Unas manos volvieron a recostarme sobre la cama y me mantuvieron allí. Me desmayé, viendo todavía aquellos ojos oscuros.

Me desperté sola en aquel paritorio frío y estéril, sin mi hijo, o un marido o una madre o incluso una enfermera. Era un recipiente vacío que ya nadie deseaba. Después me dijeron que había sido enviado a un buen hogar. No tenía manera de saber si decían la verdad o no.

Trago saliva para intentar aliviar la sequedad de la garganta y me obligo a olvidar aquellos recuerdos. Salgo de la estación, recibo una bofetada de aire frío y me alivia comprobar que la *Schutzpolizei des Reiches*, la asquerosa policía del Reich, no está por ninguna parte. Lo más probable es que estén combatiendo el frío en su camioneta con una petaca. Examino el tren en un intento de localizar el zumbido. Proviene del último vagón, adyacente al furgón de cola; no del motor. Nada de eso. El sonido procede de algo que hay dentro del tren. Algo que está vivo.

Me detengo. Me he obligado a no acercarme nunca a los trenes, a apartar la mirada cuando pasan, porque llevan judíos.

Todavía vivía con mis padres en el pueblo la primera vez que vi aquella fila triste de hombres, mujeres y niños en la plaza de la localidad. Corrí hacia mi padre llorando. Él era un patriota y se enfrentaba a todo lo demás. ¿Por qué no a esto?

—Es horrible —admitió, con esa barba gris y amarillenta por el humo de la pipa. Después me secó las lágrimas de las mejillas y me explicó vagamente que había maneras de tratar las cosas. Pero esas maneras no impidieron que mi amiga del colegio,

Steffi Klein, tuviera que irse a la estación de tren con su hermano pequeño y sus padres, vestida con el mismo conjunto que había llevado a mi cumpleaños un mes antes.

El sonido sigue creciendo, parece casi un lamento, como el de un animal herido entre los matorrales. Escudriño el andén y me asomo por una esquina de la estación. ¿La policía también oirá el ruido? Me quedo al borde del andén sin saber qué hacer, contemplo los raíles que me separan del vagón. Debería marcharme. Mirar al suelo, esa ha sido la lección que he aprendido durante años de guerra. Fijarse en los asuntos de los demás nunca tiene consecuencias positivas. Si me pillan husmeando en zonas de la estación en las que no debería estar, me despedirán, me quedaré sin un lugar donde vivir y puede que incluso me detengan. Pero nunca se me ha dado bien eso de no mirar. Cuando era pequeña, mi madre decía que era demasiado curiosa. Siempre he necesitado saber. Doy un paso hacia delante, incapaz de ignorar el sonido que, al acercarme, parece un llanto.

Tampoco puedo ignorar el piececito que se ve a través de la puerta abierta del vagón.

Abro la puerta del todo.

—¡Oh! —Mi voz resuena peligrosamente en la oscuridad, me arriesgo a que me descubran. Son bebés, cuerpos pequeños, demasiados para poder contarlos, tumbados en el suelo del vagón, cubierto de heno, apiñados, unos encima de otros. La mayoría no se mueve y no sé si están muertos o dormidos. De entre la quietud emergen llantos lastimeros mezclados con suspiros y gemidos, como el balido de los corderos.

Me agarro a la pared del vagón y me esfuerzo por respirar por encima del olor a orín, a heces y a vómito que me invade. Desde que llegué aquí, me he acostumbrado a las imágenes, como si fueran un mal sueño o una película que no puede ser real. Sin embargo, esto es diferente. Tantos niños, solos, arrancados de los brazos de sus madres. Empiezo a notar un ardor en la parte baja del abdomen.

Me quedo parada frente al vagón, sin poder hacer nada, perpleja por la sorpresa. ¿De dónde habrán salido esos bebés? Deben de haber llegado hace poco, porque no podrían aguantar mucho con estas temperaturas tan bajas.

Llevo meses viendo los trenes irse hacia el este, con personas en lugar de ganado o sacos de grano. Pese a lo horrible del transporte, me había dicho a mí misma que se iban a un campamento o a un pueblo, que los mantendrían en un único lugar. La idea era vaga en mi cabeza, pero me imaginaba un lugar quizá con cabañas o tiendas de campaña, como el *camping* que había junto al mar al sur de nuestro pueblo en Holanda, para aquellos que no podían permitirse unas vacaciones de verdad o preferían algo más rústico. Reasentamiento. Sin embargo, en estos bebés muertos o moribundos, veo hasta dónde llegaba la mentira.

Miro por encima del hombro. Los trenes con personas siempre están vigilados. Pero aquí no hay nadie, porque estos bebés no tienen posibilidad de sobrevivir.

El más cercano a mí es un bebé con la piel gris y los labios azules. Intento sacudirle la fina capa de escarcha de las pestañas, pero el niño está ya muerto y rígido. Aparto la mano y examino a los otros. Casi todos están desnudos o envueltos con una manta o un trapo, desprovistos de cualquier cosa que pudiera haberles protegido del frío. Pero en el centro del vagón sobresalen rígidos dos patucos rosas perfectos, pegados a un bebé que, por lo demás, está desnudo. Alguien se ha tomado la molestia de tejer esos patucos, punto por punto. Dejo escapar un sollozo.

Una cabeza se asoma entre los demás. Tiene la cara cubierta de paja y heces. El bebé no parece sentir dolor o estar incómodo, pero tiene una expresión de confusión, como preguntándose qué estará haciendo aquí. Me resulta familiar: ojos negros que me miran fijamente, igual que el día que di a luz. El corazón me da un vuelco.

El bebé arruga de pronto la cara y comienza a llorar. Estiro los brazos e intento alcanzarlo por encima de los demás antes de que alguien lo oiga. No lo consigo y el bebé chilla con más fuerza. Trato de subirme al vagón, pero los niños están demasiado apiñados y no puedo moverme por miedo a pisar a alguno. Desesperada, vuelvo a estirar los brazos todo lo que puedo y lo alcanzo. Lo levanto del suelo, necesito hacerle callar. Tiene la piel helada cuando lo saco del vagón, está desnudo, salvo por un pañal manchado.

Es el segundo bebé que tengo en brazos en toda mi vida, pero parece calmarse contra mi pecho. ¿Podría tratarse de mi bebé, que ha regresado a mí gracias al destino o a la suerte? Cierra los ojos e inclina la cabeza hacia delante. No sé si está durmiendo o muriéndose. Me aferro a él y comienzo a alejarme del tren. Entonces me giro: si alguno de esos niños sigue vivo, yo soy su única esperanza. Debería llevarme más.

Pero el bebé que llevo en brazos empieza a llorar de nuevo y sus llantos rasgan el silencio. Le tapo la boca y corro hacia la estación.

Me dirijo hacia el armario en el que duermo. Me detengo en la puerta y miro a mi alrededor. No tengo nada. Me voy al baño de señoras, pero apenas percibo el olor a humedad habitual después de haber estado en el vagón. En el lavabo, le froto la cara al bebé con uno de los trapos que utilizo para limpiar. Parece que va entrando en calor, pero tiene dos dedos del pie azules y me pregunto si podría perderlos. ¿De dónde habrá salido?

Abro el pañal manchado. Se trata de un niño, como mi propio hijo. Al fijarme mejor, me doy cuenta de que su diminuto pene es diferente al del alemán, o al de aquel niño del colegio que me enseñó el suyo cuando tenía siete años. Circuncidado. Steffi me enseñó esa palabra y me explicó lo que le habían hecho a su hermano pequeño. El niño es judío. No es el mío.

Doy un paso atrás y me topo con la realidad que había intentado ignorar: no puedo quedarme con un bebé judío, ni de otra clase, yo sola mientras limpio la estación durante doce horas al día. ¿En qué estaría pensando?

El bebé comienza a girar de un lado a otro sobre el borde del lavabo, donde lo había dejado. Me acerco corriendo y lo agarro antes de que caiga contra el duro suelo de azulejos. No estoy familiarizada con los bebés y ahora lo sujeto con los brazos estirados, como si fuera un animal peligroso. Pero se me acerca, busca mi cuello. Fabrico con torpeza un pañal utilizando otro trapo, después saco al bebé del baño y de la estación y vuelvo hacia el vagón. Tengo que volver a dejarlo en el tren, como si nada de esto hubiera ocurrido.

Al llegar al borde del andén, me quedo de piedra. Uno de los guardias está ahora caminando entre las vías y me corta el paso hacia el tren. Busco con desesperación en todas direcciones. Junto a un lateral de la estación hay una furgoneta del reparto de leche y la parte trasera está repleta de cántaros enormes. Camino impulsivamente hacia ella. Meto al bebé en uno de los cántaros vacíos e intento no pensar en lo frío que estará el metal contra su piel desnuda. No emite ningún sonido, pero se queda mirándome con impotencia.

Me agacho detrás de un banco cuando la puerta de la furgoneta se cierra. En cuestión de segundos se marchará y se llevará consigo al bebé.

Así nadie sabrá jamás lo que he hecho.

CAPÍTULO 2

ASTRID

Alemania, 1942. Catorce meses antes

Me encuentro al borde de los terrenos abandonados que otrora fueron nuestro cuartel de invierno. Aunque aquí no se han producido enfrentamientos, el valle parece un campo de batalla, con carros rotos y trozos de metal dispersos por todas partes. Un viento frío se cuela por los marcos vacíos de las ventanas de las cabañas abandonadas y eleva los jirones de las cortinas antes de dejarlos caer de nuevo. Casi todas las ventanas están destrozadas y yo trato de no preguntarme si habrá sido por el paso del tiempo o si alguien las habrá destrozado en alguna pelea. Las puertas están abiertas, las propiedades se hallan desatendidas como jamás lo habrían estado si mamá hubiese estado aquí para cuidarlas. Se percibe el humo en el aire, como si alguien hubiese estado quemando matojos recientemente. A lo lejos oigo el graznido de un cuervo.

Me envuelvo con el abrigo y me alejo del desastre. Comienzo a subir hacia la villa que una vez fue mi hogar. Los terrenos siguen iguales a cuando yo era niña, la colina se eleva ante la puerta de entrada, de manera que el agua se colaba hasta el recibidor cuando llegaban las lluvias primaverales. Pero el jardín en el que mi madre cuidaba con tanto cariño las hortensias cada primavera se ha marchitado y está lleno de porquería. Veo a mis hermanos peleándose en el patio de delante antes de comenzar sus entrenamientos; los reprendían por malgastar su energía y arriesgarse a una lesión que pondría en peligro el espectáculo. De pequeños nos encantaba dormir al raso en el jardín en verano, con los dedos entrelazados y un manto de estrellas en el cielo sobre nuestras cabezas.

Me detengo. Sobre la puerta ondea una enorme bandera roja con una esvástica negra. Alguien, sin duda un oficial de alto rango de las SS, se ha trasladado a la casa que antes era nuestra. Aprieto los puños y siento náuseas al imaginármelos utilizando nuestras sábanas y nuestros platos, ensuciando el precioso sofá y las alfombras de mi madre con sus botas. Entonces aparto la mirada. No lloro por las cosas materiales.

Escudriño las ventanas de la villa, buscando en vano algún rostro familiar. Desde que me devolvieron mi última carta, sabía que mi familia ya no estaría aquí. Pero vine de todos modos, porque una parte de mí imaginaba que la vida no había cambiado, o al menos albergaba la esperanza de encontrar una pista sobre su paradero. Pero el viento asola las tierras. Aquí ya no queda nada.

Y me doy cuenta de que tampoco debería estar yo aquí. De pronto la ansiedad sustituye a mi tristeza. No puedo permitirme quedarme por aquí y arriesgarme a que me vea quien sea que viva aquí ahora, o tener que responder preguntas sobre mi identidad o sobre el motivo de mi visita. Recorro la colina con la mirada hacia la finca adyacente donde el Circo Neuhoff tiene su cuartel de invierno. Su enorme villa de pizarra se halla frente a la nuestra, como dos centinelas que protegen el valle Rheinhessen que las separa.

Antes, cuando el tren se acercaba a Darmstadt, vi un cartel en el que se anunciaba el Circo Neuhoff. Al principio sentí el desprecio habitual al ver el nombre. Klemt y Neuhoff eran circos rivales y competimos durante años, intentando superarnos el uno al otro. Pero el circo, aunque disfuncional, seguía siendo una familia. Nuestros dos circos habían crecido juntos como hermanos en dormitorios separados. Éramos rivales en la carretera. Sin embargo, fuera de temporada, los niños íbamos a la escuela y jugábamos juntos, nos tirábamos en trineo por la colina y a veces comíamos juntos. Una vez, cuando Herr Neuhoff estuvo de baja por problemas de espalda y no pudo hacer de maestro de ceremonias, enviamos a mi hermano Jules a ayudarles con su espectáculo.

Pero hace años que no veo a Herr Neuhoff. Y él es gentil, así que todo ha cambiado. Su circo prospera mientras que el nuestro ha desaparecido. No, no debo esperar ayuda de Herr Neuhoff, pero tal vez sepa qué fue de mi familia.

Cuando llego a la finca de los Neuhoff, me abre la puerta una doncella a la que no reconozco.

—*Guten Abend* —le digo—. *Ist Herr Neuhoff hier?* —De pronto me siento tímida, me avergüenza haberme presentado en su puerta sin avisar como si fuera una mendiga—. Soy Ingrid Klemt.
—Utilizo mi apellido de soltera. En la cara de la mujer observo que ella ya sabe quién soy, aunque no sé si se lo habrá dicho alguien del circo o cualquier otra persona. Mi partida años atrás fue bastante sonada y se habló de ella en kilómetros a la redonda.

Una no se marchaba para casarse con un oficial alemán como había hecho yo, sobre todo siendo judía como soy.

Erich vino por primera vez al circo en la primavera de 1934. Me fijé en él desde detrás del telón –es un mito eso de que no podamos ver al público más allá de las luces–, no solo por su uniforme, sino porque estaba solo, sin esposa ni hijos. Yo no era una jovencita inexperta que se deja seducir con facilidad, sino que tenía casi veintinueve años. Ocupada siempre con el circo y viajando sin parar, había dado por hecho que el matrimonio era algo que se me había escapado ya. Pero Erich era increíblemente guapo, con una mandíbula fuerte y un hoyuelo en la barbilla; sus rasgos duros quedaban suavizados por los ojos más azules que he visto nunca. Vino una segunda noche, y junto a la puerta de mi camerino apareció un ramo de rosas. Nos hicimos novios esa primavera y, todos los fines de semana, él realizaba el largo viaje desde Berlín hasta las ciudades donde nosotros actuábamos solo para pasar tiempo conmigo entre espectáculos y los domingos.

Incluso entonces ya deberíamos haber sabido que nuestra relación estaba condenada. Aunque Hitler había llegado al poder el año anterior, el Reich ya había dejado claro su odio hacia los judíos. Pero había una pasión y una intensidad en los ojos de Erich que hacían que todo a nuestro alrededor dejase de existir. Cuando me pidió matrimonio, no me lo pensé dos veces. No vimos los problemas que se nos avecinaban y que hacían que nuestro futuro en común fuese imposible; simplemente miramos para otro lado.

Mi padre no se resistió al hecho de que me marchara con Erich. Yo imaginaba que me prohibiría casarme con alguien que no fuese judío, pero se limitó a sonreír con tristeza cuando se lo dije.

—Siempre pensé que tú heredarías el espectáculo —me dijo con sus ojos marrones cargados de tristeza detrás de sus gafas. Me sorprendió. Yo tenía tres hermanos mayores, cuatro si contamos a Isadore, que murió en Verdún; no había razón para pensar que mi padre me tendría en cuenta como posible sucesora—. Sobre todo porque Jules se va a llevar su parte del espectáculo a Niza. Y los gemelos… —Mi padre negó amargamente con la cabeza. Mathias y Markus eran fuertes y elegantes, y realizaban acrobacias que dejaban al público boquiabierto. Pero sus capacidades eran meramente físicas—. Eras tú, *liebchen*, la que tenía cabeza para los negocios y talento para el espectáculo. Pero no pienso retenerte como a un animal enjaulado.

Yo no sabía que pensara eso de mí. Me daba cuenta de ello ahora que iba a abandonarlo. Podría haber cambiado de opinión y haber decidido quedarme. Pero me seducían más Erich y la vida que yo creía haber deseado siempre. Así que me fui a Berlín con la bendición de mi padre.

Quizá de no haberlo hecho mi familia seguiría aquí.

La doncella me hace pasar a una sala de estar que, aunque sigue resultando lujosa, muestra signos de deterioro. Las alfombras están algo deshilachadas y hay algunos huecos vacíos en el armario de la plata, como si se hubiesen llevado las piezas más grandes o las hubiesen vendido. El humo rancio de los puros se mezcla con el aroma del abrillantador de limón. Me asomo por la ventana para intentar ver la finca de mi familia a través de la niebla que se ha instalado en el valle. Me pregunto quiénes vivirán ahora en nuestra villa y qué es lo que verán al contemplar el yermo cuartel de invierno.

Después de nuestra boda, que consistió en una pequeña ceremonia con un juez de paz, me mudé al espacioso apartamento de Erich, que daba al Tiergarten. Pasaba los días recorriendo las tiendas de la Bergmannstrasse, comprando cuadros de vivos colores y alfombras y cojines bordados de satén; cosas que convertirían su casa, antes austera, en nuestro hogar. Nuestro mayor dilema era decidir en qué café tomar el *brunch* los domingos.

Llevaba casi cinco años en Berlín cuando estalló la guerra. Erich fue ascendido a algo que yo no entendía y que tenía que ver con municiones, y sus días se hicieron más largos. Regresaba a casa de noche y de mal humor, o emocionado por cosas que no podía compartir conmigo.

—Todo será diferente cuando el Reich se alce victorioso, créeme —me decía. Pero yo no quería nada diferente. A mí me gustaba nuestra vida como había sido hasta entonces. ¿Qué tenían de malo los viejos tiempos?

Pero las cosas no volvieron a ser como antes. En lugar de eso, empeoraron con rapidez. En la radio y en los periódicos decían cosas horribles de los judíos. Rompían los escaparates de las tiendas de judíos y pintaban sus puertas.

—Mi familia… —me quejé a Erich mientras tomábamos el *brunch* en nuestro apartamento de Berlín tras haber visto destrozados los ventanales de una carnicería judía en Oranienburger Strasse. Yo era la esposa de un oficial alemán. Estaba a salvo. Pero ¿y mi familia?

—No les pasará nada, Inna —me tranquilizó frotándome los hombros.

—Si está ocurriendo aquí —insistí yo—, entonces en Darmstadt no será mejor la situación.

Él me rodeó con los brazos.

—Shh. No ha habido más que unos pocos actos de vandalismo en la ciudad. Todo va bien. —El apartamento olía a café recién hecho. Sobre la mesa había una jarra de zumo de naranja. Sin duda, la situación en otra parte no podía ser mucho peor. Apoyé la cabeza en el hombro de Erich e inhalé el familiar aroma de su cuello—. El circo de la familia Klemt es internacionalmente conocido —me aseguró. Tenía razón. El circo de mi familia tenía varias generaciones de antigüedad, fue fundado con los antiguos espectáculos de caballos en Prusia; decían que mi tatarabuelo había dejado los sementales lipizzanos de Viena para fundar nuestro circo. Y la generación posterior siguió sus pasos, y la posterior a esa. Era un extraño negocio familiar—. Por eso me detuve a ver el espectáculo aquel día cuando regresaba de Múnich —continuó Erich—. Y entonces te vi… —Me senté en su regazo.

Yo levanté la mano para detener sus palabras. Normalmente me encantaba oírle contar cómo nos conocimos, pero estaba demasiado preocupada para escuchar.

—Debería ir a ver cómo están.

—¿Cómo los encontrarás si están de gira? —me preguntó con cierta impaciencia en la voz. Era cierto; estábamos a mitad de verano y podían estar en cualquier lugar de Alemania o Francia—. ¿Y qué harías para ayudarlos? No, ellos querrían que te quedaras aquí. A salvo. Conmigo. —Me acarició cariñosamente con la nariz.

Tenía razón, por supuesto, eso fue lo que me dije a mí misma, seducida por sus besos en el cuello. Pero seguía consumiéndome la preocupación. Hasta que un día recibí la carta. *Querida Ingrid, hemos desmontado el circo…* El tono de mi padre era categórico, no pedía ayuda, aunque yo me imaginaba su angustia al tener que desmantelar el negocio familiar que había prosperado durante más de un siglo. No explicaba qué harían después o si se marcharían, y me pregunté si sería casualidad.

Escribí de inmediato y le rogué que me contara cuáles eran sus planes, si necesitaban dinero. Yo habría llevado a toda la familia a Berlín y la habría alojado en nuestro apartamento, pero eso habría implicado acercarlos más al peligro. En cualquier caso, no sirvió de nada, porque mi carta fue devuelta. Eso había ocurrido seis meses atrás y no había vuelto a tener noticias. ¿Dónde se habrían ido?

—¡Ingrid! —grita Herr Neuhoff al entrar en la sala de estar. Si le sorprende verme, no se le nota. No es tan mayor como mi padre y, en los recuerdos de mi infancia, era guapo y encantador, aunque corpulento, con el pelo negro y bigote. Pero es más bajo de lo que recordaba, con barriga y un poco de pelo gris. Me levanto y camino hacia él. Pero, al ver la pequeña insignia con la esvástica en su solapa, me detengo. Venir aquí ha sido un error—. Por las apariencias —se apresura a decir.

—Sí, claro. —Pero no sé si creerlo o no. Debería marcharme. Pero parece contento de verme. Decido darle una oportunidad.

Señala una silla recargada con encaje y me siento.

—¿Un coñac? —me pregunta.

Yo tartamudeo.

—Sería perfecto. —Hace sonar una campana y aparece con una bandeja la misma mujer que abrió la puerta; una sola doncella cuando antes tenían tantas. El Circo Neuhoff no ha sido inmune a la guerra. Finjo dar un trago al vaso que ella me ofrece. No quiero ser descortés, pero necesito mantener la cabeza despejada para decidir dónde iré después. En Darmstadt ya no puedo estar tranquila en ningún sitio.

—¿Acabas de llegar de Berlín? —Su tono es educado, solo le falta preguntarme qué estoy haciendo aquí.

—Sí. Mi padre me escribió diciendo que había desmantelado el circo. —Herr Neuhoff frunce el ceño, confuso, y veo la pregunta en su mirada. El circo se disolvió hace meses. ¿Por qué he venido ahora?—. Recientemente perdí el contacto y empezaron a devolverme las cartas —añado—. ¿Ha sabido algo de ellos?

—Me temo que no —responde—. Al final solo quedaban unos pocos, los trabajadores se habían ido. —Porque era ilegal trabajar para los judíos. Mi padre había tratado a sus artistas e incluso a los obreros como a miembros de la familia, se preocupaba por ellos cuando caían enfermos, los invitaba a las celebraciones familiares, como a los *bar mitzvah* de mis hermanos. Y además hizo donaciones generosas al pueblo, realizó espectáculos benéficos para el hospital, incluso donó dinero a los oficiales políticos para ganarse su favor. Se esforzó mucho para que fuéramos como ellos. Casi se nos había olvidado que no lo éramos.

Herr Neuhoff continúa.

—Yo fui a buscarlos. Después. Pero la casa estaba vacía. Se habían ido, pero no sabría decir si se fueron por su propio pie o si sucedió algo. —Se acerca al escritorio de caoba que hay en un rincón y abre un cajón—. Pero sí que tengo esto. —Me muestra un cáliz para el *kidush* y yo me levanto y tengo que contener la necesidad de llorar al ver aquellas letras en hebreo—. Esto es tuyo, ¿verdad?

Yo asiento y se lo quito. ¿Cómo es que lo tiene él? También había una menorá y otras cosas. Debieron de llevárselo los alemanes. Paso un dedo por el borde del cáliz. Cuando estábamos de gira, mi familia se reunía en nuestro vagón para encender las velas y compartir el poco pan y el poco vino que pudieran encontrar, para disfrutar de unos minutos juntos. Recuerdo nuestros hombros pegados unos a otros en torno a la diminuta mesa, las caras de mis hermanos iluminadas por las velas. No éramos muy religiosos; teníamos que actuar los sábados y no podíamos consumir *kosher* cuando estábamos de gira. Pero nos aferrábamos a las pequeñas cosas y realizábamos nuestro ritual cada semana. Daba igual lo feliz que yo hubiera sido con Erich, porque una parte de mi corazón siempre abandonaba los alegres cafés berlineses en favor de los *sabbats* tranquilos.

Vuelvo a sentarme.

—Jamás debería haberme marchado.

—Aun así los alemanes le habrían quitado el negocio a tu padre —señala él. Pero, si yo hubiera estado aquí, tal vez los alemanes no hubieran obligado a mi familia a abandonar su hogar o no los habrían arrestado, o lo que fuera que hizo que desaparecieran. Mi conexión con Erich, a la que yo me aferraba como si fuera un escudo, al final había resultado inservible.

Herr Neuhoff tose una vez, luego vuelve a hacerlo, se pone rojo. Me pregunto si estará enfermo.

—Siento no poder serte de más ayuda —me dice cuando se recupera—. ¿Volverás a Berlín?

Yo me retuerzo en mi asiento.

—Me temo que no.

Hace tres días que Erich regresó inesperadamente temprano del trabajo. Yo me eché a sus brazos.

—Me alegro mucho de verte —exclamé—. La cena no está lista todavía, pero podríamos tomar una copa. —Pasaba muchas noches en cenas de oficiales o encerrado en su estudio con sus papeles. Hacía una eternidad que no compartíamos una agradable velada juntos.

Él no me abrazó y permaneció rígido.

—Ingrid —me dijo, utilizando mi nombre completo y no aquel cariñoso que me había puesto—, tenemos que divorciarnos.

—¿Divorciarnos? —No estaba segura de haber pronunciado alguna vez esa palabra. El divorcio era algo que sucedía en las películas o en los libros que trataban de gente rica. No conocía a nadie que lo hubiera hecho; en mi mundo permanecías casada hasta la muerte—. ¿Hay otra mujer? —pregunté, apenas capaz de pronunciar las palabras. Claro que no la había. La pasión que había entre nosotros era irrompible… hasta ahora.

Pareció sorprendido y dolido por aquella idea.

—¡No! —Y con aquella palabra supe hasta dónde llegaba su amor y lo mucho que aquello le dolía. ¿Por qué entonces me lo decía?—. El Reich ha ordenado divorciarse a todos los oficiales con esposas judías —me explicó. Me pregunté cuántos habría.

Sacó unos documentos y me los entregó con sus manos fuertes y suaves. Los papeles olían a su colonia. Ni siquiera había un hueco para que yo firmara, porque mi acuerdo o mi desacuerdo eran irrelevantes; se trataba de un hecho consumado—. Lo ha ordenado el Führer —añadió. Su voz sonaba apagada, como si estuviera relatándome los hechos rutinarios del día a día de su departamento—. No hay otra opción.

—Huiremos —le dije intentando que no me temblara la voz—. Puedo hacer las maletas en media hora. —Levanté el asado de la mesa, como si eso fuese lo primero que me llevaría—. Trae la maleta marrón. —Pero Erich se quedó allí plantado—. ¿Qué sucede?

—Es mi trabajo —respondió—. La gente sabría que me he ido. —No iba a irse conmigo. El asado se me cayó de las manos, la fuente se hizo pedazos y el olor a carne caliente y salsa inundó la habitación. Aquello era preferible a ver el resto de la mesa inmaculada, una caricatura de la vida perfecta que creía que teníamos. El líquido marrón me salpicó las medias.

Yo levanté la barbilla en actitud desafiante.

—Entonces me quedaré con el apartamento.

Pero él negó con la cabeza, sacó su billetera y vació el contenido en mis manos.

—Tienes que irte. Ahora. —¿Irme adónde? Mi familia había desaparecido, no tenía papeles para salir de Alemania. Aun así encontré mi maleta y la llené de forma mecánica, como si me fuera de vacaciones. No tenía ni idea de qué meter.

Dos horas más tarde, cuando tenía ya hecha la maleta y estaba lista para irme, Erich se plantó ante mí con su uniforme, tan parecido al hombre a quien había oteado entre el público el día que nos conocimos. Esperó incómodamente mientras yo caminaba hacia la puerta, como si estuviera despidiendo a un invitado.

Me quedé parada frente a él durante varios segundos, mirándolo suplicante, para que sus ojos se encontraran con los míos.

—¿Cómo puedes hacerme esto? —le pregunté. No respondió. «Esto no está pasando», parecía decir una voz en mi interior. En otras circunstancias, me habría negado a irme, pero me había pillado por sorpresa y aquel puñetazo inesperado me había dejado sin aire. Estaba demasiado perpleja para luchar—. Toma. —Me quité la alianza de bodas y se la entregué—. Esto ya no es mío.

Al mirar el anillo, le cambió el semblante, como si se diera cuenta por primera vez de la rotundidad de lo que estaba haciendo. En aquel momento me pregunté si rompería los papeles que decretaban el fin de nuestro matrimonio y me diría que nos enfrentaríamos juntos al futuro, fuese cual fuese. Se frotó los ojos.

Cuando apartó la mano, reapareció la dureza del «nuevo Erich», como lo llamaba yo en los últimos meses, cuando todo pareció cambiar. Tiró el anillo y este rebotó en el suelo. Yo me apresuré a recogerlo.

—Quédatelo —me dijo—. Puedes venderlo si necesitas dinero. —Como si lo que nos mantenía unidos significara tan poco para mí. Se fue del apartamento sin mirar atrás y, en ese instante, los años que habíamos compartido se evaporaron y desaparecieron.

Por supuesto, no conozco a Herr Neuhoff lo suficientemente bien como para contarle todo esto.

—He abandonado Berlín para siempre —le digo con la firmeza suficiente para zanjar la conversación. Paso el dedo por la alianza de bodas, que volví a ponerme al salir de Berlín para llamar menos la atención cuando estuviera de viaje.

—¿Y dónde irás? —me pregunta Herr Neuhoff. Yo no respondo—. Deberías marcharte de Alemania —añade con amabilidad. Marcharse. De eso ya nadie hablaba, era una puerta que se había cerrado. Una vez oí a mi madre sugerirlo, años atrás, antes de que las cosas empeorasen. Por entonces la idea era irrisoria; éramos alemanes y nuestro circo llevaba siglos allí. Viéndolo con perspectiva, era la única oportunidad, pero ninguno de nosotros fue lo suficientemente listo para aprovecharla porque nadie pensaba que las cosas se pondrían tan mal. Y ahora esa oportunidad ya pasó—. O podrías unirte a nosotros —añade Herr Neuhoff.

—¿Unirme? —La sorpresa de mi voz roza la descortesía.

Él asiente.

—A nuestro circo. Desde que Angelina se rompió la cadera, me falta una trapecista. —Me quedo mirándolo con incredulidad. Aunque los temporeros e incluso los artistas pueden pasar de un circo a otro, no es común que una familia circense trabaje para otra; que yo trabajara para el Circo Neuhoff sería tan improbable como que a un leopardo se le cayeran las manchas. Pero la sugerencia tiene sentido. Y, por su modo de decirlo, no parece que esté ofreciéndome caridad, más bien sería una forma de cubrir una baja.

Aun así, mi espalda se tensa.

—No podría. —Quedarme allí implicaría estar en deuda con Herr Neuhoff, otro hombre. Después de Erich, jamás volveré a hacer algo así.

—De verdad, me harías un gran favor. —Su voz suena sincera. Yo soy más que una simple artista. Tener a una Klemt en su circo sería algo grandioso, al menos para los mayores que todavía recuerden nuestro espectáculo en los buenos tiempos. Con mi nombre y mi reputación como trapecista, soy como un objeto de colección, algo valioso.

—Soy judía —le digo. Contratarme ahora sería un delito. ¿Por qué iba a correr ese riesgo?

—Soy consciente de ello. —Se le crispa el bigote cuando sonríe—. Tú eres *Zirkus Volk* —añade. Eso trasciende todo lo demás.

Aun así yo tengo mis dudas.

—Tiene a alguien de las SS viviendo al lado, ¿verdad? Será muy peligroso.

Él agita la mano como si aquello no tuviera importancia.

—Te cambiaremos el nombre. —Pero es mi nombre lo que él quiere, lo que me hace valiosa para él—. Astrid —declara.

—Astrid —repito yo, para ver cómo me sienta. Se parece a Ingrid, pero no es igual. Y suena a escandinavo, algo exótico, perfecto para el circo—. Astrid Sorrell.

Él arquea las cejas.

—¿No era ese el apellido de tu marido?

Vacilo por un segundo, sorprendida de que lo sepa. Entonces asiento con la cabeza. Erich me lo había quitado todo salvo eso. Jamás se enteraría.

—Además, me vendría muy bien tu instinto para los negocios —añade—. Estamos solos Emmet y yo. —Herr Neuhoff había sufrido un golpe cruel. En el circo, las familias numerosas son la norma; la nuestra tenía cuatro hermanos, cada uno más guapo y talentoso que el anterior. Pero la esposa de Herr Neuhoff murió al dar a luz a Emmet, y él no volvió a casarse, de modo que se quedó solo con un heredero perezoso que no tenía ni talento para actuar ni cabeza para los negocios. En lugar de eso, Emmet se pasaba el tiempo apostando en las ciudades por las que estaban de gira y devorando con los ojos a las bailarinas. No quiero ni pensar en lo que será de este circo cuando su padre no esté.

—Entonces, ¿te quedarás? —me pregunta Herr Neuhoff. Yo sopeso la pregunta. Nuestras dos familias no siempre se habían llevado bien. Que yo haya venido aquí hoy ha sido algo extraño. Éramos rivales, más que aliados… hasta ahora.

Quiero decir que no, subirme a un tren y seguir buscando a mi familia. Ya estoy harta de depender de los demás. Pero Herr Neuhoff me mira con cariño; no se alegra de la mala suerte de mi familia y solo intenta ayudar. Ya oigo la música de la orquesta, y el ansia de actuar, tan enterrada en mi interior que casi la había olvidado, resurge de pronto. Una segunda oportunidad.

—De acuerdo entonces —digo al fin. No puedo negarme, además no tengo otro lugar al que ir—. Lo intentaremos. Quizá cuando salgamos de gira averigüe algo del paradero de mi familia. —Él aprieta los labios porque no quiere darme falsas esperanzas.

—Puedes quedarte en la casa —me dice. No espera que viva en los aposentos de las mujeres como una artista más—. Sería agradable tener compañía.

Pero no puedo quedarme aquí arriba y esperar que las demás chicas me acepten como a una más.

—Es muy amable por su parte, pero debería alojarme con las demás. —De niña, siempre me sentía más cómoda en las cabañas con los artistas. Aspiraba a dormir en los aposentos de las mujeres, que, pese a la cantidad de cuerpos, los olores y los ruidos, poseían cierta solidaridad.

Él asiente y reconoce la verdad en mis palabras.

—Te pagaremos treinta a la semana. —En nuestro circo no se hablaba de dinero. Se pagaban los sueldos de manera justa, con incrementos a lo largo de los años. Saca un papel del cajón del escritorio y escribe algo en él—. Tu contrato —me explica. Yo lo miro, confusa. En nuestro circo no había contratos; la gente llegaba a acuerdos verbales y los mantenía durante décadas trabajando juntos—. Solo dice que, si quieres marcharte antes de que termine la temporada, tendrás que pagarnos. —Me siento como si fuera mi dueño y no lo soporto—. Ven, te ayudaré a instalarte. —Me lleva fuera y bajamos por la colina hacia las cabañas. Yo sigo mirando hacia delante, no quiero mirar hacia el lugar donde estaba mi antiguo hogar. Nos acercamos a un antiguo gimnasio y siento un nudo en la garganta. Mi familia solía practicar aquí—. Ellos ya no lo usaban —me dice con pesar. Pero era nuestro. En ese momento me arrepiento del trato que acabo de hacer. Al trabajar para otra familia circense me siento como una traidora.

Herr Neuhoff continúa, pero yo me detengo frente a la puerta del gimnasio.

—Debería practicar —le digo.

—No tienes por qué empezar hoy. Seguramente querrás instalarte.

—Debería practicar —repito. Si no empiezo ahora, no lo haré nunca.

Él asiente.

—Muy bien. Entonces te dejaré. —Cuando se aleja, yo miro desde la base de la colina a través del valle hacia el hogar de mi familia. ¿Cómo podré quedarme aquí, tan cerca de las sombras del pasado? Veo las caras de mis hermanos. Actuaré donde ellos no pueden hacerlo.

La puerta del gimnasio cruje cuando la abro. Dejo la maleta y doy vueltas a mi alianza en el dedo. Hay otros artistas desperdigados por la estancia. Algunas caras me resultan vagamente familiares, como de otra vida; otras no las conozco en absoluto. Al fondo de la sala, junto al piano, hay un hombre alto con cara alargada y sombría. Nuestras miradas se cruzan y, aunque no lo conozco de mis años en el circo, parece como si nos hubiéramos visto antes. Me mantiene la mirada durante varios segundos antes de apartarla al fin.

Inhalo el olor familiar del heno y del estiércol, del humo de los cigarrillos y del perfume, igual que siempre. La colofonia recubre mis fosas nasales y es como si no me hubiera marchado nunca.

Me quito la alianza y me la guardo en el bolsillo. Después voy a cambiarme para ensayar.

CAPÍTULO 3

NOA

Claro que no lo abandoné.

Me alejé del niño imaginando mi vida tal y como había sido hasta hacía unos minutos. El camión de la leche se iría y yo regresaría a mi trabajo y fingiría que nada de eso había ocurrido. Entonces me detuve de nuevo. No podía abandonar a un bebé indefenso y dejar que muriera allí solo, como sin duda le habría sucedido en el tren. Volví corriendo hasta el cántaro de la leche y lo saqué de allí. Segundos más tarde, el motor se puso en marcha y la camioneta se alejó. Yo aferré al niño contra mi pecho y lo acuné en mis brazos. Sentía su calor. Y en aquel momento todo iba bien.

El policía junto a la estación gritó algo que no entendí. Un segundo guardia apareció en el andén con un pastor alemán gruñón sujeto con una correa. Di un respingo por el susto y estuve a punto de dejar caer al bebé. Lo apreté con más fuerza y doblé la esquina agachada mientras ellos corrían hacia el tren. Era imposible que hubieran notado la desaparición de un bebé entre tantos. Sin embargo, señalaban desde la puerta del vagón, que yo había dejado abierta con las prisas, hacia las huellas delatoras dejadas sobre la nieve.

Entré corriendo en la estación y me dirigí hacia el armario en el que dormía. Al fondo había una escalera desvencijada que conducía al ático. Al alcanzarla, se me enredó el pie en la manta

38

harapienta que había en el suelo. Me la sacudí de encima y comencé a subir por la escalera. Pero solo tenía un brazo con el que sujetarme, por lo que resbalé en el segundo peldaño y estuve a punto de dejar caer al bebé, que empezó a llorar y amenazó con delatarnos.

Me recuperé y comencé a subir de nuevo. Las voces sonaban más cercanas, interrumpidas por algún ladrido. Llegué al ático, un espacio de techo bajo que olía a moho y a roedores muertos. Me abrí paso entre el laberinto de cajas vacías hacia la única ventana que había. Me rompí las uñas al abrirla. El aire gélido me golpeó en la cara. Me incliné hacia delante y saqué la cabeza por la ventana, pero era demasiado pequeña. No podía pasar los hombros.

Oía a los guardias abajo, ya dentro del edificio. Saqué al bebé por la ventana y lo dejé sobre el tejado cubierto de nieve que recorría el andén de la estación. Lo estabilicé ahí y recé para que no rodara o se pusiera a llorar por el frío.

Cerré la ventana, bajé por la escalera y agarré mi escoba. Al salir del armario, estuve a punto de darme de bruces contra uno de los guardias.

—*Guten Abend…* —tartamudeé, obligándome a mirarlo a los ojos. No me respondió, pero se quedó mirándome fijamente—. *Entschuldigen Sie, bitte* —me excusé y pasé junto a él, sintiendo sus ojos, preparada para que me ordenase que me detuviera. Salí y fingí ponerme a barrer la nieve manchada de carbón del andén, hasta estar segura de que no me miraba. Entonces rodeé corriendo la estación, sin apartarme de la sombra del edificio. Levanté la mirada hacia el tejado, en busca de algún punto de apoyo para alcanzarlo. Al no encontrarlo, trepé por la cañería y noté el frío que me empapaba los muslos desgarrados. Según me aproximaba al final, me ardían los brazos. Estiré las manos, rezando para que el bebé siguiera allí, pero mis dedos no encontraron nada.

El estómago me dio un vuelco. ¿Los alemanes habían encontrado al bebé? Volví a estirarme, alargué más los brazos y encontré un trozo de tela. Tiré de él intentando acercar al bebé. Pero se me escapó de entre los dedos. Estiré el brazo y agarré el borde del pañal de tela justo antes de que cayera.

Lo acerqué a mí y volví a bajar por la cañería, aunque estuve a punto de resbalar por disponer solo de una mano. Al fin llegué al suelo y escondí al bebé en mi abrigo. Pero los alemanes estaban a la vuelta de la esquina y oía sus voces furiosas. No me atrevía a quedarme ni un segundo más, de modo que corrí, y mis pisadas rompieron la suavidad de la nieve.

Han pasado horas desde que hui de la estación. No sé cuántas, solo sé que estoy en mitad de la noche y ha empezado a nevar de nuevo. El cielo está gris. O lo estaría si yo pudiera levantar la mirada. Sin embargo, la tormenta ha cobrado fuerza y los trocitos de hielo se me clavan en los ojos y me obligan y esconder la barbilla una vez más. Había huido en dirección contraria a las colinas, hacia el refugio de los bosques, pero el terreno que de lejos parecía llano está plagado de altibajos que me agotan las piernas. En lugar de este, me mantengo en un sendero un poco más uniforme que se extiende demasiado pegado a la linde del bosque. Miro nerviosa hacia la estrecha carretera que circula paralela a los árboles. Hasta el momento ha permanecido desierta.

En este manto infinito de color blanco, imagino nuestra pequeña granja, pegada a la costa holandesa, con el aire salado y frío del mar del Norte, donde vivía sola con mis padres. Aunque nos habíamos librado de los ataques aéreos que habían asolado Rotterdam, la ocupación había descendido de manera drástica. Los alemanes se habían centrado en defender las ciudades costeras, minando las playas para que ya no pudiéramos recorrerlas y alojando a soldados por todas partes. Así fue como conocí al padre de mi hijo.

No me forzó. Si lo hubiera hecho, o si yo lo hubiera fingido, quizá mis padres se hubieran mostrado más indulgentes.

Ni siquiera lo había intentado durante la quincena que se alojó en nuestra granja, aunque yo sabía que lo deseaba por las largas miradas que me dirigía en la mesa. Su figura alta de hombros anchos era demasiado grande en aquella casita tan pequeña, como un mueble que no encajara. Todos respiramos aliviados cuando fue trasladado a otros aposentos. Pero regresó, con media docena de huevos frescos como no habíamos visto desde antes de la guerra, y más tarde chocolate, para darnos las gracias. Yo estaba aburrida; la guerra empezó cuando tenía doce años y se llevó consigo todos los bailes y las cosas normales que de lo contrario habría conocido siendo una adolescente. Por primera vez con el soldado, que no era más que un muchacho, sentí que destacaba.

De manera que, cuando se me acercó en la noche, cuando se coló por la puerta de atrás y se metió en mi cama fría y estrecha, yo me sentí única y excitada por sus caricias; era un hombre mucho más seguro de sí mismo que los chicos torpes que había conocido en el colegio. No vi el uniforme, con la misma insignia que llevaban los SS que se llevaron a Steffi Klein. No era más que un soldado llamado a filas. No era uno de ellos. Los recuerdos que guardo de aquella noche con él son borrosos, como un sueño medio olvidado de deseo y después de dolor que me hizo taparme la boca para que mis padres no me oyeran gritar. Acabó enseguida y me dejó con un deseo no satisfecho del todo y la sensación de que debería haber sido de otra forma.

Y entonces se fue. El alemán no volvió y dos días más tarde supe que su pelotón se había marchado. Me di cuenta de que había cometido un error. Pasado más o menos un mes, fui consciente de la gravedad de ese error.

El final se precipitó sin previo aviso un día de primavera más cálido que la mayoría. El sol de la mañana bañaba nuestro pueblo costero, Scheveningen, y las gaviotas se llamaban unas a otras sobre la ensenada. Tumbada en mi cama, casi había logrado olvidarme de la guerra durante unos minutos.

Entonces se abrió de golpe la puerta de mi dormitorio y vi en los ojos de mi padre la rabia provocada por el descubrimiento de la verdad.

—¡Fuera!

Me quedé mirándolo con incredulidad. ¿Cómo podía saberlo? Yo no se lo había dicho a nadie. Sabía que no podría guardar el secreto eternamente, pero sí al menos durante uno o dos meses más, el tiempo suficiente para decidir qué hacer. Mi madre, que había entrado en la habitación unos días antes cuando estaba vistiéndome, debió de fijarse en la suave curva de mi tripa. El resto, los cálculos del tiempo que el alemán había pasado con nosotros, no sería difícil de averiguar.

Mi padre era un holandés orgulloso, con una cojera de la Gran Guerra para demostrarlo. Mi aventura con el alemán era la mayor de las traiciones. Aun así, no era posible que quisiera que me marchara, yo, su única hija, de solo dieciséis años. Sin embargo, el mismo hombre que antes me ataba los cordones de las botas y me llevaba a hombros ahora me abría la puerta para que la atravesara una última vez.

Yo me preparé para que me golpeara o me humillara, pero se limitó a señalar la puerta.

—Vete. —No me miró a los ojos al decirlo.

—¡No! —gritó mi madre cuando me iba. Sin embargo, no había convicción en su voz. Cuando echó a correr hacia mí, recuperé la esperanza. Quizá por esta vez se enfrentara a él y luchara por mí. En lugar de eso, me puso en la mano el dinero que había conseguido reunir. Yo esperé a que me abrazara.

No lo hizo.

Oigo un largo pitido a lo lejos. Me escondo detrás de un árbol y en ese momento aparece un tren procedente de la misma dirección de la que venimos, abriéndose camino entre la nieve. Aunque no puedo estar segura, desde lejos uno de los vagones del tren se parece al vagón del que saqué al bebé. Se dirige hacia el este, como el resto de los trenes de judíos. Bebés robados, como el mío, pero arrebatados a familias con dos padres que los querían y los deseaban. Contengo un sollozo y emerjo de entre los árboles, deseo correr tras él y llevarme a otros niños, como he hecho con este. Pero el cuerpo del bebé me pesa en los brazos, es la única vida que he podido salvar.

Salvar… al menos por ahora. Detrás del tren que se aleja, el cielo comienza a clarear por el este. Pronto amanecerá y todavía estamos demasiado cerca de la estación. La policía podría aparecer en cualquier momento. La nieve cae con fuerza, me empapa el abrigo y alcanza al bebé. Debemos seguir andando. Me adentro en el bosque para que no me vean. Percibo el aire cargado con ese silencio que solo produce la nieve. Mis pies son como ladrillos de hielo, me duelen las piernas. Estoy débil por lo poco que he comido en estos meses en la estación y tengo la boca seca por la sed. Más allá de los árboles no hay más que blanco infinito. Intento recordar, de mi viaje a la residencia de mujeres meses atrás, a qué distancia está el siguiente pueblo. Pero, incluso aunque lleguemos hasta ahí, nadie arriesgará su vida para darnos cobijo.

Me pongo al bebé en la otra cadera y le retiro la nieve de la frente. ¿Cuándo comería por última vez? No se ha movido ni ha llorado desde que salimos de la estación y me pregunto si todavía respirará. Me acerco a un grupo de árboles y lo desenvuelvo un poco más, manteniéndolo siempre cerca para que no pierda calor. Tiene los ojos cerrados y está durmiendo… o eso espero. Tiene los labios agrietados y le sangran por la deshidratación, pero su pecho se mueve al ritmo de la respiración. Sus piececitos descalzos parecen bloques de hielo.

Escudriño el bosque con desesperación y recuerdo a los demás bebés del tren, muertos casi todos. Debería haberme llevado algunas de sus prendas para el bebé. Me repugna la idea. Me desabrocho el abrigo y la blusa y me estremezco al sentir el frío y la nieve en la piel. Me llevo el bebé al pecho e intento que brote el liquidillo blancuzco que había logrado exprimir cuatro meses

43

antes para aliviar mi incomodidad. Pero mis movimientos son torpes; nadie me ha enseñado a dar de mamar y el niño está demasiado débil para agarrarse al pecho. Me duelen los senos, pero no sale nada. Mi leche se ha secado. Después de dar a luz, la enfermera me dijo que había mujeres que pagarían por mi leche. Yo negué con la cabeza, porque me negaba a que me quitaran eso también, por mucho que necesitara el dinero. Una vez que me arrebataron a mi bebé, estaba desesperada por acabar con el asunto cuanto antes.

Mi bebé. Una parte de mí desea no haberlo tenido en brazos aquella vez, no haber memorizado la forma de su cuerpo y de su cabeza. Quizá entonces no me dolerían los brazos. En alguna ocasión me pregunté qué nombre le habría puesto. Pero, a medida que surgían nombres en mi cabeza, sentía una puñalada de dolor que me desgarraba por dentro y dejé de hacerlo. Me pregunto cómo se llamará ahora y rezo para que acabase con una familia cariñosa que le diese un nombre bueno y fuerte.

Dejo de pensar en mi hijo y estudio al bebé que tengo en brazos. Tiene los rasgos algo rectangulares en torno a las mejillas y la barbilla puntiaguda. Posee un rostro único, así que sé que en alguna parte habrá una familia con esos mismos rasgos.

Oigo un crujido a mis espaldas, a lo lejos, más allá de los árboles. Me doy la vuelta e intento ver a través de la nieve, pero el camino por el que hemos venido está tapado por las ramas y los matojos. Se me acelera el corazón. Podría ser el motor de un coche. Aunque ahora estamos bien escondidos entre los árboles, hay una carretera que pasa cerca de la linde del bosque. Si la policía nos ha seguido, mis pisadas en la nieve los conducirían fácilmente hasta aquí. Aguanto la respiración, me siento como un animal al que quisieran dar caza, atenta a cualquier sonido o voz a mi alrededor. Nada… al menos de momento.

Me cierro el abrigo y sigo avanzando entre los árboles. Sujeto al bebé torpemente con un brazo y utilizo el otro para retirar una rama baja de delante. Con el movimiento, la nieve cae de la rama y se me cuela por el cuello del abrigo, helada y húmeda. Empiezan a dolerme los pies, empapados como están dentro de mis botas de segunda mano.

El bebé parece pesarme más a cada paso que doy. Voy más despacio, respiro con dificultad, me agacho para agarrar un puñado de nieve con el fin de aliviar la sequedad de boca y el frío se cuela por los agujeros de los guantes. Me incorporo y casi dejo caer al bebé. ¿Tendrá sed? Me pregunto si dándole un poco de nieve le haré bien o mal. Lo sostengo con los brazos estirados y de pronto no sé qué hacer. Hay muchas cosas que no sé. Salvo por esos segundos fugaces tras dar a luz, jamás he tenido a un niño en brazos, y mucho menos he cuidado de uno. Quiero dejarlo en el suelo. Con las manos vacías, tal vez pueda llegar hasta el siguiente pueblo. Habría muerto en ese vagón de todos modos. ¿Sería esto mucho peor?

El bebé estira la mano, que no es más grande que una nuez, y me agarra el dedo con fuerza. ¿Qué pensará al mirarme y ver una cara distinta de la que ha conocido desde que nació? Tiene casi el mismo tiempo que tendría mi bebé. Imagino a una madre cuyas cicatrices aún le duelen como a mí. Mientras miro a este niño se me rompe el corazón. Antes tendría un nombre. ¿Cómo va a encontrar a sus padres un niño que es demasiado pequeño para saber cómo se llama? Quiero que respire, que siga vivo hasta que encontremos cobijo.

Le acaricio la cabeza con suavidad antes de volver a tapársela. Entonces duplico mis esfuerzos y sigo avanzando. Pero el viento sopla ahora con más fuerza, agita las ramas cargadas de nieve y hace que resulte difícil respirar. Detenerme una segunda vez ha sido un error. No hay cobijo más allá de la estación de tren en kilómetros a la redonda. Si nos quedamos aquí, moriremos, como sin duda habría muerto el niño en ese tren.

—¡No puedo hacerlo! —grito, y en mi desesperación olvido que no debe oírme nadie.

El viento sopla con más fuerza a modo de respuesta.

Intento seguir avanzando. No siento los dedos de los pies y mis piernas parecen de piedra. Cada paso contra el viento gélido se me hace más difícil. La nieve se vuelve granizo y forma una capa sobre nosotros. El mundo a nuestro alrededor parece estar volviéndose gris por los bordes. El niño tiene los ojos cerrados y parece resignado al destino que siempre ha sido el suyo. Doy un paso hacia delante, tropiezo y vuelvo a levantarme.

—Lo siento —digo, incapaz de sujetarlo por más tiempo. Entonces caigo hacia delante y todo queda a oscuras.

CAPÍTULO 4

ASTRID

El chirrido de un picaporte al girar, unas manos que empujan la madera. Al principio, parecen parte de un sueño que no logro distinguir.

Pero los sonidos regresan, más fuertes esta vez, seguidos del roce de la puerta al abrirse. Intento incorporarme. Siento un terror paralizante recorriendo mi cuerpo. Se han producido inspecciones sin avisar en los quince meses que han pasado desde que regresé, agentes de la Gestapo o de la policía local que hacen su voluntad. Todavía no me han visto, ni me han pedido el *ausweis* que Herr Neuhoff me había conseguido, la tarjeta identificativa que temo no sea suficiente. Mi reputación como artista es una bendición y una maldición en Darmstadt; me proporciona los medios para sobrevivir, pero al mismo tiempo hace que mi identidad falsa sea muy frágil, algo casi imposible de mantener. De modo que, cuando aparecen los inspectores, yo desaparezco al fondo de uno de los vagones cubiertos de lonas o, si no hay tiempo, me escondo en el bosque. Pero aquí, en la cabaña de Peter, con una única puerta y sin sótano, estoy atrapada.

Una voz masculina y profunda rasga la oscuridad.

—Soy yo. —Las manos de Peter, que he sentido con frecuencia en mitad de la noche estos últimos meses, cuando me despiertan de sueños del pasado que no deseo abandonar, me frotan la espalda con ternura—. Hemos encontrado a alguien en el bosque.

47

Me doy la vuelta.

—¿Quién lo ha encontrado? —le pregunto. Peter apenas duerme, se dedica a caminar por las noches, a merodear por el campo como un coyote inquieto, incluso en lo más crudo del invierno. Me incorporo para acariciarle la mejilla cubierta de barba incipiente y advierto con preocupación las bolsas que tiene bajo los ojos.

—Yo estaba junto al arroyo —responde—. Pensé que era un animal herido. —Las vocales de Peter son muy cerradas, sus uves parecen uves dobles y su acento ruso no ha logrado diluirse con el tiempo, como si hubiera abandonado Leningrado hace semanas en vez de años.

—Así que, naturalmente, tú te has acercado —le digo para reprenderle. Yo me habría alejado más.

—Sí —Me ayuda a levantarme—. Estaban inconscientes, así que los traje aquí. —En su aliento aprecio el olor del licor, ingerido hace demasiado poco tiempo como para que se haya vuelto rancio.

—¿Estaban? —repito yo.

—Una mujer. —Siento celos al imaginármelo abrazando a otra mujer—. También llevaba un niño. —Saca del bolsillo un cigarrillo liado a mano.

Una mujer y un niño, solos en el bosque durante la noche. Eso sí que es raro, incluso en un circo. Nada bueno puede salir de esto.

Me visto apresuradamente y me pongo el abrigo. Bajo la solapa noto el contorno de hilos rasgados donde antes estuvo cosida la estrella amarilla. Sigo a Peter hacia la fría oscuridad de la noche y agacho la barbilla para protegerme del viento. Su cabaña es una de la media docena que hay dispersa por el valle, aposentos privados reservados para los mayores o para los artistas más experimentados. Aunque mi residencia oficial es el albergue, un edificio alargado apartado donde duerme la mayoría de las chicas, quedarme con Peter pronto se convirtió para mí en una rutina. Voy y vengo durante la noche y antes del amanecer con el más mínimo pretexto.

Cuando regresé a Darmstadt, pensaba quedarme solo hasta que Herr Neuhoff encontrara una trapecista que me sustituyera y yo decidiera dónde irme. Pero el trato funcionó y, según me preparaba para salir de gira con el circo aquel primer año, mi deseo de marcharme iba perdiendo fuerza. Y conocí a Peter, que se había unido al Circo Neuhoff durante los años en los que yo había estado fuera. Es un payaso, aunque no el tipo de bufón que la gente que no pertenece al circo asocia normalmente con ese título. Sus actuaciones son originales y elaboradas, y combinan comedia, sátira e ironía con una habilidad que ni siquiera yo había visto antes.

No había imaginado volver a estar con nadie y mucho menos enamorarme. Peter es diez años mayor y no se parece al resto de los artistas. Había nacido en la aristocracia rusa cuando esta existía; algunos decían que era primo del zar Nicolás. En otra vida jamás nos habríamos conocido. Sin embargo, el circo sirve para igualar a las personas; no importan la clase, la raza o el pasado, todos somos iguales aquí y se nos juzga por nuestro talento. Peter combatió en la Gran Guerra. No resultó herido, al menos de manera visible, pero posee cierta melancolía que sugiere que jamás se recuperó. Su tristeza conectó conmigo y nos sentimos atraídos el uno al otro.

Me dirijo hacia el albergue de mujeres. Peter niega con la cabeza y me guía en una dirección diferente.

—Por aquí arriba. —La luz de su cigarrillo brilla como una antorcha cuando aspira el humo.

Los recién llegados están en la villa de Herr Neuhoff; algo también bastante inusual.

—No pueden quedarse —susurro, aunque no hay nadie más a mi alrededor.

—Claro que no —responde Peter—. Es solo un cobijo temporal para que no murieran en la tormenta. —Veo su sombra imponente sobre mí. La tristeza de Peter no es lo único que lo convierte en un payaso extraño. Una vez me dijo que la primera vez que quiso unirse a un circo, le descartaron porque era demasiado alto para ser payaso. De manera que trabajó de aprendiz en un teatro de Kiev, desarrolló un personaje irónico que encajaba con sus rasgos abruptos y sus piernas largas, y después fue de circo en circo, aumentando la fama de su espectáculo. Las payasadas de Peter, que con frecuencia muestran una humorística falta de respeto hacia la autoridad, son conocidas en todas partes. Durante los años de la guerra, sus números se volvieron más cáusticos y empezó a disimular cada vez menos su odio hacia el conflicto y el fascismo. A medida que crecía su reputación de irreverente, lo hacían las multitudes que acudían a verlo.

Abre la puerta de la villa, donde solo he estado en la fiesta de Navidad que Herr Neuhoff celebra cada diciembre para todos los empleados del circo y pocas veces más desde mi regreso. Entramos sin llamar. Desde lo alto de la escalera, Herr Neuhoff nos hace gestos para que nos acerquemos. En una de las habitaciones de invitados duerme una chica de pelo largo y rubio sobre una cama de caoba de cuatro postes. Su piel pálida parece casi traslúcida en contraste con el profundo bermellón de las sábanas.

En la mesita baja, junto a ella, descansa un bebé en un moisés improvisado, hecho con una gran cesta de mimbre. Nos mira con unos ojos oscuros y atentos. El bebé no debe de tener más de unos pocos meses, supongo, aunque no tengo experiencia con estas cosas. Tiene las pestañas largas y unas mejillas carnosas que no se ven con frecuencia en esta época de escasez. Es muy guapo, pero ¿no lo son todos a esa edad?

Herr Neuhoff señala con la cabeza al bebé.

—Antes de desmayarse, la chica dijo que era su hermano.

Así que es un niño.

—Pero ¿de dónde han salido? —pregunto yo. Herr Neuhoff se encoge de hombros.

La chica duerme profundamente. Con la conciencia tranquila, como habría dicho mi madre. Lleva trenzas gruesas y rubias, como un personaje salido de un cuento de Hans Christian Andersen. Podría ser una de las integrantes de la Bund Deutscher Mädel, la Liga de Chicas Alemanas, caminando por Alexanderplatz con los brazos entrelazados, cantando canciones horribles sobre la patria y la muerte de los judíos. Peter había dicho que era una mujer, pero no tendrá más de diecisiete años. En comparación, yo me siento muy vieja y muy cansada.

La chica se mueve. Estira los brazos, busca al bebé en un gesto que reconozco demasiado bien gracias a mis propios sueños. Entonces siente el vacío y empieza a agitarse.

Al ver su desesperación, se me pasa por la cabeza una idea: «Es imposible que sea su hermano».

Herr Neuhoff levanta al niño, lo coloca en brazos de la mujer y esta se calma de inmediato.

—*Waar ben ik?* —Holandés. Parpadea, después repite la pregunta en alemán—. *Wo bin ich?* —¿Dónde estoy? Su voz suena débil, apenas audible.

—En Darmstadt —responde Herr Neuhoff. Ella no parece reconocer el lugar. No es de por aquí—. Estás con el Circo Neuhoff.

Ella parpadea.

—Un circo. —Aunque para nosotros resulta bastante normal, de hecho durante media vida fue lo único que yo conocí, para ella debe de parecer algo salido de un cuento de hadas. Un espectáculo de bichos raros. Me pongo rígida y vuelvo a ser la chica desconfiada que se enfrenta a las miradas en el patio del colegio. Que la vuelvan a echar a la nieve si no somos suficientemente buenos para ella.

—¿Cuántos años tienes, niña? —le pregunta Herr Neuhoff con dulzura.

—Cumpliré diecisiete el mes que viene. Hui de casa de mi padre —explica con un alemán más fluido—. Soy Noa Weil y este es mi hermano. —Habla con demasiada rapidez, respondiendo a preguntas que nadie ha hecho.

—¿Cómo se llama? —le pregunto.

Duda un instante.

—Theo. Somos de la costa de Holanda —dice tras otra pausa—. Las cosas se pusieron muy mal. Mi padre bebía y nos pegaba. Mi madre murió en el parto. Así que agarré a mi hermano y nos fuimos. —¿Y qué está haciendo aquí, a cientos de kilómetros de su casa? Nadie abandonaría Holanda para irse a Alemania en estos momentos. Su historia no tiene sentido. Espero a que Herr Neuhoff le pregunte si tiene papeles.

La chica estudia el rostro del niño fugazmente.

—¿Está bien?

—Sí, comió bien antes de quedarse dormido —le asegura Herr Neuhoff.

La chica frunce el ceño.

—¿Comió?

—Bebió, debería decir —se corrige él—. Una leche que preparó nuestra cocinera con azúcar y miel. —Sin duda la chica lo sabría si hubiera estado cuidando del bebé.

Yo regreso junto a Peter, que se recuesta en una silla que hay junto a la puerta.

—Está mintiendo —le digo en voz baja. La muy idiota debió de quedarse embarazada. Pero una no habla de esas cosas.

Peter se encoge de hombros como si le diese igual.

—Debe de tener sus razones para huir. Todos las tenemos.

—Puedes quedarte —le dice Herr Neuhoff. Y yo me quedo mirándolo perpleja. ¿En qué estará pensando?—. Tendrás que trabajar, por supuesto, cuando te encuentres bien.

—Por supuesto. —La chica se incorpora y estira la espalda con dignidad por miedo a que pensemos que espera caridad—. Sé limpiar y cocinar. —Yo resoplo ante su ingenuidad y me la imagino en la cocina de campaña preparando tortitas y pelando patatas a cientos.

Herr Neuhoff agita la mano.

—Tenemos cocineras y limpiadoras. No. Con tu aspecto eso sería un desperdicio. Quiero que actúes. —Peter me dirige una mirada de sorpresa. Se contratan nuevos artistas de toda Europa y más allá; hay pocas plazas y mucha competencia, hay que entrenar muchísimo para lograrlo. Uno no encuentra talento en las calles sin más, o en el bosque. Herr Neuhoff lo sabe. Se vuelve hacia mí—. Necesitas una nueva trapecista, ¿verdad? —Por encima de su hombro, la chica abre los ojos desmesuradamente.

Yo vacilo. En otra época, el espectáculo tenía una docena de acróbatas o más, que hacían saltos mortales por los aires. Pero ahora solo tenemos tres y, desde mi regreso, únicamente me dedico a la cuerda vertical.

—Por supuesto —respondo—, pero no ha actuado jamás. No puedo enseñarle sin más el trapecio volante. Quizá pueda montar a caballo o vender programas. —Hay docenas de trabajos más sencillos que podría hacer. ¿Por qué pensará Herr Neuhoff que puede actuar? Normalmente yo huelo el talento a un kilómetro de distancia, pero aquí no huelo nada. Está intentando convertir a un pato en cisne y eso solo puede llevarle al fracaso.

—No tenemos tiempo de encontrar a otra trapecista antes de salir de gira —responde Herr Neuhoff—. Ella tiene el aspecto adecuado. Nos quedan casi seis semanas antes de partir. —No me mira a los ojos cuando dice eso. Seis semanas no es nada comparado con los años de entrenamiento que hemos realizado los demás. Me está pidiendo que haga lo imposible y además lo sabe.

—Es demasiado gruesa para ser trapecista —digo mientras observo su cuerpo de forma crítica. Incluso bajo la colcha se ve que tiene las caderas muy grandes y los muslos anchos. Es débil, blanda y con una inocencia que sugiere que no sabe lo que es el trabajo duro. No habría sobrevivido a la noche en la nieve si Peter no la hubiese encontrado. Y no durará aquí ni una semana.

Oigo un ruido y me doy la vuelta. Emmet, el hijo de Herr Neuhoff, está observando desde el umbral de la puerta con una sonrisa estúpida mientras contempla nuestra desavenencia. Siempre fue un niño extraño que gastaba bromas de mal gusto y se metía en problemas.

—No querrás que te eclipsen, ¿verdad? —me dice con desdén.

Yo aparto la mirada y lo ignoro. La chica es más guapa que yo, tengo que admitirlo, y catalogo su aspecto en función del mío, como hacen todas las mujeres. Pero la belleza no le servirá de nada aquí. En el circo, lo que importa es el talento y la experiencia; cosas de las que ella carece.

—No puede quedarse —dice Peter desde su silla, y la potencia de su voz me hace dar un respingo. Herr Neuhoff es un hombre amable, pero este es su circo y ni siquiera los artistas estrella como Peter se atreven a llevarle la contraria en público—. Me refiero a que, cuando se recupere, tendrá que marcharse —aclara.

—¿Adónde? —pregunta Herr Neuhoff.

—No lo sé —admite Peter—. Pero ¿cómo va a quedarse? Una chica con un bebé. La gente hablará. —Está pensando en mí, en el escrutinio adicional y el peligro que podría suponer su llegada. Aunque los empleados del circo conocen mi identidad y mi pasado, hemos logrado mantener las apariencias de cara al exterior... al menos hasta ahora—. No podemos arriesgarnos a llamar la atención.

—No supondrá un problema si ella forma parte de nuestro espectáculo —argumenta Herr Neuhoff—. A los circos llegan nuevos artistas a todas horas.

«Eso era así antes», le corrijo en mi cabeza. Antes, a lo largo de los años se unían al circo diversos artistas; una vez tuvimos domadores de animales serbios y un malabarista de China. Pero últimamente todo es más austero. Simplemente no hay dinero suficiente para sacar adelante más espectáculos.

—Una prima de uno de los otros circos —sugiere Herr Neuhoff, elaborando su plan. Nuestros artistas sabrían que no es cierto, aunque la historia podría satisfacer a los trabajadores temporales—. Si está preparada para actuar, entonces nadie se dará cuenta —añade. Es cierto que el público no prestaría atención; acuden fielmente todos los años, pero no ven a las personas que hay detrás de los artistas.

—Es muy amable por su parte ofrecerme un puesto —interviene la chica. Trata de levantarse de la cama sin soltar al bebé, pero el esfuerzo parece agotarla y vuelve a recostarse—. Pero no querríamos ser una carga. En cuanto hayamos descansado y el tiempo mejore, nos iremos. —Veo el pánico en sus ojos. No tienen ningún sitio al que ir.

Me vuelvo hacia Herr Neuhoff cargada de razón.

—¿Lo ve? No puede hacerlo.

—Yo no he dicho eso. —La chica vuelve a incorporarse y alza la barbilla—. Soy una chica trabajadora y estoy segura de que, con el suficiente entrenamiento, podré hacerlo. —De pronto parece ansiosa por demostrar su valía cuando un minuto antes ni siquiera quería intentarlo; es una actitud desafiante que reconozco en mí misma. Me pregunto si sabrá en qué se está metiendo.

—Pero no le dará tiempo a prepararse —repito yo, buscando otro argumento para convencerle de que no funcionará.

—Puedes hacerlo, Astrid. —Las palabras de Herr Neuhoff adquieren una contundencia nueva. Solo le falta ordenármelo, en vez de intentar convencerme—. Tú encontraste cobijo aquí. Tienes que hacer esto. —Me mira fijamente. De modo que es así como saldaré mi deuda. Todo el circo se ha sacrificado para esconderme y ahora me toca a mí hacer lo mismo por esta desconocida. Suaviza entonces su expresión—. Dos inocentes. Si no les ayudamos, sin duda morirán. No quiero cargar con eso. —No puede darles la espalda a la chica y al bebé igual que no pudo dármela a mí.

Miro a Peter a los ojos y él abre la boca para protestar una vez más y decir que correríamos un gran riesgo. Pero entonces la cierra, sabiendo igual que yo que seguir discutiendo no servirá de nada.

—Bien —digo al fin. Sin embargo, lo que Herr Neuhoff puede pedirme tiene un límite—. Seis semanas. Intentaré que esté lista para cuando salgamos de gira. Y, si no, tendrá que marcharse. —Es lo máximo que me he enfrentado a él y, por un segundo, es como si volviéramos a ser iguales. Pero esos días quedan lejos. Lo miro a los ojos y me obligo a no parpadear.

—De acuerdo —accede, lo cual me sorprende.

—Empezaremos mañana al amanecer —anuncio. Seis semanas o seis años, da igual, porque aun así no será capaz de hacerlo. La chica me mira con atención y yo espero a que proteste. Sin embargo guarda silencio y advierto cierta gratitud en sus ojos grandes y asustados.

—Pero si estaba casi congelada —protesta Herr Neuhoff—. Está exhausta. Necesita tiempo para recuperarse.

—Mañana —insisto yo. Fracasará y nos la quitaremos de encima.

CAPÍTULO 5

NOA

Viene a buscarme antes del amanecer.

Yo ya estoy despierta y llevo puesto un camisón que no es mío. Momentos antes me desperté sobresaltada. Había soñado que había vuelto al vagón de la estación por segunda vez, no solo para salvar a más bebés, sino porque por alguna razón sabía que mi propio hijo estaba entre ellos. Pero, al abrir la puerta del vagón, estaba vacío. Palpé en la oscuridad y chillé al no hallar nada.

Me había despertado del sueño con la esperanza de no haber gritado en voz alta y haber asustado a los demás en esta casa extraña. Luché por cerrar de nuevo los ojos. Tenía que regresar y salvar a mi hijo. Pero la imagen se había esfumado.

Cuando cesaron los temblores, estiré los brazos hacia el bebé, que dormía plácidamente en la cesta que habían convertido en cuna y que estaba junto a mi cama. Lo estreché contra mi pecho y su calor me tranquilizó. Acostumbré los ojos a la quietud de la habitación, parcialmente iluminada por la luz de la luna que entraba a través de las cortinas, que estaban recogidas con cuerdas trenzadas. En un rincón la chimenea estaba encendida. Los muebles eran más elegantes de lo que había visto jamás. Recordaba las caras extrañas reunidas a mi alrededor cuando me desperté el día anterior, el dueño del circo y la mujer que me miraba con desdén y el hombre de cara alargada sentado en una silla mirando, como el elenco de personajes de uno de los cuentos que mi madre solía leerme de pequeña. El circo, dijeron; cuesta creer que siga existiendo un mundo así incluso durante la guerra. Me habría sorprendido menos de haberme encontrado en la luna. Solo había estado en el circo una vez, cuando tenía tres años, y lloré al ver las luces y al oír los ruidos estridentes, hasta que mi padre me sacó de la carpa. Y ahora aquí estoy. Es extraño, aunque no más extraño que encontrar un vagón de tren lleno de niños, o cualquiera de las cosas que me han pasado desde que me fuera de casa.

Miro al bebé, recién bañado y acurrucado en mis brazos. Theo, lo llamé sin pensar cuando me preguntaron. No sé de dónde me vino el nombre. Duerme apoyado en el hueco de mi codo y yo me quedo quieta para no molestarle. Tiene cara de felicidad y las mejillas sonrosadas. ¿Dónde dormiría antes de que lo metieran en ese tren? Me imagino una cuna acogedora y unas manos que le acariciaban la espalda para calmarlo. Rezo para que mi hijo también duerma en un lugar así.

La noche anterior hablaban de mí como si yo no estuviera presente.

—Tiene aspecto de dedicarse al circo, ¿verdad? —había preguntado el dueño del circo cuando yo tenía los ojos cerrados y pensaban que no estaba escuchando. Estaban evaluándome como a un caballo que estuvieran a punto de comprar. Quería levantarme y decir: «Gracias, pero no, gracias», recoger al bebé y partir en plena noche. Pero el viento aún soplaba con fuerza y, a través de la ventana, las colinas se habían convertido en un mar blanco. Si volvía a salir con Theo, no llegaríamos a otro lugar donde cobijarnos. Así que dejé que hablaran de mí. Sin embargo, este no es nuestro lugar. Nos quedaremos hasta que ahorre algo de dinero y después nos iremos. Dónde exactamente, no lo sé.

—Te pagaré diez marcos a la semana —me había dicho el dueño del circo. Me pareció poco, aunque no lo suficiente como para pensar que estuviese aprovechándose de mí. ¿Debería haber pedido más? Quizá fuese una suma generosa para alguien que no ha actuado nunca. Apenas sé nada de dinero y no estoy en situación de negociar.

Cuando la gente del circo hubo terminado de hablar de mí, abandonó la habitación y yo por fin me quedé dormida. Me desperté una vez en mitad de la noche y llegué hasta el váter en la oscuridad. De vez en cuando oía algo que retumbaba a lo lejos, por las colinas. Ataques aéreos, quizá, como los que había oído tantas veces desde la estación. Pero no sonaban tan cerca como para alarmarse.

Nadie había vuelto a entrar en la habitación... hasta ahora. Al oír pasos en el pasillo, salgo de la cama con cuidado de no despertar a Theo; quiero abrir la puerta antes de que llamen. La mujer a la que llaman Astrid, la que me miraba con desdén la noche anterior, se encuentra ante mí en la semioscuridad, y la luz de la luna a sus espaldas le otorga un brillo extraño. Su pelo es negro azabache y lo lleva corto y rizado por las puntas, de manera que le enmarca la cara. No lleva joyas, salvo unos pendientes de oro con una pequeña gema carmesí en cada uno. Es guapa en el sentido exótico, con esos rasgos demasiado grandes que combinan juntos a la perfección. No sonríe.

—Ya has dormido suficiente —declara sin saludarme ni presentarse—. Hora de levantarse y ponerse a trabajar. —Me lanza un leotardo gastado y con remiendos en los dedos—. Tendrás que ponerte esto. —No tengo ni idea de dónde ha ido a parar mi ropa, mojada y andrajosa. Espero a que se marche para poder cambiarme, pero se limita a darse la vuelta—. No tenemos ni un día que perder. Te entrenaré, o al menos lo intentaré. No creo que lo consigas, pero, si lo haces, quizá viajes con nosotros.

—¿Entrenarme para hacer qué, exactamente? —pregunto yo, y entonces desearía haberlo preguntado la noche anterior, antes de decir que podría hacerlo.

—El trapecio volante —responde.

Les oí hablar de eso la noche anterior. Ahora recuerdo que emplearon la palabra «trapecista». Debido al cansancio, no me

59

había parado a pensar qué significaba eso en realidad. Ahora soy consciente de lo disparatado de la propuesta: quieren que me suba al techo y arriesgue mi vida columpiándome como un mono. No estoy prisionera aquí. No tengo por qué hacerlo.

—Es muy amable por su parte, pero no creo que... —No quiero ofenderla—. No puedo hacer eso. Puedo limpiar y quizá cocinar —sugiero, como hice la noche anterior.

—Herr Neuhoff es el dueño del circo —me informa—. Esto es lo que él desea. —Tiene una dicción perfecta, como si no fuera de por aquí—. Claro, si no puedes hacerlo... ¿tienes quizá algún tío rico que pueda acogerte? —Aunque su tono suena burlón, no le falta razón. No puedo volver a la estación, donde sin duda habrán denunciado mi desaparición y la del bebé. Si estuviera sola, quizá habría seguido corriendo. Pero el frío ya había estado a punto de matarnos una vez. No lo conseguiríamos una segunda.

Me muerdo el labio.

—Lo intentaré. Dos semanas. —Dos semanas serán tiempo suficiente para recuperar la fuerza y encontrar un lugar al que Theo y yo podamos irnos. No nos quedaremos con el circo.

—Íbamos a darte seis. —Se encoge de hombros, parece que le da igual—. Vamos. —Me pongo el leotardo con todo el recato que me es posible por debajo del camisón.

—Un momento. —Vacilo y miro a Theo, que sigue durmiendo en la cama.

—Tu hermano —dice ella, y hace énfasis en la segunda palabra—. Theo, ¿verdad?

—Sí.

Duda un instante sin dejar de mirarme. Entonces lo toma en brazos. Quiero protestar, pues no soporto la idea de que lo tenga en brazos otra persona. Lo coloca ahora sobre el moisés improvisado.

—Le he pedido a Greta, la doncella, que venga a cuidarlo.

—Tiene cólicos —digo yo.

—Greta ha criado a ocho hijos. Sabrá hacerlo.

Aun así, dudo. No es solo el bienestar de Theo lo que me preocupa: si la doncella le cambia el pañal, descubrirá que es judío. Me fijo en su ropa limpia y me doy cuenta de que es demasiado tarde. Alguien ya sabe la verdad sobre su identidad.

Sigo a Astrid escaleras abajo por la casa a oscuras; el aire huele a quemado y a humedad. Entonces me pongo las botas, todavía húmedas, que están junto a la puerta. Me entrega mi abrigo y me doy cuenta de que ella no lleva ninguno. Su figura es perfecta, con unas piernas esbeltas que ocultan su fuerza y un vientre perfectamente plano como el que tenía yo antes de dar a luz. Es más bajita de lo que me pareció ayer. Pero su cuerpo es como una estatua, de líneas elegantes que parecen esculpidas en granito.

Fuera, caminamos en silencio por el campo y el hielo cruje bajo nuestras pisadas. Sin embargo, el aire es seco y algo más templado; de haber sido así ayer, quizá habría podido seguir avanzando por el bosque un poco más sin desmayarme. La luz de la luna ilumina nuestro camino. El cielo está lleno de estrellas y, por un segundo, parece como si cada una de ellas fuese uno de los bebés del tren. En algún lugar, si siguen vivos, los padres de Theo estarán preguntándose dónde habrán llevado a su bebé, sentirán la angustia como la siento yo. Miro al cielo y rezo en silencio, con la esperanza de que sepan que su hijo está vivo.

Astrid abre la puerta de un enorme edificio. Pulsa un interruptor y se encienden las luces en el techo. El interior muestra un antiguo gimnasio que huele a sudor y tiene viejas colchonetas mohosas en un rincón. Está sucio y desgastado, muy alejado del glamur y el brillo que siempre he asociado al circo.

—Quítate el abrigo —me ordena mientras se acerca a mí. Su brazo desnudo roza el mío. Yo tengo la piel marcada con lunares y cicatrices, pero la suya es suave y lisa, como un lienzo a estrenar o un lago en un día sin viento. Saca una cinta de color beis que enrolla lentamente alrededor de mis muñecas, después se arrodilla y cubre mis piernas de tiza, cuidando de no dejarse un solo centímetro. Lleva las uñas perfectamente arregladas, pero sus manos están llenas de arrugas, incapaces de ocultar los años como hace con la cara y el cuerpo. Debe de tener casi cuarenta.

Finalmente me cubre las manos con un polvo grueso.

—Colofonia. Debes mantener las manos secas siempre. De lo contrario, resbalarás. No des por hecho que la red te salvará. Si la golpeas con demasiada fuerza, caerá al suelo o saldrás disparada. Debes aterrizar en el centro de la red, no en un lado. —No hay calidez en su voz mientras me da las instrucciones, puestas en práctica durante años, que evitarán que me caiga o me mate. Mi cabeza da vueltas: ¿de verdad cree que puedo hacerlo?

Me hace gestos para que la siga hasta una escalera que hay junto a una de las paredes, colocada completamente en vertical.

—Habrá que simplificar el número, por supuesto —me dice, como si quisiera recordarme que jamás seré lo suficientemente buena—. Hace falta una vida de entrenamiento para convertirse en trapecista. Hay maneras de compensar para que el público no se dé cuenta. Pero, claro, en el circo no hay lugar para trucos. El público tiene que confiar en que todos nuestros números son reales.

Empieza a subir la escalera con la agilidad de un gato, después me mira expectante, sin moverse. Yo contemplo la longitud de la escalera hasta el alto techo. La parte de arriba debe de estar por lo menos a doce metros de altura, y debajo no hay nada más que una red, que parece bastante vieja, colocada a un metro escaso del duro suelo. Nunca me han dado miedo las alturas, pero no he tenido motivos: nuestra casa en el pueblo era de una única planta y no había montañas en kilómetros a la redonda. Jamás me había imaginado algo así.

—Tiene que haber otra cosa —digo con un tono de súplica en la voz.

—Herr Neuhoff quiere que aprendas el trapecio —responde ella con firmeza—. De hecho, es más fácil que otros números.

—Yo no puedo imaginarme nada más difícil—. Yo puedo guiarte, colocarte donde tienes que estar. O no. —Me mira fijamente—. Quizá debamos ir a decirle a Herr Neuhoff que esto no funciona.

«Y que te eche al frío», parece ser su conclusión tácita. No sé si el afable dueño del circo haría algo así, pero tampoco quiero averiguarlo. Lo más importante es que no pienso darle a Astrid la satisfacción de llevar razón.

Empiezo a subir la escalera a regañadientes, peldaño a peldaño, intentando no temblar. Me agarro con fuerza, preguntándome cuándo habrán comprobado los tornillos por última vez y si tendrá la consistencia suficiente para soportar el peso de ambas. Llegamos a una pequeña plataforma en la que apenas caben dos personas. Espero a que Astrid me ayude a subir. Al ver que no lo hace, doy el paso yo sola y me quedo pegada a ella. Desengancha una barra de trapecio que hay allí colgada.

Astrid salta de la plataforma y hace que vibre tanto que tengo que agarrarme a algo para no caerme. Me maravilla la facilidad con la que se columpia por el aire, haciendo saltos mortales alrededor de la barra, girando con solo una mano. Entonces abre su cuerpo como una gaviota que cayera en picado y queda colgada boca abajo por debajo de la barra. Después se endereza, regresa hacia donde estoy y aterriza limpiamente en el pequeño espacio junto a mí.

—Así —me dice, como si fuera fácil.

Yo estoy demasiado perpleja para hablar. Me entrega la barra. Es gruesa y no resulta familiar al tacto.

—Toma. —Me cierra la mano en torno a la barra con impaciencia.

Yo la miro y después me miro las manos.

—No puedo. No estoy preparada.

—Simplemente aguanta agarrada y colúmpiate —me dice. Me quedo paralizada. En ocasiones he sentido la presencia de la muerte: durante el parto, cuando sentía que la vida se me escapaba; cuando vi a los bebés en el vagón de tren y cuando corría con Theo por la nieve el otro día. Pero ahora la veo más cerca que nunca, delante de mí, en el abismo que hay entre la plataforma y el suelo.

Surge en mi cabeza de pronto la imagen de mi madre. En los meses que había estado fuera, había tratado de no pensar en mi casa: en la colcha de mi cama, en el rincón junto a la estufa donde solíamos leer. No me he permitido pensar en esas cosas, sabiendo que, si me permitiera siquiera un goteo de recuerdos, me ahogaría en una marea que sería incapaz de frenar. Pero la morriña me inunda ahora. No quiero estar aquí, en esta diminuta plataforma, a punto de dar un salto mortal. Quiero a mi madre. Quiero estar en casa.

—¿Hay otros trapecistas? —pregunto en un intento por ganar tiempo.

Astrid vacila.

—Hay dos más. Una de ellas nos ayudará cuando hayamos avanzado más. Pero principalmente trabajarán en el columpio o en la cuerda vertical, que es mi otro número. No trabajarán con nosotras. —Me sorprende. Imaginaba que el trapecio volante sería el punto álgido del espectáculo, el objetivo de cualquier acróbata. Quizá ellas tampoco quieran trabajar conmigo—. Venga —me dice antes de que pueda hacer más preguntas—. Puedes sentarte en el columpio, si no estás preparada. Finge que estás en un parque. —Habla con condescendencia. Agarra la barra y me la acerca más—. Mantén el equilibrio justo por debajo del trasero —me ordena. Me siento en la barra e intento ponerme cómoda—. Así. Bien. —Entonces me suelta. Y yo me alejo de la plataforma, agarrada con tanta fuerza a las cuerdas situadas a ambos lados del columpio que se me clavan en las manos—. Ahora inclínate hacia atrás. —Tiene que estar de broma. Pero no sonríe y su voz suena seria. Me echo hacia atrás demasiado deprisa y pierdo el equilibrio, lo que hace que esté a punto de resbalar del asiento. Cuando el columpio regresa hacia la plataforma, ella alcanza las cuerdas por encima de la barra, tira de mí hacia la tabla y me ayuda a bajar.

Se sienta en la barra, empieza a columpiarse y entonces se suelta. Yo suelto un grito al ver que empieza a caer. Pero se agarra con las rodillas a la barra y se columpia boca abajo. Su pelo negro se agita como un abanico y sus cejas invertidas se arquean hacia el suelo. Se endereza y regresa a la plataforma.

—Columpio de la corva —me informa.

—¿Cómo empezaste en esto del circo? —le pregunto.

—Nací en una familia circense no lejos de aquí —responde—. No en esta. —Me entrega la barra—. Tu turno. Esta vez de verdad. —Me pone la barra en la mano y me la cierra—. Salta y colúmpiate con los brazos.

Yo me quedo parada, con las piernas bloqueadas.

—Claro que, si no puedes hacerlo, le diré a Herr Neuhoff que renuncias —me amenaza una vez más.

—No, no —me apresuro a responder—. Dame un segundo.

—Esta vez te columpiarás colgándote por los brazos. Sujeta la barra por aquí. —Señala un punto justo por debajo de mis caderas—. Después levántala por encima de la cabeza cuando saltes para tomar altura.

Es ahora o nunca. Tomo aliento y salto. Agito los pies y doy coletazos como un pez en una caña de pescar. No se parece en nada a los movimientos elegantes de Astrid, pero lo estoy haciendo.

—Utiliza las piernas para subir más alto —me grita Astrid—. Dándote impulso. Como en un columpio cuando eras pequeña. —Yo estiro las piernas—. Mantén juntos los tobillos. —Funciona, creo—. ¡No, no! —Astrid empieza a gritar con más fuerza y su insatisfacción rebota en las paredes del gimnasio—. Mantén el cuerpo recto cuando regreses. Primero en la posición neutra. La cabeza levantada. —Sus instrucciones son rápidas e interminables y trato de memorizarlas todas al mismo tiempo—. Ahora echa las piernas hacia atrás. Eso se llama barrido.

Gano velocidad, balanceándome hacia delante y hacia atrás hasta que el aire me silba en los oídos y la voz de Astrid parece esfumarse. Veo el suelo que pasa a toda velocidad bajo mis pies. No está mal. Hice gimnasia durante años y ahora esos músculos parecen recuperarse. No puedo hacer las piruetas y acrobacias que ha hecho Astrid, pero me las apaño.

Entonces empiezan a dolerme los brazos. No podré aguantar mucho más tiempo.

—¡Ayuda! —grito. No había pensado en cómo regresar.

—Tienes que hacerlo tú —me responde—. Usa las piernas para columpiarte más alto. —Es imposible. Me arden los brazos. Impulso las piernas hacia delante para aumentar la velocidad. Esta vez me acerco a la plataforma, pero no lo suficiente. Voy a caerme, me lesionaré, puede que muera, ¿y por qué? Doy una última patada a la desesperada y subo más alto.

Astrid agarra las cuerdas cuando me acerco a la tabla, tira de mí y me ayuda a ponerme en pie.

—Ha estado cerca —digo entre jadeos con las piernas temblorosas.

—Otra vez —dice ella con frialdad, y yo me quedo mirándola, incrédula. No puedo imaginar la idea de volver a subirme ahí después de haber estado a punto de caerme, y mucho menos de inmediato. Pero, para ganarme el pan, por Theo y por mí, no me queda más remedio. Me dispongo a agarrar la barra una vez más—. Espera —me dice. Yo me vuelvo hacia ella, esperanzada. ¿Habrá cambiado de opinión?—. Esas. —Está señalando mis pechos. Me los miro avergonzada. Me han crecido desde el parto, a pesar de que se me hubiera secado la leche—. Son demasiado grandes para cuando estás en el aire. —Se baja de la escalera y regresa con un rollo de gasa gruesa—. Quítate la parte de arriba —me ordena. Miro hacia abajo para asegurarme de que no hay nadie más allí. Entonces me bajo el leotardo e intento no sonrojarme cuando Astrid empieza a envolverme con tanta fuerza que resulta difícil respirar. Ella no parece percatarse de mi rubor—. Aquí estás blanda —me dice dándome una palmadita en la tripa, un gesto íntimo que me hace apartarme—. Eso cambiará con el entrenamiento.

Han empezado a llegar otros artistas al gimnasio y están estirando y haciendo malabares en rincones opuestos.

—¿Qué fue de la chica anterior, la que se columpiaba contigo?

—No preguntes —responde mientras da un paso atrás para observar su trabajo—. Para el espectáculo te buscaremos un corsé. —Así que cree que quizá sea capaz de hacerlo después de todo. Yo dejo escapar el aire lentamente.

—Otra vez. —Agarro la barra y salto una vez más, esta vez con menos vacilación—. Baila, usa los músculos, empuja, vuela —insiste, siempre insatisfecha. Trabajamos durante toda la mañana en ese mismo movimiento de columpio, con el impulso, la posición neutra y el barrido. Me esfuerzo por estirar los dedos de los pies y hacer que mi cuerpo sea igual que el suyo. Intento imitar sus movimientos, pero los míos son torpes y extraños, una broma en comparación con ella. Creo que mejoro, pero no me elogia. Sigo intentándolo, siempre ansiosa por complacerla.

—No ha estado mal —admite al final. Casi parece que le fastidia que no haya sido un completo fracaso—. ¿Estudiaste danza?

—Gimnasia. —De hecho fue algo más que estudiar. Practicaba seis días a la semana, más si podía. Se me daba bien y quizá hubiese entrado en el equipo nacional si mi padre no lo hubiera considerado un empeño inútil. Pese a que hace más de un año que no practico y que tengo la tripa blanda después del parto, los músculos de brazos y piernas siguen fuertes y rápidos.

—Es como hacer gimnasia —dice Astrid—. Solo que tus pies nunca tocan el suelo. —Una leve sonrisa se adivina en su rostro por primera vez, pero desaparece casi al instante—. Otra vez.

Pasa casi una hora y seguimos trabajando.

—Agua —digo entre jadeos.

Astrid me mira sorprendida, como si fuera una mascota a la que se ha olvidado de dar de comer.

—Podemos parar para comer algo rápido. Y después empezaremos de nuevo.

Bajamos de la escalera. Me bebo un vaso de agua tibia de un termo que me ofrece Astrid. Se sienta en una de las colchonetas y saca pan y queso de un pequeño balde.

—No comas demasiado —me advierte—. Solo tenemos tiempo para una pausa breve y no querrás que te dé un calambre.

Doy un mordisco al pan que me ofrece y me fijo en el gimnasio, que ahora está repleto de gente. Detengo la mirada en un hombre corpulento de unos veinte años que hay junto a la puerta. Recuerdo haberle visto la noche anterior. Ahora, igual que entonces, se dedica a hacer el vago y observar.

—Ten cuidado con ese —me dice Astrid en voz baja—. Es Emmet, el hijo de Herr Neuhoff. —Espero a que me dé alguna explicación más, pero no lo hace. Emmet tiene la constitución barrigona de su padre y no le sienta bien. Tiene los hombros caídos y los pantalones ligeramente abiertos donde se juntan con los tirantes. Tiene cara de lascivia.

Inquieta, me vuelvo hacia Astrid.

—¿Siempre es así de duro? El entrenamiento, quiero decir.

Ella se ríe.

—¿Duro? Aquí, en nuestro cuartel de invierno, estamos descansando. Lo duro es hacer dos o tres espectáculos al día cuando estamos en la carretera.

—¿La carretera? —Me imagino un camino largo y desolador, como el que tomé la noche que hui de la estación con Theo.

—Abandonamos nuestro cuartel de invierno el primer jueves de abril para irnos de gira —me explica—. ¿Qué tal se te da el francés?

—Más o menos bien. —Lo estudié unos años en el colegio y descubrí que se me dan bien los idiomas, pero nunca llegué a dominar el acento.

—Bien. Primero iremos a un pueblo de Auvernia llamado Thiers. —Recuerdo haber visto en el mapa de la escuela que eso está a cientos de kilómetros de aquí. Fuera de la Alemania ocupada. Hasta el año pasado, jamás había salido de los Países

Bajos. Ella sigue enumerando ciudades de Francia donde actuará el circo. La cabeza me da vueltas—. Esta vez no son muchas —concluye—. Antes solíamos ir más lejos: Copenhague, el lago Como… Pero con la guerra ya no es posible.

Aunque a mí eso no me entristece; yo no puedo imaginarme viajando más allá de Alemania.

—¿Actuaremos en París?

—¿Actuaremos? —repite ella. Me doy cuenta de mi error demasiado tarde: una cosa es que Astrid me incluya en los planes de futuro del circo, pero que lo haga yo es demasiado—. Tendrás que demostrar tu valía antes de poder venir con nosotros.

—Me refería a si el circo va a París —me corrijo apresuradamente.

Ella niega con la cabeza.

—Allí hay demasiada competencia con los circos franceses. Y es demasiado caro. Pero, cuando vivía en Berlín…

—Pensé que te habías criado en Darmstadt —la interrumpo.

—Nací aquí, en una familia circense, pero me marché durante un tiempo cuando me casé. —Se toca el pendiente de oro que lleva en la oreja izquierda—. Antes de Peter. —Se le suaviza la voz.

—Peter… ¿ese era el hombre que estaba contigo anoche? —El hombre sombrío sentado en un rincón de mi habitación fumando apenas había abierto la boca. Su mirada oscura me quemaba.

—Sí —responde. Me mira con cautela, como si fuera una puerta que se cierra—. No deberías hacer tantas preguntas —añade, seca de nuevo.

Me dan ganas de decirle que solo había preguntado algunas cosas, pero a veces una pregunta se percibe como si fueran mil; como la noche anterior, cuando Herr Neuhoff preguntó por mi pasado. Pero hay muchas otras cosas que quiero saber de Astrid, como por ejemplo dónde está su familia y por qué ella actúa en el circo de Herr Neuhoff.

—Peter es un payaso —dice Astrid. Yo miro hacia otros artistas que han entrado: un malabarista y un hombre con un mono, pero no lo veo a él. Me imagino sus rasgos de cosaco enorme, su largo bigote y sus mejillas caídas. No podría haber sido más que un payaso triste, muy apropiado en estos tiempos horribles.

Justo entonces entra Peter en el gimnasio. No lleva el maquillaje que me habría imaginado en un payaso, solo unos pantalones bombachos y un sombrero grande. Mira a Astrid. Aunque hay otras personas aquí, de pronto me siento como una intrusa en el espacio que hay entre ellos. No se acerca, pero siento su cariño hacia ella mientras la mira a los ojos. Se acerca a un piano que hay en el otro extremo de la sala y habla con el hombre sentado al teclado, que comienza a tocar.

Cuando me mira, Astrid tiene una expresión dura e inescrutable una vez más.

—Tu hermano no se parece en nada a ti.

El súbito cambio de tema me pilla por sorpresa.

—Mi madre —miento— tenía la piel muy oscura. —Me muerdo la lengua y trato de contener mi instinto natural de ofrecer demasiada información. Me preparo para un sinfín de preguntas más, pero Astrid parece satisfecha y sigue comiendo en silencio.

Al otro lado del gimnasio, Peter está ensayando un número, caminando como un ganso con las piernas estiradas, imitando de manera exagerada el paso de un soldado alemán. Me pongo nerviosa mientras lo observo y me giro hacia Astrid.

—No pensará hacer eso en el espectáculo, ¿verdad? —No me responde, pero se queda mirándolo con miedo en los ojos.

Entra Herr Neuhoff y atraviesa la estancia con más velocidad de la que le hubiera creído capaz, teniendo en cuenta su edad y su peso. Se acerca a Peter con expresión turbulenta. ¿Le habrá visto ensayando a través de una de las ventanas o se lo habrá contado alguien? La música cesa de pronto. Herr Neuhoff conversa con Peter. Aunque habla en voz baja, hace amplios aspavientos con las manos. Peter niega vehementemente con la cabeza. Astrid frunce el ceño con preocupación mientras los observa.

Un minuto más tarde, Herr Neuhoff se dirige hacia nosotras con la cara roja.

—Tienes que hablar con él —le ordena a Astrid—. Ese número nuevo burlándose de los alemanes…

Astrid levanta las palmas de las manos.

—Yo no puedo detenerlo. Como artista, él es así.

Herr Neuhoff no está dispuesto a dejar correr el asunto.

—Pasamos desapercibidos, nos mantenemos alejados del conflicto, así es como hemos conseguido que el circo siga hacia delante y proteger a todo el mundo. —¿Protegerlos de qué?, quiero preguntar, pero no me atrevo—. Díselo, Astrid —insiste Herr Neuhoff en voz baja—. A ti te hará caso. Díselo o lo sacaré del espectáculo.

Astrid parece asustada.

—Lo intentaré —promete.

—¿Lo haría? —pregunto cuando Herr Neuhoff abandona el edificio—. Me refiero a sacar a Peter del espectáculo.

Ella niega con la cabeza.

—Peter es uno de los mayores atractivos del circo y sus números son lo que mantiene en pie el espectáculo. Sin él, no tenemos nada —añade. Pero parece triste. Le tiemblan las manos mientras guarda su sándwich, sin apenas haber probado bocado—. Deberíamos seguir y ensayar la siguiente parte.

Doy un mordisco y trago deprisa.

—¿Hay más?

—¿Crees que la gente pagará dinero solo para verte ahí colgada como un mono? —Astrid se ríe con crueldad—. Pero si acabas de empezar. No basta con columpiarse de un lado a otro. Cualquiera puede hacer eso. Tenemos que bailar en el aire, hacer cosas que parezcan imposibles. No te preocupes, estaré preparada al otro lado para que, cuando te sueltes y vueles, pueda agarrarte.

El pan que acabo de comer se me atasca en la garganta al recordar las acrobacias que le he visto hacer en el aire.

—¿Volar? —pregunto.

—Sí. Por eso se llama trapecio volante. Tú serás la que vuela, te soltarás y vendrás hacia mí. Yo te atraparé. —Se dirige hacia la pista.

Pero yo me quedo parada.

—¿Por qué tengo que ser yo la que se suelte? —me atrevo a preguntar.

—Porque jamás confiaría en ti para que me agarraras —responde con frialdad—. Vamos.

Se dirige hacia una escalera que hay al otro extremo de la sala, situada frente a la que habíamos subido antes, pero con un columpio de aspecto mucho más robusto. Yo la sigo, pero ella niega con la cabeza.

—Tú vas en ese lado con Gerda. —Señala a otra trapecista, a quien yo no había visto entrar y que ya está subiendo por la escalera que Astrid y yo habíamos usado antes. La sigo. Al llegar arriba, Astrid y yo nos hallamos en plataformas enfrentadas, con un océano de aire que nos separa—. Lánzate igual que antes. Y, cuando yo te diga, suéltate. Yo me encargaré del resto.

—¿Y Gerda? —pregunto casi sin voz.

—Ella te enviará la barra para que puedas agarrarla al volver —responde Astrid.

Me quedo mirándola con incredulidad.

—¿Así que tengo que soltarme dos veces?

—A no ser que tengas alas, sí. Tendrás que volver de alguna manera. —Astrid agarra la barra de enfrente, salta y se da la vuelta para quedar colgada por las piernas—. Ahora tú.

Yo salto y me impulso con los pies.

—¡Más alto, más alto! —me grita con los brazos estirados hacia mí—. Tienes que estar por encima de mí cuando te diga que te sueltes. —Me obligo a subir más, tomando impulso con los pies—. Mejor. Cuando yo te diga. Tres, dos, uno… ¡Ahora! —Pero mis manos permanecen pegadas a la barra—. ¡Idiota! —me grita—. Todo en el circo depende de la sincronización y el ritmo. Tienes que hacerme caso. De lo contrario, nos mataremos las dos.

Consigo volver a subirme a la plataforma, bajo las escaleras y me reúno con Astrid en el suelo.

—En gimnasia también hay que soltarse, ¿no? —me dice, claramente frustrada.

—Eso era diferente —respondo yo. «Tan diferente como diez metros de altura», añado para mis adentros.

Ella se cruza de brazos.

—No hay número si no te sueltas.

—No puedo hacerlo —insisto. Nos quedamos mirándonos durante varios segundos, las dos calladas.

—Si quieres irte, vete. Nadie esperaba más. —Recibo sus palabras como una bofetada.

—Sobre todo tú —respondo. Quiere que fracase. No me quiere aquí.

Astrid parpadea con una expresión entre sorprendida y furiosa.

—¿Cómo te atreves? —me pregunta, y yo temo haber ido demasiado lejos.

—Lo siento —digo en voz baja, y ella suaviza un poco la expresión—. Pero es cierto, ¿no? No crees que pueda hacerlo.

—No, no creí que esto pudiera funcionar cuando Herr Neuhoff lo sugirió. —Habla con voz neutra y tajante—. Y sigo sin creerlo.

Estira la mano, me agarra el brazo y yo contengo la respiración, a la espera de alguna palabra de apoyo. En lugar de eso, me arranca la cinta de la muñeca. Yo dejo escapar un grito y noto el escozor en la piel. Nos quedamos mirándonos, sin parpadear. Espero a que me diga que tengo que marcharme de aquí también. Sin duda nos obligarán a irnos.

—Vuelve mañana —me dice—, y volveremos a intentarlo una última vez.

—Gracias —respondo—. Pero, Astrid... —Oigo mi tono suplicante—, debe de haber otra cosa que pueda hacer.

—Mañana —repite antes de alejarse. Noto un vuelco en el estómago. Aunque agradezco la segunda oportunidad, sé que no servirá de nada. Ni mañana ni dentro de un año seré capaz de soltarme.

CAPÍTULO 6

NOA

Theo está tumbado sobre mi pecho, como le gusta dormir, con el calor de su mejilla contra mi piel.

—Deberías dejarlo en su cuna. —Greta, la doncella que cuida de Theo mientras yo ensayo, me ha reprendido más de una vez en las dos semanas que llevo aquí—. Si no aprende a calmarse solo, nunca dormirá bien. —Me da igual. Durante el día, cuando no estoy practicando, lo tengo conmigo hasta que me duelen los brazos. Duermo junto a él cada noche para poder sentir los latidos de su corazón, como si una de las muñecas que tenía de niña hubiera cobrado vida. A veces siento que sin él no puedo respirar.

Tumbada ahora en el albergue de mujeres, lo veo subir y bajar encima de mí en esta cama tan estrecha. Se mueve y levanta la cabeza como acaba de aprender a hacer. Me sigue con la mirada cada vez que entro en una habitación. Como un alma vieja y sabia, parece escucharme con atención, sin perderse nada. Nuestras miradas se encuentran ahora y él sonríe; es una sonrisa desdentada llena de satisfacción. Durante unos segundos es como si solo existiésemos nosotros en el mundo. Lo abrazo con más fuerza. Cada noche, cuando Astrid da por concluido el entrenamiento, justo antes de entrar en el albergue, siento que me invaden la alegría y las ganas de ver a Theo. Una parte de mí teme que no haya sido más que mi imaginación, o que haya

75

desaparecido porque he tardado demasiado en volver. Entonces lo levanto y él se funde en mis brazos. Y yo me siento en casa. Aunque hace solo unas pocas semanas, es como si Theo hubiese sido mío siempre.

Me recuerdo a mí misma que podrían ser dos niños… si encontrara de nuevo a mi hijo. ¿Podría ser eso posible? Me los imagino a ambos con tres o cuatro años. Serían como hermanos con poca diferencia de edad, casi gemelos. Son ideas peligrosas que no debería permitirme tener ahora.

Me tapo con la manta. Anoche soñé con mi familia. Mi padre había aparecido en el cuartel de invierno y yo corría hacia él para abrazarlo y rogarle que me llevara a casa. Pero me desperté con la luz del sol entrando por la ventana. Volver a casa es un sueño que he tenido durante mis meses en el exilio. Cuando llegué al circo, imaginé que me quedaría unas semanas hasta recuperar la fuerza y después encontraría un trabajo normal para ganar dinero y regresar a Holanda. Pero mis padres no quisieron aceptarme con un bebé que era mío; jamás me aceptarán si vuelvo con Theo. No, no puedo volver a casa. Aun así, he de encontrar la manera de sacar a Theo de Alemania. No podemos quedarnos aquí.

El ruido del metal al chocar me saca de mis pensamientos. Los sonidos del circo comienzan temprano por las mañanas, las risas y las conversaciones de los artistas cuando se van a ensayar, los trabajadores que arreglan los vagones y demás equipamiento, los caballos que relinchan a modo de protesta. En otra época, si me hubiera parado a pensarlo, habría imaginado que unirse a un circo ambulante sería divertido. Pero es todo fachada, porque detrás de toda esa coreografía bien ensayada se esconde un trabajo muy duro. Incluso en el cuartel de invierno, donde se supone que la gente del circo viene a descansar, se levantan antes del amanecer para ayudar con las tareas y después pasarse horas entrenando, por lo menos seis al día.

Me incorporo a regañadientes y dejo a Theo en su moisés. Me sigue con la mirada mientras me lavo con la palangana. Hago la cama y deslizo las manos por las sábanas, que, pese a ser más ásperas que las sábanas de lino de la villa, siguen siendo mucho mejores que las que había utilizado desde que me marchara de casa. Me trasladé al albergue el día después de mi llegada. Es una estancia alargada con camas dispuestas en dos filas como en una residencia. El albergue está medio vacío, porque casi todas las demás chicas se han ido ya a ensayar o a hacer sus labores. Me visto apresuradamente y me dirijo hacia la puerta con Theo. No quiero parecer vaga. Tengo que trabajar duro para ganarme mi lugar aquí.

Llevo a Theo hasta la entrada del albergue, donde un puñado de niños juega en el suelo. Se lo entrego a Greta a regañadientes, ella lo abraza y le hace cosquillas en la barbilla hasta que él se ríe. Siento los celos que me invaden y lucho contra la tentación de arrebatárselo. Sigue sin gustarme compartirlo.

Logro apartarme y me alejo del albergue en dirección al gimnasio. El invierno se ha vuelto más suave. El aire no es tan frío y la nieve comienza a derretirse y deja el suelo embarrado y con olor a turba. Los pájaros que buscan semillas cantan alegremente. Si el tiempo lo permite, por las tardes, antes de que oscurezca demasiado, me gusta pasear con Theo por los terrenos del circo, hasta llegar a la casa de fieras, donde guardan al tigre, a los leones y a los demás animales, todos fuera de lugar en este paisaje de pinos cubiertos de nieve, como personajes en el cuento equivocado. Parece que en el circo hay infinitos lugares por explorar, desde la zona de trabajo donde se hace la colada hasta el callejón donde ensayan algunos de los payasos.

Me acerco al gimnasio, me detengo e intento calmar mi temor. Aunque he entrenado con Astrid todos los días, todavía no he logrado soltarme de la barra y volar. Cada día espero que se harte y me diga que me vaya. Pero se limita a decir: «Vuelve mañana».

Todavía no me ha echado, pero me trata como si fuera una molestia, deja claro que preferiría no tenerme cerca y que solo me tolera hasta que me vaya. Vuelvo a preguntarme qué será lo que despierta su inquina. ¿Será porque soy nueva y me falta talento? Y aun así no siempre es mala. Pocos días después de mi llegada, me trajo una cajita con ropa doblada para Theo y para mí. Todos habían contribuido con algo. Al sacar los calcetines y gorritos de bebé y ver las blusas que me habían regalado a mí, y que habrían sido zurcidas muchas veces, me emocioné, no solo por la generosidad de las personas del circo, quienes tampoco tenían gran cosa, sino por Astrid, a quien se le había ocurrido reunir las prendas. Quizá no quisiera que nos fuéramos después de todo.

No obstante, el día anterior, cuando me acercaba al gimnasio, la oí hablar con Herr Neuhoff en voz baja.

—Estoy haciendo todo lo que puedo —decía Astrid.

—Debes hacer más —respondía Herr Neuhoff.

—No estará preparada si no se suelta —insistía Astrid—. Tenemos que encontrar a otra antes de que llegue el momento de partir. —Entonces me alejé de ellos, pues no quería oír lo que ocurriría si el acuerdo no funcionaba. En un principio había dicho que lo intentaría solo durante un par de semanas, pero, ahora que ha pasado ese tiempo, deseo quedarme más y seguir intentándolo. Y no solo porque no tengamos otro sitio al que ir.

Cuando entro en la sala de entrenamientos, me sorprende encontrar a Astrid ya subida en la plataforma donde normalmente me pongo yo. ¿Llego tarde? Me preparo para su reprimenda, pero agarra la barra y salta.

—¡Ha! —Gerda se lanza con su barra desde la plataforma opuesta para agarrarla. Noto un extraño nudo en la garganta al ver a Astrid trabajar con otra persona. Pero me doy cuenta de lo mucho que echa de menos ser ella la que vuela por el aire. Debe de odiarme por ocupar su lugar.

Gerda la lanza de vuelta y regresa a su propia plataforma. Astrid se columpia ahora como un domador de bestias salvajes, haciendo con el trapecio lo que se le antoja. Se cuelga de los tobillos, de una rodilla, sin apenas tocar la barra a la que yo siempre me aferro. Gerda contempla a Astrid sin mucho interés, casi con desdén.

A ella y a la otra mujer no les cae bien Astrid. A los pocos días de llegar, oí los susurros: odiaban a Astrid por regresar y ocupar su puesto en lo más alto del número del trapecio cuando ellas llevaban años trabajando, y también por convertirse en pareja de Peter, uno de los pocos hombres solteros que ha dejado la guerra. Las chicas de la residencia se comportaban un poco así, criticando y cuchicheando a espaldas de las demás. Me pregunto por qué seremos tan duras las unas con las otras. Pero, si Astrid percibe su frialdad, no parece importarle. O quizá es que no las necesita. Desde luego a mí no me necesita.

—Es magnífica, ¿verdad? —dice una voz profunda. No había oído a Peter acercarse por detrás. Nos quedamos en silencio viendo a Astrid columpiarse cada vez más alto. Mientras la mira, sus ojos brillan con asombro. Contiene la respiración un instante cuando Astrid se lanza por el aire y realiza no una, ni dos, sino tres piruetas seguidas. Vuela en círculos hacia arriba desafiando a la gravedad.

Pero entonces comienza a precipitarse a gran velocidad. Peter da un paso hacia delante y se detiene, incapaz de ayudarla. Respira aliviado cuando Gerda, que se ha lanzado con su trapecio, agarra a Astrid por el tobillo y la atrapa antes de que se estrelle contra el suelo.

—El triple salto mortal —comenta tras recuperarse del susto—. Solo unas pocas personas en el mundo son capaces de hacerlo. —Aunque intenta parecer tranquilo, ha empezado a sudarle la frente y se ha quedado pálido.

—Es asombrosa —respondo yo con admiración. En ese momento no solo quiero ser como ella; realmente quiero ser ella.

—Si no fuera un peligro para sí misma —dice Peter, en voz tan baja que no estoy segura de que quiera que yo le oiga.

Astrid alcanza la plataforma y baja la escalera para reunirse con nosotros. Está sudorosa, pero le brillan los ojos. Peter y ella se quedan mirándose con un deseo que me hace sentirme avergonzada de estar en la sala, aunque sin duda habrán estado juntos unas horas antes, ya que la cama de Astrid en el albergue ha permanecido vacía toda la noche.

—¿Preparada? —me pregunta, como si acabara de recordar que estoy ahí, aunque sin dejar de mirar a Peter.

Yo asiento y comienzo a subir por la escalera. Abajo ensayan varios artistas, lanzando aros, haciendo volteretas y caminando sobre sus manos. Mi rutina con Astrid es la misma desde el primer día: entrenamos de siete a cinco con una breve pausa para comer. Creo que he mejorado. Aun así, con todo lo que he practicado, no he conseguido soltarme de la barra y volar. No es porque no lo intente. Me columpio sin parar para fortalecer los brazos. Me cuelgo boca abajo hasta que la sangre se me va a la cabeza y no puedo pensar. Pero soy incapaz de soltarme. Y, sin eso, como me dice Astrid una y otra vez, no hay número.

Comenzamos con los movimientos que ya hemos practicado, columpiándome colgada de las manos, después con la corva y con el tobillo.

—Presta atención a los brazos, incluso cuando los tengas detrás de la espalda —me ordena Astrid—. No es una simple actuación. El teatro tiene dos dimensiones, como un cuadro. Ahí el público ve solo lo que tiene delante. Pero en el circo el público nos rodea, como si fuéramos una escultura. Piensa con elegancia, como en el *ballet*. No te pelees con el aire, hazte amiga suya.

Trabajamos toda la mañana sin abordar el momento que tanto temo.

—¿Preparada? —pregunta Astrid al fin después de una pausa.

No puedo seguir evitándolo. Me subo a la escalera, y Gerda me sigue y ocupa su lugar junto a mí en la plataforma.

—Tienes que soltarte cuando llegues a lo más alto con el trapecio —me grita Astrid desde el otro lado—. Entonces yo te agarraré un segundo más tarde mientras bajas. —Tiene mucho sentido, pero yo salto de la plataforma y, como el resto de las veces, soy incapaz de soltar la barra.

—No puedo —digo en voz alta. Mientras me columpio agarrada a la barra, atisbo el horizonte a través de una de las altas ventanas de la sala de entrenamientos. Más allá de las colinas, hay manera de salir de Alemania, una ruta para alcanzar la libertad y la seguridad. Si Theo y yo pudiéramos columpiarnos y salir volando de aquí. De pronto surge una idea en mi cabeza: irme a Francia con el circo. Lejos de Alemania, Theo y yo tendremos ocasión de huir a algún lugar seguro. Pero eso nunca sucederá a no ser que aprenda a soltarme.

—Entonces, ¿ya has acabado? —me pregunta Astrid cuando regreso a la plataforma. Intenta mantener un tono neutro, como si la hubieran decepcionado ya demasiadas veces como para dejar que vuelvan a hacerlo. Pero yo lo oigo, percibo ese fondo de tristeza en su voz. Al menos una parte de ella pensaba que podría hacerlo, lo cual hace que mi fracaso resulte aún más horrible.

Vuelvo a mirar por la ventana y siento que mi sueño de escapar con Theo se aleja cada vez más. El circo es nuestra manera de salir de Alemania, o lo sería si pudiera soltarme.

—¡No! —exclamo—. Quiero decir que me gustaría intentarlo una vez más.

Astrid se encoge de hombros, como si ya me hubiera dejado por imposible.

—Tú misma.

Cuando salto, Astrid se lanza desde la otra plataforma y se cuelga por los pies.

—¡Ha! —grita. Pero no me suelto al primer intento.

Astrid sube más alto y se acerca a mí una segunda vez.

—¡Hazlo! —me ordena. Recuerdo la conversación de Astrid con Herr Neuhoff el día anterior y me doy cuenta de que estoy quedándome sin tiempo.

Es ahora o nunca. El mundo entero queda reducido a este momento.

Miro a los ojos a Astrid, colgada en el otro trapecio, y en ese momento confío.

—¡Ahora! —grita.

Y suelto la barra. Cierro los ojos y me lanzo al vacío. Me olvido de todo lo que Astrid me ha enseñado y comienzo a agitar brazos y piernas, lo que me hace caer más deprisa. Voy en su dirección, pero muy por debajo. No me alcanza y sigo cayendo. No hay nada entre el suelo y yo. En ese instante veo a Theo, me pregunto quién cuidará de él cuando yo no esté. Abro la boca, pero, antes de poder gritar, Astrid me agarra de los tobillos. Lo ha conseguido.

Pero todavía no hemos terminado. Estoy colgada boca abajo, indefensa como un ternero a punto de ser sacrificado.

—Impúlsate hacia arriba —me ordena, como si fuera tan fácil—. Yo no puedo ayudarte. Tienes que hacerlo sola. —Utilizo toda mi fuerza para elevarme contra la gravedad, en el ejercicio de abdominales más duro del mundo, y agarrarme a ella—. De acuerdo. Cuando yo diga «ahora», te lanzaré con una media pirueta para que quedes mirando hacia la barra —me ordena.

Yo me quedo de piedra. No pensará que puedo volar de nuevo por el aire hasta la barra, que está lejos y se mueve a toda velocidad.

—No puedo.

—Tienes que hacerlo. ¡Ahora! —Me lanza por el aire y mis dedos encuentran la barra. Me aferro a ella y entonces entiendo que yo no tengo que hacer casi nada. Puede manejarme como a una marioneta con cuerdas. Pero aun así resulta aterrador.

Llego a la plataforma con los pies temblorosos y Gerda me ayuda a recuperar el equilibrio antes de bajarse de allí. Astrid, que ya ha bajado por su lado, espera a que Gerda se haya ido para subir hasta mí.

—Ha estado cerca —le digo cuando me alcanza. Espero a que me felicite por haberme soltado al fin.

Pero se queda mirándome y me pregunto si estará enfadada y me culpará por mi ataque de pánico.

—Tu hermano —me dice. De pronto veo en sus ojos la rabia que ha estado conteniendo todos estos días.

Este cambio de tema repentino me pilla por sorpresa.

—No lo entiendo… —No había hablado de Theo desde el primer día que entrenamos. ¿Por qué lo menciona ahora?

—El caso es que no te creo. —Habla con los dientes apretados y sin disimular su furia—. Creo que estás mintiendo. Theo no es tu hermano.

—Claro que lo es —contesto vacilante. ¿Qué le habrá hecho sospechar eso ahora?

—No se parece en nada a ti. Te hemos ofrecido un lugar aquí y te estás aprovechando de nosotros y mintiéndonos.

—Eso no es cierto —protesto.

Ella continúa, convencida.

—Creo que te metiste en apuros. Es tu hijo bastardo.

Yo me tambaleo, aturdida por la bofetada que supone esa palabra y por el hecho de que se haya acercado tanto a la verdad.

—Pero si acabas de decir que no se parece en nada a mí.

—Entonces será como el padre —insiste.

—Theo no es mi hijo. —Pronuncio cada palabra lenta y deliberadamente. Cuánto me duele renegar de él.

Ella se lleva las manos a las caderas.

—¿Cómo puedo trabajar contigo si no puedo confiar en ti? —No espera a que responda—. Es imposible que sea tu hermano.

Y entonces me da un empujón y me tira de la plataforma.

De pronto estoy precipitándome al vacío, sin barra a la que agarrarme. Abro la boca para gritar, pero no encuentro el aire. Es casi como un sueño en el que vuelo, salvo que aquí mi camino es en dirección al suelo. Ningún trapecio podrá ayudarme ahora. Me preparo para el impacto y para el dolor y la oscuridad que vendrán después. Sin duda la red no está hecha para soportar el peso de una persona a tanta velocidad.

Me estrello contra la red, que se hunde bajo mi peso hasta casi llegar a tocar el suelo, tan cerca que huelo el heno que lo recubre, la peste a estiércol que no han conseguido quitar. Y entonces salgo disparada hacia arriba, otra vez más por los aires. He estado a punto de impactar contra el suelo. A la tercera vez que aterrizo sobre la red, que sigue vibrando, no reboto, me quedo meciéndome como si estuviera en una cuna y me doy cuenta de que voy a conseguirlo.

Me quedo allí tendida durante varios segundos, recuperando el aliento y esperando que alguno de los demás artistas acuda en mi ayuda. Pero han desaparecido todos; habrán intuido los problemas y no querrán verse involucrados. Solo quedamos Astrid y yo en la sala.

Me bajo de la red y camino hacia ella, que ya ha bajado de la escalera.

—¿Cómo has podido? —le digo. Ahora soy yo la que está furiosa—. Casi me matas. —Sé que no le caigo bien, pero no pensé que quisiera verme muerta.

Ella me dirige una sonrisa engreída.

—Hasta yo me habría aterrorizado. No te culparé si te rindes.

Yo estiro los hombros en actitud desafiante.

—No voy a dejarlo. —Después de lo que acaba de ocurrir, jamás le daría esa satisfacción.

Herr Neuhoff llega corriendo, habiendo oído el escándalo desde fuera.

—Querida, ¿estás bien? ¡Qué calamidad! —Al ver que estoy bien, da un paso atrás y se cruza de brazos—. ¿Qué ha ocurrido? No puedo permitirme un accidente ni las preguntas posteriores. Ya lo sabes. —Eso último se lo dice a Astrid.

Yo vacilo. Astrid me observa, inquieta. Podría decirle la horrible verdad de lo que ha sucedido. Pero quizá él no me creyese sin tener pruebas. ¿Y qué resolvería con eso?

—Se me deben de haber resbalado las manos —miento.

Herr Neuhoff tose, después se mete la mano en el bolsillo y se toma una pastilla. Es la primera vez que le veo hacer eso.

—¿Está enfermo? —pregunta Astrid.

Él agita la mano como si la pregunta fuese irrelevante.

—Debes tener más cuidado —me reprende—. Duplica el tiempo de entrenamiento esta semana. No te arriesgues a intentar algo hasta no estar preparada. —Entonces se vuelve hacia Astrid—. Y tú no la presiones hasta que no esté preparada.

—Sí, señor —decimos las dos al unísono. Herr Neuhoff abandona la sala de entrenamientos.

En ese momento sucede algo entre Astrid y yo. No la he delatado y espero a que diga algo.

Pero simplemente se aleja.

Entro tras ella en el vestuario y siento que mi rabia aumenta. ¿Quién se cree que es para tratarme así?

—¿Cómo has podido? —le pregunto, demasiado enfadada para mostrarme educada.

—Pues vete si todo te parece tan horrible —se burla. Sopeso sus palabras: tal vez debería. No hay nada que me retenga aquí. Estoy bien y el tiempo ha mejorado, así que ¿por qué no llevarme a Theo al pueblo más cercano y buscar un trabajo normal? Estar solos y sin nada sería mejor que quedarnos aquí sin ser deseados. Ya lo hice una vez y podría volver a hacerlo.

Pero no puedo dejarlo correr.

—¿Por qué? —pregunto—. ¿Qué te he hecho yo?

—Nada —responde Astrid resoplando—. Tenías que ver lo que significa caer.

Así que lo había planeado. ¿Para qué exactamente? No para matarme, pues sabía que la red aguantaría. No. Quería asustarme para que me rindiera. Vuelvo a preguntarme por qué me odiará tanto. ¿Es solo porque cree que se me da fatal el trapecio y jamás podré realizar el número? He hecho lo que quería y he soltado la barra. No. Es algo más que eso. Recuerdo que sus ojos brillaban con furia momentos antes de acusarme de mentir sobre Theo y mi pasado. Me vienen sus palabras a la cabeza: «¿Cómo puedo trabajar contigo si no puedo confiar en ti?». Si le cuento la verdad sobre mi pasado, tal vez me acepte. O quizá sea la gota que colme el vaso y le haga decidir que no me quiere aquí.

Respiro profundamente.

—Tenías razón. Theo… no es mi hermano. —Veo una sonrisa astuta en sus labios—. Pero no es lo que piensas —me apresuro a añadir—. Es judío.

Su petulancia desaparece.

—¿Cómo es que lo tienes tú?

No hay razón para confiar en ella. Me odia. Pero la historia me sale sola.

—Trabajaba como limpiadora en la estación de tren de Bensheim. —No le cuento el motivo que me llevó allí en primer lugar: mi propio embarazo—. Y una noche encontré un vagón lleno de bebés que les habían sido arrebatados a sus padres. —Se me quiebra la voz al verlos ahí tirados en el frío suelo del vagón, solos en sus últimos momentos—. Theo era uno de ellos —continúo, y le explico que me lo llevé y hui.

Cuando termino, se queda mirándome durante varios segundos sin hablar.

—Así que la historia que le contaste a Herr Neuhoff era mentira.

—Sí. Ahora entiendes por qué no podía decir nada. —Siento el alivio en el cuerpo por haber compartido al menos parte de la historia con ella.

—Herr Neuhoff lo entendería —me dice.

—Lo sé, pero, al no habérselo dicho desde el principio, no puedo hacerlo ahora. Por favor, no se lo digas. —Oigo la súplica en mi voz.

—¿Y agarraste a Theo sin más? —me pregunta.

—Sí. —Aguanto la respiración a la espera de una reacción.

—Qué valiente —dice al fin. El cumplido le sale a regañadientes, casi como una confesión.

—Debería haberme llevado más —respondo. La tristeza que siento cada vez que pienso en los bebés del tren me inunda por dentro y amenaza con desbordarse—. Había muchos más. —Sin duda todos habrán muerto ya.

—No. Eso habría llamado la atención y es posible que no hubieras llegado tan lejos. Pero ¿por qué no te llevaste al bebé a casa? —me pregunta—. Sin duda tu familia te habría entendido y ayudado.

Quiero contarle el resto de la historia y explicarle por qué mis padres se escandalizaron tanto, pero las palabras se me atraviesan en la garganta.

—Cuando dije que mi padre era horrible, lo decía en serio —respondo, recurriendo una vez más a esa parte de la mentira—. Por eso me marché, por eso estaba trabajando en la estación de tren.

—¿Y tu madre?

—Ella no es muy valiente —otra verdad a medias—. Además no quería causarles problemas —añado. Astrid me mira fijamente y yo espero a que diga que, en su lugar, decidí traerles mis problemas a ella y al resto del circo. Le he contado la verdad sobre Theo con la esperanza de que se muestre más dispuesta a aceptarme. Pero ¿y si sucede lo contrario?

Junto al gimnasio oímos un súbito traqueteo, un coche que se detiene en seco, seguido de voces de hombre que no me resultan familiares. Me vuelvo hacia Astrid.

—¿Qué diablos? —Pero ella se ha dado la vuelta y ha salido corriendo por la puerta trasera del vestuario, que conduce al exterior.

Antes de poder llamarla, se abre la puerta del vestuario y entran dos hombres uniformados seguidos de Peter.

—Agentes, les aseguro que… —Yo me quedo de piedra, con las piernas paralizadas. Son los primeros que veo desde que llegué a Darmstadt, pero no son *Schutzpolizei*, como los que veía en la estación, sino nazis de las SS. ¿Habrán venido a por mí? Esperaba que mi desaparición y la de Theo hubieran quedado ya olvidadas, pero no entiendo qué otra cosa podrían estar haciendo en el circo.

—*Fräulein*… —Uno de ellos, mayor y con el pelo gris en las sienes que asoman bajo su gorra, se me acerca. Rezo para que me lleven sin más. Por suerte Theo no está aquí. Si lo vieran…

Aterrorizada, miro por encima del hombro en dirección a la puerta por la que ha salido Astrid. Ella sabrá qué hacer. Me dispongo a ir hacia allí, pero, detrás de los nazis, veo la mirada intensa de Peter. Está intentando advertirme de algo con los ojos.

Cuando el agente se me acerca, me preparo para que me detenga. Pero se queda parado, demasiado cerca, contemplando con lascivia el pronunciado escote de mi leotardo.

—Hemos recibido un informe —dice el segundo oficial. Será unos diez años menor que el otro y parece sentirse incómodo en el reducido espacio del vestuario—. Al parecer hay un judío en el circo —añade. Yo siento que el terror me recorre por dentro como un cuchillo. Así que saben lo de Theo.

Los hombres comienzan a inspeccionar el vestuario, abren el armario y miran debajo de las mesas. ¿De verdad creen que hemos escondido al niño ahí? Me preparo para las preguntas que sin duda me harán, pero los agentes vuelven a salir a la sala de entrenamiento. Yo me apoyo en la mesa y noto que estoy sudando y temblando. Tengo que ir a por Theo antes de que lo encuentren y huir. Me dirijo hacia la puerta.

Oigo un ruido bajo mis pies. Miro hacia abajo y veo a Astrid. De alguna manera se ha metido en la cámara que hay bajo las tablas del suelo. ¿Qué está haciendo ahí? Me arrodillo y me asalta el olor a aguas fecales y estiércol.

—Astrid, pero…

—¡Shh! —Está hecha un ovillo. Escondida.

—¿Qué estás haciendo en…? —Dejo la frase a medias cuando entra el agente mayor.

Me incorporo, me aliso la falda y pongo el pie sobre la grieta a través de la cual he visto a Astrid.

—¡Disculpe! —exclamo, fingiendo recato—. Este es un vestuario para mujeres y necesito cambiarme.

Pero el agente sigue mirando los tablones del suelo. ¿La habrá visto? Levanta la cabeza y me mira.

—Papeles.

Titubeo. Al huir de la estación la noche que encontré a Theo, dejé atrás mi tarjeta de identidad. Astrid había prometido que Herr Neuhoff me conseguiría los papeles antes de salir de gira, dando por hecho que consiguiese realizar el número, pero todavía no los tengo.

—Tengo que ir a por ellos. —Miento sin pensar. Peter me mira con aprobación: «Sí, aléjalos de aquí, gana tiempo». Me dirijo hacia la puerta del vestuario para salir a la sala de entrenamiento.

—Síguela —le ordena al agente más joven, que está al otro lado de la puerta.

Mi pánico va a peor: si los hombres me siguen, verán a Theo y harán preguntas.

—De verdad, no es necesario. Solo será un minuto.

—De acuerdo —contesta el mayor—, pero, antes de irte, tengo unas preguntas que hacerte. —El corazón me da un vuelco. Él saca un cigarrillo del bolsillo y se lo enciende—. La mujer del trapecio.

—Yo estaba en el trapecio —respondo, con la esperanza de que nadie advierta el temblor de mi voz.

—Tú no. Una mujer de pelo oscuro. —Habrán visto a Astrid a través de la ventana del gimnasio—. ¿Dónde está?

Antes de que pueda responder entra corriendo Herr Neuhoff.

—Caballeros —dice, como si estuviera saludando a unos viejos amigos. No debe de ser la primera vez que vienen—. *Heil Hitler.* —Su saludo es tan auténtico que me estremezco.

Pero el agente no sonríe.

—*Hallo, Fritz.* —Se dirige a Herr Neuhoff con demasiada familiaridad y sin mucho respeto—. Estamos buscando a una artista que al parecer es judía. ¿Tienes aquí a alguien así?

—No, claro que no —responde Herr Neuhoff, casi ofendido por la sugerencia—. El Circo Neuhoff es alemán. Los judíos tienen prohibido actuar.

—¿Quieres decir que no hay judíos en este circo? Sé que se les da bien engañar.

—Soy alemán —responde Herr Neuhoff, como si esa fuese explicación suficiente—. El circo está *Judenrein*. —Limpio de judíos—. Ya lo saben, caballeros.

—A ella no la recuerdo —dice el agente señalándome con la cabeza. El suelo parece agitarse bajo mis pies. ¿Pensará que soy judía?

—Cada año vienen muchos artistas nuevos —explica Herr Neuhoff alegremente. Yo aguanto la respiración y espero a que el hombre siga preguntando—. Noa llegó este año de Holanda. ¿Verdad que es una aria maravillosa? El ideal del Führer. —Admiro la habilidad que tiene Herr Neuhoff para defender su argumento, pero no soporto que tenga que hacerlo—. *Meine Herren*, ya que han venido hasta aquí, ¿quieren tomarse un coñac conmigo en la villa?

—Primero terminaremos la inspección —responde el agente, inflexible. Abre el armario una segunda vez y mira en su interior. Entonces se detiene justo encima del lugar donde está escondida Astrid. Yo aguanto la respiración y me clavo las uñas en las palmas de las manos. Si mira hacia abajo, la verá.

—Vamos, vamos —dice Herr Neuhoff—. Aquí no hay nada más. Solo una copa rápida y después querrán irse temprano para llegar a la ciudad antes de que caiga la noche.

Los agentes salen del camerino seguidos de Herr Neuhoff y Peter.

Cuando se marchan, me dejo caer sobre una silla. Estoy temblando. Astrid sigue en silencio bajo el suelo, sin atreverse a salir.

Peter regresa pocos minutos más tarde.

—Ya se han ido. —Salgo con él por la puerta trasera del vestuario. En la pared del gimnasio, oculta tras una carretilla, hay una estrechísima portezuela. La abre y ayuda a Astrid a salir de su escondite. Está pálida y cubierta de heno y de estiércol—.

¿Estás bien? —Me fijo entonces en cómo la abraza, con qué ternura. Debería dejarlos a solas, pero Astrid se aparta de él. Su orgullo está demasiado herido como para permitir que se le acerque.

Los sigo de vuelta a la sala de entrenamiento. Encuentro un trapo y lo empapo en uno de los cubos.

—Gracias —me dice Astrid cuando le entrego el trapo. Es el tono más amable que le he oído nunca. Le tiemblan las manos mientras se limpia el estiércol del pelo y del cuello.

Yo trato de encontrar las palabras para formular mis múltiples preguntas.

—Astrid, te has esc…

—Un truco del Gran Boldini. Actuó con mi familia hace años en Italia. —Sonríe—. No me preguntes cómo lo he hecho. Un buen mago jamás revela sus secretos.

Pero yo no estoy de humor para bromas.

—¡Oh, Astrid! —Me pongo a llorar. Aunque me odia, no puedo evitar que me importe—. ¡Casi te encuentran!

—Pero no lo han hecho —responde con cierta satisfacción en la voz.

—Pero ¿por qué te buscaban? —insisto, aunque sé que mis preguntas son demasiado para ella ahora mismo—. ¿Por qué te has escondido?

—Cielo… —interviene Peter con tono de advertencia.

—Puedo confiar en ella —declara Astrid. Yo me estiro con orgullo—. Pronto lo averiguará de todos modos. —Pero se muerde el labio y me observa como si todavía estuviese intentando decidir si puede fiarse o no—. Verás, Theo no es el único judío del circo. Yo también lo soy.

Me quedo en silencio por la sorpresa. No había imaginado que Astrid pudiera ser judía, aunque con el pelo negro y los ojos oscuros tenía bastante sentido.

Dejo escapar el aire y doy gracias a Dios por no haberle contado todo sobre mi pasado y el soldado alemán. Algo me lo impedía. Y es mejor así porque, de haberlo hecho, sin duda me habría echado de aquí.

—Yo era la pequeña de cinco hermanos en nuestra familia circense —añade—. Nuestro cuartel de invierno estaba pegado al de Herr Neuhoff. —Recuerdo la enorme casa abandonada sobre la colina que Astrid miraba cuando íbamos desde el albergue hasta el gimnasio—. Lo dejé para casarme con Erich y vivir en Berlín. —Miro a Peter por el rabillo del ojo y me pregunto si será difícil para él oír hablar del hombre al que Astrid amó antes—. Era oficial en el cuartel general del Reich. —Una mujer judía casada con un nazi de alto rango. Intento imaginarme qué clase de vida habrá llevado. Llevo semanas entrenando junto a ella, pensando que había llegado a conocerla, pero ahora aparece ante mis ojos una persona totalmente diferente.

Ella continúa hablando.

—Cuando regresé a Darmstadt, mi familia había desaparecido. Herr Neuhoff me acogió. Mi nombre es Ingrid. Lo cambiamos para que nadie lo supiera. —Es difícil imaginar que alguien pudiera rechazarla. Surge en mi cabeza la imagen de mi padre en la puerta de mi dormitorio ordenándome que me marchara. Aflora entonces todo el dolor que llevo meses intentando ignorar, con la misma intensidad que el día en que sucedió.

—¿Y qué hay de tu familia? —pregunto, temiendo la respuesta.

—Murió. —Sus ojos están vacíos y tristes.

—Eso no lo sabes —le dice Peter con cariño, y la rodea con un brazo. Esta vez ella no se aparta y apoya la cabeza en su hombro.

—Era invierno cuando regresé y deberían haber estado aquí —explica Astrid, y niega con la cabeza—. No habrían podido llegar lo suficientemente lejos como para dejar atrás a los alemanes. No. Solo quedo yo. Pero aún veo sus caras. —Levanta la barbilla—. No me compadezcas —me dice. ¿Cómo iba a hacerlo? Es fuerte, guapa y valiente.

—¿Esto sucede con frecuencia? —Señalo en la dirección por donde se ha ido la policía.

—Con la frecuencia suficiente. No pasa nada, en serio. Hacen inspecciones de vez en cuando. A veces viene la policía para asegurarse de que cumplimos el código. En general solo son amenazas y Herr Neuhoff les da unos cuantos marcos para que se vayan.

Peter niega con la cabeza.

—Esto ha sido diferente. Las SS… y te buscaban a ti.

—Sí —responde ella con expresión sombría.

—Tenemos que irnos —dice Peter con severidad. Aunque le he visto ensayar, resulta imposible imaginarse a este hombre oscuro y sombrío alegrando a la multitud—. Marcharnos de Alemania. —Sus palabras surgen como golpes secos, con urgencia. Está pensando en Astrid; ella necesita salir del país de inmediato, del mismo modo que yo debo poner a Theo a salvo.

—Unas pocas semanas más —le dice ella para calmarlo.

—Entonces estaremos en Francia —digo yo.

—¿Crees que Francia es mucho mejor? —pregunta Peter.

—En realidad no lo será —explica Astrid—. En otra época tal vez habríamos estado seguros en la zona libre. Pero ya no. —En los primeros años de la guerra, Vichy no estaba técnicamente ocupada. Pero los alemanes habían acabado con ese gobierno títere hacía dos años y habían ocupado el resto del país.

—Tengo que ir a hablar con Herr Neuhoff —dice Peter—. Astrid, ¿estarás bien? —Aunque se dirige a Astrid, me mira a mí, como si estuviera pidiéndome que cuidara de ella.

Yo vacilo. Estoy deseando ir a ver a Theo y asegurarme de que los alemanes no le han visto, pero no puedo dejar sola a Astrid.

—Vamos —le digo ofreciéndole la mano—. Tengo algunas preguntas sobre lo que hemos practicado hoy y necesito que me vendes un tobillo que me duele. —Hago que parezca que soy yo la que necesita su ayuda—. Dame. —Le quito el trapo sucio cuando Peter se marcha y lo devuelvo al cubo donde lo he encontrado. Me arrodillo para enjuagarlo y escurrirlo. Cuando vuelvo a levantarme, Astrid está mirando por la ventana hacia el valle. Me pregunto si estará pensando en las SS, en su familia o en ambas cosas—. ¿Estás bien?

—Lo siento —responde—. Lo que te he hecho ha estado mal.

Tardo unos segundos en darme cuenta de que está hablando del incidente del trapecio, cuando me ha empujado. Con todo lo ocurrido después, casi lo había olvidado.

—Ahora lo entiendo. No querías que tuviese miedo.

Niega con la cabeza.

—Solo los tontos no tienen miedo. Nosotros necesitamos el miedo para no perder la perspectiva. Quería que supieras qué es lo peor que puede ocurrir para que estuvieras preparada y te asegurases de que no sucede. Mi padre hizo lo mismo conmigo… cuando tenía cuatro años. —Intento asimilar la idea de que alguien pueda tirar a una niña pequeña desde una plataforma situada a más de diez metros de altura. En cualquier otro lugar sería un delito, pero aquí es entrenamiento y se acepta—. ¿Tienes un baúl? —me pregunta cambiando de tema. Yo niego con la cabeza. Me fui de Bensheim sin nada y solo tengo la ropa que ella reunió para Theo y para mí—. Bueno, tendremos que buscarte uno. Eso si te quedas, claro. —Veo en sus ojos un miedo y una vulnerabilidad que no había visto antes—. No podemos actuar en el trapecio volante sin una tercera trapecista. Y yo tengo que actuar. —Con la llegada de los alemanes, parecen haber cambiado las tornas y ahora ella me ruega a mí, me necesita para el espectáculo como jamás hubiera imaginado que fuera posible. Vacilo y sopeso mi respuesta.

Más tarde esa noche, permanezco despierta. Astrid, quien por primera vez desde mi llegada no se ha ido con Peter, ronca a mi lado. Pienso en todo lo que ha vivido. A las dos nos rechazaron personas a las que queríamos; a mí mis padres y a ella su marido. Y ambas perdimos a nuestras familias. Quizá no seamos tan distintas después de todo.

Pero Astrid es judía. Me estremezco al pensar en el peligro, que es mucho peor para ella que para mí. Jamás lo habría imaginado. Estiro la mano y le toco el brazo, como para asegurarme de que sigue ahí y está a salvo. Supongo que no debería haberme sorprendido averiguar la verdad. En tiempos de guerra todos tenemos un pasado, incluso un bebé como Theo. Todos necesitan esconder la verdad y reinventarse para sobrevivir.

Incapaz de dormir, me quito a Theo de encima y me levanto de la cama. Paso de puntillas junto a Astrid, salgo del albergue y atravieso el campo en la oscuridad. La escarcha del suelo cruje bajo mis pies. En el gimnasio, el aire huele a colofonia y sudor reseco. Contemplo el trapecio, pero no me atrevo a practicar sola.

En lugar de eso, me voy al vestuario y me quedo mirando el lugar donde se ha escondido Astrid. ¿Qué habrá experimentado? Salgo por la puerta de atrás y me encuentro de nuevo con el aire frío de la noche, me acerco entonces a la puertecita del sótano y tiro de ella. El pestillo se atasca, y a mí me maravilla que Astrid pudiera meterse en un espacio tan pequeño en tan poco tiempo. No puedo abrir la puerta. El corazón me late acelerado. De pronto es como si estuviera huyendo de los alemanes para salvar la vida y estuvieran a punto de atraparme.

La puerta se abre y yo me cuelo dentro. Entonces cierro y me quedo tendida en la oscuridad. El hueco es alargado y no tiene mucha altura; hay espacio suficiente para una persona tumbada. Y quizá un niño. ¿Podríamos esconder a Theo aquí con Astrid si regresara la policía? El niño podría gritar. Un bebé, aunque más pequeño, no es tan fácil de esconder. Aspiro el aire, que apesta a putrefacción.

Recuerdo entonces el momento en que Astrid me pidió que me quedara con el circo. No respondí de inmediato. Mi carga parecía más pesada por conocer su secreto, y no podía evitar preguntarme si Theo y yo estaríamos más seguros solos.

Entonces vi la súplica en su mirada; necesitaba ayuda, pero no quería pedirla.

—Me quedaré —le prometí. No podía abandonarla ahora.

—Bien —respondió ella, con más alivio en la voz del que sin duda le habría gustado—. Te necesitamos más que nunca. —Parecía que le costase decirlo—. Empezaremos otra vez mañana. —Se dio la vuelta y se fue. Lo recuerdo ahora y me doy cuenta de que no me dio las gracias.

Pero no importa. Astrid me necesita, y en este momento, aquí tendida bajo el suelo, sé que haré cualquier cosa para salvarla.

CAPÍTULO 7

ASTRID

Por fin fuera de Alemania.

Cuando la estación fronteriza de tejado plano se pierde en la oscuridad, mi cuerpo se relaja y yo respiro aliviada. Me recuesto junto a Peter en la litera doble que ocupa casi todo su compartimento en el tren. Ronca ligeramente y murmura algo mientras duerme.

Hace más de un mes que los agentes de las SS vinieron a la sala de entrenamiento en Darmstadt, haciendo preguntas sobre una mujer judía que actuaba en el circo. Habíamos ensayado para ello, por supuesto, para la posibilidad de que tuviera que esconderme, maquinando posibles distracciones, calculando cuántos pasos harían falta para llegar al sótano desde diversas ubicaciones, el esfuerzo que requeriría levantar la pesada trampilla de madera. Incluso teníamos un código: si Herr Neuhoff o Peter o cualquier otro me decía «Vete a pescar», debía irme al sótano; «Vete de acampada» significaba abandonar por completo las instalaciones, pero la visita de las SS nos había pillado por sorpresa y apenas tuve tiempo de salir por la puerta trasera antes de que entraran en el gimnasio. Tanto mejor, porque no había nada que pudiera haberme preparado para el hecho de tener que quedarme tumbada y sin moverme bajo el suelo en aquel lugar frío y oscuro. Estar bajo el suelo en aquel lugar asfixiante era lo más alejado de la libertad que experimentaba cuando volaba por el aire. Era la muerte.

Al recordarlo ahora me pego más a Peter y disfruto de su firmeza y de su calor. ¿Quién le habría dicho a la policía que había
una mujer judía en el circo? Yo apenas había salido del cuartel de
invierno cuando no estábamos de gira, pero quizá algún mensajero o cualquier otro visitante me hubiera visto y los hubiera
alertado. ¿O habría sido uno de los nuestros? Después de aquel
día, miraba de manera distinta a los artistas y obreros, preguntándome quién podría desear tenerme lejos. No podía confiar en
nadie. Salvo en Peter, claro. Y en Noa. Ella tiene tanto o más
que yo que perder.

Las SS no han vuelto a venir al cuartel de invierno en las semanas anteriores a nuestra partida. Pero aun así yo estoy alerta
desde entonces. Los días pasaban despacio antes de marcharnos,
cada uno de ellos suponía una nueva amenaza, el riesgo a ser des-
cubierta. Después de aquello, el peligro se hizo mucho más real
que antes.

Erich aparece en mi mente. ¿Qué pensaría el *obergruppen-
führer* si supiera que su esposa tiene que esconderse de sus
compañeros bajo el suelo como si fuera un animal perseguido?
Veo su cara con más nitidez que hace meses y me pregunto
cómo habrá explicado mi desaparición a nuestros amigos y vecinos. «Se ha ido a visitar a un familiar enfermo», me lo imagino
diciendo con esa voz tan suave de la que una vez me enamoré.
O quizá nadie haya preguntado nada. ¿Se habrá quedado en el
apartamento, oliendo mi fragancia y utilizando las cosas que
antes eran nuestras, o peor aún, habrá llevado a otra mujer allí?
Quizá se haya mudado. Erich no era de los que se recreaban en
el pasado.

A mi lado, Peter se mueve y yo dejo de pensar en Erich porque me siento culpable. Peter se gira hacia mí y siento su deseo
a través de la tela de nuestra ropa de dormir. Me toca con sus
manos, encuentra el dobladillo del camisón. Con frecuencia sucede así en mitad de la noche. Más de una vez me he despertado
con él dentro de mí. En otra época tal vez me habría importado,

pero ahora agradezco la franqueza de su deseo, que se produce sin la excusa del romance.

Me siento a horcajadas encima de él, desnuda por debajo del camisón, apoyo las palmas de las manos en su torso caliente y aspiro el aire mezclado con licor, tabaco y sudor. Entonces comienzo a mecerme lenta y metódicamente al ritmo del tren. Peter estira el brazo, me agarra de la barbilla y me mira a los ojos. Normalmente mantiene los ojos cerrados, perdido como si estuviera en otro mundo. Pero ahora me mira fijamente, como nunca había hecho antes. Es como si estuviera intentando resolver un misterio o abrir una especie de puerta. La intensidad de su mirada libera algo en mi interior. Comienzo a moverme más deprisa, necesito cada vez más a medida que el calor de nuestra conexión va creciendo dentro de mí. Él pone los ojos en blanco. Cuando llego al culmen de mi pasión, de esa manera silenciosa tantas veces puesta en práctica, me dejo caer encima de él y le muerdo el hombro para amortiguar los gemidos y que no se oigan en los demás vagones.

Después me doy la vuelta y me quedo tumbada junto a él. Tiene los dedos enredados en mi pelo y murmura suavemente en ruso para sus adentros. Se aferra a mí y me besa la frente, las mejillas y la barbilla. Saciada ya su pasión, sus caricias son tiernas y su mirada cálida.

Peter se queda dormido al instante, con un brazo por encima de la cabeza en un gesto de rendición y el otro sobre mi pecho. Pero parece inquieto mientras duerme, se mueve y libra una batalla bajo los párpados que no parece tener fin. Me pregunto qué es lo que verá, un capítulo de un libro que yo jamás he leído. Le acaricio con cariño hasta que se calma.

Nos hicimos amantes el verano pasado cuando estábamos de gira. Al principio pasábamos las noches sentados junto al fuego en el patio de detrás de la carpa del circo, mucho después de que los demás se hubiesen ido a la cama. Más tarde llegaron las noches juntos como esta, refugiándonos en nuestra mutua compañía. Hay tristeza en él, una tragedia por la que no me atrevo a preguntar. A veces, con sus movimientos febriles, es como si estuviese intentando recuperar el pasado. Yo tampoco le he contado los detalles de los años que pasé lejos del circo con Erich. La vida con Peter trata del aquí y del ahora. Estamos juntos solo porque queremos; es una relación que no está basada ni en un pasado común ni en promesas de futuro que quizá no podamos cumplir. La parte de mí que tal vez habría deseado algo más de un hombre murió el día que me fui de Berlín.

Me quedo mirando las vigas del techo, que se mueven de un lado a otro con el traqueteo del tren. La mañana anterior nos levantamos antes del amanecer. El proceso de carga de los vagones había comenzado horas antes, todos con el emblema del circo, llenos de cajas y de pértigas para las carpas. Los obreros habían estado en pie toda la noche y el humo de sus cigarrillos y el olor de su sudor parecían rodear el tren. Los animales eran los últimos en subir antes de nosotros; elefantes cubiertos con mantas que subían centímetro a centímetro por las rampas y las jaulas de los grandes felinos, que colocaban meticulosamente dentro de los vagones. «¡Eee!», había gritado Theo al ver cómo subía el último de los elefantes, con cuatro trabajadores detrás empujando sus enormes posaderas. No me quedó más remedio que sonreír. Para nosotros, la gente del circo, los animales exóticos se han convertido en algo habitual. ¿Cuándo fue la última vez que a alguien aquí le maravilló un elefante?

Peter tiene un compartimento privado, medio vagón, dividido con una pared improvisada. No es nada comparado con el lujo con el que solía viajar mi familia: teníamos dos vagones, nuestras propias camas, baño privado y mesa de comedor, casi como una casa en miniatura sobre raíles. Claro, esa era la época dorada del circo.

Me toco la oreja derecha mientras pienso, acaricio el pendiente dorado que perteneció a mi madre y palpo el pequeño rubí con la punta del dedo. No he sabido nada de mi familia desde que regresé a Darmstadt. Mi esperanza de saber algo de ellos cuando saliese de gira con el Circo Neuhoff el año anterior se ha ido al traste. No podía preguntarle a nadie directamente por miedo a que me relacionaran con mi verdadera identidad. Y, cuando hacía referencias casuales en las ciudades donde habíamos actuado en el pasado, la gente se limitaba a decir que el circo Klemt no había ido ese año. Incluso envié una carta a Herr Fein, el representante de Frankfurt que organizaba la gira del circo de mi familia en las grandes ciudades, con la esperanza de que él pudiera saber algo sobre su paradero. Pero la carta me fue devuelta con un garabato en la parte delantera: *Unzustellbar.* Devuelta.

Veo las sombras pasar por la pared del vagón. Llevamos treinta horas en el tren, mucho más de lo normal, pero nos hemos visto obligados a dar rodeos en tramos de vía que habían quedado dañados o destruidos. El tren estuvo parado durante horas en algún lugar cerca de la frontera mientras los aviones de combate británicos volaban sobre nuestras cabezas y las bombas caían tan cerca que nuestro equipaje vibraba sobre las baldas. Pero ahora avanzamos tranquilamente por el campo.

Empiezan a pesarme los párpados, adormecida por el balanceo del tren y el calor de la pasión que Peter y yo acabamos de compartir. Me tapo con su manta al sentir el aire frío que se cuela por una grieta en la ventana. Hace demasiado frío para ir de gira. Los vagones están mal climatizados y las cabañas de la feria están pensadas para el verano.

Sin embargo, el programa estaba claro. Habíamos partido el primer jueves de abril como hiciéramos el año anterior. En otros tiempos, el circo iba allí donde había dinero, a los valles de viñedos del Loira y a los pueblos adinerados de la región del Ródano y los Alpes. Ahora actuamos donde se nos permite; es un programa marcado por los alemanes. Que el Reich haya accedido a que el circo siga en activo todos estos años no es poca cosa. Nos llevan por la Francia ocupada como diciendo: «¿Veis? La vida sigue igual. No puede ser tan malo si sigue existiendo algo tan divertido como esto». Pero nosotros representamos todo lo que Hitler odia: las rarezas y las peculiaridades en un régimen que defiende la conformidad. No nos permitirán seguir actuando siempre.

El tren aminora la velocidad y se detiene. Yo me incorporo y me quito de encima el brazo de Peter. Aunque hemos cruzado la frontera de Francia horas atrás, los controles pueden surgir en cualquier momento. Me levanto y busco mi *ausweis* y mis otros documentos. Empezamos a movernos de nuevo, ha sido una parada breve. Me quedo sentada al borde de la cama y noto que el corazón todavía me late desbocado. Estamos muy cerca de la línea que antes separaba Vichy de la Francia ocupada. Aunque ambas están ahora ocupadas por el Reich, inspeccionarán el tren de todos modos. Cuando vengan los guardias, quiero ser una entre tantas chicas que duermen en el coche cama, no quiero estar en el compartimento de Peter y arriesgarme a que investiguen en profundidad mi identidad y mis papeles, cosa que no sucedería si me mezclo con las demás.

Salgo de la cama y me visto apresuradamente. Salgo de puntillas para no despertar a Peter y entro en el siguiente vagón, donde el aire está viciado y las chicas duermen en literas de tres alturas. Pese a la escasez de espacio, son sábanas de verdad, no sacos de dormir. Bajo las camas hay baúles alineados ordenadamente, uno para cada una.

Noa duerme en una de las camas bajas, con el bebé aferrado contra su pecho como si fuera un animal de peluche. Parece aún más joven mientras duerme, al contrario que la noche en que llegó a nuestras vidas. Es lo que mi madre llamaría *Backfisch*, una chica que acaba de descubrir su condición de mujer. Al ver cómo abraza a Theo, algo se remueve en mi interior. Ambas fuimos abandonadas, exiliadas a nuestra manera de la vida que conocíamos.

Pero no es momento de sentimentalismos. Lo único que importa es que pueda actuar como necesitamos que lo haga. Como trapecista, no basta con ser técnicamente buena. Hay que tener personalidad, estilo y la capacidad para lograr que el público aguante la respiración, que tema por su vida además de por la

102

nuestra. Del mismo modo, la mera apariencia y la personalidad no serían suficientes; ni siquiera la mujer más guapa del mundo sobreviviría a una temporada de gira sin la elegancia, la agilidad y la fuerza física.

Hasta ahora Noa me ha sorprendido. Después del primer día estaba convencida de que se rendiría, de que jamás volaría. Sin embargo, no había tenido en cuenta su entrenamiento como gimnasta, ni su tenacidad. Ha trabajado duro y es lista y capaz. Y valiente; que rescatara a Theo del vagón nazi lo deja más que claro. Es todo lo buena que puede llegar a ser, aunque todo dependerá de que pueda actuar bajo los focos frente a cientos de personas dos o tres veces al día.

Otra chica ha ocupado la litera en la que debía dormir yo, así que me meto en la estrecha litera de Noa, junto a ella. Pero no puedo dormir. En vez de eso, ensayo nuestro número de arranque de esa noche, marcando los movimientos en mi cabeza.

Junto a mí, Noa cambia de posición lentamente, de esa forma tantas veces puesta en práctica para no despertar a Theo.

—¿Hemos llegado ya?

—Queda poco. Unas horas más. —Nos quedamos tumbadas la una junto a la otra, rozándonos levemente con el balanceo del tren.

—Háblame —me dice con la voz cargada de soledad.

Yo vacilo, porque no estoy segura de lo que quiere oír.

—Nací en un vagón como este —le cuento. Siento su sorpresa en la oscuridad—. Mi madre se bajó del escenario y me tuvo. —Según cuenta la historia, las protestas de mi padre fueron lo único que impidió que regresara al espectáculo inmediatamente después.

—¿Cómo fue crecer en el circo? —Con Noa, las preguntas siempre parecen engendrar más preguntas. Es muy curiosa y quiere saberlo todo.

Sopeso mi respuesta. Cuando era más joven, odiaba la vida en el circo. Ansiaba tener una infancia normal, la estabilidad de quedarse en un único lugar y tener un hogar de verdad. Poder tener más cosas de las que caben en un baúl de viaje. Incluso en los meses que pasábamos en nuestro cuartel de invierno, durante los cuales se me permitía ir al colegio, era distinta de las otras chicas, una forastera y una rara.

Cuando apareció Erich, fue para mí la salida que había estado buscando toda mi vida. Intenté estar a la altura del papel, modulé mi acento para hablar como las esposas de los demás oficiales. Pero, tiempo después de habernos instalado en Berlín, seguía faltando algo. El apartamento estaba vacío, sin los sonidos y los olores del cuartel de invierno. Echaba de menos el ruido y la emoción de actuar estando de gira. ¿Cómo podía la gente vivir en un único lugar todo el tiempo sin aburrirse? Amaba a Erich y, pasado un tiempo, mi anhelo comenzó a atenuarse como una cicatriz mal curada. Pero seguía obsesionándome el mundo del que siempre había tratado de escapar. Ahora me doy cuenta de que mi vida con Erich fue algo temporal, como uno de los números de nuestros espectáculos. Cuando terminó, no derramé ni una lágrima. Más bien me cambié de traje y seguí con mi vida.

Pero no le cuento a Noa nada de esto; no es lo que desea oír.

—Una vez, cuando era pequeña, actuamos para una princesa —le digo en cambio—. En el Imperio austrohúngaro. Todos los miembros de su corte llenaron la carpa.

—¿De verdad? —pregunta con asombro. Yo asiento. Ya no hay emperatrices, han sido reemplazadas por parlamentos y votaciones. Quizá sea mejor para el pueblo, pero resulta menos mágico. ¿El circo también acabará siendo cosa del pasado? Aunque nadie habla de ello, a veces me pregunto si estaremos encaminándonos hacia la extinción con cada representación, demasiado ocupados bailando y volando por los aires como para darnos cuenta.

Abro el relicario que llevo colgado del cuello y, a la luz de la luna, contemplo la diminuta fotografía de mi familia, la única que tengo.

—Mi madre —le digo a Noa. Era una auténtica belleza, al menos antes de que Isadore muriera y ella se diera a la bebida. Al contrario que yo, poseía una elegancia tremenda y unos rasgos románicos—. En una ocasión, antes de que yo naciera, el circo viajó a San Petersburgo y ella actuó para el zar Nicolás. Quedó encantado con ella y dijeron que la zarina lloró. Yo solo soy una mínima parte de lo que era ella en el aire.

—No puedo imaginar a nadie mejor —declara Noa con demasiada energía, y la chica que duerme encima de nosotras deja escapar un ronquido entre sueños. Theo se mueve y amenaza con despertarse. Le doy palmaditas en la espalda para calmarlo y me pregunto si Noa estará intentando ganarse mi simpatía, aunque su admiración parece sincera.

—Es cierto. Era una leyenda. —Siendo las dos únicas mujeres en una familia de varones, habría imaginado que mi madre y yo estaríamos más unidas. Me quería mucho, pero había una parte de ella a la que yo nunca podía acceder.

—Erich y tú —dice Noa, y me sorprende la familiaridad con que utiliza su nombre—, ¿nunca tuvisteis hijos? —Me sorprende y después me fastidia este inesperado cambio de tema. Tiene la capacidad de encontrar el punto débil, formular la pregunta que no quiero responder.

Niego con la cabeza.

—No podíamos. —Con frecuencia me he preguntado si Erich habría luchado más por mantenerme a su lado si hubiéramos tenido un bebé. Pero nuestro hijo habría sido judío a los ojos del Reich. ¿Habría renegado de los dos? Quizá ahora tenga hijos… y una nueva esposa, ya que, aunque yo nunca llegué a firmar los papeles del divorcio, para el Reich nuestro matrimonio nunca había existido.

—Y entonces, cuando regresaste al circo, ¿te enamoraste de Peter? —pregunta Noa.

—No —respondo de inmediato—. No es así en absoluto. Peter y yo estamos juntos sin más. No lo conviertas en algo que no es.

Noto que el tren comienza a aminorar la velocidad. Me incorporo y me pregunto si será mi imaginación. Pero las ruedas chirrían y el tren se detiene. Otro control. Herr Neuhoff nos dio papeles a todos, incluido Theo. Pero no dejan de ser falsos, y en cada parada, me embarga el miedo. ¿Servirán? Desde luego, Herr Neuhoff no ha reparado en gastos para que parezcan auténticos. Sin embargo, bastaría un agente fronterizo con buen ojo para darse cuenta de que algunos detalles no están bien. Noto una presión en el pecho y me cuesta respirar.

Oigo golpes fuera del vagón. Se abre la puerta y entra un guardia fronterizo sin esperar respuesta. Alumbra el interior del coche con una linterna y la mantiene más tiempo del necesario sobre los cuerpos de las chicas que empiezan a despertarse. Recorre las literas, inspeccionando cada tarjeta de identidad antes de pasar a la siguiente. Dejo escapar el aire. Quizá no ocurra nada.

Entonces llega hasta nosotras.

—*Kennkarte. Ausweis.* —Le entrego mis documentos junto con los que Noa me entrega. Aguanto la respiración y cuento, a la espera de que me los devuelva. Uno, dos…

Entonces se los lleva y sale del tren.

Yo me muerdo el labio para no protestar.

—¿Qué acaba de pasar? —pregunta Noa con pánico y confusión en la voz.

Yo no respondo. Algo, algún detalle en una de nuestras tarjetas, nos ha delatado y ha dejado claro que son falsas. «Tranquila», me digo a mí misma, y me obligo a respirar con normalidad para no entrar en pánico como Noa. Las demás nos miran nerviosas. Noa me estrecha la mano, confiada como un niño. Yo me preparo y espero a que el guardia regrese y nos saque a rastras del vagón.

—Tus zapatos —le susurro con urgencia.

—¿Qué? —Noa se preocupa y me clava las uñas en la palma de la mano.

—Póntelos. Si nos llevan… —Me detengo, no termino la frase porque ella empieza a temblar. Es vital que mantengamos la calma cuando regrese el guardia.

Pero no viene. Pasan cinco minutos, después diez, y mi miedo empeora a cada segundo. ¿Habrá ido a buscar a los otros guardias? Necesito a Peter conmigo. Noa me aprieta los dedos una vez más y no me suelta. El tren se balancea y comienza a moverse.

—Nuestros papeles —susurra ella con urgencia en la voz—. Se los han llevado.

—Shh. —Seguimos en el tren. No nos han detenido. Pero continuamos sin nuestros papeles, lo cual es casi igual de malo.

Momentos más tarde, Herr Neuhoff aparece en la puerta del vagón y me hace un gesto para que me acerque.

—Toma —dice cuando le alcanzo. En sus dedos rechonchos tiene todos nuestros documentos. Tiene una expresión extraña, me pregunto cuánto dinero habrá tenido que darle al guardia para que haga la vista gorda y no interrogue demasiado.

A medida que el tren gana velocidad, todo el vagón parece respirar aliviado. Estamos ya todas despiertas y las chicas se levantan y se visten, empujándose unas a otras en el comprimido espacio. Fuera, el cielo empieza a clarear y se adivina el color rosa tras la silueta oscura de un viñedo en terrazas, coronado por una iglesia derruida.

Poco tiempo más tarde, aparece una de las trabajadoras de la cocina y reparte el desayuno, a base de pan frío y queso. El paisaje de campo va dando paso a las granjas que surgen esparcidas por el terreno cada vez con más frecuencia. Los niños se asoman a las ventanas de las casas con curiosidad y corren junto a las vías en paralelo a los coloridos vagones de nuestro tren, con la esperanza de poder ver a los animales.

Continuamos en silencio, atravesamos un acueducto y después se abre ante nosotros un valle con un pueblo de tejados rojos bajo las ruinas de un castillo, rodeado de campos de matorrales marchitos. En la ladera aparecen desperdigadas casitas de campo

con el tejado cubierto de musgo. Entre medias surge algún castillo o iglesia con el campanario derruido, y muros de alabastro ca-
lentados por el sol, que brilla ya en lo alto.

Un murmullo de emoción recorre el vagón. Ya casi hemos
llegado.

—Tenemos que prepararnos para el desfile —le digo a Noa.

—¿El desfile? —pregunta ella con el ceño fruncido.

Yo suspiro para mis adentros y me recuerdo a mí misma que
hay muchas cosas que todavía desconoce.

—Sí, cuando lleguemos, nos bajaremos del tren y desfilare-
mos por el pueblo en carros. Ofrecemos un adelanto para que
los lugareños se interesen por el espectáculo.

Observo su cara mientras procesa la información y busco en
ella signos de nerviosismo o de miedo. Pero se limita a asentir y
deja a Theo para poder vestirse.

Las chicas comienzan a arreglarse todo lo que pueden en ese
espacio tan reducido, se ponen colorete y se pintan las cejas.

—Toma. —Saco de mi baúl un vestido rosa de lentejuelas y
se lo entrego. Ella mira a su alrededor, pues todavía le avergüenza
cambiarse delante de las demás. Pero no hay ningún sitio al que ir,
así que se lo pone y está a punto de tropezar por las prisas.

—¿Vendrán a vernos? —me pregunta—. Los franceses,
digo. Para ellos somos alemanes…

—Yo pensaba lo mismo el primer año después de que co-
menzara la guerra —respondo—. No hay por qué preocuparse.
A la gente le encanta el espectáculo. El circo no tiene barreras.

—El público no ve el espectáculo como si fuera alemán y acude
fielmente cada año.

El tren va frenando según nos acercamos a la estación. No
nos bajamos de inmediato, sino que seguimos preparándonos
mientras montan los carros, que habían sido enviados por ade-
lantado o se alquilan allí. Primero descargan a los animales y colocan sus jaulas en plataformas con ruedas. Nos dirigimos hacia la
salida y esperamos nuestra señal.

Al fin se abre la puerta del vagón y sentimos el aire fresco y frío que lo inunda todo. La estación está casi tan abarrotada como el tren, con docenas de espectadores apiñados a la espera de dar la bienvenida al circo. Se suceden los *flashes* de las cámaras. Después de la tranquilidad del tren, el caos resulta molesto, como si alguien hubiera encendido la luz en mitad de la noche. Me detengo en seco y la chica que va detrás se choca conmigo. Me asaltan las dudas y soy incapaz de moverme. Normalmente me encanta estar de gira, pero de pronto echo de menos Darmstadt, donde conozco cada centímetro del terreno… y donde tengo un lugar donde esconderme. Salir de gira el año pasado como si no estuviéramos en guerra ya fue suficientemente duro. Ahora llevo la carga añadida de asegurarme de que Noa pueda actuar, de que Theo y ella estén a salvo. ¿Cómo puedo cargar con todo eso?

—¿Astrid? —dice Noa con su voz tímida. Yo me vuelvo hacia ella. Me observa nerviosa, sin saber qué hacer.

Dejo a un lado mis dudas y le doy la mano.

—Vamos —le digo, y juntas bajamos del tren.

Escudriño a la multitud y veo sus caras, no de desprecio, sino de admiración y de esperanza ante nuestra llegada. Los adultos nos observan con el asombro de los niños. El circo siempre llevaba luz a los lugares que visitaba. Ahora es como una cuerda salvavidas. Levanto la barbilla. Si todavía somos capaces de darles esto, entonces el circo no ha muerto. Ha habido circos desde los tiempos de los romanos y de los griegos, nuestras tradiciones tienen siglos de antigüedad. Sobrevivimos a la Edad Media, a las guerras napoleónicas, a la Gran Guerra. Sobreviviremos también a esto.

CAPÍTULO 8

ASTRID

Recorremos el andén de la estación. Los caballos, que van enganchados a los carros de las bestias, golpean las pezuñas contra el suelo con impaciencia y resoplan por las fosas nasales. Tiran de las jaulas de los leones y del tigre, que van a la vista de todos. También hay camellos y un pequeño oso pardo, que van en procesión con una cadena. El año pasado teníamos una cebra, pero murió durante el invierno y Herr Neuhoff no ha podido reemplazarla.

La comitiva comienza a moverse lentamente en dirección al pueblo, una mezcla de tejados de pizarra descolorida construidos en una ladera con una catedral medieval en lo alto. No se diferencia mucho de las docenas de pueblos que he visto a lo largo de los años durante las giras. En otra época, el circo se movía con más rapidez, visitaba un pueblo cada día, realizaba dos o tres representaciones y después desmontaba el *chapiteau* y seguía su camino por la noche. Pero las líneas ferroviarias nos han frenado y los alemanes restringen los sitios donde podemos ir. De modo que las reservas se eligen de forma más estratégica, lugares donde podamos acampar durante una semana y que atraigan a visitantes de los pueblos circundantes, como los radios de una rueda. Pero ¿acaso es eso posible? Las dudas de Noa resuenan ahora en mi cabeza. Ya van más de cuatro años de sufrimiento y penurias aquí. Parece que, si la guerra se alarga mucho más, la gente dejará de venir.

La pendiente se vuelve más pronunciada y la procesión se ve obligada a ir más despacio, ya que a los caballos les cuesta tirar de los carros. Junto a la carretera hay un pequeño cementerio; incrustadas en la ladera hay varias lápidas. Al fin llegamos al borde de Thiers, una maraña de calles estrechas bordeadas por casas de tres y cuatro alturas muy pegadas entre sí, como si se apoyaran las unas en las otras. En lo alto de la calle, aumenta el escándalo de la multitud que aguarda y el aire parece cargado de emoción. Suena una trompeta cuando comienza el desfile, anunciando nuestra llegada. Nuestro carro, adornado con banderines y tirado por caballos con tocados de joyas, va cerca de la cabecera, por delante del carro de los leones, con el domador montado encima. La majestuosidad y el colorido de nuestra procesión contrastan con las fachadas apagadas de los edificios. Las calles son iguales a las de los pueblos de años anteriores. Salvo por las banderas rojas con esvásticas que cuelgan de algunos edificios, sería posible imaginar que no estamos en guerra.

Nos movemos con cuidado por el pueblo, tirando de los carros hacia delante. Los niños nos saludan y silban entre la multitud. Junto a mí, Noa se pone nerviosa ante tanta adulación y agarra a Theo con más fuerza. Yo le doy una palmadita en el brazo para tranquilizarla. Para mí esto es normal, pero ella debe de sentirse desnuda y vulnerable.

—Sonríe —le digo con los dientes apretados. Es un espectáculo desde el mismo momento en que bajamos del tren.

En un balcón de hierro forjado del segundo piso, veo a un chico, o quizá sea un hombre, de diecinueve o veinte años a lo sumo. No silba ni aplaude, solo nos observa con una mezcla de desinterés y perplejidad, con los brazos cruzados. Pero es guapo, con el pelo negro y ondulado y una mandíbula bien definida. Me imagino que sus ojos, si estuviera lo suficientemente cerca para ver su color, serían azul cobalto. Algo en nuestro carro llama su atención. Me dispongo a hacer mi mejor saludo teatral, pero no es a mí a quien mira, sino a Noa. Por un segundo pienso en decírselo, pero no quiero que se ponga más nerviosa. Segundos más tarde el muchacho ha desaparecido.

Las calles adoquinadas se vuelven más estrechas y obligan al desfile a pegarse más a los espectadores. Los niños pequeños estiran los brazos para tocarnos de manera que habría resultado maleducada con cualquier otra persona. Pero no nos alcanzan y yo me siento agradecida. Las caras entre la multitud son diferentes este año, tienen los ojos cansados de la guerra y la piel más pegada a las mejillas. Pero nosotros también hemos cambiado. De cerca, uno podría ver las grietas, los animales demasiado delgados, a los artistas que utilizan más colorete de la cuenta para disimular la fatiga.

Los espectadores siguen el desfile por la calle hacia la plaza del mercado y después por otra carretera que vuelve a salir del pueblo. Aunque la pendiente es más suave que en el ascenso, el camino está cubierto de baches y surcos. Al pasar por un bache, yo rodeo a Noa y a Theo con un brazo para que no se caigan del banco. Podría haberle sugerido que dejara a Theo con Elsie o cualquiera de las trabajadoras; un desfile no es lugar para un bebé. Pero sabía que Noa se pondría nerviosa y que se consolaría teniéndolo a su lado. Me quedo mirando al niño. No parece que le asusten el ruido y la gente. En vez de eso, está cómodamente apoyado en Noa con la cabeza ladeada, aparentemente entretenido por el escándalo.

Pocos kilómetros más tarde, el pavimento da paso a la tierra. Noa se fija en la multitud que corre detrás.

—Todavía nos siguen —comenta—. Pensé que habrían perdido interés.

—Jamás —respondo yo. Los espectadores nos siguen el ritmo incansablemente. Las mujeres llevan en brazos a los bebés y los niños pedalean a nuestro lado en sus bicicletas, ensuciándose el traje de los domingos con el polvo que se levanta de la tierra. Incluso los perros se unen a la aglomeración y forman parte del desfile ellos también.

Pocos minutos más tarde, el camino termina en un campo de hierba amplio y llano, interrumpido solo por una arboleda situada en un extremo. El carro se detiene con una sacudida poco ceremoniosa. Yo bajo primero y estiro el brazo para ayudar a Noa, pero ella mira más allá con los ojos muy abiertos. El montaje de la carpa principal supone una atracción casi tan llamativa como el propio espectáculo circense, y no solo porque es gratis. En torno al campo se ha dispersado un ejército de trabajadores con lonas, pértigas de metal y cuerda. El circo necesita más mano de obra de la que podemos llevar con nosotros, lo que supone una buena noticia para los hombres del pueblo que buscan trabajo. Se encuentran allí de pie, con los brazos desnudos, sudando, y rodean la inmensa lona estirada en el suelo, que ocupa todo el campo, fijada con estacas alrededor.

—Me siento inútil sin hacer nada —dice Noa tras bajarse del carro—. ¿No deberíamos ayudar o algo?

Yo niego con la cabeza.

—Que hagan su trabajo. —Nosotras no podemos ayudar a levantar la carpa igual que los trabajadores no pueden subirse al trapecio.

Concluyen los preparativos, pero el verdadero espectáculo se reserva para la multitud. Les ponen los arneses a los elefantes, que no formaban parte del desfile y han sido traídos aquí directamente. Cuando se da la orden, los animales empiezan a caminar alejándose del centro y elevan el mástil principal. Después llega el turno de los caballos, que colocan las vigas más cortas, y el conjunto parece elevarse como un fénix de las cenizas, una carpa del tamaño del inmenso gimnasio de Darmstadt donde segundos antes no había nada. Aunque sin duda lo han visto año tras año, los espectadores contemplan el espectáculo asombrados y aplauden con fervor. Noa observa en silencio, impresionada al ver la carpa montada por primera vez. Theo, que estaba mordisqueándose los dedos, chilla con aprobación.

La multitud comienza a dispersarse cuando los trabajadores proceden a asegurar las vigas.

—Vamos —digo mientras camino en dirección a la carpa—. Tenemos que practicar.

Noa no se mueve, me mira vacilante, después mira al bebé y vuelve a mirarme a mí.

—Llevamos casi dos días viajando —se queja.

—Soy consciente de ello —respondo, cada vez más impaciente—. Pero solo tenemos unas horas antes de prepararnos para el primer pase. Tienes que ensayar al menos una vez en la carpa antes de que llegue el momento.

—Theo tiene que comer y yo estoy agotada. —Su voz suena casi como un gimoteo y entonces vuelvo a recordar lo joven que es. Me acuerdo por un instante de lo que era desear hacer otra cosa, mirar por la ventana de la sala de entrenamientos y ver a las niñas saltando a la comba en el valle y desear poder ir con ellas.

—De acuerdo —cedo—. Tómate quince minutos. Ve a dejarlo con Elsie. Te veré en la carpa.

Espero a que vuelva a protestar, pero no lo hace. Me sonríe agradecida, como si acabara de hacerle un gran regalo.

—Gracias —me dice, y mientras se lleva a Theo hacia el tren, yo miro por encima del hombro hacia la carpa. He cedido no solo porque me lo ha pedido. Los trabajadores todavía están asegurando las vigas; el trapecio aún no está listo. Y además ensayará mejor si puede concentrarse en el número sin tener que preocuparse por el niño.

Cuando Noa entra en el tren, resurgen mis dudas. Desde la primera vez que se soltó y voló el mes pasado, ha ganado fuerza en el entrenamiento, pero sigue faltándole experiencia. ¿Aguantará día tras día bajo los focos y ante el escrutinio del público?

Entro en la carpa y aspiro el olor a tierra y madera mojada. Este es uno de mis momentos favoritos cada temporada, cuando todo en el circo es nuevo. Han ido entrando otros artistas, malabaristas y algunos contorsionistas, y cada uno está ensayando su número. Peter no está aquí y me pregunto si estará ensayando en privado, sin que le vea nadie, para que no le reprendan por el número político que Herr Neuhoff le prohibió hacer.

Peter lo había mencionado pocos días atrás.

—Herr Neuhoff está intentando persuadirme para que modere el número, para que lo suavice.

—Lo sé —le respondí yo—. Habló también conmigo del tema.

—¿A ti qué te parece? —Normalmente Peter está muy seguro de sí mismo, pero parecía preocupado y me di cuenta de que no sabía qué hacer.

Yo era la razón por la que estaba planteándose ceder.

—No te detengas por mí —le dije. No quería que tuviera que sacrificar su arte por mí y después se mostrara resentido conmigo.

Los trabajadores acaban de terminar de asegurar el trapecio. Kurt, el capataz, les obliga a montarlo antes de colocar los asientos y demás aparatos, sabiendo que yo querré ponerme a practicar de inmediato. Me acerco hasta donde se encuentra hablando con dos trabajadores sobre el ángulo en el que han de colocar los bancos.

—¿Han nivelado el suelo? —pregunto. Él asiente. Es muy importante para el trapecio. La menor irregularidad en el terreno podría afectar la velocidad a la que volamos y destruir la precisión de nuestro número, lo que provocaría que no pudiera atrapar a Noa.

Me acerco a una de las escaleras y tiro con fuerza para asegurarme de que está bien firme. Después subo hasta la plataforma. Desde arriba oigo el rumor de las voces de algunas bailarinas que están abajo estirando. Salto sin dudar. Siento el viento bajo mi cuerpo y me estiro hacia delante. Como siempre en este momento, siento como si tuviera dieciséis años y oigo las risas de mi familia mientras vuelo. Cuando regresé al circo el año anterior, me preguntaba si el tiempo que había pasado fuera me habría hecho más lenta, si recordaría los movimientos. Tenía treinta y muchos años y tal vez fuera demasiado mayor para esto. Otras a mi edad se habían retirado para dedicarse a la enseñanza o al matrimonio o para trabajar en sórdidos cabarets de Dresde o Hamburgo. Pero lo único que yo conocía era el aire. Todavía se me daba bien. ¿Por qué no seguir haciéndolo? En pocas semanas adelgacé, perdí los kilos acumulados en esas largas cenas en Berlín y volví a ser tan buena como antes; mejor incluso, según observó Herr Neuhoff en una ocasión. No podía decirle que volaba más alto y hacía piruetas con más fuerza para alcanzar un lugar en los oscuros aleros de la carpa donde pudiera oír las risas de mis hermanos y donde el rechazo de Erich no lograra encontrarme.

Cuando, minutos más tarde, regreso con el trapecio hasta la plataforma, la conversación de los artistas de abajo cesa de manera abrupta y todo queda en silencio. Noa está en la entrada de la carpa, con aspecto joven y asustado. Los demás artistas la miran con desconfianza. No se han mostrado abiertamente desagradables con ella desde que llegó, pero sí distantes, para dejar claro que este no es su lugar. Siempre es duro para los nuevos artistas. De hecho, cuando yo regresé, no puede decirse que me recibieran con los brazos abiertos. Y es aún más difícil para una persona como Noa, a quien se percibe como alguien sin cualificación ni experiencia.

Pero ¿acaso yo soy mejor? Yo también la traté con frialdad al principio y había deseado que se fuera. Aunque la he aceptado desde que la policía vino a Darmstadt, la he visto siempre como algo necesario, como parte del número. No he hecho nada para hacer que se sintiera bienvenida.

De pronto me siento culpable y bajo la escalera para acercarme a ella. Ignoro a los demás y espero que ella haga lo mismo.

—¿Estás preparada? —Noa no responde y mira a su alrededor. Para mí esto es normal, casi lo único que he conocido. Pero lo veo como lo ve ella ahora: el espacio cavernoso, las filas de asientos montadas una detrás de otra.

Le doy la mano y me quedo mirando fijamente a los demás hasta que apartan la mirada.

—Vamos. Las escaleras están más sueltas aquí que en la sala de entrenamiento. Y todo vibra un poco más. —No paro de hablar mientras subimos, en parte para calmar sus nervios y en parte porque hay cosas, cosas importantes, que tiene que saber sobre las diferencias entre Darmstadt y la carpa del circo. Después de una vida dedicada a esto, yo puedo actuar en cualquier parte; el entorno desaparece y solo estamos la barra, el aire y yo. Sin embargo, para Noa cualquier mínimo detalle podría marcar la diferencia.

—Empecemos con algo sencillo —le digo, pero veo el terror en sus ojos cuando mira hacia abajo. No lo va a hacer—. Finge que no están ahí.

Agarra la barra con manos temblorosas y se lanza. Al principio se agita demasiado y me recuerda a su primer día en el trapecio.

—Tantéalo —le digo, con la esperanza de que recuerde todo lo que le he enseñado. Cuando adquiere el ritmo habitual hacia delante y hacia atrás, sus movimientos se suavizan—. Bien —digo cuando regresa a la plataforma. He sido comedida con mis cumplidos porque no quiero que se confíe demasiado, pero ahora le ofrezco más de lo habitual, con la esperanza de potenciar su seguridad en sí misma. Me sonríe, absorbe mis elogios como si fueran la luz del sol—. Ahora vamos a practicar el momento de soltarte.

Parece que Noa quiere protestar. No estoy segura de que esté preparada para hacerlo aquí, pero no tenemos elección. Me voy a la otra escalera y me subo a la plataforma. Le hago un gesto con la cabeza a Gerda, que estaba con algunos acróbatas. Empieza a subir por su escalera, detrás de Noa, sin mucho interés. Me quedo mirándola con desconfianza. Se muestra igual de distante con Noa que el resto de los artistas, pero es pragmática y la tolera porque la necesitamos para el número.

Cuando Noa se aproxima al final de la escalera de enfrente, se le resbala el pie y está a punto de caerse.

117

—¡Cuidado! —grito desde mi tabla. Aunque lo digo para tranquilizarla, suena más bien a reprimenda. Desde abajo llegan las risas de los demás artistas, que confirman sus sospechas sobre la falta de habilidad de Noa. Incluso desde lejos, veo que empiezan a humedecérsele los ojos.

Entonces estira la espalda y asiente. Y salta con más fuerza de la que le había visto jamás.

—¡Ha! —grito.

Se suelta con una precisión sorprendente para ser su primera vez en la carpa. Nuestras manos se entrelazan. En otros tiempos habría habido un entrenador en el suelo dando órdenes y los encargados de agarrar a la trapecista habrían sido hombres. Pero, como muchos se han ido a la guerra, ahora solo estamos nosotras. Mi hermano Jules era quien me agarraba a mí cuando me soltaba. Hasta estas últimas semanas que he pasado entrenando a Noa, no me había dado cuenta de su fuerza y de su habilidad.

Cuando regresamos hacia el otro lado, la suelto en dirección a la barra, que Gerda le ha enviado de vuelta. Con cada pase, los movimientos de Noa se vuelven más precisos. Está actuando pese al escepticismo de los demás artistas, no debido a ello. La expresión de los demás se vuelve respetuosa. Resurge mi esperanza. Se ha ganado su respeto y se ganará también el del público.

—¡Bravo! —grita una voz desde abajo, pero en tono de burla. Noa, que está regresando hacia su lado, casi no alcanza la plataforma. Gerda estira los brazos y la agarra antes de que caiga. Miro hacia abajo. Emmet tiene una mopa levantada y se burla de Noa.

Me bajo de la escalera furiosa.

—¡Idiota! —murmuro entre dientes.

—No es trapecista —responde Emmet con una paciencia exagerada, como si estuviera hablando con un niño pequeño—. Era limpiadora en la estación de Bensheim. Eso es lo único que sabe hacer. —Emmet, lo sé ahora, ha estado metiendo cizaña entre los demás artistas para que no acepten a Noa. Siempre ha tenido que meterse con los demás para disimular sus propias debilidades. Pero ¿cómo habrá descubierto que Noa trabajaba en la estación? Sin duda no conoce el resto de su pasado.

—¿Por qué ahora? —le pregunto—. El espectáculo es dentro de una hora. Necesitamos que esté preparada y estás minando su confianza en sí misma.

—Porque, la verdad, no pensaba que seguiríamos adelante con esta farsa —responde. «O que ella fuese capaz de hacerlo», añado yo para mis adentros. Sospecho que una parte de él tiene celos. Noa ha conseguido grandes progresos con unas pocas semanas de entrenamiento, mientras que él lleva aquí toda la vida y no ha mostrado talento para nada. Pero no me parece acertado señalárselo ahora mismo.

—Esto tiene que salir bien, Emmet —le digo muy despacio.

—Por tu bien —responde.

—Por el bien de todos —le corrijo.

Noa, que se ha bajado de la escalera, nos observa a lo lejos. Sé que ha oído lo suficiente para sentirse incómoda. Veo un brillo en sus ojos y sé que espera que vuelvan a rechazarla. ¿Cómo es posible que, después de todo lo que ha pasado, todavía permita que la gente le haga daño?

Ella se encuentra a un lado, el resto de los artistas al otro. Y yo en el medio. Soy como una isla.

Doy un paso hacia ella.

—Necesitamos a Noa —digo con firmeza, bien alto para que los demás lo oigan. Es un riesgo calculado; necesito el favor de nuestros compañeros tanto como ella para mantener en secreto mi identidad. Nadie responde. Pero he llegado demasiado lejos como para dar ahora marcha atrás—. En cualquier caso, estoy de su parte, y cualquiera que no lo esté, está en mi contra.

—Noa me mira con incredulidad, como si fuera la primera vez que alguien saca la cara por ella.

Los demás se dispersan para ensayar.

—Venga, vamos a prepararnos para el espectáculo —le digo, le estrecho la mano y la saco de la carpa.

—No deberías haber hecho eso —dice cuando salimos. Aunque no puede oírnos nadie, su voz es apenas un susurro—. Tienes que pensar en tu propia seguridad.

—Tonterías —agito la mano para quitarle importancia, aunque en realidad tiene razón—. Debes volverte insensible a las impresiones de los demás.

—¿Y tú qué es lo que piensas? —pregunta casi sin aliento. Pese a lo que acabo de decirle, sé que mi opinión le importa más que nada—. ¿Crees que estoy preparada?

Vacilo. Creo que necesita un año más de entrenamiento. Creo que, incluso entonces, quizá no sería capaz de hacerlo, porque las luces y los miles de ojos mirándote lo cambian todo.

Creo que no tenemos otra opción.

—Sí —miento; me siento incapaz de enfrentarme a su sonrisa radiante. Y así, juntas, nos vamos a prepararnos para actuar.

CAPÍTULO 9

NOA

Sigo a Astrid mientras salimos de la carpa. Fuera todavía hay espectadores, que compran entradas en un quiosco levantado a toda velocidad y observan a los trabajadores que instalan las carpas más pequeñas. Los jefes gritan órdenes y sus voces roncas se mezclan con el sonido de los martillos al clavar las estacas metálicas en el suelo.

—Gracias —digo, refiriéndome una vez más a lo que acaba de suceder con los demás artistas. Antes pensaba que Astrid nunca me aceptaría, pero ha dado la cara por mí y cree que puedo hacerlo.

Le quita importancia con la mano.

—Ahora no podemos preocuparnos por eso. Debemos prepararnos para el espectáculo. Empieza dentro de una hora.

—¿Tan pronto? —pregunto yo.

—Son más de las cuatro. —No me había dado cuenta de que se había hecho tan tarde, o de que el desfile y el montaje de la carpa hubieran durado tanto—. Empezamos a las seis. Antes que de costumbre, debido al toque de queda. Tenemos que prepararnos.

—Creí que ya estábamos preparadas. —Miro el vestido que me prestó hace una hora en el tren, tan ajustado que a mis padres les daría un ataque si me vieran con él.

Astrid ignora mi último comentario y me conduce entre la gente hasta el lugar donde se ha detenido el tren, al final de las vías.

—El terreno de la feria se construyó cerca de las vías para que pudiéramos dormir en los vagones —me explica. Señala en dirección contraria hacia unos árboles—. Hay algunas cabañas y tiendas que podríamos usar si hiciera más calor. Este no es un gran pueblo para nosotros —añade en voz baja—. El alcalde está muy unido a los alemanes.

—¿Colabora? —pregunto yo.

Ella asiente.

—Claro, nosotros eso no lo sabíamos el año pasado, cuando reservamos las fechas. —Y cancelar habría levantado demasiadas sospechas. Porque, por encima de todo lo demás, lo importante ahora es aparentar normalidad—. Pero nos quedaremos en Thiers casi tres semanas, porque es un pueblo céntrico y la gente vendrá de toda Auvernia a ver el espectáculo.

En el tren, Astrid me lleva hasta un vagón donde no había estado antes. Hace calor y está lleno de mujeres que se ponen sus trajes y se maquillan exageradamente. Me detengo a observar a una de las acróbatas mientras se pinta las piernas de un tono oscuro.

—Hace eso porque tiene las mallas demasiado rasgadas como para repararlas —explica Astrid al ver mi curiosidad—. Simplemente no tenemos más mallas. Ven. —Elige un vestido de una barra que hay contra la pared del vagón y lo levanta frente a mí. Después se lo entrega a una de las chicas de vestuario y desaparece. Yo paso de unas manos a otras como si fuera un fardo de ropa, avergonzada por mi mal olor tras pasar demasiadas horas en el tren sin lavarme. Alguien me pone por encima de la cabeza el vestido que Astrid ha elegido, otra declara que me queda demasiado suelto y empieza a ponerle imperdibles. ¿De verdad voy a ponerme esto? Es más pequeño incluso que un traje de baño, poco más que un sujetador y unas bragas. Mi estómago, más delgado que cuando llegué a Darmstadt gracias a las horas de entrenamiento, pero todavía lejos de ser perfecto, se expande por encima del elástico de las bragas. El atuendo es de seda escarlata con ribetes dorados. Tiene un ligero olor a humo y café que me hace preguntarme quién se lo habrá puesto con anterioridad.

Astrid reaparece y me quedo con la boca abierta. Su traje de dos piezas, compuesto apenas de unos pocos pañuelos cosidos unos a otros, hace que mi traje resulte recatado. Pero Astrid ha nacido para llevarlo; su cuerpo parece esculpido en granito, como si fuera la estatua desnuda de una diosa en un museo.

—¿Acaso pretendes que me ponga a hacer piruetas con un miriñaque? —pregunta al ver mi reacción. A ella no le importa lo desvergonzado de su atuendo. No lo lleva para provocar, sino para actuar bien.

Me hace un gesto para que me siente sobre una caja. Saca el colorete y me pinta las mejillas, después me pinta la boca de rojo cereza como a un payaso. Salvo las ocasiones en las que le robaba un poco de colorete a mi madre para parecer mayor ante el alemán, es la primera vez que llevo maquillaje. Me quedo mirando a esa desconocida en el espejo resquebrajado que alguien ha colocado sobre un baúl. ¿Cómo he llegado hasta aquí?

Astrid, aparentemente satisfecha, se da la vuelta y comienza a maquillarse ella también, lo cual apenas parece necesario con su piel perfecta y sus largas pestañas.

—¿Dispongo de algunos minutos? —pregunto yo—. Quiero ir a ver cómo está Theo.

Ella asiente.

—Pero no tardes.

Comienzo a recorrer el estrecho pasillo hacia el coche cama con la esperanza de que mi cara maquillada no asuste a Theo. Pero, cuando empiezo a atravesar el siguiente vagón, me detengo al oír voces.

—Quieren una muestra de nuestra lealtad como parte de la función. —Yo giro el cuello para oír mejor. Es Herr Neuhoff, que habla en voz baja y tensa—. Quizá la interpretación de *Maréchal, nous voilà*…

—¡Imposible! —exclama Peter ante la mención del himno de Vichy. Yo salto hacia atrás para que no me vean—. A mí el gobierno nunca me ha dicho lo que tengo que interpretar, ni siquiera durante la Gran Guerra. Si no me arrodillé ante el zar, desde luego no pienso hacerlo ahora. Es algo más que mera política. Se trata de la integridad del espectáculo.

—Las cosas han cambiado —insiste Herr Neuhoff—. Y un poco de indulgencia serviría para... facilitar las cosas. —No hay respuesta, solo unas pisadas y un portazo tan fuerte que hace vibrar todo el vagón.

Suena una campana, que, como me dijo antes Astrid, nos convoca en el patio, la zona situada detrás de la gran carpa donde nos reuniremos y nos prepararemos para actuar. Miro anhelante por el pasillo del vagón. No hay tiempo para ir a ver a Theo.

En el exterior, el campo que antes parecía yermo en torno a la carpa principal se ha transformado gracias a media docena de carpas más pequeñas que parecen haber salido como champiñones. La feria está llena de hombres con sombrero de paja, mujeres y niños vestidos de domingo. En la entrada de la carpa principal han colocado un cartel donde anuncian los espectáculos que podrán ver dentro. Los malabaristas y los tragasables ofrecen actuaciones espontáneas para atraer a la multitud. Una banda de instrumentos de viento toca animadas melodías junto a la ventanilla de entradas para amenizar la espera. El aire huele a algodón de azúcar y cacahuetes tostados. Semejantes lujos parecen increíbles con el racionamiento y las dificultades para comer. Por un instante me siento emocionada, como si volviera a ser una niña. Pero esos lujos solo están disponibles para los pocos afortunados que tienen céntimos para gastar; desde luego no para nosotros.

Bordeo la carpa principal. Un puñado de muchachos están tumbados boca abajo en el suelo intentando echar un vistazo por debajo de la lona, pero uno de los trabajadores los ahuyenta. Han decorado el exterior de la carpa con enormes pósteres donde se anuncian los espectáculos principales. Astrid, en sus mejores años, se alza ante mí, suspendida en el aire con cuerdas de satén. Me hipnotiza su imagen. Debía de tener la misma edad que yo ahora, y siento mucha curiosidad por conocerla mejor.

Paso frente al puesto de cerveza que han levantado en un extremo de la feria, justo al otro lado del tiovivo. Oigo las risas escandalosas de los hombres en su interior. Es un equilibrio delicado, según me ha explicado Astrid: queremos embriagar a los espectadores lo suficiente para que disfruten del espectáculo, pero no tanto como para que se vuelvan maleducados y lo estropeen.

Peter, a quien había visto minutos antes con Herr Neuhoff, emerge del fondo de la carpa de cerveza con una petaca en la mano. ¿Cómo habrá llegado aquí tan deprisa? Me mira vacilante.

—Una rápida para el camino —me dice antes de alejarse. Me sorprende, porque no imaginaba que a los artistas se les permitiera beber antes de una representación. ¿Qué diría Astrid?

Llego al patio y contemplo nerviosa la punta de la inmensa carpa. Me resulta imposible creer que esa carpa, que no es más que tela y vigas de metal, pueda albergar el aparato del trapecio, además de a todos nosotros.

Astrid, al ver mi preocupación, se me acerca.

—Es seguro —me dice, pero en mi cabeza siempre veré la vez en la que caí al vacío pensando que iba a morir—. ¿Cómo lo llevas? —Sin esperar una respuesta, revisa las tiras de tela de mis muñecas y me ofrece el bote de colofonia para que me embadurne las manos una vez más—. No queremos que te mates. Después de todo lo que hemos trabajado. —Lo último lo dice con una sonrisa, intentando bromear, pero su mirada es solemne.

—¿No crees que pueda hacerlo? —le pregunto, sin saber si deseo oír la respuesta.

—Claro que sí. —Escucho su voz e intento decidir si suena forzada—. Has trabajado duro. Tienes una habilidad natural. Pero esto es algo serio para todos. No hay lugar para errores. —Yo asiento. Lo entiendo bien. El peligro es tan real para Astrid como para mí, incluso después de tantos años.

Me asomo al interior de la oscura carpa, que se alza ante mí como una cueva gigantesca. Hay una pista en el centro, de unos doce metros de ancho, separada del público por una valla baja. Había oído hablar a los otros artistas de los circos americanos, circos enormes como el de Barnum, que tenía tres pistas. Pero aquí todos los ojos estarán puestos en el espectáculo principal. Las dos primeras filas de asientos están cubiertas de terciopelo color rubí con una estrella dorada de satén en cada asiento, que designa que esos son los buenos asientos, los importantes. Tras esos sitios se elevan en círculos concéntricos los bancos de madera hasta casi la altura de las vigas. Lo que más llama mi atención es que los bancos rodean por completo la pista, con espectadores por todos lados; no hay donde esconderse, con ojos que te observan desde cada dirección.

La multitud comienza a entrar en la carpa y yo me aparto para no ser vista. Los acomodadores y vendedores de programas son, de hecho, artistas menos importantes que después podrán escabullirse cuando el auditorio esté lleno para ir a maquillarse y prepararse para el espectáculo. Observo a los espectadores mientras ocupan sus butacas, una mezcla de vecinos pudientes en las filas delanteras y trabajadores en los bancos superiores, limpios y aseados, pero aparentemente incómodos, como si no encontraran su lugar allí. Apenas tienen unos pocos francos para comer, pero aun así han encontrado la manera de hacerse con una entrada para ver el espectáculo. Esos son los afortunados que pueden permitirse olvidar durante unas horas las penurias que se viven más allá de la carpa del circo.

Según oscurece el cielo y se aproxima la hora del espectáculo, cesan las conversaciones en el patio y todos se concentran.

Las acróbatas se fuman un último cigarrillo. Están increíbles con sus vestidos de lentejuelas y sus tocados. Su maquillaje impoluto y su pelo arreglado no dejan adivinar las condiciones primitivas en que hemos tenido que vestirnos. Astrid camina de un lado a otro en el extremo opuesto, pensativa. Dada la intensidad de su expresión, no me atrevo a interrumpirla. Yo, lógicamente, no tengo ningún ritual para antes de empezar. Me echo a un lado e intento actuar como si hubiera hecho esto toda mi vida.

Astrid me hace un gesto para que me acerque.

—No te quedes ahí parada dejando que se te enfríen los músculos —me reprende—. Tienes que estirar. —Se inclina y me hace un gesto para que le ponga una pierna encima del hombro, un ejercicio que hemos hecho muchas veces en el cuartel de invierno. Se endereza despacio y va levantando mi pierna, y yo intento no apretar los dientes, sino respirar y acostumbrarme a ese ardor tan familiar que nace en la cara interna del muslo.

—¿Quieres que te estire? —le pregunto después de que me ayude con la otra pierna. Ella niega con la cabeza. Sigo su mirada a través del patio, hasta donde se halla Peter ensayando apartado del resto. Se ha puesto una chaqueta y unos pantalones varias tallas más grandes y lleva la cara pintada de blanco, cuando hace unos minutos se le veía la barba incipiente—. Astrid...

Ella me mira como si se hubiera olvidado de que estaba ahí.

—¿Qué pasa? —Yo vacilo. Me planteo contarle la conversación que he oído antes en el tren entre Peter y Herr Neuhoff, o que he visto a Peter salir de la carpa de la cerveza. Pero no quiero que se preocupe justo antes de empezar—. Estás nerviosa.

—Sí —admito—. ¿No lo estabas tú la primera vez?

Ella se ríe.

—Era tan joven que ni me acuerdo. Pero es normal estar nerviosa. Es bueno, incluso. La adrenalina te hará estar atenta y evitará que cometas errores. —«O quizá haga que me tiemblen tanto las manos que no pueda agarrar la barra», pienso yo.

En el interior de la carpa van atenuándose las luces hasta que el recinto queda sumido en la oscuridad. Se enciende un foco que ilumina el centro de la pista. La orquesta toca un acorde para crear emoción y entonces aparece Herr Neuhoff, majestuoso con su pajarita y su sombrero de copa.

—*Mesdames et Messieurs...* —dice al micrófono.

Comienza a sonar la polca *Truenos y relámpagos* y entran en la pista los caballos con plumas. Sus jinetes, mujeres con los vestidos más llamativos del circo, no llevan silla y montan a pelo, sin apenas sentarse mientras pasan las piernas de un lado a otro del caballo. Una de ellas se pone en pie, salta hacia atrás y aterriza limpiamente sobre un segundo caballo. Aunque he visto este número en los ensayos, no puedo evitar quedarme con la boca abierta.

Astrid me explicó una vez que el programa del circo está diseñado con deliberación: se empieza con un número rápido, después uno lento y otra vez rápido, con los leones y demás animales peligrosos intercalados con pantomimas de los humanos.

—Quieren algo ligero después de algo serio —me había dicho—, como para limpiarse el paladar tras cada plato en una comida.

Pero también se trata de cuestiones prácticas, como el tiempo que se tarda en meter y sacar las jaulas de los animales, que hace que resulte necesario colocar su número cerca del descanso.

Mientras observo, me doy cuenta de que el diseño de la carpa también es deliberado. Los bancos están ligeramente inclinados para obligar a mirar hacia abajo. Los asientos dispuestos en círculo hacen que el público presencie sus propias reacciones; el círculo es como un cable por el que circula la electricidad que inunda la carpa. El público está sentado, sin moverse, hechizado por la red de color, luz, música y arte. Sus ojos bailan con el movimiento de las pelotas de malabares y abren la boca con asombro al ver a uno de los domadores bailar el vals con un león.

Astrid tenía razón: aunque la guerra siga, la gente tiene que vivir; compran comida y limpian sus casas, ¿por qué no reírse en el circo como hacían cuando el mundo estaba en paz?

Después viene la cuerda floja. Una chica llamada Yeta está en lo alto de una plataforma, sujetando una larga pértiga para mantener el equilibrio. Este número me da más miedo que el trapecio y he dado gracias a Dios muchas veces porque Herr Neuhoff no me seleccionara a mí para ello. Se produce una pausa en la música para crear tensión. Entonces, cuando Yeta comienza a caminar sobre la cuerda, la música regresa con fuerza y el público parece estremecerse.

A Yeta se le resbala el pie y trata de recuperar el equilibrio. ¿Por qué ahora, en este número que ha practicado y realizado docenas de veces? Casi consigue enderezarse, pero vuelve a resbalar y, esta vez, no logra recuperarse. Surge un grito ahogado entre los espectadores mientras ella cae gritando y agitando los miembros, como si intentara nadar.

—¡No! —grito yo. Mientras cae, recuerdo el día en que Astrid me empujó a mí.

Intento avanzar. Tenemos que ayudarla, pero Astrid me retiene. Yeta aterriza sobre la red, que se hunde hacia el suelo. Se queda allí tendida, sin moverse. Los espectadores parecen aguantar la respiración, como si se preguntaran si deberían preocuparse o si la caída formará parte del espectáculo. Los trabajadores del circo se apresuran a sacarla de la pista para que no la vea el público. Al ver el cuerpo inerte de Yeta, me entra el pánico. Eso mismo podría ocurrirme a mí. Se la llevan a un Peugeot que hay aparcado detrás de la carpa. Yo esperaba una ambulancia, pero los trabajadores la montan en la parte de atrás y el coche se aleja.

—Un accidente en el primer espectáculo de la temporada —dice junto a mí una voz cálida y exótica. Aunque nunca hemos hablado, sé que la mujer del pelo plateado es Drina, la gitana que adivina el futuro en la feria antes del espectáculo y durante el descanso—. Un mal presagio.

—Tonterías —comenta Astrid agitando la mano, aunque su expresión es grave.

—¿Yeta se pondrá bien? —le pregunto cuando Drina se ha ido.

—No lo sé —responde con franqueza—. Aunque sobreviva, puede que no vuelva a actuar. —Por su tono de voz, parece como si vivir sin el espectáculo fuese peor que morir.

—¿Crees en lo que dice la adivina? —Me oigo a mí misma haciendo demasiadas preguntas—. Me refiero a lo del mal presagio.

—¡Bah! —Astrid agita la mano—. Si de verdad puede ver el futuro, ¿qué hace aquí metida? —Tiene razón.

Me asomo al interior de la carpa, donde el público aguarda con incertidumbre. Sin duda habrá que cancelar el resto del espectáculo. Pero los artistas siguen ahí, preparados para continuar.

—¡Los payasos, *schnell!* —grita Herr Neuhoff para que empiece el siguiente número. Entran los payasos con sus pantomimas. Payasos felices con zapatos enormes y sombreros diminutos. Payasos musicales. Bufones que se burlan de todo.

Peter no parece encajar en ninguna de esas categorías. Es el último en entrar en la pista, con la cara pintada de blanco y rojo, con enormes rayas negras, y mira a los espectadores como si le hubieran hecho esperar. No es un payaso triste, sino serio, con comentarios mordaces y pocas sonrisas. Mientras los demás payasos representan una pieza en conjunto, Peter baila a un lado y crea su propia pantomima. Mantiene cautivo al *chapiteau*, engatusa, bromea, percibe quién se muestra reticente a seguirle el juego y es en esas personas en las que se fija. Es como si quisiera que el público le complaciera con su respuesta y sus aplausos, cuando en realidad debería ser al contrario. Astrid contempla a Peter desde un rincón oscuro, sin quitarle los ojos de encima.

Herr Neuhoff también contempla la escena desde el borde de la pista, con cara de preocupación. Yo contengo la respiración y espero a que Peter comience a caminar como un ganso, cosa que Herr Neuhoff le había prohibido. No ha incorporado a su número el himno de Vichy que Herr Neuhoff le había sugerido. Pero hace una representación suavizada, como si percibiera que, después de la caída de Yeta, cualquier otra cosa sería excesiva.

A los payasos les siguen los elefantes con sus tocados enjoyados, el oso y los monos con vestiditos que no difieren mucho del mío. Llega el momento del descanso y se encienden las luces. Los espectadores vuelven a salir a la feria para estirar las piernas y fumar. Pero el descanso no es para todos.

—Somos las siguientes —me informa Astrid—. Debemos prepararnos.

—Astrid, espera… —De pronto siento un profundo vacío en el estómago. Hasta ahora solo había sido una espectadora más y casi me olvido del verdadero motivo por el que estoy aquí. Pero ponerme delante del público… después de lo que le ha ocurrido a Yeta, ¿cómo podré hacerlo?—. No puedo hacerlo. —Estoy confusa y me he olvidado de todo.

—Claro que puedes —me tranquiliza y me pone una mano en el hombro—. Solo son los nervios.

—No. Se me ha olvidado todo. No estoy preparada. —Empiezo a subir la voz llevada por el pánico. Algunos artistas se giran hacia mí. Una de las acróbatas sonríe con arrogancia, como si todo lo que hubiese sospechado de mí desde el principio resultara ser cierto.

Astrid me aleja y después se detiene y me pone las manos sobre los hombros.

—Ahora escúchame. Eres buena. Puede incluso que tengas un don. Y has trabajado mucho. Ignora al público e imagina que estamos solas las dos en Darmstadt. Puedes hacerlo. —Me da un beso firme en cada mejilla, como si quisiera transmitirme parte de su calma y de su fuerza. Después se da la vuelta y comienza a andar hacia la pista.

Suena una campana y el público regresa a sus asientos. Cuando me asomo a través de la lona y observo sus caras expectantes, empiezan a pesarme las piernas. No puedo salir ahí.

—Vamos —gruñe Astrid, y me empuja cuando comienza la música.

Las luces vuelven a atenuarse y salimos a la pista. En el cuartel de invierno, la escalera estaba anclada a la pared. Pero aquí cuelga de arriba y en la parte de abajo apenas se está quieta. Trato de no caerme cuando se mueve. Tardo en subir más de lo esperado y casi no me da tiempo a llegar a la plataforma antes de que el foco comience a subir. Recorre los laterales de la carpa hasta que me localiza. Y entonces me muestro ante la multitud. Me estremezco. ¿Por qué los payasos pueden esconderse tras la pintura de sus caras y nosotras tenemos que aparecer medio desnudas, con solo una fina capa de nailon que nos separa de miles de ojos?

La música va bajando, lo que señala el comienzo de nuestro número. Se hace el silencio, después suena un redoble de tambores que va creciendo en intensidad; es mi señal para saltar.

—¡Ha! —grita Astrid desde el otro lado en la oscuridad. Se supone que debo soltarme inmediatamente después de que lo grite, pero no lo hago. Astrid se columpia, a la espera. Si dejo pasar un segundo más, será demasiado tarde y el número será un fracaso.

Tomo aliento y salto de la plataforma. De pronto no hay nada, salvo aire, bajo mis pies. Aunque he volado docenas de veces en el cuartel de invierno, siento un instante de puro terror, como si fuera la primera vez. Me columpio más alto, alejo el miedo y disfruto del aire que pasa volando a mi alrededor.

Astrid vuelve hacia mí con los brazos extendidos. Tengo que soltarme cuando llegue a lo más alto para que el truco funcione. Pero todavía me aterroriza el momento en el que me agarra, y más después de haber visto caer a Yeta. Astrid ya me dejó caer una vez, lo provocó. ¿Volvería a hacerlo?

Nuestras miradas se cruzan. «Confía en mí», parece decir. Me suelto y vuelo por el aire. Astrid me agarra de las manos y me balancea por debajo de ella durante un segundo. Siento la emoción y el alivio que me invaden. Sin embargo, no hay tiempo para celebraciones. Un segundo más tarde, Astrid me impulsa en la dirección en la que debo ir. Yo me obligo a concentrarme una vez más y me giro como me ha enseñado. Entonces estiro los brazos, apenas me atrevo a mirar. Astrid me ha colocado a la perfección, la barra cae en mis manos y el público aplaude. Me columpio hasta alcanzar la plataforma y por fin siento el mundo bajo mis pies.

¡Lo hemos conseguido! Mi corazón se llena de alegría y no recuerdo la última vez que fui tan feliz. Pero el número no ha terminado, y Astrid está esperándome con expresión severa e intensa. Hacemos la segunda vuelta y esta vez me agarra por los pies. Los aplausos me elevan más aún. Otra vuelta y regreso. Ahora sí ha terminado. Por un instante me siento más triste que aliviada.

Me enderezo cuando el foco me localiza sobre la plataforma. El público sigue aplaudiendo. Por mí. No se han fijado en absoluto en el trabajo que ha realizado Astrid al agarrarme. Entiendo entonces lo difícil que fue para ella renunciar a ser el centro de atención, las cosas que ha tenido que sacrificar para incluirme en el número.

Se atenúan las luces y Peter se prepara para entrar en la pista una vez más, esta vez para actuar en solitario. Al contrario que el resto de los artistas, que aparecen una o dos veces durante el espectáculo, él sale en repetidas ocasiones entre números, como un hilo conductor a lo largo del espectáculo. Ahora distrae al público con su número y así da tiempo a los trabajadores para terminar de colocar las jaulas del león y del tigre, que han introducido en la oscuridad durante nuestro número.

Astrid y yo bajamos y salimos al patio en la semioscuridad.

—¡Lo hemos conseguido! —exclamo, y la estrecho entre mis brazos. Espero sus elogios. Sin duda ahora estará satisfecha conmigo. Pero no responde y, acto seguido, me echo hacia atrás, alicaída.

—Has estado bien —dice al fin. Pero su voz carece de alegría y parece preocupada.

—Sé que he llegado tarde en la primera vuelta… —le digo.

—Shh. —Me manda callar y se asoma al interior de la carpa. Yo sigo su mirada y me fijo en un hombre que hay sentado en primera fila, con uniforme de las SS. De pronto me siento mareada. Sin duda me habría fijado en él si hubiera estado ahí durante la primera mitad del espectáculo. Debe de haber llegado durante el descanso. Con los nervios, no lo había visto.

—Estoy segura de que solo habrá venido a ver el espectáculo —le digo para tranquilizarla. Pero mis palabras carecen de fuerza. ¿Qué diablos está haciendo aquí un agente alemán? Tiene expresión relajada mientras observa cómo el domador engatusa a los grandes felinos para realizar los trucos—. Aun así, debes advertir a Peter para que no haga esa parte en su próxima actuación… —Me detengo al darme cuenta de que no me está escuchando, sigue mirando a través de la lona.

—Lo conozco —dice con voz tranquila, aunque se ha quedado pálida.

—¿Al alemán? —Ella asiente—. ¿Estás segura? —lo pregunto pese al nudo que siento en la garganta—. Todos se parecen con esos uniformes tan horribles.

—Es un socio de mi marido. —Exmarido, quiero corregirle, pero en ese momento no me parece apropiado.

—No puedes volver a salir ahí —le digo. Aunque yo ya he terminado mi número, Astrid tiene una segunda actuación en la cuerda vertical. Noto una presión en el pecho—. Debes decírselo a Herr Neuhoff.

—¡Jamás! —exclama, más furiosa que asustada—. No quiero que se preocupe por tenerme en el espectáculo. Si no puedo actuar, no valgo nada aquí. —Y entonces la protección de Herr

Neuhoff no sería más que caridad. Me mira fijamente—. Sería mi fin. Júrame que no lo dirás. No puede saberlo nadie.

—Déjame salir a mí en tu lugar —le sugiero. Claro está, es una oferta vacía, pues no tengo entrenamiento con las cuerdas ni con nada más allá del trapecio.

Me giro y miro desesperada detrás de mí. Si logro encontrarlo, es posible que Peter sea capaz de disuadirla.

—Astrid, por favor, espera… —Pero ya es demasiado tarde. Sale a la pista con los hombros erguidos. En ese momento me doy cuenta de lo valiente que es. Me asombra y me aterroriza.

Astrid sube por una escalera distinta de la que ha utilizado antes. Esta vez se cuelga de una única cuerda de satén que parece suspendida en el aire. Yo aguanto la respiración y observo la cara del oficial para ver si la reconoce. Pero la observa demasiado hipnotizado para sospechar. Ella cuenta una historia, teje un tapiz con sus movimientos. Le cautiva junto al resto del público, pero yo sigo aterrada, incapaz de respirar. La belleza de Astrid y la legendaria habilidad de su número llaman mucho la atención y amenazan con revelar su verdadera identidad.

—Escondida a plena vista —murmura por encima de los aplausos ensordecedores mientras sale de la carpa. Capto una nota de satisfacción en su voz, como si parte de ella hubiera disfrutado engañando al alemán. Pero le tiemblan las manos mientras se desata las cintas.

Y entonces se acaba. El circo al completo sale a saludar, una amplia variedad de artistas para que el público los admire una vez más. Me subo a la escalera como me había ordenado Astrid y ambas saludamos desde nuestras respectivas plataformas. No volamos, solo levantamos una pierna en el aire como si fuéramos bailarinas. Los niños saludan emocionados a los artistas sudorosos, que a cambio saludan con modestia, como actores que no se salen del personaje.

Después, algunos de los artistas firman autógrafos a la gente que se ha reunido al borde del patio. Yo observo nerviosa como

Astrid acepta los elogios: quizá no debería estar aquí fuera. Pero el oficial alemán no aparece.

Al otro extremo del patio veo a Peter, que no está firmando autógrafos, sino dando vueltas y hablando consigo mismo con la misma intensidad que antes del espectáculo. Está repasando su actuación, localizando los errores y las cosas que corregirá para la próxima representación. Los artistas de circo son tan meticulosos como una bailarina de *ballet* o un concertista de piano. Cualquier mínimo fallo es una herida abierta, aunque nadie más lo haya notado.

Después de firmar el último programa, regresamos al tren y pasamos frente a los trabajadores que limpian y dan de comer a los animales.

—En otro tiempo habrían lanzado fuegos artificiales después del primer espectáculo —señala Astrid mientras contempla la oscuridad del cielo.

—¿Pero ya no? —pregunto yo.

—Es demasiado caro —responde—. Y a la gente hoy en día ya no le resultan divertidas las explosiones.

Me invade entonces el cansancio. Me duelen los huesos y siento el frío en la piel por el sudor seco. Lo único que quiero es volver junto a Theo y tumbarme junto a su cuerpecito caliente. Pero Astrid me lleva otra vez al vagón vestuario, donde colgamos nuestra ropa y nos desmaquillamos. Me frota salvia caliente por los hombros; huele a pino y hace cosquillas.

—Solo quiero dormir —protesto, intentando quitármela de encima.

—Nuestros cuerpos son lo único que tenemos en este negocio. Debemos cuidar de ellos. Mañana me lo agradecerás —me promete mientras hunde los dedos en mi cuello. Me queman los músculos como si estuvieran en llamas—. Lo has hecho de maravilla —continúa con voz sincera, ofreciéndome el elogio que tanto había deseado antes. El corazón me da un vuelco—. Aunque podrías haber estirado un poco más las piernas en la segunda

136

vuelta —añade y me devuelve a la realidad. Porque Astrid siempre será Astrid—. Lo solucionaremos mañana. —Pienso en el día de mañana y en los interminables ensayos y espectáculos que tengo por delante—. Estoy orgullosa de ti —agrega, y noto que se me sonrojan las mejillas.

Salimos del vagón vestuario y nos dirigimos hacia el coche cama. Entonces me detengo. Todavía me preocupa el oficial alemán a quien hemos visto entre el público y la posibilidad de que pueda darse cuenta de quién es Astrid. Ella no se lo dirá a nadie, pero ¿debería hacerlo yo? Miro hacia el vagón de Peter. Él se preocupa por ella, lo sé, y sería la mejor persona a quien confiarle el secreto para que la mantuviera a salvo. Pero, si acudo a él, se lo dirá a Astrid. Pienso entonces en Herr Neuhoff. He hablado poco con él desde que llegué al circo, pero siempre se ha mostrado amable. Este es su circo. Él sabrá qué hacer. Veo el rostro iracundo de Astrid, oigo su voz: «No puede saberlo nadie». Se pondrá furiosa si descubre que no le he hecho caso. Pero Herr Neuhoff dirige el circo; es mi mejor opción para protegerla.

Necesito ir a ver a Theo. Pero estará dormido y antes debo hacer otra cosa.

—Se me ha olvidado algo —digo, y me giro en la otra dirección antes de que Astrid pueda hacer ninguna pregunta.

Llamo a la puerta del vagón de Herr Neuhoff, el último anterior al furgón de cola.

—Adelante —dice desde el otro lado, y yo abro la puerta. Nunca antes he estado aquí. El interior tiene unos muebles acogedores y una cortina que separa la cama de la sala de estar. Herr Neuhoff está sentado a su mesa y su peso amenaza con aplastar la silla desvencijada sobre la que está sentado. Se ha quitado la chaqueta de terciopelo que llevaba en la pista y se ha abierto el cuello de la camisa de lino con volantes, que ahora está manchada por el sudor. Un puro apagado en el cenicero desprende olor a quemado. Está revisando los libros con la cabeza agachada. Dirigir un circo es una empresa enorme que va más allá de la pista o del cuartel de invierno. Él es el responsable del bienestar de todos; no solo paga sus sueldos, sino el alquiler y la comida. Me fijo entonces en su cansancio y en su edad, en el peso de su carga.

Levanta la mirada del libro de cuentas que tiene ante él, con el ceño todavía fruncido.

—¿Sí? —dice con energía y amabilidad.

—¿Le interrumpo? —pregunto.

—No —responde, aunque su voz suena desinflada y tiene los ojos más hundidos que hace unas horas—. Es horrible lo de la caída de Yeta. Tengo que rellenar un informe ante las autoridades.

—¿Se pondrá bien? —le pregunto, temiendo la respuesta.

—No lo sé —responde—. Cuando amanezca, iré a primera hora al hospital. Pero antes las autoridades quieren que pague un impuesto mañana. Un impuesto al pecado, como lo llaman. —Como si lo que hiciéramos nosotros al proporcionar entretenimiento estuviera mal—. Estoy viendo de dónde sacar el dinero. —Sonríe sin mucho afán—. Es el precio de hacer negocios. ¿Qué puedo hacer por ti?

Yo dudo, porque no quiero darle más problemas. En un rincón del vagón de Herr Neuhoff suena una pequeña radio. Ahora son de contrabando y no me había dado cuenta de que tuviera una. También me fijo en una caja de papel de escribir y sobres que hay sobre su escritorio. Herr Neuhoff sigue mi mirada.

—¿Quieres escribir a tu padre y decirle que estás bien? —Lo he pensado muchas veces, cuando me pregunto qué pensarán mis padres que ha sido de mí, si se preocuparán o si me habrán olvidado por completo. ¿Qué podría decirles? ¿Que me he unido a un circo y que ahora tengo un bebé como el que me arrebataron? No, ellos no entenderían nada de esta vida. Y, si supieran dónde estoy, una parte de mí siempre albergaría la esperanza de

138

que vinieran a buscarme. Y me quedaría destrozada otra vez al comprobar que no lo hacían.

—Podría escribir yo por ti —se ofrece. Pero yo niego con la cabeza—. Entonces, ¿en qué puedo ayudarte?

Antes de poder explicarle a qué he venido, Herr Neuhoff resopla y empieza a toser con más fuerza de la que le había visto antes. Alcanza un vaso de agua. Cuando se le calma la tos, se toma una pastilla.

—¿Se encuentra bien, señor? —Confío en que la pregunta no resulte demasiado directa.

Él agita la mano como si quisiese espantar una mosca.

—Una enfermedad congénita del corazón. Siempre la he tenido. El clima húmedo de la primavera no me ayuda. ¿Y bien, necesitabas algo? —insiste, ansioso por volver a sus cuentas.

—Se trata de Astrid —comienzo con reticencia. Tomo aliento y le cuento lo del alemán que había en primera fila y que la conocía.

—Temía que algo así pudiera suceder tarde o temprano —responde con expresión sombría—. Gracias por hacérmelo saber. —Por su tono sé que me está pidiendo que me marche.

Me doy la vuelta y me atrevo a interrumpirle una vez más.

—Señor, una última cosa: Astrid se enfadaría mucho si supiera que se lo he contado.

Veo el conflicto en su cara. Quiere guardar el secreto, pero no puede prometérmelo sin mentir.

—No diré que me lo has dicho tú. —Su ofrecimiento apenas me consuela. Soy la única que lo sabe. Noto un nudo en el estómago cuando salgo de su vagón.

Cuando llego a nuestro coche, Astrid está sentada en la litera a oscuras y tiene en brazos a Theo, que está durmiendo. Resisto la tentación de despertarlo para que me mire.

—Se ha dormido hace unos minutos —me dice ella. Saber que me lo he perdido por muy poco hace que me sienta peor. Le acaricia la mejilla con ternura—. Quería preguntarte una cosa

—agrega. Yo me pongo nerviosa e intento encontrar una excusa plausible que explique mi ausencia—. Cuando te has ido, ¿has visto a Peter?

—No desde que salimos del patio. Estaba ensayando —respondo, sabiendo que no es la palabra adecuada para lo que estaba haciendo después del espectáculo.

—Ojalá pudiera ir a verle. Pero prefiere dormir solo cuando estamos de gira una vez que han comenzado las representaciones. —Mira anhelante hacia el vagón de Peter—. Tras ver al compañero de Erich… —Agacha la barbilla hacia el pecho—. No quiero estar sola. —Veo que le tiemblan las manos contra la espalda de Theo.

Me doy cuenta de que se siente sola. Yo me había acostumbrado a estar sola durante los meses que pasé trabajando en la estación de tren de Bensheim. Siendo hija única, no me resultó muy difícil. Pero Astrid había pasado de su familia numerosa en el circo a vivir con Erich y después no tardó en encontrar a Peter. Pese a su ferocidad, no soporta estar sola.

—No estás sola —le digo, aunque siento que no soy una buena sustituta. La rodeo con el brazo—. Yo estoy aquí —tensa la espalda y, por un momento, me pregunto si se apartará. Desde que llegué al circo, siempre he sido yo la que necesitaba a Astrid, la que dependía de ella. Ahora parece como si fuera al revés.

Ella se estira sobre la litera con Theo en brazos. Yo me tumbo a su lado y noto su cuerpo caliente. Juntamos nuestras frentes como si fuéramos gemelas en el útero materno. Siento una tranquilidad que no había sentido desde que me fui de casa. En una ocasión, Astrid bromeó diciendo que tenía edad para ser mi madre. Pero es cierto. Ahora veo a mi madre, con la misma claridad que el día que me fui. Debería haber luchado por mí, haberme protegido con su vida. Ahora, con Theo, entiendo cómo debería haber sido su amor por mí.

—¿En qué estás pensando? —me pregunta Astrid. Es la primera vez que se interesa.

—En el mar —miento, demasiado avergonzada para admitir que añoro a la familia que renegó de mí.

—¿El mar o la gente que vive junto a él? —me pregunta, habiendo captado el verdadero significado de mi respuesta—. Tu familia... aún los quieres, ¿verdad?

—Supongo. —Admitirlo me hace sentirme débil.

—Por las noches lloras por ellos —dice. Noto que me sonrojo y agradezco que no pueda verme la cara en la oscuridad—. Yo todavía sueño con Erich —confiesa—. Y aún siento algo por él.

Eso me sorprende.

—¿A pesar de que te...?

—¿A pesar de que me diera la espalda? ¿De que me rechazara? Sí, a pesar de eso. Quieres a las personas por lo que eran antes, por encima del horror que les hizo comportarse como lo hicieron.

Es verdad. En la tristeza de su voz, oigo lo mucho que le dolió que Erich le diera la espalda.

—Pero ahora tienes a Peter —le recuerdo para intentar aliviar su dolor.

—Sí —admite—, pero no es lo mismo.

—Se preocupa mucho por ti —insisto.

Noto que se tensa junto a mí.

—Peter disfruta de mi compañía. Eso es todo.

—Pero, Astrid, veo lo mucho que se preocupa por ti... y tú por él. —No me responde. ¿Cómo es posible que no se dé cuenta de la realidad de los sentimientos de Peter? Quizá, después de todo lo que ha vivido, le dé miedo desear algo más.

—Pero bueno, estábamos hablando de ti —dice ella para cambiar de tema—. Sé que echas de menos a tu familia. Pero el pasado es el pasado. Mira hacia delante. Ahora tienes a Theo. Jamás volverás. —Su voz suena firme—. Tienes que aceptar eso si quieres salvarte y proteger a Theo. A no ser, claro, que encuentres a su familia. Quieres que el niño encuentre a su familia, ¿verdad?

Es como si un cuchillo me atravesara las entrañas.

—Por supuesto. Sería un alivio —respondo con la voz vacía. Aunque he pensado en la familia de Theo, he rezado por ella, no puedo imaginarme renunciando a él. Ahora es mío.

—O, si no, podrían adoptarlo. No es tuyo. Tiene que estar con una familia. Tú eres joven y tienes toda tu vida por delante. Algún día tendrás que renunciar a él.

«Yo soy su familia», pienso para mis adentros. Abarco con un gesto el interior del vagón en la oscuridad.

—Esta es mi vida. —No planeo quedarme con el circo para siempre. Necesito alejarme con Theo, no volver jamás a Alemania, aunque ahora mismo resulta difícil imaginar cualquier otra cosa.

—Puede que algún día cambies de opinión —responde—. A veces la vida que imaginamos no dura tanto como creemos.

Sus palabras parecen resonar a través del coche cama. Yo me muerdo el labio para no protestar. Ya renuncié a mi hijo una vez y casi me muero. No podría sobrevivir de nuevo a esa clase de dolor.

Por supuesto, ella no sabe nada de esto. Mi pasado sigue siendo un secreto. Parece que va creciendo en el espacio que hay entre nosotras, separándonos y convirtiendo nuestra amistad en una mentira.

—Astrid —empiezo a decirle. Necesito contarle ahora mismo la verdad de por qué estaba en la estación la noche que encontré a Theo. Lo del soldado alemán. Este secreto no puede seguir infectándose entre nosotras.

—Si se trata del número, podemos hablarlo mañana —me responde medio dormida.

—No es eso.

—Entonces ¿qué? —me pregunta con la cabeza levantada. Yo trago saliva, incapaz de hablar—. Gracias —agrega ella antes de que yo pueda responder. Percibo en su voz una vulnerabilidad que no había oído antes—. Quiero decir que creo que no te he dicho que aprecio lo que estás haciendo. Sin ti, no podría seguir actuando. —Técnicamente hablando, eso no es cierto. Podría seguir con la cuerda vertical o cualquier otro número en solitario. Pero lo que le gusta es el trapecio volante, y mi presencia aquí hace que eso sea posible—. Quiero que sepas que te estoy agradecida —añade, y me estrecha la mano por debajo de la manta.

Noto un nudo en la garganta que bloquea las palabras que quería decir. Podría esforzarme, insistir en decirle la verdad. Pero me aprieta la mano y siento entre nosotras un calor que antes no existía. Mi voluntad de contárselo se evapora y sale volando como si fuera polvo.

—¿Qué ibas a decir?

—Nada. Es… sobre Peter. —No puedo soportar contarle la verdad sobre mi pasado ahora. Pero, en mi desesperación por evitar mi secreto, acabo revelando otro—: Estaba bebiendo antes del espectáculo. —Me encojo, sin saber si debería haberlo dicho. No es asunto mío. Pero una parte de mí siente que debería saberlo.

Astrid no responde de inmediato y noto que la preocupación le tensa el cuerpo.

—¿Estás segura? —me pregunta—. Siempre actúa de forma extraña antes de una representación. —Su voz suena inquieta, no quiere admitir una verdad que ya conoce.

—Estoy segura. Le vi salir de la carpa de la cerveza.

—Ah. —No parece sorprendida, solo triste—. He intentado detenerlo.

«Inténtalo más», quiero decirle. ¿Cómo puede una persona fuerte como Astrid no ser capaz de enfrentarse a él?

—Me siento impotente —declara con la voz rota. Espero que se ponga a llorar, pero solo se estremece. Me acerco más a ella y cae entre mis brazos, con Theo aprisionado entre nosotras, y yo temo que pueda despertarse y ponerse a llorar—. Muy impotente —repite, y yo sé que no está hablando solo de Peter.

143

Al fin deja de temblar y se acurruca junto a mí.

—Lo importante es el espectáculo —añade mientras va quedándose dormida—. Siempre y cuando podamos seguir actuando, todo lo demás irá bien.

Recuerdo entonces mi conversación con Herr Neuhoff. Recuerdo su cara de preocupación cuando le he dicho que el alemán podría haber reconocido a Astrid.

Y no puedo evitar preguntarme si habré cometido un terrible error.

CAPÍTULO 10

NOA

—Me voy al pueblo —le digo a Astrid. Tengo a Theo en mi regazo, dándole con la cuchara lo que le queda de la comida. Es un plátano –un raro hallazgo de una de las trabajadoras de la cocina– que he machacado con un poco de leche. La primera vez que Theo lo probó, abrió los ojos, sorprendido, y gorjeó con una alegría inusitada, acostumbrado como está a las gachas. Es difícil encontrar buena comida para él, dado que no puedo registrarlo para que le den una cartilla de racionamiento sin levantar sospechas. Así que le doy lo que encuentre para mí, siempre que sea adecuado.

Dejo el cuenco con la esperanza de que Astrid no proteste. Es casi mediodía del domingo, dos días después de nuestro primer espectáculo, y ya hemos terminado cuatro horas de ensayos. Me duelen mucho los hombros y mi piel húmeda desprende un olor terroso.

—Voy al hotel a lavarme —añado. Como no hay agua corriente en la feria, el circo tiene dos habitaciones en un pequeño hotel, una para los hombres y otra para las mujeres, donde podemos ir a bañarnos cada semana.

Astrid mete la mano en su baúl y me entrega una pequeña pastilla de jabón.

—Toma —me dice, y yo la acepto agradecida. El jabón que nos ha dado el circo es poco más que una áspera piedra pómez, pero esta pastilla es suave y huele bien—. La hice con sal —añade. No dejan de sorprenderme los recursos de Astrid y todas las cosas que sabe hacer por haber crecido en la carretera. Entonces frunce el ceño—. Vuelve en una hora. Quiero corregir tu postura cuando te cuelgas de la rodilla y trabajar el *spagat* antes del espectáculo de mañana.

—Pero si es domingo —protesto yo. El único día que no tenemos función. Los domingos, la gente del circo practica un poco en el patio o juega a las cartas y se limita a descansar sin más. Los niños juegan al pilla-pilla o a la canasta, disfrutando del único día en el que no tienen que mantenerse alejados de la gran carpa y sin hacer ruido.

Un día de descanso, pero no para mí. Astrid me obliga a ensayar como si fuera cualquier otro día, con solo unas pocas horas libres tras la comida para dar de comer a Theo y pasar tiempo con él. Parece que hoy ni siquiera voy a disfrutar de eso. Sé que no servirá de nada quejarme. Aunque logré realizar mis primeros números el viernes y el sábado, todavía queda mucho trabajo por hacer. Solo he puesto en práctica el pase recto: me columpio hasta lo más alto y ella me agarra por los brazos cuando caigo. Pero las variaciones que podríamos probar son infinitas: piruetas y saltos mortales, engancharnos por los tobillos. Lo que he aprendido no es más que una gota en el océano de las artes acrobáticas y aún me queda mucho.

—Con respecto a eso… —Me detengo—. Estaba pensando que, si me giro al final del segundo pase, tú podrías agarrarme al revés.

Es la primera vez que me atrevo a hacerle una sugerencia, y ella se queda mirándome como si me hubieran salido cuernos. Entonces se encoge de hombros y agita la mano.

—Eso jamás funcionaría.

—¿Por qué no? —insisto yo—. Me prepararía para el regreso y quedaría mejor que un simple pase recto.

Ella aprieta los labios con fastidio, como si yo fuera una niña que insiste en comer caramelos después de que le hayan dicho que no.

146

—Tienes que seguir trabajando en lo fundamental. No te adelantes. —Doy un paso atrás, dolida. Puede que actúe lo suficientemente bien para el espectáculo, pero ella nunca me considerará una igual—. Pero, bueno, será mejor que te vayas si quieres llegar hasta el pueblo y volver a tiempo —me dice, cambiando de tema—. Yo cuidaré de Theo.

—¿No te importa? —le pregunto mientras miro al niño con cariño. Aunque necesito bañarme y sentirme limpia otra vez, no quiero abandonarlo. Le veo muy poco los días que tenemos espectáculo. Para cuando termina el último pase, hace tiempo que él ya está dormido. No me gusta la idea de tener que renunciar a una tarde de domingo con él. ¡Me encantaría llevarlo al pueblo conmigo! A él también le vendría bien un baño en condiciones, en lugar del cubo metálico donde lo coloco para echarle agua por encima, lo que hace que se ponga a llorar enfadado o a chillar de alegría, dependiendo de la temperatura. Pero no puedo llevarlo al pueblo y arriesgarme a llamar la atención.

—En absoluto. —Astrid se acerca y me quita a Theo. Al ver la ternura con la que lo mira, pienso en el hijo que nunca ha tenido. Además se ha mostrado un poco más amable conmigo en los dos días transcurridos desde la primera representación. Sigue siendo exigente, pero parece que piensa que de verdad puedo actuar y ser una más. Y, después de hablar la noche anterior sobre Peter y el pasado, casi siento que somos amigas que pueden confiar la una en la otra.

O al menos podríamos serlo si no fuera por el secreto que todavía le oculto sobre mi hijo y el alemán con el que lo concebí. Debería habérselo contado hace semanas; quizá eso habría atenuado el daño. Pero no lo hice, y la verdad sigue enterrada entre nosotras, pudriéndose. Ahora ya no solo es el secreto en sí, sino el habérselo ocultado durante tanto tiempo por miedo a que me odiara.

—Si vas por el bosque, junto a la orilla del arroyo, llegarás antes que por la carretera —me sugiere.

Yo ladeo la cabeza e intento imaginar la ruta que ha descrito. Salvo el día que llegamos hasta aquí por la carretera principal, no he salido de la feria.

—El camino está justo detrás de la carpa principal —continúa al notar mi confusión—. ¿Por qué no te acompañamos un rato y así te lo enseño?

Sigo a Astrid, que se abre camino por el estrecho pasillo entre las literas con el niño en brazos. Pasamos junto a una bailarina que está tiñéndose el pelo de caoba con un tinte casero. Otra está zurciendo un agujero que tiene en el leotardo. Junto a la puerta, una mujer corpulenta de una de las atracciones secundarias se cambia sin pudor y sus enormes senos no se distinguen de los pliegues de piel que cuelgan por debajo. Aparto la mirada. Con tantas mujeres viviendo en un mismo lugar, hay muy poca intimidad; es una de las muchas cosas del circo a las que nunca me acostumbraré.

Salimos. Antes, cuando fuimos a ensayar, el cielo sobre la gran carpa estaba pintado de rosa y azul. Pero ahora una capa de niebla descansa sobre la punta del *chapiteau*. Atravesamos el patio del circo, el espacio abierto donde la carpa se junta con el tren y la gente del circo pasa el tiempo, lejos de la mirada curiosa del público. De la cuerda de tender cuelgan prendas interiores sin ninguna vergüenza. De la cocina emerge el olor de las patatas cocidas que anuncia el menú para la cena. Oigo el ruido de los cacharros que media docena de empleadas están lavando después de la comida.

Cuando pasamos junto a la carpa principal, los ruidos procedentes del interior me resultan una sinfonía familiar: un clarinetista que practica y los gruñidos del hombre forzudo mezclados con el chocar de las espadas de dos payasos que se baten en un falso duelo. A través de la rendija en la lona, la pista tiene un aspecto desolado a plena luz del día. Los asientos de terciopelo están deshilachados y manchados. El serrín del suelo está lleno de envoltorios de caramelos y colillas de cigarrillos. El aire huele mal debido a un charco amarillo que hay en un rincón donde ha orinado un caballo.

En la linde de la feria, bajo un cerezo que acaba de florecer, se halla Drina, con su falda exótica de color púrpura rodeándole la cintura y los nudillos cubiertos de anillos mientras baraja un mazo de cartas. Astrid me contó que se une al circo todos los años, aparece en la primera parada y se queda hasta el final de la temporada, entreteniendo al público de la feria antes de cada espectáculo. En este mundo extraño donde se acepta casi todo, Drina sigue siendo una forastera. No solo porque es gitana, ya que el circo tiene múltiples razas, sino porque su número no es más que un truco, como la magia. No es propio del circo, según me dijo Astrid con desdén. Es una expresión que he oído con frecuencia en los últimos meses, utilizada para describir actuaciones que no encajan en el ideal circense.

Drina me hace un gesto con la mano para que me acerque. Yo vacilo y miro a Astrid.

—¿Puedo? —le pregunto—. Solo será un minuto. —Ella pone los ojos en blanco y se encoge de hombros. Me acerco y siento curiosidad por esas extrañas cartas que Drina extiende frente a ella sobre la mesa—. No tengo dinero para pagarte —le digo.

Ella extiende el brazo, me agarra la mano sin preguntar y desliza sus dedos ásperos por las líneas de mi palma.

—Naciste bajo el signo de una estrella afortunada —me dice. Afortunada. ¿Cuántas veces habré oído eso antes?—. Pero has experimentado una pena profunda. —Yo me agito, inquieta. ¿Cómo lo sabe?—. Conocerás la paz —añade, aunque me parece una predicción un tanto atrevida para los tiempos que corren—. Pero primero habrá enfermedad... y una ruptura.

—¿Una ruptura? ¿Como un hueso? —pregunto—. ¿Y quién enfermará? —Ella niega con la cabeza y no dice más. Yo me levanto, nerviosa—. Gracias —digo apresuradamente.

Empiezo a andar hacia Astrid, que está dando vueltas en círculo con Theo para entretenerlo.

—¿Qué te ha dicho? —me pregunta, curiosa a pesar de todo.

—Nada importante —respondo con timidez.

—No sé por qué crees en esas cosas —comenta.

Y yo no sé por qué tú no crees, me dan ganas de responderle. Pero temo sonar grosera.

—Me gusta la promesa de lo desconocido, de lo que podría estar esperándome.

—El futuro llegará pronto —responde.

Nos alejamos de los terrenos del circo y nos adentramos en el bosque. Los árboles son más densos de lo que parecían a lo lejos; es un bosque de pinos y castaños. No es muy distinto de aquel por el que corría la noche que me llevé a Theo. Pero ahora ya no hay nieve y de la tierra húmeda asoman minúsculas zonas de hierba. La luz se cuela entre las ramas, donde pueden verse los primeros brotes verdes. Algo se agita bajo un arbusto, un zorro o quizá un erizo. Si el clima hubiera sido más suave aquella noche, como ahora, quizá no me hubiera desmayado y no hubiera acabado en el circo.

—He pensado en ir a buscar algo de comida para Theo al pueblo —le digo a Astrid—. Cereales de arroz o leche fresca.

—Es domingo —señala Astrid. Yo asiento. Eso es lo irónico: el único día que puedo escaparme al pueblo es el mismo día en el que cierran casi todos los comercios—. Aunque, claro está, siempre queda el mercado negro… —Había oído hablar de esas cosas cuando ocuparon nuestro pueblo, y también en la residencia de mujeres y en la estación de tren. Gente que vende ilegalmente productos que no se encuentran en otra parte a precios más elevados.

—No sabría dónde empezar a buscarlo —digo dejando caer los hombros—. Quizá si pregunto en el pueblo…

—¡No! —exclama ella—. No debes hacer nada que levante sospechas. Si preguntas a la persona equivocada, podría hacerte preguntas peligrosas.

Al poco rato, el bosque se abre y da paso al arroyo. En ambas orillas crecen sauces que se juntan en lo alto, pero no llegan a hundirse tanto como para romper la superficie cristalina del agua.

—Ahí está —dice Astrid, que se detiene y señala un puente de madera que marca la linde del pueblo.

—¿No vienes conmigo? —pregunto, decepcionada. Habría sido mucho más fácil y más agradable ir al pueblo juntas.

Ella niega con la cabeza.

—Mejor no exponerse. —Me pregunto si estará hablando de sí misma o de Theo, o de ambos. ¿Seguirá pensando en el alemán que fue a ver el espectáculo la primera noche? Pero, aun así, mira anhelante hacia el pueblo—. Además, alguien tiene que cuidar de Theo —me recuerda—. Tienes tus papeles, ¿verdad?

—Sí —respondo dándome una palmadita en el bolsillo.

—Ten cuidado. —Frunce el ceño mientras me mira—. No hables con nadie, salvo que no tengas más remedio.

—Volveré en una hora —respondo yo, y le doy un beso a Theo en la cabeza. Él estira la manita como diciendo «llévame contigo». Cada día me doy más cuenta de que es como si se le hubiera caído una venda de los ojos y ahora viera y entendiera el mundo.

Siento como si se me rompiera un poco el corazón cuando le aprieto los dedos con suavidad.

—Deberías irte ya si quieres regresar a tiempo —insiste Astrid. Le doy otro beso a Theo y me dirijo hacia la base de la colina donde se ubica Thiers. Empiezo a subir por el empinado camino que serpentea entre casas de madera con persianas color ceniza, pegadas a la carretera. Las perdices se llaman unas a otras desde los aleros. La calle principal está tranquila un domingo por la tarde y casi todas las tiendas están cerradas. Algunas ancianas con pañuelo caminan hacia la iglesia románica situada en lo alto de la plaza del pueblo. Es una normalidad de lo más extraña: hay una cafetería donde las mujeres bien peinadas toman café y comen magdalenas tras unas ventanas redondas, y también unos hombres que juegan a los bolos en un tramo de hierba junto a la plaza. Hay un chico de unos diez u once años que vende periódicos en la esquina.

El hotel es poco más que una pensión grande, dos edificios altos adyacentes que han sido combinados al derribar la pared que antes los separaba. El propietario me da la llave sin necesidad de que le diga para qué he venido. ¿Habrá asistido a uno de nuestros espectáculos o acaso se me nota ya que pertenezco al circo? Atravieso el pequeño vestíbulo, lleno de huéspedes sentados en sillas o fumando apoyados en las paredes. El circo ha tenido suerte al encontrar habitaciones; el hotel está lleno de refugiados que huyeron de París al empezar la guerra o de pueblos más al norte que quedaron destruidos con los combates y los ataques aéreos. *L'Exode*, lo había llamado Astrid. Sea cual sea la razón, no regresaron, sino que se quedaron por falta de casa o de un lugar en el que estar.

La habitación del segundo piso es estrecha y sencilla, con una cama de hierro forjado mal hecha y gotas de agua del anterior huésped en la palangana. Me desnudo deprisa y me sacudo parte del serrín de la pista que siempre encuentra la manera de meterse bajo mi falda. Me detengo para observar mi reflejo desnudo en el espejo. Mi cuerpo ha empezado a cambiar debido al ejercicio, como había predicho Astrid; se ha endurecido en algunas partes y se ha estirado en otras.

Pero no solo se ha transformado mi forma física desde que empecé a practicar con el trapecio: desde que empezamos la gira, trabajo más y no paro de pensar en el número. Durante horas después de cada representación, siento el aire bajo mis pies, como un tren del que no puedo bajarme. Incluso sueño con el trapecio. A veces me despierto sobresaltada, intentando agarrar una barra que no está ahí. Y cuando estoy despierta también estoy obsesionada con ello. Una noche incluso me colé en la pista en la oscuridad. Aunque las gradas estaban vacías, era como si miles de ojos siguieran todos mis movimientos. Solo entraba un poco de luz de luna. Fue una insensatez practicar a solas, sin nadie a quien pudiera pedir ayuda si me caía. Pero las horas de entrenamiento durante el día no eran suficientes.

Se lo conté a Astrid con la esperanza de que aplaudiera mi determinación.

—Podrías haberte matado —me respondió. Elija el camino que elija, siempre está mal, o demasiado o insuficiente. Aun así, me atraen los números más complicados: si pudiera añadir una pirueta, subir un poco más alto para realizar quizá un salto mortal. No tengo que hacerlo. Estoy cumpliendo con mi parte del trato solo con actuar, pero cada vez deseo hacer más.

Salgo del hotel media hora más tarde recién bañada. Contemplo la hilera de tiendas, tentada por un minuto de deambular y disfrutar. Tal vez, pese a lo que dijo Astrid, haya alguna tienda abierta para comprar comida. Sin embargo, Theo estará esperándome, así que me doy la vuelta para marcharme.

Al otro lado de la calle veo a un joven de unos dieciocho años con el pelo negro apoyado en una puerta. Me observa de un modo que casi había olvidado, que solo había experimentado en una ocasión. Siento un cosquilleo. Puede que en otra ocasión me hubiera dejado halagar, pero no puedo permitir que alguien se fije en mí ahora. ¿Pretenderá causarme problemas? Bajo la mirada y paso deprisa.

En la esquina, un hombre vende fruta sobre una caja dada la vuelta. Veo fresas por primera vez desde que empezó la guerra, con manchas y demasiado verdes, pero fresas al fin y al cabo. El deseo me inunda la boca. Me imagino la cara de Theo al saborear esa dulzura por primera vez. Busco una moneda en el bolsillo del abrigo mientras me acerco a la caja. Tras pagar al vendedor, me meto en el bolsillo las dos fresas que he podido permitirme y resisto la tentación de comerme una ahora.

Oigo una risita a mis espaldas. Por un segundo me pregunto si será el joven de pelo oscuro que acabo de ver. Me vuelvo y, en su lugar, veo a dos chicos, de doce o trece años, señalándome. Miro a mi alrededor para ver de qué se ríen y entonces me doy cuenta de que es de mí. Miro hacia abajo y me fijo en mi falda roja con medias estampadas y la blusa con escote en «V». Ya no encajo entre la gente normal. En el trapecio he aprendido a esconderme detrás de las luces y fingir que no soy yo. Pero aquí, me siento desnuda y vulnerable.

Una mujer se acerca a los chicos, su madre, quizá, y espero a que los reprenda por su grosería. En cambio, los aparta y los coloca detrás de ella como si quisiera protegerlos de mí.

—No os acerquéis —les advierte en francés, sin molestarse en bajar la voz. Se queda mirándome como si fuera a morderla. Una cosa es vernos en la pista del circo y otra muy distinta encontrarnos por la calle.

—Perdón, ya es suficiente —dice una voz a mis espaldas. Me doy la vuelta y veo al joven que estaba observándome hace un minuto. Me mira de manera extraña y yo espero a que se ponga del lado de la mujer—. Los artistas circenses son nuestros invitados en el pueblo —dice, por el contrario. Me pregunto cómo sabrá que trabajo en el circo, y entonces me doy cuenta de que debe de ser mi manera de vestir. Doy un paso hacia atrás.

—Pero mírala —protesta la mujer, señalándome con desprecio.

Yo me sonrojo. Astrid me advirtió una vez que los que son ajenos al circo nos ven como personas oscuras y sexuales. En realidad no hay nada más lejos de la verdad. En todo caso, la vida en la carretera es más estricta; hay una carabina en la carpa de las chicas y un toque de queda establecido antes del que pusieron los alemanes. Estamos demasiado cansados para meternos en líos. Aun así, los admiradores cotillas asoman la cabeza por el patio para intentar ver algo exótico o inapropiado. De hecho, nuestras vidas son bastante sencillas: nos despertamos, comemos, nos vestimos, ensayamos y vuelta a empezar.

La mujer abre la boca para hablar, pero el joven la interrumpe antes de que pueda decir una palabra.

—*Au revoir,* madam Verrier —dice con desprecio, y la mujer se da la vuelta y se aleja ofendida por la calle—. *Bonjour* —me dice el joven cuando nos quedamos solos.

Me doy la vuelta para marcharme al recordar la advertencia de Astrid de no mezclarme con la gente del pueblo.

—Espera —me dice él, y yo miro por encima del hombro—. Siento que esa mujer haya sido tan desagradable. Soy Lucienne —continúa, ofreciéndome la mano. No me dice su apellido, como hacía la gente en mi pueblo cuando se presentaba, y me pregunto si será la costumbre aquí—. Me llaman Luc para abreviar. —Cuando se acerca, veo que es más alto de lo que parecía. Apenas le llego al hombro.

Yo vacilo y le estrecho la mano.

—*Enchanté* —me dice. ¿Estará burlándose de mí? No veo malicia en su cara, ni las miradas lascivas de los habitantes del pueblo.

—Noa —respondo. Desde el otro lado de la calle, los chicos vuelven a reírse; su madre se ha metido en una de las tiendas y no nos oye. Luc se dirige hacia ellos con cara de rabia—. No —le digo—. Solo empeorarás las cosas. De todas formas ya me marcho.

—Una pena —me dice—. ¿Puedo acompañarte? —Me agarra el brazo sin esperar una respuesta.

Yo me aparto.

—Disculpa —le digo. ¿Acaso da por hecho que puede hacerlo solo porque viajo con el circo?

—Lo siento. Solo quería ayudarte —responde con tono de disculpa—. Debería habértelo preguntado. —Me ofrece de nuevo la mano—. ¿Puedo?

¿Por qué estará siendo tan amable? Es simpático, demasiado simpático. En estos tiempos nadie es simpático porque sí, a no ser que quiera algo. Me viene a la cabeza el soldado alemán.

—No creo que sea buena idea —le digo.

—¿Qué tiene de malo que un chico acompañe a una chica? —me pregunta mirándome a los ojos con actitud desafiante.

—Está bien. —Transijo al fin y dejo que me agarre del brazo. Empieza a caminar de nuevo y me conduce hacia la linde del

155

pueblo. Noto el calor de sus dedos a través de la manga de la blusa. Se mueve con seguridad en sí mismo, el tipo de chico con quien jamás me habría atrevido a hablar en mi pueblo.

Cruzamos el puente de madera que hay junto al bosque. Me detengo y me aparto con más firmeza esta vez.

—Puedo sola. —Una cosa es dejar que me acompañe hasta la salida del pueblo. Pero si me acompaña más allá, alguien del circo podría vernos juntos, precisamente lo que Astrid había dicho que no debería hacer. Casi siento su mirada. Me giro hacia el bosque preguntándome si me estará observando. Pero no veo a nadie. Aun así no debo estar aquí. Ha pasado más de una hora y estará esperándome para practicar, quizá incluso esté preocupada—. Tengo que irme.

Él se aparta un mechón de pelo de la frente y veo en su cara una mezcla de dolor y confusión.

—Siento haberte molestado —me dice antes de empezar a alejarse.

—¡Espera! —le grito—. Lucienne.

—Luc —me corrige mientras regresa.

—Luc. —Paladeo su nombre con la lengua—. Necesito comprar algunas cosas. —Con las prisas por alejarme de esos horribles chicos y de su madre, casi se me había olvidado buscar comida para Theo.

—¿Qué clase de cosas? —me pregunta Luc.

Me imagino a Astrid y la oigo mientras me advierte que no haga preguntas.

—Leche y cereales de arroz. —Vacilo, porque no quiero revelar la verdad sobre Theo.

—¿Para ti? —me pregunta mirándome fijamente.

—Sí. —Le devuelvo la mirada sin parpadear. Es un desconocido y no debo confiar en él.

—¿O para el bebé? —pregunta. Yo me quedo de piedra y entro en pánico. ¿Cómo sabe lo de Theo?—. Te vi con él en brazos durante el desfile el día de vuestra llegada.

Se me pone la piel de gallina. No sabía que se hubiese fijado en mí. Me siento como si mi vida estuviera constantemente en un escaparate.

—Es mi hermano pequeño —le digo, y rezo para que no sospeche otra cosa como ocurrió con Astrid.

—¿No tienes cartillas de racionamiento? —me pregunta. Al parecer acepta mi explicación.

—Sí, por supuesto —le respondo—, pero nunca son suficientes.

Mira por encima de su hombro hacia el centro del pueblo.

—Las tiendas están cerradas el domingo —dice al fin—. Quizá, si vuelves durante la semana…

—Es difícil con todas las funciones —respondo con cautela. Me planteo preguntarle por el mercado negro, pero no me atrevo.

—¿Y a qué te dedicas en el circo, por cierto? ¿A domar tigres? —pregunta con tono burlón.

Por un instante deseo decirle que solo llevo unas semanas en ello y que en realidad no formo parte del circo. Pero ahora son mi gente, así que levanto la barbilla.

—Me dedico al trapecio. —Estoy orgullosa de lo buena que soy en mi nuevo trabajo, con todo el esfuerzo que he invertido para lograrlo. Pero eso no lo entiende la gente ajena al circo como Luc, que todavía me mira perplejo—. No has visto el espectáculo, ¿verdad?

Él niega con la cabeza.

—Quizá debería —me dice con una sonrisa—. Pero solo si nos vemos después tú y yo. Para tomar café —añade, para asegurarse de que no piense que estaba sugiriendo algo inapropiado—. Seguro que tendré preguntas sobre el espectáculo. ¿Qué opinas?

Yo vacilo. Parece simpático, y, en cualquier otra ocasión, le habría dicho que sí.

—Lo siento, pero no puedo —respondo.

Veo la decepción en su cara, pero desaparece al momento.

—Puedo acompañarte el resto del camino —me ofrece—. Por si acaso vuelves a ver a esos chicos… o a su madre.

—No es necesario —le digo. No sería bueno alentarlo. Y además no quiero que nadie del circo me vea con él, sobre todo Astrid.

Empiezo a bajar por la carretera antes de que pueda ofrecerme nada más y noto que me observa mientras me alejo.

CAPÍTULO 11

ASTRID

Veo a Noa cruzar el puente de madera. Me invade un sentimiento de protección. Es la primera vez que sale de la feria. ¿Lo conseguirá o se meterá en algún lío por los nervios? Por un instante quiero ir tras ella y recordarle otra vez que tenga cuidado y que no hable con nadie y mil cosas más. Me gustaría ir al pueblo y lavarme yo también como es debido, pero, después de que el alemán estuviera a punto de reconocerme la otra noche, no me atrevo a que me vean. Miro a mi alrededor con desconfianza. El lugar donde me hallo, en la linde del bosque, no está lejos del pueblo, y no quiero encontrarme con nadie y tener que responder preguntas sobre el niño o sobre mí misma.

Recuerdo la función de la otra noche. Al asomarme a la carpa, alguien llamó mi atención. Un hombre de uniforme con la insignia de las SS en la solapa. Roger von Albrecht. Era compañero de mi marido en Berlín y visitó varias veces nuestro apartamento de la calle Rauchstrasse.

Me pregunto cómo será posible que, de todos los pueblos de Alemania y Francia, el compañero de Erich decidiera ir a ver la primera función de nuestro circo a cientos de kilómetros de Berlín. Semejante infortunio parece casi imposible. Aunque, claro, tampoco era un íntimo amigo de Erich, solo un socio con el que nos encontrábamos en fiestas y demás. Sin embargo, sí estaban lo suficientemente unidos como para que pudiera reconocerme.

Pensábamos que, al irnos a Francia, nos alejaríamos más del peligro, pero aquí acecha del mismo modo.

Veo a Noa caminar hacia el centro del pueblo con los hombros erguidos. Está nerviosa, lo sé, es la primera vez que va al pueblo ella sola. Pero sigue hacia delante.

—Es una buena chica, ¿sabes? —le digo a Theo mientras regreso hacia el bosque. Casi puedo verle asintiendo con la cabeza—. Ella te quiere mucho. —Ella. ¿Cómo llamará Theo a Noa cuando tenga edad para hablar? «Mamá» parece una traición a la mujer que le dio la vida y cuyo corazón sin duda aún sufrirá. Pero todo niño debería tener la oportunidad de llamar a alguien «mamá». Cambio de postura y Theo acomoda la cabeza en mi cuello. Nunca me he entendido con los niños, pero él tiene algo de sabio, como una persona mayor. Lo levanto sobre mi cadera y empiezo a cantar *¿Sabes cuántas estrellas?*, una melodía infantil en la que no había pensado desde mi infancia:

¿Sabes cuántas estrellitas hay en la cúpula del cielo azul?
¿Sabes cuántas nubes recorren el mundo?
Dios, nuestro Señor, las ha contado,
Para que no falte ninguna,
Entre tantas como hay.

Miro a Theo. ¿Habrá oído antes esa canción? Pienso en sus padres y me pregunto si alguna vez se la cantaron. ¿Serían judíos religiosos o quizá no practicantes? Empiezo a cantar *Pasas y almendras*, una nana yidis, y busco en su rostro algún indicio de que la reconoce. Me mira con los ojos muy abiertos, sin parpadear.

Parece improbable que un bebé judío llegue hasta el circo y hasta mí, otra judía. ¿Qué probabilidades había de que eso ocurriese? Pero me recuerdo a mí misma que no somos los únicos. Llevaba más o menos un mes con el Circo Neuhoff cuando me di cuenta de que yo no era la única judía. Había divisado a un hombre desconocido al otro extremo del comedor, en el lado donde se sientan los trabajadores; era un hombre delgado y tranquilo, con una barba gris recortada y una cojera que trataba de disimular. Una de las chicas dijo que era un empleado de mantenimiento llamado Metz, que se le daba bien arreglar cosas pequeñas, así que acudí a él con mi reloj, un regalo que me hizo mi padre al cumplir los dieciséis años y que ya no funcionaba.

Metz tenía su taller en un pequeño cobertizo en el borde del cuartel de invierno. Llamé a la puerta y me hizo pasar. Dentro el aire olía a madera recién cortada y a aguarrás. A través de la puerta trasera vi una cama estrecha y un lavabo. Las estanterías y el suelo del taller estaban llenos de aparatos y motores estropeados. Entre ellos había relojes de diversos tamaños y formas, más de una docena.

—Era relojero en Praga antes de la guerra —me contó Metz. Me pregunté cómo había llegado hasta allí, pero la gente del circo no solía compartir su pasado. Siempre era mejor no hacer preguntas. Le entregué mi reloj y él lo examinó.

La vi cuando abrió el cajón para sacar las herramientas: una mezuzá de plata gastada. Quedársela podría haberle costado la vida.

—¿Eso es tuyo? —le pregunté pese a todo.

Él vaciló, quizá porque sabía de mi pasado tan poco como yo del suyo. Di por hecho que mi herencia judía no era ningún secreto en el circo, pero él había llegado durante los años en los que estuve fuera y quizá no se hubiera enterado. Levantó la barbilla ligeramente y dijo:

—Sí.

Al principio me asusté. ¿Herr Neuhoff sabría de la existencia de este otro judío? Claro que lo sabía; estaba acogiendo a este hombre igual que me acogía a mí. No debería haberme sorprendido tanto. Había dado por hecho que Herr Neuhoff solo me había acogido para mejorar el espectáculo y quizá como favor a un viejo amigo de la familia. Sin embargo, su valentía no conocía límites y jamás habría rechazado a alguien que necesitara ayuda, ya fuera una artista, un simple obrero o un niño como Theo sin ninguna capacidad. No se trataba del circo o de los contactos familiares, sino de la honradez humana.

Pero Herr Neuhoff no nos había hablado al uno del otro, quizá para intentar proteger nuestro anonimato.

—Es preciosa —le dije—. Mi padre tenía una igual. —En ese momento se estableció entre nosotros un vínculo.

Pero la *mezuzá* estaba ahí metida, en el cajón, a la vista de cualquiera que lo abriera, y ponía en riesgo su seguridad… y la mía.

—Quizá debas tener más cuidado con eso.

El relojero me miró fijamente.

—No podemos cambiar quienes somos. Tarde o temprano tendremos que enfrentarnos a nosotros mismos.

Una semana más tarde me devolvió el reloj y se negó a aceptar dinero a cambio de su trabajo. No hemos vuelto a hablar desde aquel día.

Llegamos a la linde de la feria. Atravieso el patio con Theo, a quien empiezan a cerrársele los ojos. Es un cálido día de primavera y, quienes pueden, ensayan al aire libre. El tragasables practica un número en el que parece cortar a su ayudante por la mitad y más allá un forzudo intenta atropellar a otro con una moto. Me estremezco. Los números se han vuelto más sombríos desde que acabara la Gran Guerra, como si la gente necesitase ver la muerte de cerca para emocionarse; el mero entretenimiento ya no es suficiente.

Me da un vuelco el corazón al ver a Peter detrás de la carpa, ensayando. Le he visto muy poco desde que llegamos a Thiers. Estamos demasiado ocupados y cansados. Incluso los domingos como este, el tiempo que pasamos juntos no es como debería ser. Al verlo ahora, crece mi deseo. Con Erich siempre había sido algo directo, como se supone que tenían que hacer un hombre y una mujer. Pero Peter hace el amor con manos salvajes y pone los labios donde nunca antes los había puesto nadie y donde yo menos lo espero.

Peter está ensayando el número que conozco demasiado bien, en el que se burla de la manera de caminar de los nazis; el mismo número que Herr Neuhoff le ordenó no representar. Después de que, en el espectáculo de la noche anterior, no realizara el número, yo albergaba la esperanza de que hubiera renunciado a ello. Sin embargo, ahora está practicando esos movimientos inconfundibles con más determinación que nunca. El circo siempre ha tenido que andarse con cuidado con la política. Una vez un circo austriaco se buscó la ruina al sacar a escena un cerdo con *pickelhaube*, el casco militar prusiano. Pero Peter parece cada vez más imprudente y su espectáculo, aunque sutil, deja más que claro el hecho de que está ridiculizando a los alemanes.

Me estremezco al recordarlo. Debería haber sido más severa y haberle pedido que lo dejara. No se trata de un juego. Podemos perderlo todo. Pero no puedo evitar admirarlo mientras lo observo: se enfrenta a los alemanes a su manera y luchando, no se limita a aceptar lo que ocurre y las restricciones que nos han sido impuestas, y que llevarán a nuestra perdición.

¿O será el alcohol el que le hace ser atrevido? Tiene el pie levantado en el aire y le tiembla antes de apoyarlo en el suelo apresuradamente para no caerse. Peter ha estado bebiendo, algo que ya no puedo ignorar ahora que Noa me lo ha confirmado. Yo no soy ajena al alcohol. Lo veía entre los artistas de nuestro propio circo, incluso veía a mi madre beber cuando no podía más. Antes lo de Peter era algo inocuo, unos pocos vasos de vino por las noches. A mí no me importaba; de hecho, agradecía que se mostrara más abierto después de beber. Delante de la gente hablaba poco. «Astrid», me decía cuando estábamos a solas, y yo veía el efecto del alcohol, que dilataba sus pupilas. En esas ocasiones me hablaba de verdad, me contaba historias de su infancia en Rusia antes de la Gran Guerra. Entonces podía asomarme a su interior y conocerlo un poco más.

Pero ahora es diferente; bebe cada vez más. Se lo huelo por las mañanas y además se muestra algo inestable en la pista. Si Noa se ha dado cuenta, es cuestión de tiempo que Herr Neuhoff también lo haga. Siento el miedo que recorre mi piel. Beber antes de los ensayos o de una representación podría ser motivo de despido incluso para el mejor de los artistas. El circo no puede permitirse accidentes, y un artista torpe y descuidado sería peligroso. Y Peter estaba bebiendo el primer día de la gira, cuando todo debería ser nuevo y fresco. ¿Cómo será dentro de un mes, cuando la vida en la carretera empiece a pasarle factura?

Un altercado al otro extremo del patio me saca de mis pensamientos. Herr Neuhoff atraviesa el lugar con la cara roja y un puro apretado entre los dientes. Al principio parece que va a volver a reprender a Peter por su número, pero se dirige hacia uno de los trabajadores polacos. Milos, creo que se llama, aunque no lo conozco bien. Milos está soldando una pieza de la carpa y su soldador dispara chispas en todas direcciones, incluyendo un fardo de heno cercano. El fuego es una gran preocupación para el circo. Herr Neuhoff habla con Milos en voz baja, intentando mantener la calma, aunque va subiendo la voz de manera progresiva.

Herr Neuhoff le quita el soldador y señala a lo lejos con el dedo.

—¡Lo lamentará! —amenaza Milos. Tira su sombrero al suelo, después lo recoge y se aleja. ¿Herr Neuhoff lo habrá despedido? El circo es como una familia, los trabajadores regresan todos los años y Herr Neuhoff es generoso con ellos incluso cuando se retiran. Pero las imprudencias no se toleran.

Peter atraviesa el patio para hablar con Herr Neuhoff. Yo me dirijo hacia ellos con Theo en brazos y dejan de hablar cuando me acerco, como si no quisieran que les oyera. Me siento molesta. No soy una niña a la que haya que proteger. Sin embargo, pese a todo lo que he logrado, sigo siendo una mujer y mi estatus es inferior.

—¿Qué ha ocurrido con el polaco? —pregunto.

—He tenido que dejarlo marchar. No tenía elección. Iré a buscarlo y suavizaré las cosas, le daré una buena carta de recomendación y un finiquito. —Herr Neuhoff parece intranquilo.

—Despedir a un trabajador enfadado podría ser peligroso —dice Peter. Me doy cuenta de que le preocupa proteger mi identidad. ¿Y si Milos se lo cuenta a alguien o acude a la policía? Mientras Peter me observa, detecto algo profundo en su mirada. Preocupación, o quizá algo más. Recuerdo lo que dijo Noa sobre lo que él sentía por mí. Quizá tuviera razón, pero yo ignoro esa idea una vez más.

—Hay toda clase de peligros —responde Herr Neuhoff, haciendo una referencia velada a la sátira política de Peter.

Él no responde y se aleja contrariado. Me pregunto si Herr Neuhoff irá tras él. En vez de eso, señala hacia el tren para que yo le siga.

—Tengo que hablar contigo. —Se detiene junto a la puerta, incómodo en el vagón de las mujeres, pese a estar vacío.

Tose y se le pone la cara roja. Saca un pañuelo del bolsillo y se lo lleva a la boca. Cuando lo retira de nuevo, está manchado de rosa.

—¿Está enfermo? —le pregunto.

—Mi corazón —responde con voz áspera.

Me asusto. Hace años que lo conozco y no tenía ni idea.

—¿Es serio?

—No, no —contesta agitando la mano—. Pero pillo todos los resfriados que andan cerca. El clima húmedo tampoco ayuda. Como iba diciendo, el trabajador, Milos… si le ofrezco un finiquito, podría correrse la voz y otros podrían pedir dinero también. Pero, si acude a la policía… ¿qué opinas?

Yo vacilo. Hay cosas que podría decirle y que aprendí de mi padre. Sin embargo, aquí sigo siendo una invitada. Este no es mi circo, de modo que procedo con cautela.

—Es una decisión difícil. Ahora todo ha cambiado.

—Quería hablar contigo de otra cosa —me dice, cambiando abruptamente de tema, y me doy cuenta de que Milos no es el verdadero motivo por el que me ha pedido hablar—. Astrid —comienza, empleando un tono amable, que indica que va a darme una mala noticia. Me preparo para la confirmación de lo que le ha ocurrido a mi familia, la horrible verdad que en el fondo ya sé—, entenderás que el circo está en una situación muy delicada ahora mismo.

—Así es —respondo yo—. No sé qué puedo hacer yo para ayudar.

—Para empezar, tienes que hablar con Peter de su número.

Otra vez lo mismo. Mi preocupación da paso al enfado.

—Ya lo hemos hablado. Ya le dije que no podemos impedirle ser quien es.

—Pero, si le explicaras el peligro que corremos —insiste—, si tuviera que elegir entre tu bienestar y el espectáculo…

—Me elegiría a mí —respondo con firmeza, y me obligo a hablar con más seguridad de la que realmente siento. Después de lo ocurrido con Erich, jamás podría volver a estar segura de nadie—. Pero no quiero que tenga que elegir.

—Debes hacerlo —me dice—. Después del espectáculo de la otra noche, con el alemán que te vio…

Lo sabe. El estómago me da un vuelco.

—¿Cómo sabe eso? ¿Se lo ha dicho Noa? —Claro que sí. Yo no se lo he contado a nadie más.

—Astrid, eso no importa. —Pero se lo veo en la cara y confirmo mis sospechas—. Lo que importa es que el circo ha despertado más interés del que puede permitirse. Hoy he recibido la visita de un inspector. —Noto un nudo en el estómago. Una inspección, en domingo. ¿Estarían buscándome a mí?—. Amenazan con enviarnos de vuelta.

—¿A Alemania? —pregunto.

—Es posible. O quizá a algún lugar de Alsacia y Lorena. —La región fronteriza, que había pasado siglos entre Alemania y Francia, había sido anexionada al Reich al comenzar la guerra. Ir a Alsacia o regresar a Alemania significaban lo mismo.

—¿De verdad harían eso, cuando acabamos de partir? —le pregunto, aunque ya sé la respuesta.

Herr Neuhoff vuelve a toser y se frota la sien.

—Este año estuvieron a punto de no dejarnos salir de gira.

—¿De verdad? No tenía ni idea. —Hay muchas cosas que se guarda para sí mismo.

—Sé que regresar no es lo ideal para tu situación —añade. Por un segundo me pregunto si estará amenazándome. Pero su tono es neutral, se limita a establecer los hechos—. Entenderás ahora por qué necesito que Peter modere su número.

Continúa hablando.

—Les he pedido una prórroga, explicando que las fechas de la gira ya están reservadas y que cancelar ahora sería muy perjudicial para el negocio. Pero, como bien sabes, al Reich no le importa el negocio.

—No —confirmo yo. No dudarían en castigarnos por pasarnos de la raya.

Me han reconocido y Herr Neuhoff lo sabe. Soy consciente entonces de la osadía: ¿cómo pude pensar que permanecería oculta en algo tan grande y público como el circo?

—Debería irme —digo lentamente, y Herr Neuhoff me mira con los ojos muy abiertos—. Abandonar el circo. Soy demasiado peligrosa para el espectáculo. —No tengo ni idea de dónde ir, pero ya me marché una vez y podría volver a hacerlo.

—No, no es eso lo que tenía en mente —protesta él.

—Pero, si mi presencia aquí es peligrosa, entonces debería marcharme —insisto.

—No seas tonta. El circo no puede funcionar sin ti. Él no puede funcionar sin ti. —Herr Neuhoff señala con la cabeza el lugar donde está Peter ensayando. Me pregunto si eso que dice será cierto. Después miro a Theo. Él me necesita, igual que

Noa—. Te quedarás. Este es tu hogar. —Empieza a toser de nuevo—. Si logramos aguantar la temporada aquí, en Francia.

—Lo entiendo. Hablaré con Peter —le prometo.

—Es un comienzo —me dice, aunque sigue preocupado—. Pero me temo que eso no es todo.

—No lo comprendo. ¿Qué más puedo hacer?

—Verás, el *statu quo* es nuestro amigo y debemos hacer cualquier cosa para preservarlo. El circo debe seguir adelante a toda costa. Por eso lo hago —explica. Yo ladeo la cabeza, confundida—. Como el soldado alemán te vio… —toma aliento antes de continuar—, no me queda otro remedio que apartarte del espectáculo.

CAPÍTULO 12

NOA

Me apresuro hacia la feria sin mirar atrás para ver a Luc, ni siquiera cuando llego a los árboles, que me ofrecen cobijo. En mitad del bosque me doy cuenta de que estoy corriendo. Aminoro la velocidad para tomar aliento. Conocer a Luc ha sido extraño, y su manera de mirarme me ha hecho sentir incómoda. Pero también ha sido excitante, una chispa donde no había esperado volver a sentir nada. Me imagino contándoselo a Astrid, como si fuera la hermana que nunca he tenido.

Veinte minutos más tarde, llego a la feria. Cuando me acerco al tren, veo a Astrid de pie junto a la puerta del coche cama. Está enfadada. Al principio pienso que está enfadada porque he tardado demasiado en volver. O quizá me haya visto hablando con Luc. Me mira con rabia cuando subo al tren. La corpulenta silueta de Herr Neuhoff aparece tras ella y entonces me doy cuenta de que es algo más serio que todo eso.

—¿Cómo has podido? —me pregunta ella—. ¿Cómo has podido hacerlo?

Ha descubierto mi secreto. Sobre el soldado alemán. Sobre el bebé.

—Sé la verdad —añade mientras se me acerca. Yo me quedo helada—. ¿Cómo has podido?

Se me acerca con los brazos levantados, como si quisiera pegarme. Yo retrocedo y tropiezo con el borde de un baúl que sobresale por debajo de una litera.

169

Astrid tiene la cara a pocos centímetros de la mía y siento su aliento caliente.

—Me ha sacado del espectáculo. —Me doy cuenta entonces de que está hablando del hecho de que le conté a Herr Neuhoff que alguien la reconoció durante el espectáculo. No sabe mi secreto.

Aunque esto es casi igual de malo. Toda la confianza que había logrado entre ambas con tanto esfuerzo se ha esfumado de golpe. Le brillan los ojos como carbones encendidos.

—¡No! —exclamo. A pesar de su promesa, Herr Neuhoff le ha contado que fui yo quien se lo dijo. Ahora Astrid ya no forma parte del espectáculo.

—Eres una mentirosa —me dice ella con los puños apretados.

—Tranquila, tranquila —le dice Peter poniéndole una mano en el hombro, pero no se interpone entre nosotras ni la aparta de mí.

—Astrid —interviene Herr Neuhoff dando un paso hacia delante—. No ha sido Noa la que…

Pero ella le rodea y vuelve hacia mí.

—¿Estás intentando reemplazarme, maldita entrometida?

La idea es tan absurda que casi podría reírme, si Astrid no estuviera tan enfadada.

—En absoluto —protesto. Su desconfianza me hiere como una daga—. Jamás haría algo así. Estaba preocupada por ti. —Pensaba que lo hacía por su bien, pero ahora me doy cuenta de lo que le parecerá a ella. Algunas chicas se han reunido en torno a la puerta del vagón y susurran y me miran con hostilidad descarada. Los artistas no se delatan los unos a los otros. He roto una regla de oro y he puesto en peligro el espectáculo. Una de las chicas tiene a Theo en brazos y yo se lo quito y lo aferro contra mi pecho como un escudo.

Entonces me vuelvo hacia Peter, que ha estado observando la pelea.

—Estaba en peligro. Tú lo sabes.

Él se encoge de hombros, incapaz de enfrentarse a Astrid para ayudarme.

—No deberías haberlo hecho. Le correspondía a ella contar el secreto o no hacerlo. —Pero su voz carece de fuerza. En el fondo, sabe que lo he hecho para proteger a Astrid cuando él no se atrevía. Y me lo agradece en silencio.

—Yo guardé tu secreto —me acusa Astrid en voz baja. Yo miro por encima del hombro y veo a Herr Neuhoff justo detrás de mí. Rezo para que no lo haya oído.

—Esto es diferente —susurro. ¿Acaso no se da cuenta? Yo lo conté para protegerla. Aguanto la respiración y espero a que les diga a los demás que Theo no es mi hermano. Pero se da la vuelta sin dejar de temblar por la rabia.

—Tendremos que reparar el daño y tomar precauciones —interviene Herr Neuhoff con un tono más autoritario que de costumbre—. Astrid no participará en el espectáculo el resto de funciones en Thiers.

—Pero, Herr Neuhoff… —Astrid comienza a defender de nuevo su caso, pero se detiene al ver que ha perdido.

—¿Podrá volver a actuar en el próximo pueblo? —pregunto yo, esperanzada.

—Ya veremos —responde Herr Neuhoff, incapaz de prometer siquiera eso—. Entre tanto, tú tendrás que prepararte para hacer el número sin Astrid. Gerda te atrapará.

—Pero no puedo —protesto yo. Me ha costado mucho volar para que me agarre Astrid. No podré confiar en otra persona—. Necesito a Astrid. —La miro, desesperada, pero ella se limita a darse la vuelta.

—Prepáralas para la próxima función —le ordena Herr Neuhoff a Astrid. A ella la han retirado del espectáculo, pero todavía tiene la responsabilidad de prepararme a mí. Astrid no responde, se da la vuelta y me lanza cuchillos con la mirada.

—Vamos —dice Gerda con firmeza—. Debemos ensayar.

Yo agacho la cabeza y la sigo hacia el exterior, agradecida por librarme de la ira de Astrid.

La noche siguiente, estoy sola en el vagón vestuario, apartada de las demás chicas. Astrid no está aquí y, pese a las conversaciones y el ajetreo, el vagón me parece vacío sin ella. No me habla desde el día anterior, ni siquiera en los ensayos. No ha dormido en nuestro vagón, imagino que se fue con Peter. Cuando me la he cruzado en el pasillo del tren, he querido decirle algo para mejorar la situación, pero no encontraba las palabras y ella ha pasado frente a mí sin decir nada y sin mirarme a los ojos.

Ahora lo hago todo sola: me maquillo, me vendo las manos y me echo la colofonia. Cuando ya estoy vestida y preparada, salgo del vagón y me dirijo hacia la carpa principal. Veo el programa colocado en la entrada. Han pasado mi número a la primera mitad del espectáculo para que Gerda tenga tiempo de hacer el papel de Astrid y el suyo propio. Mientras leo el programa, que no hace mención a Astrid, recuerdo de nuevo los acontecimientos del día anterior y su rabia ante mi traición. La han apartado del espectáculo por mí. Noto un nudo en el estómago, primero producido por la culpa, después por el miedo. ¿Cómo podré actuar sin ella?

Empiezo a rodear la carpa para ir al patio y veo a alguien en la linde de la feria. Un hombre que está al margen del resto de los espectadores, dando patadas al suelo. Es Luc. Me detengo, sorprendida, y doy un salto para ocultarme. ¿Qué está haciendo aquí? Había mencionado la posibilidad de venir a ver el espectáculo, pero no pensé que fuese a hacerlo. Y, con todo el asunto de Astrid y su expulsión, casi lo había olvidado.

Pero aquí está, a pocos metros de distancia. El corazón me da un vuelco; estoy más emocionada de lo que debería. Camino hacia él y entonces me detengo. Es un desconocido y además me hace sentirme incómoda. Vuelvo a refugiarme a la sombra de la carpa. Lleva una camisa de vestir recién planchada y el pelo húmedo y bien peinado. Es más guapo de lo que recordaba. Sin embargo parece incómodo, mantiene la cabeza agachada y observa la escena por el rabillo del ojo. Está fuera de su ambiente, no es el chico seguro de sí mismo que conocí en el pueblo. Quiero acercarme a él, pero no hay tiempo suficiente y no pueden vernos juntos.

Los otros artistas se dirigen hacia el patio y, mientras se preparan, Luc desaparece entre la gente. Yo siento una punzada de dolor y resisto la tentación de ir tras él. ¿Y si se da cuenta de que venir ha sido un error y decide no quedarse?

Veo a los artistas mientras estiran y se preparan y advierto que Astrid no está aquí. Aunque está reunido casi todo el circo, noto un enorme vacío sin ella. He actuado solo unas pocas veces, siempre guiada por sus manos fuertes. No puedo seguir sola.

Pocos minutos más tarde suena la campana y rodeo la carpa corriendo para ocupar mi lugar en el patio. Me asomo por la lona. Luc está sentado en primera fila y me pregunto cómo habrá conseguido un asiento tan bueno con tan poca antelación. Tiene los brazos cruzados y contempla la pista del circo sin expresión alguna. Quiero correr hacia él o al menos saludarlo, pero la orquesta casi ha terminado de afinar y la carpa queda a oscuras. La nota de arranque va *in crescendo* y comienza el espectáculo. Me asomo una vez más. Luc está inclinado hacia delante en su silla y le brillan los ojos mientras sigue con la mirada a las artistas, chicas con poca ropa montadas a caballo. Siento celos al ver que se fija en sus cuerpos elegantes y medio desnudos.

La primera mitad del espectáculo, que normalmente es emocionante y rápida, parece durar una eternidad. Para pasar el tiempo, observo al público. En la fila detrás de Luc hay una niña pequeña de pelo rubio y rizado con una muñeca en brazos. Lleva un vestido rosa almidonado y, a juzgar por cómo se alisa el

173

dobladillo, imagino que es su traje preferido, que se pone solo unas pocas veces al año para las ocasiones especiales. El hombre sentado junto a ella, su padre, supongo, le da un algodón de azúcar, y ella da un mordisco y sonríe sin apartar la mirada del espectáculo.

La pista vuelve a quedar vacía y entonces aparecen los payasos. Peter sale al escenario y comienza con su número político: el mismo que Herr Neuhoff le prohibió. Lo está haciendo de verdad. Lo veo y de pronto me enfurezco. ¿Cómo puede hacerlo sabiendo el riesgo que supone para Astrid y para todos nosotros? El hecho de que ella se haya quedado fuera del espectáculo no significa que esté a salvo. Los niños del público se ríen de sus movimientos, ajenos al subtexto, pero los adultos permanecen callados, algunos visiblemente incómodos. Una pareja abandona la carpa.

Los payasos terminan con pocos aplausos. Es nuestro turno. Gerda y yo salimos a la pista y nos abrimos paso en la oscuridad.

—Gerda —susurro cuando llego al pie de la escalera—. Voy a darme la vuelta justo antes de que me agarres en la segunda vuelta.

Noto su sorpresa.

—Astrid no dijo nada de eso. —Astrid está al frente de todas las trapecistas. Ella lleva la voz cantante. Nadie había cambiado nunca su coreografía.

—Funcionará mejor —insisto yo—. Y a ti no te cambia nada. Tendrás que colocarte del mismo modo. Tú solo agárrame. —Antes de que pueda decir algo más, empiezo a subir por la escalera. Llego arriba un poco tarde, el foco ya está esperándome. Espero la llamada de Gerda.

—¡Ha!

Salto sin dudar. Cuando me suelto, tengo un momento de pánico: solo he practicado una vez con Gerda. ¿Podrá hacerlo como lo hacía Astrid? Gerda siempre se ha dedicado a alcanzar a quien vuela en el trapecio volador. Me agarra sin dificultad, con sus brazos fuertes, pero le falta la habilidad de Astrid. Trabajando con otra persona me siento como si la traicionara. Miro hacia abajo y la busco en vano. ¿Estará observando desde alguna parte, odiándome por hacerlo sin ella?

Llego a la tabla al final de la primera vuelta. Por el rabillo del ojo veo a Luc. Es una de las primeras normas que aprendí de Astrid al llegar al circo: no dejar nunca que el público sea una distracción. Pero no puedo evitarlo. Luc está aquí, observándome con esos mismos ojos brillantes que la primera vez que lo vi en el pueblo. Solo me ve a mí y me alegro y me asusto al mismo tiempo.

Enderezo los hombros. Ahora este es mi número y de mí depende llevarlo a buen término. Le hago un gesto a Gerda con la cabeza. Salto igual que antes, pero esta vez, justo antes de llegar hasta ella, me giro en el aire para quedar de espaldas a ella. Pero el movimiento dura un segundo más de lo planeado y, pese a mi advertencia, ella se retrasa. Y yo estoy demasiado abajo para que me alcance. El público deja escapar un grito ahogado.

—Maldita seas —murmura Gerda cuando al fin me atrapa, y me clava los dedos en las muñecas para sujetarme bien mientras volvemos a subir. Estallan los aplausos cuando me lanza de nuevo hacia mi barra.

Llega el descanso. Salgo al patio, todavía sudorosa y temblando por haber estado a punto de caer. Veo que Luc aparece por un lado de la carpa, buscándome, y se me acelera el corazón.

—*Bonsoir* —me dice con una sonrisa tímida.

—¡Noa! —exclama una voz antes de que yo pueda responder. Es Astrid, que atraviesa el patio en dirección a mí con furia en la mirada—. ¿Qué diablos crees que estás haciendo? —me pregunta en alemán. Está aún más enfadada que cuando Herr Neuhoff la sacó del espectáculo.

Luc da un paso al frente para protegerme, pero Astrid lo esquiva como si no estuviera allí.

—Te dije que no hicieras el giro —sigue reprendiéndome.

Yo levanto la barbilla.

—Al público le ha encantado. —Astrid no es la dueña del espectáculo. No es mi dueña.

—¡Estabas presumiendo para él! —Señala a Luc con la cabeza.

—Eso no es cierto —respondo sonrojada.

Antes de poder seguir protestando, Herr Neuhoff aparece en el patio. Yo aguanto la respiración y espero a que pregunte quién es Luc y qué está haciendo aquí.

—Buen trabajo, Noa —dice, en cambio, con una sonrisa. Es la primera vez que elogia mi actuación y me siento cargada de razón—. La variación ha sido magnífica.

Miro triunfante a Astrid y me pregunto si por fin me dará la razón, pero ella parece hacerse más pequeña. Me siento culpable cuando antes me sentía feliz. A ella ya le habían arrebatado la pista. El control sobre la coreografía era lo único que le quedaba… y también le he robado eso. Se da la vuelta y se aleja furiosa.

—Enseguida vuelvo —le digo a Luc. Me voy detrás de Astrid, que se dirige hacia el tren. Tomo aliento cuando se vuelve hacia mí—. Tenías razón al decir que ese movimiento era absurdo. Ha sido peligroso y no ha aportado nada.

—Por eso te dije que no lo hicieras —responde ella, satisfecha en parte—. Estabas presumiendo ante él —repite.

—¿Él? —Aunque sé que se refiere a Luc, finjo no entenderla para así ganar tiempo para responder.

Señala hacia el patio, donde Luc me espera.

—Es el hijo del alcalde. ¿De qué lo conoces?

¿El hijo del alcalde? Me quedo con la boca abierta. Recuerdo entonces lo que Astrid dijo del alcalde: que colabora con los nazis. ¿Significa eso que Luc también ayuda a los alemanes? No puede ser.

Ella sigue mirándome a la espera de una respuesta.

—Lo conocí cuando fui al pueblo —digo al fin—. No tenía idea de que fuese a venir al espectáculo.

Ella se cruza de brazos.

—Creí haberte dicho que te mantuvieras alejada de la gente del pueblo.

—Así es, pero unos chicos estaban metiéndose conmigo y Luc me ayudó.

—¿El hijo del alcalde acudió en tu ayuda sin más? —pregunta con sorna. Luego baja la voz—. Noa, estamos a una hora del cuartel general de Vichy. El alcalde de este pueblo está muy ligado al Reich… —Se detiene en seco cuando Luc se nos acerca. Se me hiela la sangre al ser consciente de sus palabras. Pensaba que Luc solo estaba siendo amable. Pero ¿existirá otra razón para su interés?—. Dijiste que le contaste a Herr Neuhoff que el compañero de Erich estaba en el espectáculo porque te preocupaba mi seguridad. Y ahora vas y haces esto…

Luc, que ya casi nos ha alcanzado, interviene.

—Solo quería ver el espectáculo —explica.

Peter se coloca delante de Astrid, cara a cara con Luc.

—Tienes que volver a tu asiento —dice en francés.

—Y tú tienes que dejar de hacer ese número en el que te burlas de los alemanas —contraataca Luc con una fuerza sorprendente.

Peter retrocede, sorprendido al ver que Luc se enfrenta a él como muy pocos lo han hecho.

—¡Cómo te atreves!

Pero Luc, que no se deja intimidar, endereza los hombros.

—Te detendrán, lo sabes, ¿verdad?

—¿Quién? ¿Tu padre? —Aunque se han conocido pocos minutos antes, el odio entre ambos es más que evidente.

Reaparece entonces Herr Neuhoff.

—¡Basta ya! —ordena—. No podemos permitirnos peleas insignificantes. Hay oficiales entre el público. Gendarmes. —El hecho de que no sean alemanes no resulta muy tranquilizador. Los policías franceses no son más que marionetas del Reich últimamente. Peter y Astrid se miran preocupados. Parece demasiada casualidad, pocos días después de que el agente alemán que conocía a Astrid asistiera a la representación.

Yo noto un nudo en la garganta.

—No pensarás que han venido a por ti, ¿verdad?

—No lo sé —responde ella con voz apagada.

—Tienes que irte —le dice Peter—. Ahora. —Pero ¿dónde va a ir? Cuando me giro para preguntarle, ya se ha ido.

Suena la campana, que avisa al público para que regrese a sus asientos tras el descanso. Cuando bajan las luces, me asomo a la carpa. Hay dos hombres de uniforme en la parte de atrás. No son oficiales de permiso buscando diversión o entretenimiento para relajarse. Tienen los brazos cruzados y actitud decidida. No estaban ahí durante la primera mitad del espectáculo.

Me doy la vuelta y veo que Peter y Astrid han desaparecido del patio.

—¿Qué deberíamos hacer? —le pregunto a Herr Neuhoff.

—Seguir igual que antes. Si hiciéramos cualquier otra cosa, levantaríamos sospechas.

De la carpa llega la música del siguiente número: los grandes felinos.

—Deberías volver a tu asiento —le digo a Luc, que sigue de pie a mi lado—. Te estás perdiendo el espectáculo.

—Sí, claro. —Pero se queda ahí, con el ceño fruncido—. ¿Estarás bien? Esa mujer parecía muy enfadada contigo. —No es la policía sino Astrid la que le preocupa. Yo lo miro con incertidumbre. Parece sincero, pero ni siquiera me había dicho que es el hijo del alcalde. ¿Sería posible que Astrid llevara razón?—. ¿Podré verte después del espectáculo? —insiste. Habla esperanzado y señala con la cabeza una pequeña arboleda que hay más allá del patio—. Ahí, en el claro, ¿de acuerdo? Te esperaré detrás del roble nudoso.

—Tienes que irte —le digo, ignorando su pregunta. Señalo su asiento antes de alejarme.

Están sacando del escenario la jaula del tigre y preparando el siguiente número, la cuerda floja. Los dos gendarmes se acercan a la pista y yo miro por encima del hombro. No veo a Astrid por ninguna parte. Quizá hayan venido a por mí. Me parece imposible que alguien aquí sepa que me llevé a Theo, pero aun así… miro hacia la salida de atrás, ansiosa por ir a buscarlo.

Pero la policía llega a la segunda fila de asientos y se detiene ante el hombre con la niña que comía algodón de azúcar. Se agachan para hablar con él e intentar no interferir en el espectáculo. Yo me escabullo por el borde de la carpa hasta quedar a pocos metros de la conversación y poder oírla. Uno de los policías señala hacia la salida y ordena al hombre que salga con ellos.

—Tiene que venir con nosotros. —Luc se da la vuelta para ver qué sucede. Espero a que diga algo, a que intervenga, pero no lo hace.

—Pero el espectáculo… —suplica el padre alzando la voz. La orquesta se detiene en mitad de una canción. Todos contemplan ahora el altercado—. Seguro que podrá esperar al final. —Le pone la mano encima a su hija como si quisiera protegerla.

Sin embargo, los policías no le hacen caso.

—Ahora. —Uno lo agarra del hombro, dispuesto a sacarlo a rastras de la carpa. ¿Qué querrán de él?

—Vamos, cariño —le dice el padre a la niña—. Volveremos a ver el espectáculo otro día. —Se le quiebra la voz al final.

—Quiero ver a los elefantes —gimotea la niña.

—Ella puede quedarse —dice el policía con frialdad—. Solo le queremos a usted.

El hombre se queda mirando al agente con incredulidad.

—*Monsieur*, tiene cuatro años. No pretenderá que la deje aquí sola.

—Entonces llévela con usted. Ahora —ordena el agente.

El padre agarra a la niña con firmeza de la muñeca para intentar salir antes de que los arrastren. Pero ella se resiste, empieza a llorar y se tira al suelo sin importarle el polvo que ensucia su vestido. El padre empieza a razonar con ella, desesperado por cooperar antes de que intercedan los agentes. Hay murmullos alrededor de la pista. La gente del pueblo ya habrá visto detenciones antes. Pero un padre con una niña inocente expulsado del espectáculo... uno de los agentes echa mano a su porra.

«¡Parad!», me dan ganas de gritar. Tengo que hacer algo. Instintivamente me dirijo hacia la escalera de la derecha y comienzo a subir. Cuando llego arriba, miro al director de orquesta a los ojos y le hago un gesto con la cabeza. Él me mira sorprendido. Esto no está en el programa. Pero entonces levanta la batuta y la orquesta comienza a tocar una melodía alegre y el foco se centra en mí. Por el rabillo del ojo veo que los policías dejan lo que están haciendo y se quedan mirándome. Desde el otro lado de la carpa, Astrid agita los brazos para que baje.

Es demasiado tarde. Salto de la plataforma y me columpio más alto que nunca. Pero ¿ahora qué? No tengo a nadie que me agarre y columpiarme sin más no mantendrá su atención durante mucho tiempo. Desesperada, suelto la barra. Me hago un ovillo y realizo un salto mortal, después otro, y caigo hacia el suelo. No hay nada que me detenga. Justo antes de aterrizar sobre la red, me coloco en posición horizontal mirando hacia arriba, como me ha enseñado a hacer Astrid en caso de caída. Oriento las nalgas hacia abajo para que amortigüen el impacto y no hacerme daño en el cuello o las piernas.

El público lanza un grito ahogado mientras me precipito.

«*Mon dieu!*», grita una voz aguda. Impacto contra la red y mi cabeza rebota hacia delante y hacia atrás. Siento un dolor que me recorre el cuerpo y veo chispas en los ojos al chocar contra el suelo una vez y después una segunda casi con la misma fuerza. Me quedo allí tumbada, demasiado perpleja y dolorida para moverme.

Mantengo los ojos cerrados. Noto unas manos que me agarran, me levantan y me sacan de la red como hicieron con Yeta la noche que se cayó. Pero, cuando me dejan en el suelo, las aparto y trato de levantarme sola. Por suerte, pese a la altura y a la velocidad a la que he caído, me he magullado, pero no estoy lesionada. ¿Habrá funcionado? Hago una reverencia y crecen los aplausos. Por el rabillo del ojo veo al padre que saca a su hija de la carpa aprovechando la distracción de los policías.

—Los payasos y luego los elefantes —oigo que ordena Herr Neuhoff. Astrid me contó en una ocasión que tiene un plan para estos casos: acortar el espectáculo sin finalizarlo de manera abrupta. Salgo de la carpa y me tiemblan tanto las piernas que apenas puedo mantenerme en pie.

Astrid, que se ha escabullido por el otro extremo de la carpa, se me acerca.

—¿Estás bien? —me pregunta, y yo me quedo mirando esa expresión tan poco familiar, parecida a la rabia. Preocupación. Está preocupada por mí, incluso después de todo lo que he hecho.

Se me llenan los ojos de lágrimas. Estaba muy enfadada conmigo, primero por acudir a Herr Neuhoff y segundo por añadir el movimiento nuevo.

—Lo siento —le digo con la voz quebrada. Quiero que volvamos a estar bien—. No era mi intención hacerte daño.

—Lo sé —responde—. No pasa nada.

—¿De verdad?

—De verdad. —El perdón que veo en sus ojos es absoluto.

—Lo siento —repito, porque necesito decirlo otra vez. Comienzo a llorar y ella me abraza y deja que las lágrimas le mojen el vestido sin quejarse.

Segundos más tarde me enderezo y me seco los ojos.

—Pero debes tener cuidado, Noa —me dice cuando he recuperado la compostura. Su tono es amable, pero su mirada grave—. Ahora tenemos mucho que perder. —Me doy cuenta de que está hablando de Luc y del peligro que podría suponer.

Peter se nos acerca desde la carpa y sé por su expresión que está enfadado.

—¡Idiota! —me grita—. Ahora le has causado aún más

problemas al circo. ¿En qué estabas pensando al invitar a ese chico? —Me sorprende. Pensaba que iba a reprenderme por lo que he hecho en el trapecio, como ha hecho Astrid. Pero, pese a todo lo que ha ocurrido, sigue furioso por el hijo del alcalde, quizá porque Luc ha tenido el valor de enfrentarse a él con el tema de su número. Está preocupado por el peligro que supone para Astrid, por supuesto. Igual que ha hecho Luc, me dan ganas de decirle que, si tan preocupado está por su seguridad, quizá no debería hacer números burlándose de los alemanes.

No me atrevo.

—Yo no le he invitado —digo en vez de eso—. Ha venido porque ha querido. Deseaba ver el espectáculo.

—Claro que sí —responde Peter con sorna—. ¿Viene el hijo del alcalde y después la policía? Qué casualidad. Después de todo lo que hemos hecho por ti —continúa, cada vez más alterado—. Te acogimos y te entrenamos. ¿Y así agradeces nuestra amabilidad? Deberíamos echarte. —Empiezo a sentir el pánico en mi interior. ¿Y si convence a Herr Neuhoff para que lo haga?

Astrid levanta la mano como si quisiera detenerlo.

—Ya basta. —Peter parece confuso al ver que me defiende a mí. Ella le pone una mano en el brazo—. Ha hecho lo correcto. —Me mira con admiración renovada—. Pero podrías haberte matado —me dice, otra vez preocupada.

—No pensé que… Tenía que hacer algo. Ese pobre hombre… —Me tiembla la voz, aunque no sé si por la caída o por la ira de Peter.

—Eso no importa —dice él—. La policía irá a su casa y lo encontrará.

Espero que el hombre y su hija hayan tenido tiempo de huir, como me pasó a mí con Theo. Quiero creer, contra toda esperanza, que he logrado hacer algo que marque la diferencia. Pero sé que es probable que no tengan tanta suerte.

—¿Entiendes ahora por qué tenía que decirle a Herr Neuhoff

lo del alemán? —le pregunto a Astrid—. La detención de esta noche… podrías haber sido tú.

Ella niega con la cabeza.

—No habría pasado nada. —Se cree que el circo es una especie de armadura que le hace inmune a los alemanes. Pero eso no es cierto—. No puedes salvar a todo el mundo, ¿sabes?

—No estoy intentando salvar a todo el mundo —protesto yo—. Solo a Theo. —«Y a ti», añado para mis adentros. Pero, cuando vi que la policía estaba a punto de llevarse a esa niña, sentí en mi interior la necesidad de hacer algo, igual que la noche en que rescaté a Theo del vagón de tren.

—Entonces has de pensar con más cuidado antes de actuar —me sermonea Astrid—. Invitar al hijo del alcalde ha sido una temeridad.

—Yo no le he invitado —insisto, aunque tampoco le dije que no viniera—. Lo siento. No pretendía causar ningún daño.

—Lo sé —responde ella—, pero nuestros actos tienen consecuencias. Las buenas intenciones no nos salvarán de eso.

Comienza a sonar la música que señala el saludo final. Cuando Astrid me ayuda a levantarme, siento un dolor agudo en la espalda que espero que no sea más que un cardenal. La sigo cojeando hasta el interior de la carpa y subo la escalera hasta la plataforma. Los gendarmes se han ido. La preocupación se mezcla con el alivio. ¿Habrán seguido a la niña y a su padre?

Mientras saludo al público, me doy cuenta de que Luc también ha abandonado su asiento. Me pregunto si estará esperándome en la arboleda como me dijo. O quizá, después de todo lo ocurrido, se haya rendido. Tal vez eso sea lo mejor, después de todo.

El público abandona la carpa apresuradamente tras el espectáculo y no se queda a pedir autógrafos como de costumbre. Todos desean volver a casa cuanto antes después de tanto alboroto. Cuando salimos de la carpa, Herr Neuhoff aparece en el patio. Se sienta sobre una caja del revés y respira con dificultad.

—Una detención en el circo —dice entre jadeos—. Jamás lo hubiera imaginado. —Hasta hace poco, el circo había sido un refugio libre de guerra, como estar dentro de un globo de nieve mientras el mundo sigue en el exterior. Pero los muros son cada vez más estrechos. Pienso en Darmstadt y recuerdo la reacción de Astrid cuando le comenté que estaríamos a salvo en Francia. Incluso entonces, ella ya sabía la verdad. Ya no estamos a salvo en ninguna parte.

Herr Neuhoff se seca la frente con un pañuelo y continúa.

—De momento se han marchado, pero quiero que todos regreséis a vuestros alojamientos de inmediato y os quedéis allí. —Espero a que me reprenda por lo que he hecho en el trapecio, pero no lo hace.

Miro hacia la arboleda en busca de Luc. Lo veo, medio escondido detrás de un roble inclinado. Sigue aquí. Nuestras miradas se cruzan. Me ha visto caer y tiene cara de preocupación. Yo me dispongo a sonreír y levanto la mano para hacerle entender que estoy bien. Se relaja, pero no deja de mirarme, instándome a acercarme.

Doy un paso hacia delante, pero Herr Neuhoff sigue sentado en la caja, observando. No puedo irme con Luc.

De todos modos no debería desear hacerlo. Me ocultó que era el hijo del alcalde. Quizá Astrid tenga razón y me esté ocultando también otras cosas.

Luc sigue mirándome, esperando, como si aguantara la respiración. Pasan varios segundos. Doy un paso hacia atrás. Incluso aunque quisiera, no me atrevería a desobedecer la orden de Herr Neuhoff e irme con él después de que haya estado aquí la policía. Luc pasa de estar esperanzado a estar confuso y después decepcionado cuando se da cuenta de que no voy a irme con él.

Retrocedo otro paso y casi tropiezo con algo que hay tirado en el suelo. Junto a la carpa hay una muñeca tirada en la tierra. Me imagino a la niña, que estaría demasiado triste por tener que abandonar el circo como para darse cuenta de que se le había caído. Pese a las promesas de su padre, no regresará. Recojo la muñeca y me la llevo para Theo.

Entonces me giro para mirar a Luc una última vez. Ha empezado a caminar hacia el pueblo con los hombros caídos.

Quiero gritarle que espere, pero no lo hago y, segundos más tarde, ya ha desaparecido.

CAPÍTULO 13

ASTRID

Todavía no ha amanecido del todo cuando subo la escalera hacia el trapecio sin apenas luz; el *chapiteau* está iluminado únicamente por una bombilla titilante que alguien se olvidó de apagar. Desde las gradas la carpa resulta imponente, pero aquí arriba la lona está gastada y deshilachada. En mi mente suena una musiquita antigua, como la del tiovivo que hay al final de la feria. Veo a mis hermanos bromeando entre ellos mientras se preparaban para actuar. El aire parece cobrar vida con los fantasmas de mi familia.

Me aferro a la barra, salto y vuelo por el aire. Estoy ignorando la advertencia que le hice a Noa de no volar nunca sola, pero no me queda elección. Ya no puedo actuar, pero no puedo quedarme en el suelo. «Eres adicta a la adrenalina», me ha dicho Peter en más de una ocasión. Quiero discutírselo, pero es la verdad. Hay un momento en el que miro hacia abajo desde la tabla, justo antes de soltarme, en el que siempre estoy segura de que voy a morir. Esa claridad, la concentración de ese momento, es lo que más echo de menos al no actuar, más que las ovaciones del público o cualquier otra cosa.

La noche anterior, cuando Noa salió a la pista sin mí, fue la primera vez que observaba el circo en todo su conjunto. Mientras contemplaba el espectáculo, recordé la vez que Erich me llevó a la Volksoper a ver un espectáculo, *Die Jungfrau von Orleans*. Rodeada de elegantes mujeres berlinesas e intoxicada por nubes de Chanel, me movía incómoda en mi asiento, como si no perteneciese a aquel lugar. Pero, cuando comenzó el espectáculo, vi muchas cosas que los demás no veían; la manera en que estaba construido el escenario para crear la sensación de profundidad, los pequeños trucos que realizaban los artistas para mejorar el espectáculo. Me di cuenta entonces de que era capaz de adivinar las intenciones de la gente, estuvieran o no en el escenario. Llevaba toda la vida haciéndolo.

Vuelo más alto, como si intentara dejar atrás mis recuerdos. Impulso las piernas hacia arriba y regreso a la plataforma. El sudor recubre mi piel y siento un agradable dolor en las piernas. Que Herr Neuhoff dijera que quizá pueda volver a actuar cuando lleguemos al próximo pueblo apenas me sirve de consuelo. Todavía faltan dos semanas para eso; un sinfín de representaciones. Y nadie me garantiza que vaya a poder estar en la pista entonces. Ahora que Herr Neuhoff es consciente del peligro, me sacará del espectáculo al más mínimo susto.

Susto como el que nos llevamos cuando apareció la policía en mitad del espectáculo. Pienso en esa niña pequeña entre el público y me doy cuenta de lo mal que están las cosas. Ella había comenzado aquel día alegremente como cualquier otro, igual que yo mi última mañana en Berlín con Erich, sin saber que, en cuestión de horas, su mundo quedaría destruido.

Me froto los ojos para aliviar el escozor. En mi familia no se lloraba, ni por enfermedad, ni por muerte, ni por cualquier otra tragedia, e incluso de niña yo aguantaba las lágrimas pese a todo. Me recuerdo a mí misma que podría haber sido peor; la policía podría haber acudido a detenerme a mí.

Vuelvo a saltar, me agarro a la barra en el aire y no intento columpiarme más alto, sino que permito que el balanceo me lleve hacia delante y hacia atrás. Por un instante tengo la impresión de que, si no me muevo, podré retroceder en el tiempo y todo volverá a ser como antes. No pueden arrebatarme mi cuerpo, ni la capacidad de volar… pese a lo que ha hecho Noa.

Pese a todo lo que ha hecho Noa, mejor dicho. No solo le contó a Herr Neuhoff lo del soldado alemán. Además invitó al hijo del alcalde a la función. Y se lanzó del trapecio para intentar salvar a ese hombre y a su hija de la policía, una estrategia tan imprudente como valiente. Aunque no nos parecemos en nada, voy viendo una testarudez en Noa que me recuerda a mí cuando era joven. Una impulsividad que la convierte en un peligro para sí misma y para todos los demás.

De pronto me siento mareada. Noto algo en el estómago, unas náuseas tan fuertes que estoy a punto de soltar la barra. Empiezo a sudar y se me humedecen las palmas de las manos peligrosamente. Intento regresar a la plataforma. Por cosas como esta es por lo que le digo a Noa que no debe columpiarse sola. Miro hacia abajo y me embarga el miedo. Los artistas de circo no suelen tener una vida larga. Los hay que murieron durante su número o sufrieron una lesión y a partir de ahí fueron marchitándose. Repaso mentalmente los artistas que conozco, ya sea dentro de mi familia o fuera de ella, para intentar encontrar a alguno que haya vivido más allá de su septuagésimo cumpleaños. Pero no doy con nadie.

Con un último impulso desesperado, me elevo un poco más y alcanzo la plataforma con piernas temblorosas. Nunca antes me he caído, ni siquiera he estado cerca. ¿Qué es lo que me pasa?

Siento náuseas otra vez y bajo la escalera justo a tiempo para vomitar en un cubo que no es mío. Lo llevo fuera para lavarlo en el surtidor de agua antes de que alguien se dé cuenta. La peste a bilis me revuelve de nuevo el estómago. Me llevo la mano al vientre. Prácticamente nací en el aire y nunca me había mareado así. He oído a otras trapecistas hablar de estas cosas; de pronto eran incapaces de tolerar la altura o el movimiento, pero eso era cuando estaban enfermas o embarazadas.

Embarazada. Me quedo de piedra, asombrada por la idea. No es posible, pero es la única respuesta que tiene sentido. Hubo una noche con mucho alcohol justo antes de abandonar el cuartel de invierno. Llevo casi tres meses sin sangrar, pero eso no es tan raro, y lo había atribuido a todos los ensayos y representaciones, que pasan factura a mi cuerpo. Si fuera algo más, me habría dado cuenta.

Regreso a la carpa y me siento pensativa en una de las gradas, queriendo negarlo en mi cabeza. Erich y yo intentamos tener un hijo durante mucho tiempo. Antes de que el trabajo le absorbiera, hacíamos el amor casi todas las noches y dos o tres veces al día los fines de semana. Pero no había dado sus frutos. Yo di por hecho que la culpa era solo mía. Me preguntaba cómo era posible que mi madre hubiera dado a luz a cinco hijos y yo a ninguno. Pasaban los años y no sucedía nada, y al final dejamos de hablar de ello.

Ahora me doy cuenta de que el problema lo tenía Erich, no yo. Su perfecto cuerpo de ario tenía un defecto. Tampoco tendría familia con otra mujer.

Pero mi ansiedad eclipsa enseguida cualquier satisfacción que pudiera sentir. El embarazo era lo último en lo que pensaba y la idea de tener un hijo era un sueño que había olvidado hacía mucho tiempo. Soy demasiado mayor para formar una familia. Peter, con sus cambios de humor y su depresión, no me parece el padre ideal. No somos ese tipo de pareja. Y no tenemos hogar.

Yo podría cuidar del bebé. He oído cosas así más de una vez durante los años que he pasado en el circo. Pero, incluso según lo pienso, sé que no es una opción.

Entra Peter en la carpa y es la única vez que no me alegro de verlo. Me paso la mano por las mejillas para asegurarme de que están secas y me tapo la tripa, como si fuera a notar la diferencia. No quiero contárselo y sumar una preocupación más al estrés y al agotamiento de actuar y estar de gira. No necesita preocuparse por esto ahora mismo. Espero que vea que estoy pálida y temblorosa, o quizá huela la peste que todavía me rodea.

Pero está demasiado distraído para darse cuenta.

—Ven, quiero enseñarte una cosa —me dice, me estrecha la mano y me lleva hasta su cabaña. Está al borde de la feria y se trata de una única habitación no más grande que un cobertizo. Me quedo en la puerta sin saber qué hacer; el olor a madera mojada y a tierra se mezcla con el humo del tabaco. No he dormido con él desde que llegamos a Thiers porque ha estado ensayando tanto que no quería interrumpirle. ¿Intentará estrecharme entre sus brazos? No creo que pueda soportar estar a su lado ahora mismo. En vez de eso, me hace un gesto para que sobrepase la cama. Al otro lado de la habitación hay un mueble nuevo, un baúl bajo y rectangular de roble, de un metro y medio de largo, parecido a los baúles que usamos nosotras para la ropa.

—Es precioso —le digo mientras paso la mano por la madera y admiro la tapa, que tiene una profusión de grabados—. ¿Dónde lo has encontrado? —¿Y por qué? Peter, con su cabaña espartana y sin comodidades, no es dado a las posesiones materiales.

—Lo vi en el mercado local y regateé con el ebanista. No te preocupes. —Sonríe—. Me hizo un buen precio. —Pero no es eso; el mueble es sólido y pesado, poco práctico en un circo. ¿Qué hará con él cuando nos vayamos?

Peter no es un hombre ilógico y espero a que me dé alguna explicación que tenga sentido. Abre la tapa y pasa la mano por el fondo. Entonces lo levanta y me muestra un compartimento secreto, de unos treinta centímetros de profundidad; espacio suficiente para una persona pequeña estirada.

—¡Oh! —exclamo.

—Por si acaso —me dice. Pretende que me esconda ahí si regresan la policía o las SS. Observa mi cara, y yo intento controlar mi reacción ante un espacio tan agobiante y claustrofóbico—. Aquí no teníamos un buen lugar donde esconderte y me pareció que esto podría servir —me explica, intentando sonar decidido, pero veo su expresión de gravedad. Él también se ha quedado preocupado después de ver a la policía intentar detener a ese hombre durante el espectáculo. Sabe igual que yo que los alemanes o la policía francesa regresarán. Debemos estar preparados.

Está intentando protegerme, pero hay algo en sus ojos que va más allá de la preocupación o del mero cariño. Ya he visto esa mirada cuando Erich y yo nos casamos. Me doy la vuelta, alterada. Recuerdo entonces lo que dijo Noa sobre los sentimientos de Peter hacia mí. Me apresuré a negarlo, porque no quería creerlo. Sin embargo, cuando veo sus ojos esperanzados, sé que ella tenía razón. ¿Cómo no me había dado cuenta antes? Hasta ahora había sido fácil describir la nuestra como una relación de conveniencia. Pero Noa me puso un espejo delante de los ojos y ahora ya no puedo ignorarlo. Pienso en los meses pasados, con Peter siempre a mi lado, tratando de protegerme. Sus sentimientos no son nuevos ni inesperados. Han estado ahí todo el tiempo. ¿Cómo es que Noa, tan joven e ingenua, se ha dado cuenta de todo y yo no?

—No te gusta —me dice, decepcionado, mientras pasa la mano por encima del baúl.

«No», me dan ganas de decir, aunque después de lo ocurrido en Darmstadt había jurado que jamás volvería a esconderme.

—No es eso —respondo en vez de eso, porque no quiero herir sus sentimientos cuando sus intenciones son buenas—. Es perfecto —añado con demasiada rapidez. En realidad es más pequeño que el escondite de Darmstadt. Apenas podría caber ahora, y mucho menos cuando empiece a crecerme la tripa.

—Entonces, ¿qué sucede? —me pregunta, me agarra la barbilla con la mano y me mira—. Estás pálida. ¿Te encuentras bien? ¿Ha ocurrido algo? —Parece preocupado al darse cuenta de que algo va mal.

Entonces me entra el pánico. No por el embarazo o por el peligro de que me atrape la policía, o incluso las SS. No, me aterroriza esto… esto que hay entre Peter y yo. Empezó con dos personas que se sentían solas y que se acercaron para llenar un vacío. Y así era como debía seguir siendo. Pero, en algún punto, cuando no prestaba atención, se ha convertido en algo más, tanto para mí como para él.

Vacilo un instante. Contárselo a Peter lo cambiará todo. Pero no puedo quedarme callada y preocuparle de esta forma. Además una parte de mí desea compartir con él la noticia. «Díselo», parece decir en mi cabeza una voz que se parece más a la de Noa que a la mía propia. Peter me quiere y eso será suficiente.

Tomo aliento y dejo escapar el aire.

—Peter, estoy embarazada. —Aguanto la respiración mientras espero su reacción.

No responde, se queda mirándome fijamente.

—Peter, ¿me has oído? —le pregunto. Las paredes parecen estrecharse y el aire se vuelve asfixiante—. Por favor, di algo.

—Eso es imposible —responde con incredulidad.

—Pues es cierto —digo yo con voz débil. ¿Qué pensaba que hacíamos todas esas noches en el cuartel de invierno?

Se levanta y empieza a dar vueltas de un lado a otro pasándose las manos por el pelo.

—Quiero decir que sí, es posible, por supuesto —continúa, como si yo no hubiera hablado—. Pero cuesta creerlo. Y, con todo lo que está ocurriendo ahora mismo, complica las cosas.

El corazón me da un vuelco. Ha sido un error contárselo.

—No pareces muy contento —le digo. Me arden las mejillas como si me hubieran abofeteado—. Yo no lo planeé. Perdona por las molestias.

Vuelve a sentarse y me da la mano.

—No, cariño, no es eso —responde con un tono más amable—. Nada me haría más feliz.

—¿Quieres decir que deseas ser padre? —le pregunto, sorprendida.

—No —se apresura a responder, y el corazón me da un vuelco. No lo desea—. Es que ya lo soy —añade muy lentamente, como si le costara pronunciar cada palabra.

—No lo entiendo. —La habitación a mi alrededor comienza a dar vueltas y noto que me vuelven las náuseas. Me obligo a tomar aliento varias veces—. ¿De qué estás hablando?

—Tuve una hija. —Veo el dolor en su rostro como nunca antes.

—¡Oh! —exclamo yo. Estoy perpleja. Había dado por hecho que Peter tenía una vida antes de conocerme, pero ¿un hija? De pronto parece que no lo conozco en absoluto.

—Estaba casado con una bailarina de Moscú llamada Anya —me dice mirando hacia otro lado. Intento visualizar a su esposa y me imagino, no con pocos celos, a una mujer alta y delgada, con los miembros largos y elegantes. ¿Dónde estará ahora?—. Teníamos una niña, Katya. —Se le quiebra la voz al decir su nombre. Intenta continuar, mueve los labios, pero no le sale ningún sonido.

—¿Qué ocurrió? —le pregunto. Me da miedo la respuesta, pero al mismo tiempo necesito saberlo.

Se queda callado durante varios segundos, incapaz de continuar.

—La gripe española. Ni los mejores médicos y hospitales pudieron ayudarla.

—¿Cuántos años tenía?

—Cuatro. —Se lleva las manos a la cabeza y empieza a temblarle la espalda por los sollozos mudos. Yo me quedo sentada a su lado mientras intento procesar toda la información. Transcurridos unos minutos, levanta la cabeza y se frota los ojos—. Supongo que debería habértelo contado antes, pero resulta muy duro. Anya murió poco después de Katya —añade—. El médico dijo que también fue la gripe. Yo creo que se le rompió el corazón. Así que me quedé sin nada, ya ves. —Le tiembla la voz y me pregunto si volverá a derrumbarse.

—Lo siento. —Le rodeo con los brazos y apoyo la cabeza en su hombro. Pero mi compasión resulta inadecuada y es imposible aliviar un dolor que no he padecido. Ahora entiendo muchas más cosas de él, sus cambios de humor y su afición a la bebida—. Esto te trae recuerdos dolorosos —añado.

Él niega con la cabeza.

—No. Es bueno recordarlas a las dos. Pero entiende por qué estoy nervioso.

—Lo entiendo. —Me doy cuenta de que le da miedo tener otro hijo, quererlo tanto como hizo una vez. Entonces tenía todo el dinero y los privilegios del mundo y aun así no fueron suficientes. ¿Cómo va a proteger y a cuidar a un hijo ahora?—. Todo saldrá bien —le digo, y me obligo a sonar convencida para disimular mis dudas—. Podemos hacerlo. —Ahora me toca a mí ser fuerte.

—Sí, claro que podemos —responde Peter con una sonrisa forzada. Me da un beso, después otro. Acerca la boca a mis párpados, a mis labios, a mis mejillas y a mis pechos. Me recuesta con su peso sobre la cama y, por un segundo, parece que va a intentar poseerme. Pero se queda con la cabeza apoyada en mi vientre, sin hablar—. Antes de conocerte, había perdido toda esperanza —me dice al fin—. No sé qué haría sin ti. Te quiero —añade. Los sentimientos que ha mantenido guardados desde que me conoce parecen salir ahora a la superficie. Y, aunque en otra época yo ansiaba escucharlos, ahora me siento abrumada. Es demasiado, cargar con él y con el bebé.

Levanta la cabeza y sus ojos se iluminan de pronto.

—Deberíamos casarnos —declara y me agarra las manos. Casarnos. La palabra resuena en mi cabeza. Antes habría significado algo. Ahora, solo veo los papeles que Erich me puso delante, diciendo que nada de eso importaba, y oigo el ruido de mi anillo de boda al caer contra el suelo de nuestro apartamento.

—Oh, Peter. —Lo mío con el matrimonio fue cosa de una sola vez. No puedo concebir que alguien pueda desearme de ese modo, o permitirme acercarme de nuevo tanto a un hombre—. No podemos.

—No, claro que no —responde él apresuradamente, incapaz de disimular su decepción.

Yo le acaricio la mejilla.

—En mi corazón, ya estoy casada contigo.

—O podríamos marcharnos —me dice. A mí me sorprende. Peter siempre ha rechazado la idea porque no hay ningún otro sitio donde podría actuar como lo hace aquí. Pero ahora, con un bebé en camino, todo ha cambiado.

—No puedo marcharme —respondo—. Aquí puedo esconderme. —Al menos de momento. En otra ocasión quizá habría aprovechado la oportunidad de huir, pero ahora no se trata solo de mi seguridad. Me toco el vientre una vez más—. Y Noa me necesita…

—¿La chica? —Parece confuso—. ¿Por qué te importa? Pensé que ni siquiera te caía bien.

—No, claro que no, pero aun así… —Es cierto, lo admito. Desde el principio no me gustó Noa, y menos después de que hiciera que me sacaran del espectáculo. Pero depende de mí, igual que Theo depende de ella—. Podrías irte tú si realmente quisieras —le digo, aunque me duele.

Me rodea fuertemente con los brazos.

—Nunca te abandonaré —me dice mientras baja la mano hacia mi vientre—. Ni a nuestro bebé.

«Alguien que no me abandonará», pienso para mis adentros y deseo volver a ser joven, porque entonces tal vez lo hubiera creído.

—Todo saldrá bien —le digo, dejando a un lado mis dudas.

—Mejor que bien. Una familia. —Yo sonrío a pesar de mis miedos. ¿Es eso posible? Pero mi hijo será judío. Y pienso entonces en Noa corriendo de noche por el bosque bajo la nieve con Theo, antes de que la encontráramos. Casi no podemos proteger a un bebé judío, ¿cómo diablos vamos a proteger a dos?

CAPÍTULO 14

NOA

—¡No, no! —grita Astrid durante el ensayo el domingo siguiente. Su voz resuena por la carpa con tanta fuerza que a una de las malabaristas que están practicando abajo se le caen los aros de plata al suelo—. ¡Tienes que ir más arriba!

Yo agito las piernas con más fuerza cuando Gerda me lanza de nuevo hacia la barra, intentando seguir las órdenes de Astrid. Pero, cuando llego a la plataforma y miro hacia abajo, veo que todavía no está satisfecha.

—Tienes que subir las piernas por encima de la cabeza —me dice cuando bajo la escalera.

—Pero me dijiste que no rompiera la línea de mi cuerpo, así que pensé que… —comienzo, pero me detengo, porque sé que no voy a ganar. Astrid lleva varios días de mal humor, salta por cualquier cosa que digo y me regaña por los mismos ejercicios que pocos días antes estaban bien. Veo su mueca de desaprobación y me pregunto si seguirá enfadada por haber sido relegada del espectáculo. Hace una semana parecía que me había perdonado, pero ahora ya no estoy tan segura.

—¿Qué sucede? —le pregunto.

Abre la boca como si hubiera algo que quisiera decir.

—No es nada —responde al fin, pero no parece que lo diga muy en serio.

—Astrid, por favor —insisto yo—. Si pasa algo, quizá yo pueda ayudarte.

Me sonríe, pero no veo felicidad en sus ojos.

—Si eso fuese cierto —dice antes de alejarse y empezar a subir por la escalera.

De modo que sí que ocurre algo, aunque sé que lo mejor es no insistir.

—¿Vamos a seguir ensayando? —pregunto, en vez de seguir con eso, pese a que temo la respuesta.

Pero ella niega con la cabeza.

—Ya hemos acabado por hoy. —Llega a la plataforma, agarra la barra y salta sin previo aviso. Aunque no puede actuar en el espectáculo, eso no le impide volar, más rápido y con más fuerza que nunca. Ahora trabaja sin nadie que la agarre, sin apenas tocar la barra, de un modo que resulta imposible, aunque lo esté viendo con mis propios ojos.

Atravieso la zona de entrenamiento hacia Peter, que ha dejado de ensayar para mirar a Astrid.

—Tenemos que detenerla —le digo—. Se va a matar.

Pero en sus ojos veo una mezcla de admiración, futilidad y resignación.

—No puedo reprimir su grandiosidad. Ella es así.

—Eso no es grandioso, es un suicidio —respondo yo, sorprendida por hablarle con tanta vehemencia.

Peter se queda mirándome de un modo extraño.

—Astrid jamás se mataría. Tiene demasiado por lo que vivir. —Su voz suena extraña. Quizá él sepa qué es lo que le pasa, pero se aleja antes de que pueda preguntarle.

Miro a Astrid una última vez y me pongo la falda y la blusa por encima del leotardo. Salgo de la carpa y atravieso la feria. Es la última hora de la tarde del domingo y hace poco más de una semana que llegamos a Thiers. Quiero dar de comer a Theo y pasar todo el tiempo que pueda con él antes de que se quede dormido. La camioneta del agua se ha detenido junto a las vías y la gente corre a llenar sus cubos en la parte de atrás. En el circo hay muchísimos cubos por todas partes, para lavarse, beber y más cosas. La primera vez que vi dos cubos con mi nombre esperando a ser llenados en Darmstadt, supe que pertenecía un poco más al circo en ese momento.

Lleno mis cubos, uno para lavarme y otro para beber, y me los llevo al tren, ansiosa por cambiarme y poder ver a Theo. Subo los peldaños del vagón con cuidado de no derramar nada. El coche cama, donde esperaba encontrarlo recién levantado de la siesta, está vacío. Theo no está ahí.

«Tranquila», me digo mientras vuelvo a salir. A veces las chicas que cuidan a los niños los sacan a tomar el aire. Hay algunos niños detrás del tren, jugando a la pelota, mientras las dos chicas charlan tranquilamente. Theo no está con ellas.

¿Dónde está? El corazón se me acelera. ¿Lo habrán perdido? ¿Se lo habrán llevado? Atravieso el patio corriendo para ir a buscar a Astrid. Ella sabrá qué hacer. Entonces oigo una risita a lo lejos. Miro hacia el lugar donde se encuentran los corrales de los animales. Theo está allí, en brazos de Elsie, una de las chicas que lo cuida. Me relajo ligeramente.

Pero mientras atravieso el campo, Elsie se acerca a la jaula del león. La veo hablando con Theo, señalando mientras se acercan a uno de los animales. La jaula ahí es endeble; poco más que unas barras de metal demasiado separadas entre sí, nada que distancie a Theo de la bestia. Elsie parece no tener miedo mientras camina con el niño hasta la jaula. Él extiende la mano como si quisiera acariciar a un perro.

—¡No! —grito yo, pero mi voz se pierde con el viento. Theo mete el brazo en la jaula y su mano queda a pocos centímetros de la boca del león—. ¡Theo! —corro hacia él a toda velocidad, levantando polvo y trozos de hierba a mi paso.

Los alcanzo y le quito al niño. El león, asustado por mis movimientos acelerados, arremete contra las barras con un rugido y lanza un zarpazo al mismo lugar donde ha estado Theo.

Doy un salto hacia atrás, tropiezo y caigo al suelo. Theo empieza a llorar. Se me clava una piedra afilada en la palma de la mano al caer, pero apenas me doy cuenta. Aferro a Theo contra mi pecho para protegerlo. Respiro con dificultad, me quedo allí tirada, sin levantarme, tratando de consolar a Theo, que está más disgustado que nunca. Un segundo más y habría llegado demasiado tarde.

—Shh —le digo mientras le observo. Aunque tiene la cara roja de tanto llorar, no parece estar herido. Entonces me pongo de pie y me sacudo la tierra de las rodillas—. ¿Cómo has podido? —le digo a Elsie, que se ha puesto pálida.

—Solo estábamos jugando —me explica, nerviosa—. Quería enseñarle el león de cerca. No pretendía hacerle daño.

Pero yo sigo furiosa.

—Ese animal podría haber matado a Theo. Y este atuendo… —Miro a Theo y me fijo en que va vestido con un leotardo de lentejuelas demasiado grande para él—. ¿Qué diablos lleva puesto?

Por encima de su hombro veo que Astrid viene de la carpa. Atraviesa el campo con una mezcla de rabia y preocupación.

—¿A qué viene tanto alboroto?

—¡Tenía a Theo pegado a la jaula del león! —le digo gritando mientras revivo el terror que he pasado—. ¡Podría haber muerto!

Astrid me quita a Theo y el niño deja de llorar, pero da bocanadas de aire mientras se recupera.

—Parece estar bien. ¿Está herido?

—No —admito mientras espanto una de las moscas que zumban incesantemente alrededor de las jaulas de los animales. Esperaba que se pusiera de mi lado, pese a estar enfadada. ¿Cómo puede no molestarle lo que ha hecho Elsie?—. ¡Pero mira qué ropa lleva!

—Pronto empezará a entrenar —observa con voz tranquila.

—¿A entrenar? —repito yo, confusa.

—A actuar —responde. Aunque nunca antes habíamos hablado de que Theo se uniera al espectáculo, Astrid habla como si lo diera por hecho.

Me quedo mirándola sin saber qué decir. No me había imaginado a Theo actuando ni había pensado en un futuro para él dentro del circo.

—No es más que un bebé —le digo. Theo suelta un grito como si quisiera darme la razón.

—Yo empecé con el trapecio casi antes de saber andar —me dice Astrid—. Era un trapecio adaptado, claro. —Yo me estremezco. En su mundo, es normal que los niños actúen, pero Theo no aprenderá el trapecio ni ningún otro número circense. Su vida, nuestra vida, estará en otra parte.

—Es demasiado joven —insisto, sin mencionar el hecho de que nunca le permitiré actuar.

Astrid no responde. Está mirando por encima de mi hombro, hacia el camino que conduce al pueblo.

—Viene alguien. —Me doy la vuelta para ver quién es.

—Luc —anuncio, más para mí que para ella. Hace casi una semana desde la noche que vino al circo. Pensé que, después de eso, se habría rendido o asustado. No esperaba volver a verlo.

«Quizá eso hubiera sido lo mejor», pienso mientras se acerca. Es el hijo del alcalde y, como bien dijo Astrid, no se puede confiar en él.

—¿Qué está haciendo aquí? —me pregunta con desdén.

—No lo sé —respondo, de pronto a la defensiva. Tampoco es que yo haya hecho algo para alentarlo. Pese a todo, se me acelera el corazón cuando Luc se nos acerca con un ramo de narcisos en una mano y su pelo negro revuelto por el viento—. Pero lo averiguaré. —Miro a Theo y vacilo. No quiero desprenderme de él tan pronto después del peligro que ha corrido, ni devolvérselo a Elsie para que lo cuide. Ahora mismo no soporto pedirle nada a Astrid, pero siento demasiada curiosidad.

—¿Te importa cuidar a Theo un momento? —le pregunto entre dientes, sabiendo lo que me va a responder.

—¿Ya soy tu entrenadora y ahora también tu niñera? —me pregunta. Yo no respondo. Está molesta, pero también adora a Theo y no puede decir que no—. De acuerdo, si no hay más remedio. Vete. Pero no tardes. —Me quita a Theo y se aleja hacia el tren.

Yo espero a que llegue Luc.

—Otra vez tú —le digo intentando parecer distraída. De pronto soy consciente de mi pelo, que llevo recogido de mala manera, y de mis mejillas, demasiado rojas tras el ensayo—. No dejas de aparecer.

Luc se detiene un instante y mira nervioso por encima de mi hombro hacia Astrid, que se aleja con Theo.

—Espero que no te importe que haya venido.

—Supongo que no —respondo.

—No pensé que quisieras verme —me dice—. No te reuniste conmigo después de la función. Vine como había prometido y esperé todo lo que pude, pero no viniste.

—No podía después de lo ocurrido con la policía —le explico—. Además, teníamos un toque de queda. Había gente mirando. No podía irme a decírtelo.

—No pasa nada —responde, perdonándome al instante—. Te he traído esto. —Me ofrece las flores con un gesto algo forzado. Capto la fragancia dulce que me envuelve cuando acepto el ramo y nuestros dedos se rozan. Me pongo un narciso en el pelo y otro en el botón de arriba de la blusa—. ¿Quieres dar un paseo? —Empieza a alejarse, pero yo me quedo quieta. No le sigo—. ¿No vienes?

—Tu padre —murmuro.

Entonces parece darse cuenta.

—¿Qué pasa con él?

—Es el alcalde. ¿Por qué no me lo habías dicho? —le pregunto.

—Porque no surgió el tema —responde con cierta incomodidad.

—¿Cómo pudo no surgir? —insisto—. Eres el hijo del alcalde.

—Tienes razón, sí —admite con voz contrita—. Debería haber dicho algo, y lo habría hecho de haber tenido la oportunidad de verte. Supongo que albergaba la esperanza de que no importara. —O quizá porque sabía que importaría, y mucho—. ¿Importa?

Yo vacilo y pienso. A mí no me importa que su padre sea el alcalde, al menos no como a Astrid y a los demás. Pero, si su padre es simpatizante nazi, ¿en qué convierte eso a Luc? Parece demasiado simpático para ser así.

Sigue mirándome con preocupación, demasiado pendiente de mi respuesta.

—Supongo que no —admito al fin—. Pero habría sido mejor saberlo. —Por alguna razón, lo que más me importa es que no me lo haya dicho. Pero yo tengo mis propios secretos, ¿quién soy para juzgar a nadie por lo mismo?

—No más secretos, lo prometo. —Yo aguanto la respiración. No puedo prometerle lo mismo, pero entonces me ofrece su mano—. Ahora ¿podemos dar un paseo?

Yo miro por encima del hombro. No debería ir con él, y recuerdo las advertencias de Astrid sobre el peligro que podría suponer. Además quiero volver con Theo cuanto antes.

—No estoy vestida —respondo, porque noto el leotardo todavía húmedo pegado a mi piel.

Luc sonríe.

—Entonces no iremos a ningún sitio elegante.

—De acuerdo —cedo. Pese a mis reservas, siento curiosidad por él y estoy ansiosa por escapar del caos y de la intensidad del circo al menos por un rato.

Me conduce hacia la linde del bosque, el mismo camino que Astrid me mostró el día que fui al pueblo. Lo sigo deprisa para que no me vean. Miro hacia atrás en dirección al tren y me imagino a Astrid durmiendo a Theo. No quiero darle más trabajo y apenas he tenido tiempo de ver al niño.

—Me temo que solo tengo unos minutos.

—Los demás no quieren que venga, ¿verdad? —me pregunta.

—No es eso. —La verdad es que piensan que podría causar problemas, pero me parece improbable y demasiado dolorosa para compartirla con él—. Lo que pasa es que les ponen nerviosos los forasteros. Supongo que como a todos últimamente.

—Yo no quiero crearte problemas —me dice—. Quizá no debería haber venido.

—No —respondo yo—. Quiero decir que puedo tomar mis propias decisiones.

—Entonces, vamos —me dice. Continuamos en silencio atravesando una pequeña arboleda. Enseguida llegamos al otro extremo del bosque. Bordeamos el arroyo, esta vez en dirección opuesta al pueblo, que queda a nuestras espaldas, como si nos observara con reprobación. Yo quería estar a solas con Luc, pero, ahora que ha sucedido, resulta incómodo.

Se detiene y se sienta en un trozo del suelo que sobresale por encima del arroyo como un pequeño acantilado. Después retira unos juncos y limpia el suelo para que me siente a su lado. Me dejo caer sobre la tierra húmeda y siento el aire frío ahora que el sol se ha ocultado detrás de las colinas.

—Te he traído esto. —Se saca una naranja del bolsillo.

No había visto una fruta tan maravillosa como esta desde antes de la guerra.

—Gracias —le digo de corazón. ¿Cómo la habrá conseguido? Gracias al puesto de alcalde de su padre; un puesto que hiere a los demás. Le devuelvo entonces la fruta mancillada—. Pero no puedo aceptarla.

Cuando le entrego la naranja, me fijo en que tiene el dedo índice doblado de un modo extraño, como si estuviera deformado. Vuelve a guardarse la naranja en el bolsillo con expresión decaída. Luego me ofrece otra cosa envuelta en papel marrón.

—Pues toma esto entonces. Lo he comprado con mi cartilla de racionamiento, de verdad. —Lo abro y veo un trozo de queso cantal entre dos rebanadas de pan negro. No sé qué hacer. Una cosa es renunciar a comida para mí y otra bien distinta negarle sustento extra a Theo.

—Gracias —le digo, conmovida por su generosidad hacia mí, una simple desconocida. Envuelvo de nuevo la comida y me la guardo en el bolsillo.

Nos interrumpe un sonido a nuestras espaldas, el motor de un camión que suena cada vez más cerca. Me apresuro a levantarme, pues no quiero que me vean.

—Tengo que irme —digo, temiendo las preguntas que puedan hacerme si me ven con él.

Pero me agarra de la mano y me detiene.

—Ven. —Me vuelve a meter en el bosque y toma un camino que sale en otra dirección. Aminoramos la marcha cuando llegamos a un claro y él mira a su alrededor—. Todo despejado.

El corazón aún me late desbocado y recuerdo todas las razones por las que debería alejarme de él.

—Los policías que vinieron al espectáculo para detener al hombre y a su hija trabajan para tu padre, ¿verdad?

—Sí. —Él agacha la cabeza—. Lo siento mucho. No tenía ni idea de lo que iba a ocurrir. Estoy seguro de que lo ordenaron desde mucho más arriba. Seguramente él no tuvo elección.

—Siempre hay elección.

Él sigue mirando al suelo.

—Si no quieres verme por todo lo que ha ocurrido, lo entiendo.

—En absoluto —respondo yo demasiado deprisa.

—Entonces ven. —Noto el calor de sus dedos cuando vuelve a agarrarme la mano y sigue andando.

Pronto termina el bosque y, al otro lado de un campo abierto, aparece la silueta oscura de un granero con el atardecer de fondo. Luc comienza a caminar hacia allí.

—Luc, espera... —le digo con temor según nos aproximamos a la puerta del granero. Una cosa es ir a dar un paseo juntos, pero entrar con él ahí me parece ir demasiado lejos—. Tengo que regresar. —Me imagino a Astrid, que sabe dónde estoy, mirando el reloj con rabia.

—Solo unos minutos, para que no nos vea nadie —insiste él.

La puerta de madera cruje cuando Luc la abre. Se echa a un lado y me hace un gesto para que pase. En el interior, el granero está vacío y el aire huele a madera podrida y a heno mojado.

—¿Cómo encontraste este lugar? —le pregunto.

—Este es el límite de la propiedad de mi familia. No te preocupes —añade al ver mi cara de susto—. Ya nadie viene aquí, salvo yo.

Levanta el brazo y señala hacia el pajar.

—Nadie nos encontrará aquí.

Yo miro hacia arriba con reticencia y de pronto soy consciente de que estamos los dos solos, lejos del circo y de cualquier otra parte.

—No sé si…

—Solo estamos hablando —me dice con tono desafiante—. ¿Qué tiene eso de malo?

Se sube al pajar y me ayuda después. Es un pequeño espacio rectangular, quizá de dos por tres metros, cercano al tejado a dos aguas del granero. Los ásperos tablones de madera están cubiertos de heno que me hace cosquillas en las piernas por debajo de la falda. Luc retira una contraventana de madera y me muestra las extensas colinas que llevan al pueblo, campos rectangulares con granjas aquí y allá. En algunas ventanas se ven luces encendidas antes de que caigan las cortinas y las apaguen como si fueran velas. Está todo tan tranquilo que casi parece posible olvidarse de la guerra por un momento.

Luc señala un pequeño campanario en el horizonte, con la puesta de sol al fondo.

—Yo fui a *l'école* allí —me dice, y yo sonrío al imaginármelo de niño. Ha vivido siempre en este pueblo, igual que habría hecho yo en el mío si las cosas hubieran sido diferentes—. Tengo dos hermanas mayores, ambas casadas. Viven lejos de aquí. Mis abuelos también vivían con nosotros cuando era pequeño. Siempre había risas y ruido en casa. —Su voz adquiere un tono nostálgico que deja claro que esos días ya quedan lejos.

Mete la mano debajo de un montón de heno y saca una botella oscura de cristal medio vacía.

—Un poco de Chablis de la bodega de mi padre —dice con una sonrisa perversa. Me la entrega y yo doy un trago. Aunque no sé nada de vino, sé que es bueno, el sabor tiene muchos matices, es especiado y profundo.

En el rincón donde tenía guardado el vino, advierto algo todavía medio escondido bajo el heno. Me acerco llevada por la curiosidad. Hay un bloc y un juego de pinturas.

—Eres un artista —le digo.

Él se ríe y se rodea las rodillas con los brazos.

—Eso es mucho decir. Dibujo cuando consigo papel. Pinto, aunque ya no tanto. A mi madre le encantaba el arte y siempre me llevaba a galerías cuando íbamos de vacaciones. Antes quería ir a París y estudiar en la Sorbona. —Se le iluminan los ojos cuando habla de arte y de su infancia.

—¿Está lejos? París, me refiero. —Me avergüenza no tener mejor sentido de la geografía.

—A unas cuatro horas en tren actualmente con todas las interrupciones. Iba con mi madre a ver los museos. Le encantaba el arte. —Ahora su voz suena triste.

—¿Todavía vives con tus padres? —le pregunto.

—Solo con mi padre. Mi madre murió cuando yo tenía once años.

—Lo siento —le digo. Aunque mis padres siguen vivos, la pérdida de Luc me recuerda a la mía e intensifica el dolor que siempre me esfuerzo por enterrar. Quiero tocarle el brazo para consolarlo, pero me parece que no lo conozco lo suficiente—. ¿Todavía piensas estudiar arte? —le pregunto en vez de eso.

—Ya no me parece posible. —Señala el campo a nuestros pies con sus dedos largos.

—Pero aún lo deseas —insisto.

—Ahora pintar me parece frívolo —responde—. No sé qué hacer. No quiero quedarme aquí. Mi padre quiere que me una a la Legión de voluntarios franceses, pero no quiero luchar para los alemanes. Dice que no dará buena imagen que el hijo del alcalde no combata y no sé cuánto tiempo más podré posponerlo. Me fugaría, pero no quiero dejar solo a mi padre.

—Tiene que haber otra manera —le digo, aunque no sé si me creo mis palabras.

—Es esta maldita guerra —me dice con la voz cargada de frustración. Me sorprende oírle maldecir—. Lo ha puesto todo del revés. Lo que ocurrió el otro día en el espectáculo con el padre y su hija no es la primera vez que ocurre. Había familias judías en Thiers que llevaban aquí desde que nací. Vivían en el lado este del pueblo, justo pasado el mercado. Marcel, uno de los chicos, era amigo mío en *l'école*.

—¿Tu padre ordena a la policía que los rodee? —le pregunto.

—¡No! —exclama, pero se recupera enseguida—. Mi padre cumple órdenes. Finge apoyo para proteger al pueblo.

—Y a sí mismo —comento, incapaz de callarme—. ¿Cómo puedes soportarlo?

—De verdad, él no es así —continúa, más tranquilo y con voz suplicante—. Mi padre era diferente antes de que muriera mi madre. Una vez le dio a una familia una casa sin tener que pagar alquiler durante un año entero. —Necesita creer que su padre es un buen hombre y me pide a mí que lo crea también. Yo hacía lo mismo. Después de que mi padre me echara de casa, todavía recordaba las mañanas en las que íbamos juntos al pueblo a por pan recién hecho, los dos solos, él silbando por el camino. Me compraba un *croissant* extra. Pero yo seguía siendo esa niña. ¿Qué había cambiado?

Luc continúa.

—Le rogué a mi padre que al menos ayudara a la familia de Marcel, pero dijo que no se podía hacer nada. —Sus palabras brotan aceleradamente, como si hasta este mismo instante no se hubiera atrevido nunca a compartir con nadie las cosas que ha visto.

—Es duro cuando la gente a la que queremos hace cosas horribles —le digo yo.

Ambos nos quedamos callados bajo la luz tenue de la puesta de sol. Me fijo en que tiene una mandíbula angulosa y fuerte, con una ligera barba incipiente que la recubre.

—¿De dónde eres? —me pregunta cambiando de tema.

Yo me incomodo. Hasta ahora he conseguido no decir mucho de mí misma.

—De la costa de Holanda. Nuestro pueblo estaba tan cerca del mar que podías ir hasta el final de la calle y pescar tu cena. —Me resulta muy extraño hablar de la vida que perdí. Quiero contárselo todo, por qué mis padres me echaron y cómo encontré a Theo. Pero, evidentemente, no puedo hacerlo.

—¿Por qué te marchaste? —me pregunta de pronto.

No importa las veces que me hagan esa pregunta, todavía no estoy preparada para responderla.

—Mi padre era muy cruel, así que, cuando mi madre murió, yo me llevé a mi hermano y huimos —respondo con esa historia ya tan familiar. No estoy preparada para contarle la verdad.

—Es duro que no tengas a tu madre —dice mirándome fijamente a los ojos. Me odio a mí misma por las mentiras que he contado. Pero ahora mismo, aunque mi madre no haya muerto, su ausencia me resulta más real y dolorosa que nunca—. ¿Y entonces te uniste al circo?

—Sí. Hace solo unos meses. —Rezo para que no pregunte por el tiempo que pasó entre medias.

—Es admirable que aprendieras todos esos movimientos tan deprisa. —Su voz suena cargada de admiración y asombro.

—Astrid me enseñó —le digo.

—¿La mujer mayor enfadada? —Intento no reírme por la percepción que tiene de ella. Al mismo tiempo, no me gusta que un forastero la critique.

—Es asombrosa —respondo.

—No actuó en la función —advierte Luc, pero yo no respondo. No puedo contarle el resto de la historia, por qué Astrid está enfadada conmigo, sin revelar el hecho de que es judía—. Quizá esté celosa de que tú actuaste y ella no —conjetura.

Yo me río.

—¿Astrid, celosa de mí? Eso no es posible. —Ella tiene talento, es famosa y poderosa. Pero entonces me veo a mí misma a través de sus ojos; una mujer más joven con el hijo que el destino le ha negado a ella, y que actúa cuando ella no puede hacerlo. Quizá la idea no sea tan ridícula después de todo—. No es eso —añado—. Astrid es una trapecista famosa. Lo que pasa es que es muy intensa. Peter dice que es un peligro para sí misma.

—¿Peter es el payaso? —pregunta Luc.

Yo asiento.

—Astrid y él están juntos.

—Desde luego no le caí bien —me dice con una media sonrisa.

—La protege mucho —le explico—. Ella cree que es solo por el placer de su compañía, pero no se da cuenta de la profundidad de los sentimientos de Peter.

Luc me observa con atención.

—Me lo imagino.

Yo aparto la mirada y noto que me sonrojo.

—La función… no llegaste a decirme qué te pareció. —Me preparo para las críticas que, sin duda, me destrozarían.

—Estabas preciosa —me dice, y vuelvo a sonrojarme—. Asombrosa. —Hace una breve pausa y después añade—: Pero me puse triste por ti.

—¿Triste? —pregunto. Y mi felicidad se esfuma.

—¿No te molesta? —me pregunta—. Toda esa gente mirándote. —Habla con tono de preocupación, pero también hay cierta pena en sus palabras—. No tienes por qué hacerlo —añade.

No puedo explicarle que, bajo los focos, soy otra persona. Aun así, ¿cómo se atreve a juzgarnos?

—He descubierto algo que se me da bien —le digo a la defensiva cruzándome de brazos—. Una manera de cuidar de mí y de Theo. Aunque tú no lo entenderías.

De pronto me parece demasiado estar a solas con él y con todas esas mentiras que nos separan.

—Tengo que irme —digo abruptamente. Me levanto tan deprisa que pierdo el equilibrio y estoy a punto de caer del pajar.

—Espera. —Luc me agarra de la pierna para estabilizarme y noto el calor de su brazo a través de la tela del vestido. Miro hacia abajo. Aunque no está tan alto como el trapecio, no hay red de seguridad y me paraliza el miedo. ¿Qué estoy haciendo aquí?

Luc me arrastra de nuevo hacia el heno y me sienta más cerca de él. Coloca una mano en mi mejilla.

—Noa —me dice con ternura. Nuestras caras están separadas por muy pocos centímetros y noto su aliento caliente en el labio superior. Estoy confusa. Le gusto, lo sé. No puedo apartarme.

Me besa. Por un instante me pongo rígida. Debería decir que no por un sinfín de razones: es impertinente por su parte, presuntuoso y demasiado pronto. Astrid diría que no debería estar aquí con él, pero sus labios son suaves y dulces como el vino. Me acaricia la mejilla con los dedos y es como si me elevara del suelo. Nuestros alientos se mezclan. Por un momento vuelvo a ser una joven libre y despreocupada. Me acerco más y dejo el pasado a un lado para lanzarme a sus brazos.

Cuando Luc se aparta, está sin aliento; me pregunto si habrá sido su primer beso de verdad. Vuelve a acercarse, ansioso por seguir, pero yo le pongo la mano en el pecho y le detengo.

—¿Por qué yo? —le pregunto de pronto.

—Tú eres diferente, Noa. He vivido en este pueblo toda la vida con la misma gente. Las mismas chicas. Tú me haces ver el mundo de otra forma.

—No estaremos aquí mucho tiempo —explico—. Luego nos iremos a otro pueblo. —Da igual lo mucho que nos gustemos, porque yo me iré y eso no puede cambiarse. Solo tenemos el ahora—. No quiero irme —añado, avergonzada al sentir el escozor en los ojos. Ya he perdido muchas cosas antes: a mis padres, a mi hijo. Luc, un chico al que apenas conozco, no debería importarme en absoluto.

—No tienes por qué —me dice acercándome más a su cuerpo—. Podríamos huir juntos.

Yo levanto la cabeza, convencida de haberle oído mal.

—Eso es una locura. Acabamos de conocernos.

Él asiente con firmeza.

—Tú quieres marcharte. Yo también. Podríamos ayudarnos mutuamente.

—¿Dónde iríamos?

—Al sur de Francia —responde—. A Niza, quizá a Marsella.

Yo niego con la cabeza y recuerdo la historia que me contó Astrid sobre su familia, que no pudo huir del Reich.

—No es suficiente. Tendríamos que ir más al sur, cruzar los Pirineos hasta España. —«Tendríamos». Me detengo al oír la palabra que acabo de pronunciar sin darme cuenta—. Eso es imposible. —Un precioso cuento de hadas, como los que invento para Theo cuando quiero que se duerma. Siempre había planeado llevarme a Theo, pero ahora me cuesta imaginarme la idea de irme—. Tengo que ir con el circo al próximo pueblo. Se lo debo.

—Te encontraré —me promete con decisión, como si los kilómetros y las fronteras fueran irrelevantes.

—Ni siquiera sabes dónde vamos —protesto yo.

A lo lejos suenan las campanas de la catedral. Yo me asusto mientras escucho con atención. Nueve repiques. ¿Tan tarde es?

—Tengo que irme —le digo mientras me aparto.

Me sigue escalera abajo y salimos del granero. Guardamos silencio mientras regresamos por el bosque. Ha pasado el toque de queda y a lo lejos el pueblo aparece silencioso y apagado. Me detengo al llegar al borde de la feria, justo detrás del tren. No quiero que nadie me vea con él a esas horas de la noche.

—Debería seguir sola desde aquí.

—¿Cuándo volveré a verte? —me pregunta.

—No lo sé —respondo y veo su expresión abatida—. Quiero verte —añado enseguida—, pero resulta difícil escaparme.

—No tenemos mucho tiempo. ¿Podemos vernos mañana por la noche después de la función?

—Quizá —respondo, sin saber si lo conseguiré—. Lo intentaré. Pero, si no puedo… —Si hubiese una manera de hacerle llegar el mensaje. No tengo forma de comunicarme con él. Miro a mi alrededor y pienso.

Mis ojos se detienen al llegar a la parte trasera del tren. Recuerdo que cada vagón tiene debajo una caja. En algunos vagones los trabajadores las usan para tener a mano las herramientas. Saco la que hay debajo del coche cama. Está vacía.

—Aquí —le digo—. Si no puedo escaparme, te dejaré un mensaje. —Un buzón secreto que nadie más conoce.

—Mañana entonces. —Me da un beso descarado y se aleja mirando a su alrededor para asegurarse de que no haya nadie mirando.

Regreso corriendo al campamento. Siento una emoción por Luc que nunca antes había experimentado. No fue así con el soldado alemán. Ahora me doy cuenta de que el alemán se aprovechó de mí y me arrebató un pedazo de mi juventud que jamás recuperaré. Sin embargo, con Luc el pasado parece un mal sueño que nunca ocurrió. ¿Acaso eso es posible?

No entendía cómo Astrid podría volver a amar después de que su marido la echara. Y ahora me parece que yo también podría tener una segunda oportunidad. De pronto todo lo que me ha ocurrido parece tener sentido. Antes imaginaba que el alemán nunca había aparecido. Pero, si hubiera sido así, jamás habría conocido a Theo, ni habría venido a Thiers, ni me habría encontrado con Luc.

Ojalá pudiera hablar con Astrid de ello. En los pocos momentos en los que se muestra amable, es casi como una hermana mayor y sé que podría ayudarme a encontrarle sentido a todo esto. Pero ella nunca será capaz de ver más allá del padre de Luc.

Cuando llego a la puerta del vagón aparece Elsie. Está pálida y parece preocupada.

—Gracias a Dios que estás aquí. —Todavía molesta porque dejara a Theo acercarse demasiado a los animales, la ignoro y entro en el vagón. Pero el lugar donde suele dormir Theo junto a mí vuelve a estar vacío y Astrid no está por ninguna parte.

Me da un vuelco el corazón.

—¿Qué pasa? ¿Qué sucede?

—Es Theo. Está enfermo y necesita ayuda.

CAPÍTULO 15

NOA

Elsie se aleja por el pasillo del tren y yo la sigo.

—¿Qué ha ocurrido? —le pregunto.

Ella se detiene frente a la puerta de un vagón situado en la parte delantera del tren donde yo nunca he estado. El vagón de los enfermos, así lo llaman. Proporciona cuidados a aquellos que caen enfermos y evita que la enfermedad se extienda al resto del circo, según me explicó Astrid una vez. El aire huele a antiséptico. De dentro salen toses y quejidos. Allí dentro Theo podría contraer algo peor de lo que ya tiene. Sus llantos sobresalen por encima de los demás sonidos. Doy un paso hacia delante.

—No puede quedarse ahí. Me lo llevo conmigo. —La tímida Elsie no me detendrá.

Pero Berta, la mujer a cargo del vagón de los enfermos, aparece frente a nosotras y me corta el camino.

—No puedes entrar aquí —me informa.

—Theo está enfermo —protesto—. Me necesita.

—Son las normas de Herr Neuhoff; los artistas sanos no pueden entrar en el vagón. —Los virus se extienden por el circo a toda velocidad: disentería, gripe. Un brote severo de cualquiera de ellos podría acabar con el espectáculo.

Yo miro por encima de su hombro. Theo está tumbado en una de las camas, pequeño y solo, parapetado por una manta enrollada para que no ruede y se caiga al suelo.

214

—¿Está bien?

Berta frunce el ceño con preocupación.

—Tiene mucha fiebre —me dice, sin ocultarme la verdad—. Estamos haciendo todo lo posible para que le baje, pero es difícil con los pequeños.

El estómago me da un vuelco.

—Por favor, déjame ayudar.

Ella niega firmemente con la cabeza.

—No hay nada que puedas hacer —concluye antes de cerrar la puerta.

Pienso en Astrid y corro hacia el coche cama, pero su litera sigue hecha y ella no está. Desesperada, salgo del tren y atravieso corriendo la feria hacia la cabaña de Peter, el único lugar en el que Astrid podría estar a estas horas. Son casi las diez, tarde para presentarme sin avisar. Me preocupa interrumpirles, así que llamo a la puerta. Un minuto más tarde aparece Astrid en camisón. Es la primera vez que está con Peter desde la noche que nos fuimos de gira. Me fijo en su pelo revuelto y me pongo furiosa. Le había dejado a Theo, ¿cómo se atreve a dejárselo a otra persona?

Pero no puedo arriesgarme a enfadarla ahora.

—Ayúdame —le suplico—. Es Theo. Está enfermo.

Astrid se queda mirándome con frialdad y después me cierra la puerta en las narices. El corazón me da un vuelco. Incluso aunque me odie, no se negará a ayudar a Theo. Pero entonces reaparece vestida y se dirige hacia el tren. Yo corro para alcanzarla.

—Estaba bien cuando lo acosté hace un rato —me dice—. Elsie estaba cuidándolo y tú dijiste que volverías enseguida. —Su tono es de acusación—. ¿Cuánto tiempo lleva enfermo?

—No lo sé. No me permiten verlo. —La sigo hasta el tren.

En la entrada del vagón de los enfermos, se vuelve hacia mí y levanta la mano.

—Espera aquí —me ordena.

—Theo me necesita —digo yo agarrándola del brazo.

Ella me lo aparta.

—No le harás ningún bien si tú también enfermas.

—¿Y qué hay de ti?

—Al menos yo no participo en el espectáculo —responde—. Pero si tú enfermas, no habrá número.

Siempre se trata del espectáculo, todo gira en torno a él. A mí eso no me importa. Yo quiero ver a Theo.

—No hay tiempo para discutir —me dice Astrid—. Enseguida vuelvo.

Cierra la puerta y yo espero fuera mientras oigo los llantos de Theo. Me corroe la culpa. ¿Cómo he podido dejarlo? Hace una hora estaba con Luc, y me alegraba de poder alejarme durante un rato de la carga de cuidar a un bebé. No lo pensaba en serio, claro. Y, aunque sé que no es posible, una parte de mí se pregunta si ese habrá sido el motivo de su enfermedad.

Desde el pasillo que hay entre los dos vagones donde Astrid me ha hecho esperar, me asomo por la ventanilla en dirección al pueblo. No tenemos médico y las únicas medicinas de que disponemos son remedios caseros que lleva Berta. Le pediría ayuda a Luc si pensara que fuese a servir de algo, pero no podemos arriesgarnos a llevar a Theo al pueblo porque harían preguntas sobre su identidad y su procedencia. Sin duda alguien descubrirá los secretos que hemos estado guardando cuando vean que está circuncidado.

De pronto cesan los llantos en el interior del vagón de los enfermos. Al principio me alivia que Theo se haya calmado, pero no puedo evitar pensar que algo sucede. Abro la puerta, sin importarme las normas, y el corazón me da un vuelco. Theo está rígido y agita las piernas y los brazos.

—¿Qué ocurre? —grito.

—No lo sé —responde Astrid, más asustada que nunca.

Berta se acerca corriendo.

—Es por la fiebre —dice antes de volverse hacia mí—. Necesita un baño de agua fría. Prepáralo enseguida. —Yo estoy paralizada, no quiero volver a abandonar a Theo, ni siquiera durante un segundo—. ¡Deprisa! —me ordena.

Salgo corriendo del tren y lleno de agua en el surtidor el primer cubo que veo. El agua salpica por el borde, así que solo está medio lleno cuando llego al vagón de los enfermos. Astrid me lo quita y lo vierte en el enorme cuenco de porcelana que hace las veces de bañera para el bebé.

—¡Otro! —grita Berta. Cuando regreso, veo que está echando una taza de un líquido transparente en la bañera—. Vinagre —explica.

Yo intento acercarme a Theo, pero Astrid levanta la mano y me lo impide.

—No puedes entrar.

Intento apartarla.

—Tengo que verlo. Si le ocurre algo… —No puedo terminar la frase. De pronto vuelvo a estar en la residencia de mujeres, cuando me arrebataron de los brazos a mi propio hijo.

Astrid le quita el niño a Berta. Al ver su cara de preocupación y el cariño con que lo sujeta, me doy cuenta de que ella lo quiere tanto como yo. Aun así, ansío tenerlo en mis brazos. Astrid lo deja en la bañera con cuidado. Yo aguanto la respiración y rezo para que se agite y llore como haría normalmente. Se queda quieto, pero su cuerpo parece relajarse en el agua.

—Ahora lo recuerdo —dice Astrid sin quitarle la vista de encima—. Lo llaman convulsiones febriles. Uno de los niños del circo las tuvo hace años.

—¿Convulsiones? —repito yo—. Suena serio.

—Las convulsiones en sí dan más miedo que otra cosa —interviene Berta—. Pero el problema es la fiebre. Hay que bajársela.

Pocos minutos más tarde, Astrid saca a Theo de la bañera, lo seca y vuelve a ponerle su pijama, porque aquí no tenemos más ropa. Tiene los ojos abiertos y ya está más tranquilo. Astrid le toca la frente y frunce el ceño.

—Todavía está demasiado caliente.

Berta saca un paquete de su bolsa.

—Compré esto en la *Apotheke* antes de salir de Darmstadt. Dijeron que va bien para la fiebre.

—Pero ¿es para adultos o para niños? —pregunto yo. Una dosis demasiado elevada podría ser peligrosa, incluso letal.

—Para adultos —responde Berta—. Pero, si le damos solo un poco... No tenemos elección. —Echa un poquito del polvo en una cuchara y lo mezcla con agua antes de metérselo a Theo en la boca. Al niño le dan arcadas y lo escupe. Astrid le limpia la cara y la camisa con un trapo; me gustaría poder hacerlo yo.

—¿Le damos más? —pregunto.

Astrid niega con la cabeza.

—No sabemos qué cantidad habrá ingerido. Y, hasta dentro de unas horas, no sabremos si funciona.

—La vidente, Drina, dijo algo sobre una enfermedad —recuerdo de pronto. ¿Cómo podía haberlo sabido?

Espero a que Astrid me ridiculice por hacer caso a esas cosas.

—Hace tiempo que dejé de acudir a que me leyeran el futuro —responde de manera sombría.

—¿Porque no crees que sea cierto?

—Porque hay cosas que es mejor no saber.

Berta se acerca e inspecciona a Theo.

—Necesita descansar. Esperemos que la medicina funcione. —Yo no sé qué pasará si no funciona, pero no me atrevo a preguntar.

Berta se aleja hacia dos literas del fondo del vagón donde hay otros dos pacientes. Después de atenderlos, baja las luces y se tumba ella también en una cama vacía.

Astrid se tumba en una de las literas y empieza a mecer a Theo. Yo los observo desde la puerta y noto el anhelo en los brazos.

—Le gusta que lo levanten.

—Lo sé —responde Astrid. Lleva con Theo casi tanto como yo. Sabe lo que tiene que hacer. Pero yo sufro al no poder abrazarlo—. Lo vigilaré toda la noche, lo prometo. Pero tú deberías dormir. Te necesitará cuando esté mejor.

—¿Crees que se pondrá bien? —pregunto con esperanza y alivio.

—Sí —responde, con más certeza ahora.

Aun así no puedo abandonarlo. Así que me siento en el suelo frío y sucio del pasillo del tren.

—Qué flores tan bonitas —observa Astrid. Casi me había olvidado de los narcisos que llevaba en el pelo y en el ojal de la blusa—. Son del hijo del alcalde, ¿verdad? —Yo no respondo—. ¿Qué es lo que quería?

—Hablar sin más —respondo.

—¿De verdad? —pregunta ella con escepticismo.

—Es posible que le guste sin más —respondo, entre molesta y herida—. ¿Tan difícil es de creer?

—Relacionarse está prohibido, ya lo sabes. —Me dan ganas de decirle que también está prohibido que Peter y ella estén juntos—. ¡¿Y su padre es un colaborador?, por el amor de Dios! —Alza la voz y hace que Berta se mueva al otro extremo del vagón.

—Luc no es así —protesto.

—¿Y su padre? —me pregunta.

—Luc dice que tiene que cooperar para proteger al pueblo. —Oigo la debilidad en mis propias palabras—. Para evitar que los alemanes hagan algo peor.

—¿Evitar? —repite ella—. No hay manera de evitar que hagan nada. ¿Es que lo que ocurrió el otro día durante la función no te enseñó nada? El alcalde quiere salvar su pellejo a costa de su gente, nada más.

Nos quedamos calladas durante varios segundos.

—¿Acaso quieres salir con ese chico? —me pregunta—. ¿Casarte con él?

—No, claro que no —me apresuro a contestar. En realidad no había pensado en Luc más allá del beso que nos hemos dado. Pero ahora me pregunto por qué será tan horrible desear cosas normales. En otra época la propia Astrid hizo lo mismo, pero ahora lo ve como una traición.

—Sé que te gusta, Noa —continúa—, pero no confíes demasiado ni te dejes engañar. —A juzgar por su tono de voz, piensa que soy inocente e ingenua—. Nunca des por hecho que conoces la mente de otra persona. Yo no lo hago.

—¿Ni siquiera con Peter?

—Especialmente con él —responde y se aclara la garganta—. Esta tontería entre ese chico y tú terminará cuando nos vayamos dentro de unos días, por supuesto. —La promesa de Luc de encontrarse conmigo en el próximo pueblo me parece demasiado ridícula para compartirla con ella—. No hay hombre que se merezca el mundo entero —añade.

—Lo sé —respondo mientras recuerdo al soldado alemán. Él me lo había arrebatado todo; mi honor y mi familia. Claro, Astrid no sabe nada de eso. Mi culpa acecha como una sombra. Astrid nos ha dado mucho y yo en cambio continúo con la mentira que conté al llegar, cuando aún no sabía si podía confiar en ella.

Astrid se recuesta sobre la cama sin soltar a Theo. No hablamos más. El suelo del tren se hace frío y duro bajo mis nalgas, pero no quiero moverme. Las sombras van alargándose. Apoyo la cabeza en la pared y cierro los ojos. Sueño que estoy fuera, en la oscuridad, con el mismo frío que sentía la noche que encontré a Theo y hui con él. Pero esta vez no es un bebé, sino un niño de casi dos años, mayor y más pesado. Noto el suelo helado bajo mis pies y el viento que entorpece mis pasos. Hay un bulto en el suelo, oscuro en mitad de la blancura de la nieve. Me detengo a examinarlo. Otro niño. Lo tomo en brazos, pero, al hacerlo, Theo se me cae. Desesperada, rebusco entre la nieve intentando encontrarlo. Pero se ha perdido.

Me despierto sudando y me maldigo por haberme quedado dormida. Astrid está sentada mirando por la ventanilla. Tras ella, el cielo ha adquirido un tono gris claro que señala que está a punto de amanecer. Sigue con Theo en brazos y el niño está completamente quieto. Me levanto de un salto y espero a que Astrid proteste cuando me acerco, pero no lo hace.

—Ha remitido la fiebre —dice en cambio. Theo tiene un leve sarpullido en la piel, pero por lo demás está bien. Noto el alivio en el ardor de mis ojos.

La manta en la que está envuelto está empapada en sudor. Abre un poco los ojos y me sonríe.

—Aun así debes cuidar de no enfermar —me aconseja Astrid, y me preparo para que vuelva a echarme. En lugar de hacerlo, se dirige hacia el otro extremo del vagón, todavía con Theo en brazos. Yo resisto la tentación de seguirla mientras habla con Berta, que se ha levantado y está dando de comer a uno de los pacientes. Segundos más tarde regresa con un biberón—. Vamos a ver si come un poco. —El niño succiona débilmente del biberón y vuelve a quedarse dormido.

Astrid se aparta para dejar el biberón. De pronto se pone pálida y empieza a doblarse hacia delante, como si fuera a vomitar.

—Toma —me dice, como si hubiera olvidado su propio consejo, y me entrega a Theo. Yo lo estrecho agradecida contra mi pecho. Astrid se deja caer en una de las literas.

—¿Te encuentras mal? —Rezo para que no haya pillado el virus de Theo.

—No —responde con seguridad. Pero ha empezado a sudarle la frente y el labio superior.

—Entonces ¿qué…? —Estoy cada vez más preocupada. Últimamente parece más cansada de lo normal y se muestra bastante seca. El tono grisáceo de su cara también me resulta familiar—. Astrid, ¿estás…? —Vacilo un instante, no quiero terminar la pregunta por miedo a ofenderla si me equivoco—. ¿Estás embarazada? —le pregunto, pero no me responde—. Lo estás, ¿verdad?

Abre mucho los ojos al darse cuenta de que he descubierto su secreto. Se lleva la mano al vientre de manera instintiva, un gesto que reconozco haber hecho yo también.

—¡Oh! —exclamo, y de pronto retrocedo un año, hasta el momento en que me di cuenta de que no me bajaba la regla y de lo que eso significaba. Es como si hubiera sucedido ayer.

¿Debería darle la enhorabuena? Decido abordar el tema con cuidado, como si me acercara a una serpiente. Hace no mucho tiempo, el embarazo no había sido una buena noticia para mí, sino algo terrorífico. No sé lo que sentirá Astrid al respecto. Observándola con Theo, hace tiempo que sospecho lo mucho que deseaba tener un hijo. Pero es mayor y además judía. ¿Querrá tenerlo ahora? Busco en su rostro pistas que me indiquen cómo debería reaccionar.

Parece insegura. Hay muchas cosas que quiero decirle para consolarla. Me acerco más y la rodeo con el brazo.

—Serás una madre maravillosa. Un bebé es una bendición.

—Es más complicado —responde—. Tener un bebé ahora es muy duro.

—Lo comprendo —respondo demasiado deprisa.

Ella me mira con el ceño fruncido.

—¿Cómo puedes comprenderlo? Sé que quieres a Theo, pero no es lo mismo.

No, no lo es. Yo quiero a Theo como si fuera mío, pero eso nuca reemplazará lo que sentí al tener a mi hijo en brazos por primera vez. Aunque eso ella no lo sabe. Y no puede conocerme del todo ni entender lo que digo por culpa de mi secreto. Debería decírselo. Pero ¿cómo iba a hacerlo? Esto que me hace ser quien soy hará que Astrid me odie y que no quiera saber nada de mí.

Siento una vez más en mi interior la necesidad de contárselo, demasiado poderosa para ignorarla. No puedo aguantar más.

—Astrid, tengo que contarte una cosa. ¿Recuerdas que te dije que trabajaba en la estación de tren?

—Sí —responde—, cuando te fuiste de casa de tu familia.

—No te expliqué por qué tuve que marcharme.

—Dijiste que tu padre era cruel.

—Era algo más que eso. —Entonces le cuento con mis propias palabras lo del soldado alemán y el bebé, sin intentar justificar lo que hice, como debería haber hecho meses atrás.

Cuando termino, aguanto la respiración y espero a que ella me diga que no pasa nada, pero no es así. Se pone furiosa.

—Te acostaste con un nazi —dice con tono acusador. Aunque todo eso ocurrió mucho antes de conocerla, mis acciones todavía le parecen una traición. Sin embargo no era así. Para mí, el amor era amor (o lo que pensaba que era amor) y no pensé que existieran otras cosas. Espero que me grite, que me pregunte cómo pude hacerlo. Viéndolo con perspectiva, ni siquiera yo estoy segura, pero en su momento me pareció algo natural.

—Así es —digo al fin—. Erich también era nazi —añado. Incluso mientras pronuncio las palabras, sé que he ido demasiado lejos.

—Eso era diferente. Era mi marido. Y fue antes. —Antes de que la guerra nos cambiara a todos y nos obligara a escoger bandos—. Tú te quedaste embarazada. Por eso tu familia te echó.

—Sí. No me quedó más remedio que irme a la residencia de mujeres de Bensheim. Pensé que me ayudarían. En vez de eso, me quitaron a mi hijo. —Se me quiebra la voz al decir eso último; es la primera vez que se lo digo a alguien en voz alta.

Ella me mira con el ceño fruncido.

—¿Quiénes?

—El médico y la enfermera de la residencia. Al principio me dijeron que lo meterían en el programa Lebensborn, pero tenía el pelo y los ojos tan negros… No sé dónde se lo llevaron. Quería quedármelo, pero no me dejaron. Algún día lo encontraré —prometo. Espero que se ría o se burle de mi sueño, o al menos me diga que es imposible.

Pero asiente con la cabeza.

—No debes perder la esperanza. Podría haber archivos.

—Quería contártelo. —Pero he sido una cobarde.

—¿Y el hijo del alcalde lo sabe?

—No. No lo sabe nadie más. Solo tú.

Se queda mirándome. Se hace el silencio entre nosotras durante varios segundos. ¿Me ordenará que abandone el circo? Es

223

el peor momento posible, claro: Theo está demasiado enfermo para viajar y yo no me iré sin él.

—¿Estás enfadada? —le pregunto al fin.

—Quiero estarlo, pero no es cosa mía. Cometiste un error, como nos pasa a todos. Y pagaste un precio muy caro. —Dejo caer los hombros, aliviada. Me ha perdonado.

Mi preocupación aflora de nuevo.

—Una cosa más —le digo, y ella se prepara, como si fuera a contarle otro secreto aún peor—. No se lo dirás a nadie, ¿verdad?

—No. Ellos no pueden saberlo —conviene conmigo—. No serían tan comprensivos. Pero no más secretos.

—Estoy de acuerdo.

—Noa —dice Astrid—, debes dejar de verlo. Entiendo el error que cometiste en el pasado. Eras joven y no pudiste evitarlo. Pero lo del hijo del alcalde es diferente. Sin duda te darás cuenta del peligro que supone para Theo y para todos los demás.

Yo abro la boca para protestar. Quiero repetirle que Luc no se parece en nada a su padre. Pero, para ella y para el resto de la gente del circo, los forasteros solo traen problemas. Me ha perdonado por lo del soldado alemán. Renunciar a Luc es el precio que debo pagar a cambio.

Astrid me observa con atención, a la espera de una respuesta.

—De acuerdo —respondo al fin. Apenas conozco a Luc, pero la idea de renunciar a él me duele más de lo que debería.

—¿Lo prometes? —insiste, todavía insatisfecha.

—Lo juro —digo con solemnidad, aunque la idea de no volver a verlo me destroza por dentro.

—Bien —dice ella—. Deberíamos volver al coche cama.

—¿Y qué pasa con Theo?

Ella mira a Berta y esta asiente.

—Ahora que ya le ha bajado la fiebre, puede volver. —Se dirige hacia el coche cama, pero entonces se detiene y se vuelve hacia mí con cara de angustia—. Mi cuerpo... —murmura, refiriéndose de nuevo a su embarazo—. Si ya no puedo volar... —No es

224

vanidad. Actuar es su manera de sobrevivir y le preocupa que el bebé vaya a cambiar eso.

—Mi cuerpo volvió a la normalidad después de tener al bebé. —Qué extraño me resulta poder decir eso en voz alta, al menos a ella—. A ti te pasará lo mismo. —La agarro del brazo—. Vamos, debes de estar agotada. Por cierto, ¿hace cuánto que lo sabes? —le pregunto en voz baja mientras recorremos el oscuro pasillo.

—Hace solo unos días. Siento no habértelo dicho antes. —Yo asiento e intento no sentirme herida—. Es difícil aceptarlo, mucho más decírselo a alguien.

—Lo entiendo —respondo, y lo digo en serio—. ¿Lo sabe Peter?

—Solo él. Por favor, no se lo cuentes a nadie —me suplica. Confía en mí para que le guarde el secreto cuando no lo hice antes. Yo asiento, porque moriría antes de decir nada—. Tener un bebé da mucho miedo —murmura.

—¿De cuánto estás? —Temo estar haciéndole demasiadas preguntas, pero no puedo evitarlo.

—De unos dos meses.

Yo cuento con los dedos.

—Volveremos al cuartel de invierno con tiempo suficiente. —Se queda callada y veo la incertidumbre en su rostro—. Vas a regresar, ¿verdad?

—Peter no quiere —responde. A mí me sorprende. Es difícil imaginar a Astrid y a Peter lejos del circo. Luc también había hablado de marcharse, pero la idea de marcharme con un chico al que acabo de conocer no es más que una fantasía—. Pero yo regresaré. ¿Qué otra opción tengo? Darmstadt ha sido el hogar de mi familia durante siglos. —Además de Berlín, es lo único que he conocido—. Pero tú podrías marcharte antes de que regresemos.

No sé cómo responder a eso. Jamás había planeado pertenecer a este grupo de inadaptados con esta vida tan extraña. Mi objetivo siempre había sido abandonar el circo y marcharme con

Theo. No tenía por qué quedarme; no estaba prisionera ni era una fugitiva. Podría darle las gracias a Herr Neuhoff y marcharme con Theo.

Pero no es el cobijo lo único que me retiene aquí. Astrid se preocupa por nosotros. Ha cuidado más de mí que mis propios padres. Y siento que formo parte del circo, como si hubiera nacido aquí. No estoy lista para irme… todavía.

—No —respondo—. Pase lo que pase, yo estoy contigo.

Al menos de momento.

CAPÍTULO 16

ASTRID

Un zumbido recorre el vagón a última hora de la tarde del domingo mientras lavamos nuestros trajes y nos preparamos para el día siguiente. Herr Neuhoff ha convocado una reunión en treinta minutos. Las chicas a mi alrededor susurran nerviosas. ¿Qué querrá o tendrá que decirnos? Aunque yo no participo en su cháchara, noto un nudo en el estómago. A Herr Neuhoff no le gustan las grandes reuniones y prefiere hablar con cada empleado o artista de manera individual. En la actualidad, lo inesperado solo puede significar problemas.

Noa levanta a Theo de la cama y observa su rostro con inquietud. Hace una semana de la noche que cayó enfermo. No le ha vuelto la fiebre y tiene un aspecto tan saludable que a veces me pregunto si todo habrá sido un mal sueño.

Me dispongo a salir del vagón y evito mirarme en el espejo al pasar. Dicen que hay mujeres que están guapísimas durante el embarazo y tal vez sea cierto. Nunca he visto a una así. Las mujeres del circo se ponen gordas como vacas y son incapaces de actuar. Sus cuerpos no vuelven a ser como antes. Mi figura solo ha cambiado ligeramente y se aprecia un pequeño bulto si uno se fija con atención. Pero es solo cuestión de tiempo.

Aunque todavía no tengo mal aspecto, me siento mal. Las náuseas que comenzaron aquel día en el trapecio han ido a peor y me hacen vomitar tres o cuatro veces al día. No hay comida extra para mí después de haber desperdiciado la mía al vomitar, aunque Noa intenta darme trozos de sus raciones cuando se lo permito. Pero no importa; no retengo nada. El estómago me arde como si hubiera comido algo demasiado picante, y por las noches es igual y no me deja dormir.

—Come algo —me suplicó Peter la noche anterior—. Por el bebé. —Me había llevado la cena al tren al ver que no me acercaba a la carpa de la comida. Era un estofado aguado enriquecido con trozos de carne y nabos que le había añadido él de sus propias raciones.

Pero el aroma de las cebollas, que antes me resultaba apetitoso, ahora me revolvía el estómago, así que aparté el plato y señalé hacia Noa.

—Dáselo a Theo.

Irónicamente, cuanto peor me encuentro yo, mejor se encuentra Peter. Para él, el bebé lo ha cambiado todo. No le he visto beber en absoluto desde que se lo dije y ha desaparecido la melancolía de su mirada, sustituida por alegría y esperanza.

Saco mi maleta para maquillarme un poco y disimular mi palidez antes de la reunión. Las demás chicas se apresuran a salir del vagón, pero Noa se queda atrás con Theo. Yo me peino un poco y me dispongo a salir.

—Espera —me dice. Me doy la vuelta y la veo mordiéndose el labio, como si quisiera decir algo. Pero lo que hace es ofrecerme al bebé—. ¿Puedes sujetarlo mientras me cambio? Contigo nunca se pone nervioso. —Yo lo tomo en brazos. Es cierto que, aunque nunca antes había cuidado de un bebé, Theo parece estar a gusto conmigo—. Lista —dice Noa pocos minutos más tarde con la voz un poco aguda, como si estuviese nerviosa o emocionada. Va vestida con más elegancia de la que esperaría para un domingo, con una falda y una blusa perfectamente planchadas. Saco a Theo del tren. El cielo de última hora del día es de un azul blanquecino. El aire es templado y está cargado de aromas; es la primera tarde realmente primaveral que tenemos. Pasamos junto a la carpa principal. Pese a sentirme mareada y a haber perdido el apetito, no he dejado de volar. Me columpio con más fuerza que nunca, quizá más de la que debería. No estoy tratando de poner en peligro el embarazo que tanto he deseado durante toda mi vida, claro. Pero el bebé tendría que entender que esta es nuestra vida. Necesito saber que son capaces de coexistir.

Al acercarme al patio, oigo el murmullo de las voces de quienes ya están allí reunidos. Pero, al doblar la esquina, las voces se callan. Todo el circo está presente; artistas y trabajadores mezclados. No se encuentran en la parte principal del patio, junto a la carpa, sino que se han reunido en el otro extremo, donde los árboles se juntan con el claro en una especie de semicírculo, formando una arboleda.

Han preparado un dosel con hojas y ramas entrelazadas entre dos grandes robles. Peter espera debajo junto a Herr Neuhoff, con cara de emoción, regio con un traje oscuro y un sombrero que nunca antes había visto. Me pregunto si lo traería de Rusia. La multitud parece apartarse cuando me acerco y forma una especie de pasillo en el medio. Se me eriza la piel. ¿Qué está sucediendo?

Me vuelvo hacia Noa. Ella me sonríe con emoción en la mirada y me doy cuenta de que me ha retrasado con el bebé a propósito. Me entrega unas flores silvestres envueltas con cinta.

—No lo entiendo —murmuro.

Ella me quita a Theo y me retira de la cara unos mechones de pelo.

—Toda novia necesita un ramo —responde y mira hacia Peter, como sin saber si debería haber hablado o no.

Novia. Miro a Peter, confusa. Pero él me devuelve la mirada con determinación. Quiere casarse conmigo aquí, delante de todo el circo. Una boda. El suelo parece temblar bajo mis pies. No es legal, claro está: nuestra unión va contra la ley en Francia, igual que mi matrimonio con Erich en Alemania. Ningún gobierno lo reconocería. Pero aun así, jamás habría imaginado que juraría mis votos con Peter y que nuestro hijo nacería dentro del matrimonio, como en una familia de verdad.

Uno de los chelistas de la orquesta comienza a tocar una canción demasiado suave y sombría para ser una marcha nupcial. La gente del circo forma un semicírculo con sus caras de felicidad, como para reafirmar la vida; algo que para todos es muy necesario. Me fijo en las expresiones sonrientes a mi alrededor. ¿Habrán averiguado mi secreto? No, se alegran por este momento de luz entre tanta oscuridad. Se alegran por nosotros. Por primera vez desde que abandonara a mi familia en Darmstadt tantos años atrás, siento que por fin estoy en casa.

Noa me lleva hacia el entramado de ramas. Yo le estrecho la mano para que me acompañe y así no estar sola. Pero ella coloca mi mano en la de Peter y da un paso atrás.

Lo miro a los ojos.

—¿Habías planeado esto?

Él sonríe.

—Supongo que debería haberte preguntado —me dice, pero después se arrodilla—. Astrid, ¿quieres casarte conmigo?

—Es un poco tarde para eso, ¿no crees? —respondo. Oigo las risas de los demás. La cabeza me da vueltas: no había planeado volver a casarme, ni con Peter ni con nadie. Los matrimonios están hechos para la eternidad, y ahora ya no hay nada seguro. Aunque tampoco había planeado tener un bebé ni nada de esto. Peter está arrodillado ante mí con cara de esperanza. Quiere que nos convirtamos en una familia.

Y me doy cuenta de que yo también. Veo entonces, como si de una película se tratara, mi vida con Peter desde que regresé al Circo Neuhoff, cómo me ha protegido y cómo hemos ido uniéndonos más día a día. Las noches sin él están vacías y no hay nada completo hasta que aparece. Noa tenía razón, no solo con respecto a los sentimientos de Peter, sino también a los míos. Se ha colado en mi corazón cuando yo no prestaba atención. Una parte de mí se maldice por haber permitido que ocurriera, pero, al mismo tiempo, no querría que fuera de ninguna otra manera.

Eso no cambia la realidad de nuestra situación, ni el peligro que podría correr al casarse conmigo.

—¿Estás seguro? —le pregunto agachando la cabeza para que los demás no me oigan. Aunque lo tengo delante, dispuesto a arriesgarlo todo, hay una parte de mí que no puede creerlo. ¿Cómo puede querer arriesgarse después de todo lo que ha vivido?

—Nunca había estado tan seguro —responde con voz clara, aunque temblorosa.

—Entonces sí, me encantaría casarme contigo —le digo en voz alta. Sonrío y parpadeo para quitarme las lágrimas de los ojos.

Herr Neuhoff se aclara la garganta.

—Bueno, vamos a empezar —dice cuando Peter se incorpora—. Hay pocas palabras capaces de describir el amor en el lugar más improbable de todos, que es también el más hermoso —comienza, y su voz adquiere un tono más suave que el que utiliza en la pista del circo.

Abre una Biblia gastada y lee.

—Y Ruth dijo: *No insistas en que te deje o que deje de seguirte; porque adonde tú vayas, yo iré, y donde tú mores, moraré. Tu pueblo será mi pueblo, y tu Dios mi Dios.*

Mientras lee, yo miro hacia el dosel sobre nuestras cabezas. Para los presentes, no es más que un entramado de ramas y hojas. Pero yo sé que Peter, que no es judío, lo ha diseñado como una *chuppa* en homenaje a mi familia. Ojalá mi padre pudiera llevarme al altar y mis hermanos nos levantaran por el aire sentados en una silla mientras suena *Hava Nagila,* como cuando Mathias y Markus se casaron con las amazonas húngaras, que eran hermanas judías. Ya hice esto una vez sin ellos, por supuesto, ante un juez de paz para casarme con Erich en Berlín. Aquella vez fingí que no me importaba, pues pensaba que mi familia estaría siempre ahí. Ahora siento anhelo y tristeza. Me llevo la mano al vientre y pienso en el nieto que mis padres nunca conocerán.

231

Mi familia desaparecida no es la única diferencia. La primera vez, cuando juré mis votos con Erich, era joven y no tenía miedo. Pensaba que nada podía afectarnos. Ahora sé que esta unión no nos protegerá de lo que venga después. Al contrario, mi carga será la de Peter y la suya será la mía.

Pero Peter tampoco es joven e ingenuo. Pienso en la esposa e hija que perdió, y que sin duda estarán presentes hoy en su cabeza. Aun así tiene el valor de seguir hacia delante, con la cabeza bien alta y la mirada despejada. Por esto, lo quiero más que nunca.

Herr Neuhoff termina de leer el pasaje.

—Peter, ¿hay algo que quieras decir?

Peter saca un trozo de papel del bolsillo y lo deja caer. Se agacha a recogerlo y pierde su compostura habitual. Le tiembla la mano, nervioso como lo estaría cualquier novio joven.

—En la actualidad apenas hay cosas de las que uno pueda estar seguro —comienza con voz temblorosa—. Pero encontrar una mano que estrechar mientras recorremos este camino hace que los momentos de dificultad no sean tan terribles y que en cualquier pueblo desconocido nos encontremos como en casa. —A nuestro alrededor la gente asiente. Todo artista del circo tiene un pasado y recuerda su hogar. Entonces Peter arruga el papel y vuelve a guardárselo en el bolsillo de manera tan abrupta que me pregunto si le estarán entrando dudas—. Antes pensaba que mi vida había acabado. Cuando llegué a Alemania y me uní al circo, jamás creí que volvería a encontrar la felicidad. —Se le aclara la voz a medida que abandona las palabras que había escrito y habla con el corazón—. Y entonces te conocí y todo cambió. Me hiciste creer de nuevo que existen las cosas buenas. Te quiero.

—Astrid, ¿hay algo que desees decir? —me pregunta Herr Neuhoff.

Todos me miran expectantes. No tenía ni idea y no tengo nada preparado.

—Es… es difícil encontrar un amor en el que poder confiar —digo al fin. Busco las palabras que no he dicho hasta ahora, ni siquiera para mis adentros—. Soy muy afortunada. Tú haces que me sienta más fuerte cada día. Podré enfrentarme a todo lo que venga siempre que esté contigo.

—Astrid y Peter, tenéis la suerte de haberos encontrado —dice Herr Neuhoff, y me ahorra tener que decir algo más. Se vuelve entonces hacia Peter—. ¿Aceptas a esta mujer…? —Theo gorjea en brazos de Noa y todos se ríen.

A Peter le brillan los ojos mientras me pone la alianza en el dedo. ¿Será una herencia familiar o algo que ha comprado hoy mismo?

—Yo os declaro marido y mujer —proclama Herr Neuhoff.

Todos los presentes aplauden cuando Peter me besa y los músicos comienzan a tocar una alegre melodía. Alguien acerca una mesa y varias botellas de champán. Yo lo contemplo y me conmueven los detalles, el cuidado con el que han planeado la fiesta. Hay bandejas con canapés, platos sencillos confeccionados con las raciones para que parezcan grandiosos.

—Por vuestro futuro en común —dice Herr Neuhoff alzando su copa y todos brindamos. Yo me llevo la copa a los labios.

Se forman pequeños grupos que beben y se divierten. De pronto algunas acróbatas rumanas comienzan a bailar improvisadamente, dibujando círculos con sus pañuelos de colores y dando vueltas con sus faldas de lentejuelas. Yo trato de relajarme y disfrutar de la fiesta, pero los colores y el ruido resultan abrumadores después de todo lo que ha ocurrido. Me apoyo cansada en una de las mesas. Desde el otro lado de la multitud, Peter me dedica una mirada cómplice.

Detrás de las bailarinas algo se mueve entre los árboles. Me incorporo y veo a alguien de pie junto a la arboleda. Es Emmet, que contempla la fiesta. No recuerdo haberlo visto en la ceremonia. Es el hijo de Herr Neuhoff y lo natural es que estuviera invitado, pero su presencia me incomoda.

La música se vuelve más alegre y los bailarines hacen un círculo, nos colocan a Peter y a mí en el centro y giran a nuestro alrededor como si fueran un tiovivo a toda velocidad. Peter me agarra las manos y comienza a girarme en dirección contraria a quienes se han reunido a nuestro alrededor. El movimiento y la música resultan embriagadores. Mientras giramos, veo a Noa, sola a un lado del círculo. Parece querer unirse, pero no sabe cómo.

Me aparto de Peter y atravieso el círculo.

—Ven —le digo dándole la mano para llevarla al centro conmigo. Para que sea una de nosotros. Me aprieta los dedos, agradecida. Le doy una mano a ella y otra a Peter y comenzamos a bailar sin importar que pueda resultar extraño. No quiero que Noa se quede fuera. Pero, a medida que giramos y empiezo a marearme, me aferro a ella con más fuerza, la necesito tanto como ella a mí para que nuestro mundo no se desmorone.

Termina el baile y empieza a sonar una canción más lenta. Es una vieja canción rumana. *El vals del aniversario*. Noa y los demás se apartan y sé que tengo que bailar a solas con Peter. Él me acerca y baila el vals con más destreza de la que habría imaginado, pero sus movimientos son algo torpes debido a la bebida. Mientras me tararea la melodía al oído, oigo a mi madre cantando la letra mientras mi hermano Jules tocaba las notas con el violín. «Oh, cuánto bailamos la noche que nos cas...». Noto que empiezan a escocerme los ojos.

—Necesito descansar —le digo a Peter entre jadeos cuando termina la canción.

—¿Te encuentras bien? —me pregunta acariciándome la mejilla. Yo asiento—. Te traeré agua.

—Estoy bien, cariño. Ve a disfrutar de la fiesta —le digo, porque no quiero que se preocupe por mí. Se aleja hacia el champán. Yo me apoyo contra una silla porque de pronto me siento débil. Empieza a sudarme la frente y se me revuelve el estómago. «Ahora no», pienso. Bordeo uno de los vagones del tren para que nadie me vea y poder estar tranquila. Entonces me detengo al oír voces al otro lado.

—La ceremonia ha sido preciosa —le dice Noa a alguien a quien no veo. Noto cierta incomodidad en su voz.

Entonces oigo a Emmet.

—Si fuera real —dice con sarcasmo. ¿Cómo se atreve a criticar mi matrimonio con Peter?

—Es real —protesta Noa con todo el coraje que puede—. Aunque el gobierno sea demasiado idiota para reconocerlo.

—Mejor casarse aquí —señala Emmet—, antes de que volvamos —añade en tono maquiavélico.

Se produce una pausa.

—¿Volver? —Noa parece sorprendida. No le había hablado de mi conversación con Herr Neuhoff ni de la posibilidad de que no se nos permitiera seguir en Francia—. ¿A Alemania?

—¿Astrid no te lo ha dicho?

—Claro que sí. —Noa miente fatal, intenta que no se le note la sorpresa, pero no lo logra—. ¡Eso no es cierto! —exclama, y me pregunto si se pondrá a llorar.

—Mi padre dice que están acortando la gira francesa.

—Tu padre no te ha dicho nada. —Me sorprende oír una gran fuerza en su voz.

—Quizá debas irte a casa —murmura Emmet con desdén—. Ah, es verdad. No puedes. —Yo lanzo un grito ahogado. ¿Cuánto sabrá él del pasado de Noa?

—Ya es suficiente —declaro mientras salgo de mi escondite.

A Emmet le brillan los ojos al darse cuenta de que he oído lo que ha dicho. Por un segundo me pregunto si cejará.

—Hay una razón por la que estaba sola con un niño cuando la encontramos —dice Emmet, que al parecer no se deja intimidar. Por encima de su hombro veo que Noa abre mucho los ojos y teme que haya descubierto la verdad.

Pero Emmet está mintiendo. Tiene que ser eso. Yo jamás lo hubiera sospechado y no hay manera de que él lo haya averiguado.

—La muy guarra… Ese niño tiene que ser suyo. —Emmet escupe hacia Noa. Sin pensar, le doy una bofetada tan fuerte que me empieza a picar la palma de la mano. Él se aparta y se queda mirándome con incredulidad mientras va formándose en su mejilla la forma roja de mi mano—. Pagarás por esto —amenaza.

—Piérdete antes de que llame a tu padre —le digo.

Emmet se aleja sin quitarse la mano de la mejilla.

—Gracias —me dice Noa cuando nos quedamos solas—. No lo entiendo. ¿Cómo puede saber lo mío?

—No creo que lo sepa —le digo, y parece relajarse un poco—. Desde luego yo no se lo he dicho. Lo más probable es que haya estado recabando información. —La verdad es que, en el circo, los secretos no permanecen mucho tiempo enterrados; tienen tendencia a salir a la superficie. Pero, si le digo eso a Noa, se preocuparía más.

—¿Es cierto lo que ha dicho Emmet? —pregunta mirando al suelo—. ¿Vamos a volver?

—Eso no está claro. Herr Neuhoff mencionó que la administración amenazaba con ello. No es más que una posibilidad y yo no quería disgustarte.

—No soy una niña —me dice con rebeldía en la voz.

—Lo sé. Debería habértelo dicho, pero ya sabes que tú no estás obligada a regresar.

—¿Cómo iba a abandonar el circo? —me pregunta con seriedad e incertidumbre en la mirada—. No podría irme sin ti.

Yo sonrío, conmovida por su lealtad. Hace unos meses el circo le era ajeno. Era una forastera. Ahora no puede imaginarse otra vida que no sea esta.

—No es más que un espectáculo. Ningún espectáculo puede continuar eternamente.

—¿Y qué pasa contigo? —me pregunta. Tan joven y siempre con tantas preguntas.

—Como ya te he dicho, no huiré. Y no volveré a esconderme —prometo. Primero tendrían que atraparme.

—Suiza no está muy lejos —me dice mirando hacia las colinas—. Quizá si nos fuéramos juntas…

—No. —Me giro para mirarla cara a cara—. Hay personas que han respondido por mí. Personas que pagarían con sus vidas si me fuera. Pero no es tu caso. Tú puedes irte.

—Estoy contigo hasta el final —me dice con voz temblorosa.

—No hablemos más de ello esta noche —le digo dándole una palmadita en la mano.

Ella asiente y mira hacia la fiesta.

—La boda ha sido preciosa —comenta—. Yo sueño con esas cosas. —Intento no reírme. La boda en el bosque ha sido algo sencillo, nada elegante—. Todas las chicas lo hacen. ¿Te cambiarás el apellido?

No había pensado en eso. Entonces niego con la cabeza. Ya me lo cambié una vez; no podría volver a hacerlo.

—Por cierto, ¿qué estabas haciendo aquí? Deberíamos regresar. —Me encamino hacia la fiesta, pero Noa no me sigue. Mira en otra dirección, lejos de la feria—. No estarás pensando en ir otra vez a ver a ese chico, ¿verdad?

—No, claro que no —se apresura a responder ella.

—No te traerá más que problemas. Y además lo prometiste —le recuerdo.

—Sí —responde—. Lo que pasa es que estoy cansada y quiero ir a ver a Theo. Le pedí a Elsie que lo acostara después de la ceremonia. —La miro a la cara para intentar adivinar si dice la verdad.

—¡Astrid! —Oigo la voz de Peter, avivada por el alcohol, que me llama desde la fiesta.

—Tengo que volver.

—Lo entiendo. —Noa me estrecha la mano—. Sobre lo de antes... gracias.

Se da la vuelta y se aleja hacia el tren. A mí me dan ganas de gritarle de nuevo que tenga cuidado, pero no lo hago. En lugar de eso, me dirijo hacia la fiesta.

CAPÍTULO 17

NOA

Sonrío mientras me alejo de Astrid en dirección al tren. Yo sabía lo de la boda. Peter me lo había contado pocas horas antes y me había aliado con él para sorprender a Astrid. Me daba miedo que a ella no le gustara la idea, porque no es muy dada a las sorpresas, pero ahora me alegro de haber participado en el plan.

Peter y Astrid están juntos, a punto de formar una familia. Ella parece feliz, feliz de verdad, por primera vez desde que la conozco. Yo me alegro por ella, pero no puedo evitar preguntarme si las cosas cambiarán, si Astrid pasará con Peter todas las noches y se alejará de mí.

De pronto me siento sola. Luc aparece en mi mente. No lo he visto desde la noche en que Theo cayó enfermo, una semana antes. La noche siguiente, después del espectáculo, no pude ir a verlo como me había pedido; aunque ya se encontraba mejor, Theo aún estaba débil y yo no había querido apartarme de su lado. De modo que le dejé a Luc una nota en la caja de debajo del vagón: *Mi hermano está enfermo. No puedo esta noche*. Mi nota había desaparecido, así que sabía que la había leído. O eso esperaba. ¿Y si la hubiese encontrado otra persona? Aunque había sido imprecisa a propósito, despertaría sospechas. No he obtenido respuesta desde entonces y me pregunto si Luc habrá perdido el interés después de nuestro beso o si simplemente se habrá rendido.

Me dirijo hacia la caja y apenas me atrevo a albergar esperanza alguna. Dentro hay un trozo de programa del circo, tan arrugado que me pregunto si alguien habrá confundido el compartimento con un cubo de basura. Aliso el trozo de papel y veo que en la parte de atrás hay escrito un mensaje con carboncillo: *He intentado venir a verte. Me ha gustado verte bailar. Reúnete conmigo en el museo del pueblo.*

Luc ha estado aquí esta noche y me ha visto bailar. Me sonrojo, emocionada y avergonzada al mismo tiempo. ¿Cómo no me he dado cuenta? Me invade entonces la preocupación. La boda debía ser un secreto. Él no debería haber estado aquí, pero algo en mí me dice que puedo confiar en él.

Vuelvo a mirar la nota. *Reúnete conmigo en el museo.* Sé a qué edificio se refiere. Pero el antiguo museo, que está justo en el centro del pueblo, es un lugar muy extraño para vernos. Y ya ha pasado el toque de queda. No puedo ir hasta allí.

Además le había prometido a Astrid que no volvería a ver a Luc. Me doy la vuelta y la busco con la mirada, pero ha desaparecido entre la gente. Pasará la noche con Peter; no se dará cuenta si no estoy. Aun así, lo más sensato sería quedarme en la fiesta hasta que se acabe y después volver junto a Theo. Pero nos iremos pronto y es posible que no vuelva a ver a Luc nunca más.

Miro hacia el tren, necesito ir a ver a Theo antes de ir a ninguna parte. Dentro del coche cama, el niño yace despierto sobre la cama, como si estuviese esperándome. Lo tomo en brazos, lo estrecho contra mi pecho y aspiro su aroma cálido. No he dejado de estar preocupada desde que enfermó, como si quisiera recordar lo frágil que es y que podría perderlo en un instante.

Elsie se levanta de la litera adyacente, donde estaba tejiendo.

—Ah, bien, ya has vuelto —me dice—. Todavía puedo disfrutar un rato de la fiesta antes de que se acabe.

—No he vuelto, solo… —Busco una excusa para que cuide de Theo un poco más, pero, antes de terminar, ella sale del tren.

Pienso en llamarla, pero decido que es mejor no hacerlo.

—Solos tú y yo —le digo a Theo, que gorjea con alegría. Miro hacia la puerta del tren y me pregunto qué hacer. ¿Me atreveré a llevarlo conmigo?

Salgo a la oscuridad de la noche y me detengo. Es una irresponsabilidad llevarme al niño, pero, si quiero ver a Luc, no tengo otra opción. Lo envuelvo dentro de mi abrigo.

Empiezo a alejarme del tren, agachada y pegada a la linde del circo para que nadie me vea mientras corro hacia los árboles para cobijarme. Una vez escondida en el bosque, comienzo a caminar hacia el pueblo, avanzando despacio entre los árboles para no tropezar con una de las múltiples raíces y piedras que salen de la tierra. El sendero es el mismo que Astrid me mostró aquel primer día que fui a Thiers, pero ahora es tenebroso, porque entre los árboles acechan sombras oscuras y siniestras. Esta vez estamos solos Theo y yo en el bosque, como la noche en la que nos encontraron los del circo. Me estremezco y vuelvo a sentir el miedo y la desesperación de aquel momento. Las ramas secas crujen bajo mis pies, como si quisieran delatarnos. Se me eriza la piel, como si alguien fuese a salir de entre los arbustos en cualquier momento.

Llego al otro extremo del bosque y me dirijo hacia el puente. Entonces me detengo y miro a Theo, que me devuelve la mirada con sus ojos ingenuos, confiando en que haga lo mejor para él. Pienso que esto es muy egoísta por mi parte y me siento culpable. ¿Cómo puedo arriesgar su seguridad por algo así?

Según me acerco al pueblo, veo que las calles están desiertas tras el toque de queda y las luces apagadas. Protejo a Theo con mi abrigo. Él se retuerce contra mi cadera, ya no es el recién nacido al que no le importa ir en mis brazos. Rezo para que no se ponga a llorar.

No sigo la carretera principal como hice el día que vine al pueblo y conocí a Luc; en lugar de eso, recorro las calles paralelas, pegada a las sombras del muro de piedra que bordea el camino.

El museo se halla en el extremo norte del centro del pueblo. Es un pequeño castillo que fue reconvertido para mostrar la historia de la villa y que ahora está cerrado indefinidamente. La carretera que conduce hacia la puerta está al descubierto, iluminada por la luz de la luna.

Me detengo con incertidumbre y noto un escalofrío. Pienso que quedar con Luc en mitad del pueblo es una idea descabellada y me imagino a Astrid mirándome con desaprobación. En la puerta del museo hay una pesada cadena que impide el paso. Retrocedo con fastidio. ¿Se trata de una broma?

—Noa. —Luc me llama en la oscuridad y me hace gestos para que bordee el museo hasta una puerta lateral. Dentro, la inmensa galería principal huele a humedad. A la luz de la luna me doy cuenta de que el interior ha sido saqueado. Un cuadro rasgado cuelga de la pared y hay trozos de armadura tirados por el suelo. Tras las vitrinas de cristal rotas, las exposiciones están vacías, consecuencia de la avaricia de los alemanes o de los saqueadores. Algo, un pájaro o un murciélago, revolotea en la oscuridad por el techo—. Has venido —me dice Luc, como si no esperase que fuese a hacerlo. Me rodea con los brazos y yo aspiro su aroma, una mezcla de pino y jabón, al hundir la nariz en su cuello. Aunque es solo la segunda vez que me abraza, me siento como en casa.

Acerca sus labios a los míos y cierro los ojos con emoción. Pero Theo se retuerce entre nosotros y me aparto.

—¿Estamos a salvo aquí? —le pregunto mientras me conduce hacia una pequeña antesala situada en un lateral. Ahí enciende una vela, que titila y proyecta nuestras sombras alargadas sobre la pared. Se oye el ruido de algo que corretea en un rincón en busca de la oscuridad.

—Nadie viene aquí —me contesta—. Antes era el orgullo del pueblo, pero ya no hay nada de lo que estar orgulloso. —Mira hacia abajo—. ¿Este es tu hermano? —me pregunta y yo asiento.

—No había nadie que pudiera cuidar de él. —Noto el tono

de disculpa en mi voz. Lo miro a la cara para ver si le molesta, pero no lo parece.

—¿Ya está mejor? —me pregunta con preocupación sincera.

—Está bien. Pero le subió mucho la fiebre y tuve miedo. Por eso no pude verte el domingo pasado —explico.

Él asiente con solemnidad.

—Habría intentado verte antes, pero sabía que sería imposible hasta que el niño estuviese bien. —Se mete la mano en el abrigo—. Toma, te he traído esto. —En la palma de su mano hay un azucarillo. Azúcar de verdad. Resisto la tentación de agarrarlo y metérmelo en la boca. En vez de eso, me lo llevo a la lengua y me estremezco al apreciar un sabor que casi había olvidado. Entonces se lo acerco a Theo a los labios. Él gorjea y sonríe al saborear el dulzor.

—Gracias —le digo a Luc—. No comía azúcar de verdad desde… —Me detengo al recordar que mi padre había guardado un poco para mi cumpleaños, hacía casi un año—. Desde antes de la guerra —concluyo con patetismo.

—Le dije a mi padre que, de ahora en adelante, viviría solo con las cartillas de racionamiento, como todos los demás —me dice—. No me siento bien teniendo más que el resto.

—Luc… —No sé bien qué decir. Él estira el brazo para acariciarle la mano a Theo—. ¿Quieres tenerlo en brazos? —le pregunto.

—¿De verdad? Yo nunca he… —Le paso a Theo y el bebé se ríe y se adapta de manera natural a sus brazos fuertes. Luc se agacha lentamente hacia el suelo sin soltar a Theo. Al niño empiezan a pesarle los párpados y cierra los ojos.

Luc se quita la chaqueta y la convierte en una cama suave para Theo antes de tumbarlo sobre ella con delicadeza. Luego se acerca a mí y me estrecha entre sus brazos.

—¿Has llegado hasta aquí sin problemas? —Me besa sin esperar una respuesta. Yo me pego a él, deseo más. Dejo que sus manos exploren mi cuerpo y, por un momento, no me siento avergonzada, no soy un bicho raro del circo. Vuelvo a ser una chica sin más.

Pero, cuando me roza las caderas con los dedos, lo detengo.

—El bebé…

—Se está quedando dormido.

Me acurruco más entre sus brazos.

—Nos vamos —digo con tristeza.

—Lo sé. Prometí ir a verte al siguiente pueblo, ¿recuerdas?

—Ahí no —respondo—. Volvemos a Alemania, o al menos a algún lugar cercano.

Noto la tensión en su cuerpo y veo que frunce el ceño.

—Pero eso es muy peligroso.

—Lo sé, pero no hay elección.

—Te encontraré allí también —me dice con mucha seriedad.

—No podrías venir más de una vez.

—Todas las semanas —responde—. Más, si tú quieres.

—Pero está muy lejos —protesto yo.

—¿Y qué? ¿No crees que pueda lograrlo?

—No es eso. Lo que sucede es que… —Miro hacia abajo—. ¿Por qué ibas a querer hacerlo? Quiero decir que es demasiado complicado.

—Porque no soporto la idea de no volver a verte —me dice. Cuando levanto la cabeza, veo que tiene las mejillas encendidas, como si el aire se acabase de calentar de pronto. Advierto en sus ojos una mirada de cariño. ¿Cómo es posible que alguien que me conoce desde hace tan poco tiempo sienta tanto cariño, cuando los que me habían querido toda mi vida parecían no sentir ninguno?—. Quiero enseñarte una cosa. —Se levanta y me lleva hasta una pequeña puerta situada en la parte trasera de la galería. Yo miro hacia atrás y veo que Theo sigue durmiendo. Luc no pretenderá que lo deje allí solo.

—¿De qué se trata? —pregunto con curiosidad cuando Luc abre el armario. Saca de dentro un cuadro y percibo que el óleo está tan fresco que me hace cosquillas en la nariz. Me doy cuenta de que en el cuadro aparece una trapecista columpiándose en el trapecio. ¿Cómo es que tiene algo así? Me quedo observando su figura, el arqueamiento de su cuerpo mientras se columpia. Tiene el pelo claro y lo lleva recogido en un moño alto como el mío. Cuando me fijo en el traje de color rojo, suelto un grito ahogado.

Es un retrato mío.

Bueno, no soy yo exactamente. Es una versión más hermosa, más elegante y perfecta. Luc me ha pintado tal y como me ve, con adoración.

—¡Oh, Luc! —digo con asombro. Ahora entiendo su manera de mirarme, con los ojos de un artista, pendiente de cada detalle—. Es increíble. Tienes mucho talento. —Me ha captado a la perfección, desde la textura del traje hasta la mirada de miedo en mis ojos, que jamás logro ocultar del todo.

—¿Tú crees? —Parece indeciso, pero percibo el orgullo en su voz.

—Es absolutamente maravilloso —respondo con total sinceridad. Trato de imaginar las horas y el cuidado que habrá empleado en ello—. ¿Por qué renunciaste a la idea de estudiar arte?

Se le nubla la expresión.

—Quería ser artista. Pintaba en el pajar de nuestro granero, pero mi padre descubrió lo que hacía y destrozó mi trabajo. Me prohibió seguir con ello. Yo le supliqué que me dejase al menos ser profesor de arte, pero no quiso ni oír hablar del tema. —Le brillan los ojos mientras rememora—. Seguí pintando en secreto hasta que lo descubrió. —Levanta su mano derecha y me muestra el dedo índice retorcido—. Se aseguró de que jamás pudiera llegar a ser un artista de verdad.

Yo retrocedo horrorizada, no por la deformación de Luc, sino por la crueldad de un padre hacia su propio hijo.

—No tanto como para volverme un inútil, pero lo justo para evitar que fuera bueno en los detalles realmente complicados —explica.

Yo estrecho su mano y le beso el dedo mientras mi corazón llora. Parece que ninguno de nosotros, ni siquiera Luc, está libre de la oscuridad y del dolor.

—¿Cómo puedes vivir con él? —le pregunto—. ¡Es un monstruo!

Él abre mucho los ojos, y yo me pregunto si se enfadará conmigo.

—Estaba haciendo lo que creía que era lo correcto —responde.

Nos quedamos sentados en silencio. Luc me ha confiado su horrible secreto. Yo debería hablarle también de mi pasado. Pero entonces oigo la voz de Astrid: «Nunca des por hecho que conoces la mente de otra persona». Lo miro a los ojos y sé que él no entenderá las decisiones que tomé ni las experiencias que me llevaron a tomarlas.

En vez de eso, estiro los brazos, le rodeo la cara con las manos y lo giro hacia mí. Lo beso una y otra vez, sin parar, sin importarme dónde estamos ni el hecho de que Theo esté a pocos metros de distancia. Él me rodea con los brazos y apoya las manos en mi cintura. Por un instante deseo apartarme. Mi vientre nunca ha vuelto a ser lo que era antes del parto. Los pechos me cuelgan ligeramente por la leche que llevaba dentro.

Pero entonces lo abrazo y me dejo llevar. Él mete las manos por debajo de mi falda. Me dispongo a protestar. No podemos hacer esto aquí. Me recuesta con cuidado, coloca una mano debajo de mi cabeza para protegerla del duro suelo de piedra. Me viene a la cabeza el soldado alemán, el único hombre con el que he estado así. Y me tenso.

Luc me agarra la barbilla con la mano y me mantiene la mirada.

—Te quiero, Noa —dice.

—Yo también te quiero. —Las palabras me salen casi sin aliento, a toda velocidad. Mi pasión crece y ahuyenta los recuerdos.

Cuando acaba, nos quedamos tumbados con las piernas entrelazadas y la ropa a medio quitar.

—¡Ha sido maravilloso! —exclamo, y mi voz retumba entre las vigas del museo y hace que una paloma escondida salga volando. Ambos nos reímos.

Luc me rodea con sus brazos y me estrecha contra su cuerpo.

—Me alegro mucho de que hayamos compartido nuestra primera vez —me dice, dando por hecho que soy tan inocente como él—. Lo siento —me dice un minuto más tarde, al interpretar mi silencio como arrepentimiento—. No debería haberme aprovechado de la situación.

—No lo has hecho —le tranquilizo—. Yo también lo deseaba.

—Si tuviéramos un futuro… —comenta.

—O al menos una cama —bromeo yo.

Pero él sigue serio.

—Las cosas deberían ser diferentes. Esta maldita guerra —maldice. Yo pienso que, si no fuera por esta maldita guerra, jamás nos habríamos conocido—. Lo siento —repite.

Yo lo abrazo con fuerza.

—No lo sientas. Yo no lo siento. —Entonces Theo se despierta y sus llantos alteran la tranquilidad. Yo me aparto para abrocharme la blusa. Luc se levanta y me ayuda a ponerme en pie. Me aliso la falda mientras regresamos junto a Theo. Luc lo toma en brazos, más seguro de sí mismo esta vez. Mira al bebé con cariño. Nos sentamos en el suelo una vez más y los tres nos acurrucamos en la oscuridad, como si fuéramos una familia improvisada, escuchando los sonidos del museo por la noche, los ratones que corretean y el viento que sopla fuera.

—Ven conmigo —me dice Luc—. Lejos de aquí. Conseguiré un coche y nos iremos juntos a la frontera.

«Juntos». Aunque Luc ya había hablado antes de huir juntos, ahora la sugerencia parece más seria, como si fuera una posibilidad real. Yo trato de imaginarlo, abandonar el circo y empezar una nueva vida con él. La idea es aterradora y a la vez emocionante.

—No puedo —le digo. Deseo huir con él, pero, conociendo los riesgos y la realidad, ¿dónde iríamos? ¿Y qué pasa con Astrid y el circo y un sinfín de cosas más que no puedo explicarle?

—¿Se trata de Theo? Podríamos llevárnoslo con nosotros, criarlo como si fuera nuestro. Él nunca lo sabría. —Su voz suena esperanzada y me conmueve que quiera responsabilizarse del niño.

Pero niego firmemente con la cabeza.

—No es solo eso. Astrid y el circo… Les debo la vida.

—Ella lo entendería. Querría que te fueras. —Vuelve a intentarlo—. Noa, quiero llevaros a Theo y a ti lejos de aquí, a algún lugar donde estéis a salvo. —Quiere cuidar de mí. Ojalá fuese la chica que era. Tal vez ella se lo hubiera permitido. Pero he llegado demasiado lejos y ya no sé cómo hacerlo.

Llevo un dedo a sus labios.

—No hablemos más de eso.

Theo comienza a alterarse de nuevo, cansado, con frío y desconcertado por este lugar que no conoce.

—Tenemos que irnos —digo con reticencia, pues no quiero que se termine este momento perfecto, pero me preocupa que alguien pueda oír ruido y descubrirnos. Luc se levanta y me entrega a Theo antes de recolocarse la chaqueta.

Es tarde cuando salimos, lejano ya el toque de queda. El pueblo está a oscuras y el bosque en silencio. Luc me sigue sin decir nada según nos aproximamos a la feria. La música ha cesado y todos están durmiendo, pero las antorchas aún están encendidas en la arboleda. Veo entonces a Astrid de pie al borde del claro. A juzgar por su postura, con los brazos cruzados, sé que está enfadada.

Noto un nudo en el estómago. Creo que sabe que he roto mi promesa de no volver a ver a Luc.

—Astrid. —Bordeo el tren y avanzo hacia ella—. Deja que te explique.

Pero entonces me quedo de piedra.

La gente del circo sigue reunida en la arboleda donde ha tenido lugar la ceremonia. Sin embargo ya no bailan, están allí quietos, como las figuras de un cuadro.

Doy otro paso hacia delante y comprendo el motivo. En el centro de la arboleda, donde horas antes tuvo lugar la boda, ahora hay media docena de gendarmes.

Apuntan con sus armas a Peter.

CAPÍTULO 18

ASTRID

Me quedo helada mientras la policía avanza hacia Peter con las armas levantadas. Esto no puede ser real. Tiene que ser una broma que alguien está gastándonos en nuestra noche de bodas. Pero nadie se ríe. Todos a mi alrededor están sorprendidos y horrorizados.

Parece que hace una eternidad que Peter me miraba con brillo en los ojos mientras contemplaba nuestro futuro en común. Entonces una sombra cruzó sus ojos y el reflejo de la policía francesa inundó el lugar.

Han venido muchos agentes para eliminar así cualquier posibilidad de resistencia o huida. Sus caras me resultan familiares del pueblo. Puede que en alguna ocasión se hayan quitado el sombrero para saludar por la calle. Ahora están ante él con sus caras sombrías y sus piernas bien separadas.

—Peter Moskowicz... —dice uno de los policías, presumiblemente el capitán, con voz severa. Parece un poco mayor que el resto, con un bigote gris e insignias en la solapa del uniforme—, queda detenido.

Yo abro la boca para protestar, pero no me sale ningún sonido. Es la pesadilla que he tenido docenas de veces, pero ahora es real. Peter levanta despacio la cabeza cuando el policía habla. Veo la furia en su mirada. Se queda allí quieto, pero sé que su mente está trabajando, pensando qué hacer. La policía lo mira

249

con desconfianza, pero mantiene la distancia, como si estuvieran enfrentándose a un animal desconocido o peligroso. Yo aguanto la respiración. Una parte de mí desea que Peter luche y se resista, incluso en un momento tan fútil como este. Pero eso solo empeorará las cosas.

Me pregunto qué querrán de él. ¿Por qué no vienen a por mí?

Herr Neuhoff da un paso hacia delante.

—Caballeros, *s'il vous plaît*, ¿qué sucede? —Se seca la frente con un pañuelo manchado—. Estoy seguro de que, si lo hablamos... quizá tomando uno de mis mejores vinos de Burdeos... —Sonríe con picardía. En más de una ocasión ha disuadido a la policía de registrar las carpas utilizando la comida y la bebida que guarda solo para ese propósito. Pero la policía lo ignora y se acerca más a Peter.

—¿De qué se le acusa? —exige saber Herr Neuhoff, que deja de lado su tono cordial y habla con autoridad.

—De traición —responde el capitán—. Contra Francia y contra el Reich. —Herr Neuhoff me mira con cierta incomodidad. Ha advertido a Peter muchas veces sobre su número y ahora pagará el precio.

Pero aún no lo han atrapado. «Resístete, lucha, corre», le digo sin palabras. Miro hacia el otro lado del campo, en dirección al escondite que Peter me ha fabricado en su cabaña. Pensaba que el espacio sería suficiente para alojarme a mí, pero no a él. De todos modos, aunque cupiese allí, está demasiado lejos y es demasiado tarde. Ya no hay lugar donde esconderse.

—Vamos —dice el capitán, pero no hay rabia en su voz. Es un hombre de pelo gris, probablemente a uno o dos años de la jubilación. Cree que solo está haciendo su trabajo. Pero, junto a él, un oficial más joven se golpea furiosamente en la pierna con una porra, buscando una oportunidad para poder usarla.

Peter y yo miramos la porra al mismo tiempo. Al fin se levanta. No va a montar una escena para que los demás no tengamos que pagar las consecuencias. Camina hacia la policía despacio, pero sin protestar, con los miembros rígidos por la rabia. Pese al terror, yo siento un destello de esperanza. Quizá esto no resulte ser mucho peor que las inspecciones. Herr Neuhoff puede sobornar a la policía y tenerlo de vuelta en casa por la mañana.

Peter se acerca a la policía. Yo dejo escapar un grito cuando uno de los agentes le esposa y las muñecas se le ponen blancas por la presión de las manillas, lo que provoca que a mí también me duelan los brazos. Sin embargo, nadie parece oírme.

Peter mantiene la calma y no se resiste. Pero entonces el agente de la porra estira el brazo y le tira a Peter el sombrero de la cabeza. El rostro de Peter registra la sorpresa y la rabia al mismo tiempo. Se lanza a por el sombrero, pierde el equilibrio por culpa de las esposas y cae de lado contra el suelo.

El policía lo levanta arrastrándolo. Tiene el traje manchado de tierra y le tiemblan los brazos y las piernas, producto de la rabia. Sé que ahora ya no se contendrá.

—No necesitarás sombrero en el lugar al que vas —murmura el policía con desdén mientras da patadas al sombrero. Todo queda en silencio mientras Peter parece estar pensando en una respuesta.

Entonces escupe al policía en la cara.

Se hace el silencio mientras el policía se queda ahí parado, perplejo. Entonces se lanza con un rugido hacia delante y le da un fuerte rodillazo a Peter en la ingle.

—¡No! —exclamo cuando Peter se dobla de dolor. Aunque no se levanta, el hombre sigue dándole patadas una y otra vez.

«Di algo», pienso para mis adentros. «Haz algo». Pero estoy petrificada, paralizada por el terror. El hombre está utilizando ahora su porra, asestando golpes a Peter en la cabeza y en la espalda. Todo mi cuerpo grita de dolor, siente cada golpe como si me lo dieran a mí. Peter se queda hecho un ovillo en el suelo, sin moverse.

—¡Ya es suficiente! —declara el capitán mientras aparta al joven policía—. Lo quieren vivo. —Al oír aquello último me entra el pánico. ¿Quién lo quiere? ¿Y para qué?—. Metedlo en la furgoneta.

Dos de los policías lo levantan del suelo y se lo llevan hacia la furgoneta. Él ya no ofrece resistencia. «Jamás te abandonaré», me dijo hace solo unos días. Parece haber envejecido varios años de pronto.

Pero no me rendiré.

—¡Esperen! —grito mientras corro hacia él. Un policía me agarra por el hombro del vestido cuando me acerco y me clava las uñas en la piel. Yo lo aparto sin importarme que se rasgue la tela.

Alcanzo el brazo de Peter, pero él me aparta.

—Astrid, tú no puedes venir conmigo —dice en alemán en voz baja y grave. Empieza a salirle un bulto en la frente, donde le han golpeado—. Tú tienes que quedarte aquí. Tienes que estar a salvo.

—Te llevarán a la cárcel del pueblo. Volverás en unas horas —le digo, y deseo creerme mis propias palabras—. Solo intentan asustarnos, enviar una advertencia. Pronto regresarás…

—No voy a regresar —me dice antes de que pueda terminar de hablar—. Y no puedes esperarme aquí. Tienes que irte con el circo. ¿Entendido? —Sus ojos oscuros parecen abrasarme la piel—. Prométemelo.

Pero no puedo.

—¡Ya es suficiente! —gruñe el policía que ha pegado a Peter mientras nos separa. Yo estoy a punto de lanzarme sobre él, quiero arrancarle los ojos—. Dame una razón —me amenaza. Yo retrocedo, porque no quiero que la situación de Peter empeore.

La policía empieza a arrastrarlo hacia una furgoneta del ejército que se ha detenido en el camino cerca de la carpa principal. En uno de los laterales aparece algo escrito en un idioma eslavo que no reconozco. Delante hay un coche de policía negro. De la furgoneta sale un conductor con uniforme militar y abre las puertas traseras. Dentro hay dos filas de asientos. Entiendo entonces que todo se acaba, que Peter no va a volver.

—¡No! —grito mientras corro hacia la furgoneta.

Unos brazos me agarran por detrás y me retienen. Es Noa, aunque no sé de dónde ha salido. Me rodea con ambos brazos.

—Piensa en ti y en el bebé. —Tiene razón. Aun así me resisto con todas mis fuerzas, como un león que intentara librarse de su adiestrador.

—Se lo llevan, Noa —le digo, desesperada—. Tenemos que impedirlo.

—Esta no es la manera de hacerlo —responde ella con voz firme—. No podrás ayudarle si te detienen a ti también.

Tiene razón, claro. Pero ¿cómo voy a quedarme aquí parada sin hacer nada mientras me arrancan parte de mi vida?

—Haz algo —ruego, le suplico a Noa que me ayude como yo la he ayudado a ella. Pero ella se queda abrazada a mí, tan impotente como yo.

Herr Neuhoff interviene de nuevo, con la cara roja por la rabia y la desesperación. Lleva en la mano una pequeña bolsa llena de monedas, probablemente gran parte del dinero que le queda al circo. Si renunciara a eso, nos quedaríamos en la ruina, pero lo haría para salvar la vida de Peter.

—Agentes, esperen —les suplica. «Por favor, Dios», pienso yo. Es nuestra última oportunidad.

El capitán se da la vuelta y veo en sus ojos un brillo de remordimiento, y eso me asusta más que nada.

—Lo siento —responde—. Esto escapa a mi control.

Mi terror se multiplica, me zafo de Noa y echo a correr.

—¡Peter! —Pero ya es demasiado tarde; la policía está montándolo en la furgoneta y él no se resiste. Me lanzo contra la puerta y casi logro rozarlo con los dedos, pero no lo alcanzo. Me vuelvo hacia el policía más cercano—. Llévenme a mí en su lugar —le digo.

—¡Astrid, no! —oigo a Noa gritar detrás de mí.

—Llévenme a mí —repito—. Soy su esposa… y soy judía —grito, pese al peligro que supone, no solo para mí misma, sino para todo el circo.

El policía mira al capitán con incertidumbre.

—¡Espera aquí! —ordena el capitán. Desaparece por el otro lado de la furgoneta hacia el coche de policía y regresa con unos papeles—. No tenemos registro de que haya una judía en el circo. Y tú no apareces en la lista de traslados. —Se vuelve hacia Peter—. ¿De verdad es tu esposa?

—Yo no tengo esposa —responde Peter con los ojos fríos como el hielo. Yo retrocedo, desgarrada por aquella negación.

—Apártate —ordena el guardia mientras cierra la puerta y me separa de Peter para siempre.

—¡No! —grito yo. Me lanzo de nuevo contra la furgoneta. El policía me quita los dedos del parachoques y me empuja hacia atrás con tanta fuerza que estoy a punto de tropezar. Pero rodeo la furgoneta y me pongo delante con los brazos cruzados. Tendrán que atropellarme para marcharse.

—Astrid, para… —oigo a Noa de nuevo, pero su voz suena muy lejana.

El policía que ha golpeado a Peter se me acerca.

—Échate a un lado —me ladra mientras alza la porra.

—¡Astrid, no! —grita Peter con más angustia de la que le había oído jamás, con la voz amortiguada por el cristal que ahora nos separa—. ¡Por el amor de Dios, apártate!

Yo no me muevo.

El policía lanza el brazo hacia abajo. Yo intento apartarme, pero es demasiado tarde. La porra me golpea con fuerza en el estómago. Noto un intenso dolor en el vientre y caigo al suelo de costado.

—¡Astrid! —grita Noa, más cerca ahora, mientras corre hacia mí. Lanza su cuerpo sobre el mío para intentar protegerme.

—¡Ya basta! —ordena el capitán, que se acerca para sujetar a su subordinado. El policía no se detiene. Echa el pie hacia atrás y me golpea con fuerza en el costado, justo en el punto que Noa no ha logrado proteger. Algo parece soltarse en mi interior. Yo grito y oigo mi propio dolor reverberando entre los árboles.

Oigo entonces un gruñido y levanto la cabeza. Herr Neuhoff avanza hacia la policía con la cara roja por la ira y se sitúa entre el policía y nosotras.

—¿Te atreves a pegar a una mujer? —Jamás lo había visto tan enfadado. Se estira y saca pecho mientras se enfrenta al alemán.

El agente levanta de nuevo su porra. Yo noto el terror que me embarga. Herr Neuhoff es un hombre mayor; no sobrevivirá a un golpe así.

Herr Neuhoff se lleva las manos al pecho y veo su cara de sorpresa. Cae al suelo como si le hubieran golpeado, pero el agente todavía no ha hecho nada.

Noa corre hacia él. Yo trato de levantarme para ayudar también, pero siento un dolor agudo en el estómago y me doblo una vez más. Me arrastro por el suelo hasta donde se encuentra, todo lo deprisa que puedo. Noto calambres en el vientre, cada vez más fuertes. Siento la humedad por debajo de la falda, como si me hubiera hecho pis encima. Rezo para que solo sea la tierra mojada.

Me acerco a Herr Neuhoff, que tiene la cara gris y bañada en sudor.

—Miriam —susurra, y no sé si cree que soy su esposa, fallecida mucho tiempo atrás, o si simplemente está recordándola. Noa le afloja el cuello de la camisa y él da una bocanada de aire.

Me viene entonces a la cabeza un recuerdo de cuando era pequeña y jugaba con mis hermanos entre nuestros dos circos, cuando nos deslizábamos con el trineo colina abajo. Recuerdo levantar la mirada y ver a Herr Neuhoff de pie en lo alto de la colina. Con el cielo azul de fondo, me recordaba al dios griego Zeus sobre el monte Olimpo. Al verme, sonrió. Incluso entonces, parecía que nos protegía a todos.

—¡Un médico! —grito, pero nadie se acerca para ayudarnos. Noa se agacha a mi lado y juntas vemos como los ojos de Herr Neuhoff se quedan sin vida.

Noto que mi falda no está simplemente húmeda, sino empapada. Y la humedad es demasiado caliente para ser agua del suelo. Es sangre. ¿Voy a perder también al bebé? El bebé, que hace unos días no estaba segura de querer, de pronto se ha convertido en lo único que tengo en este mundo. Me llevo la mano al vientre y aprieto para que no se escape la vida que llevo en mi interior. Entonces comienzo a rezar, como no he hecho desde que era pequeña.

El motor de la furgoneta se pone en marcha. Yo me levanto con las manos cuando el vehículo empieza a avanzar y nos rodea el humo del tubo de escape. Oigo los golpes de Peter contra el cristal de la ventanilla; ha visto lo sucedido, pero no puede ayudarnos.

Estiro el brazo como si quisiera tocarlo, pero noto en el bajo vientre un dolor agudo mucho peor que cuando el policía me golpeó. Caigo de nuevo al suelo hecha un ovillo y me llevo las rodillas al pecho.

Sin moverme del suelo, giro la cabeza para mirar a Peter por última vez. Lo veo a través de la ventanilla, sollozando abiertamente. Su pena me desgarra, es más dolorosa que cualquier golpe. Los ojos que hace unos minutos me miraban con ternura se hacen más pequeños y los labios que besé al jurar mis votos se alejan de mí para siempre.

La furgoneta acelera y Peter desaparece.

CAPÍTULO 19

NOA

—¡Astrid! —grito, corriendo hacia ella mientras el sonido del motor desaparece a lo lejos. Ella no me responde, se queda tirada en el suelo sin moverse, con un brazo extendido en dirección a donde se ha ido la furgoneta.

Según me acerco, se hace un ovillo en el suelo.

—No, no... —grita ella junto a mí, una y otra vez, sujetándose la tripa y sin parar de llorar. Yo me siento a su lado y la coloco sobre mi regazo para mecerla como a un bebé.

Después me vuelvo hacia Herr Neuhoff. No parece haber recibido ningún golpe. Sin embargo está pálido y sus ojos miran al cielo. Recuerdo entonces su tos, su enfermedad del corazón. Astrid levanta la cabeza y contempla horrorizada el cuerpo inerte de Herr Neuhoff.

—Necesitamos un médico —dice alterada mientras intenta incorporarse, pero vuelve a doblarse con un gemido de dolor.

Yo la rodeo con el brazo, sin saber si realmente piensa que todavía podemos ayudarlo o si solo está negando la realidad.

—Se ha ido, Astrid —le digo, abrazándola con fuerza mientras solloza. Con la mano que tengo libre le cierro los ojos a Herr Neuhoff y le sacudo un poco de tierra de la mejilla. Su cara está en paz, como si durmiera profundamente.

Astrid se queda tumbada y débil en mis brazos, completamente pálida. Tiene las manos en el vientre. Yo pienso entonces en el bebé, pero no me atrevo a decir nada.

Una multitud de artistas y trabajadores del circo permanecen a una distancia prudencial, mirándonos. Señalo a uno de los hombres y le hago gestos para que se acerque.

—Tenemos que llevar a Herr Neuhoff a su compartimento —le ordeno, tratando de sonar autoritaria con la esperanza de que me haga caso—. Después ponte en contacto con el enterrador… —Astrid vuelve la cabeza, como si no quisiera oír los detalles—. Astrid, vamos, deja que te ayudemos. —Me pongo en pie e intento levantarla. Pero se queda tumbada junto a Herr Neuhoff, negándose a moverse, como un perro que ha perdido a su amo—. Así no le haces ningún bien a Peter —añado.

—Peter se ha ido —me dice con la voz cargada de tristeza.

Noto una mano en el hombro. Levanto la vista y veo a Luc, que tiene en brazos a Theo. Al llegar a la feria y ver a la policía, yo le había entregado al niño y había salido corriendo para ayudar a Astrid. Por suerte, Luc había mantenido a Theo escondido.

Se dispone a arrodillarse detrás de Astrid como si quisiera ayudarme a levantarla, pero yo le disuado con un gesto; si Astrid lo ve, las cosas se pondrán peor.

—Vamos, Astrid —le suplico mientras trato de levantarla otra vez. Comienzo a avanzar con gran esfuerzo, casi doblada bajo su peso. Luc nos sigue con Theo a poca distancia.

—¿Por qué? —pregunto sin poder evitarlo mientras cojeamos hacia el tren—. ¿Por qué iban a detener a Peter? —Al ver a la policía, me pregunté si se habían enterado de lo de la boda, que infringía las leyes de Vichy y del Reich. Pero, si hubiera sido así, se habrían llevado también a Astrid.

—El número —responde ella. Una parte de mí ya sabía la respuesta. Querían a Peter porque se burlaba de los alemanes durante el espectáculo.

Llegamos al tren y ayudo a Astrid a subir al coche cama. Aunque es tarde, el vagón está vacío, porque las demás todavía están fuera hablando de lo sucedido. La ayudo a llegar hasta su cama.

—Deberías descansar —le digo mientras le quito los zapatos. Ella no responde, se queda allí sentada, mirando al vacío. Aunque la he visto aquí docenas de veces, parece extrañamente fuera de lugar. Debería estar con Peter, celebrando su noche de bodas. Ahora ese sueño se ha esfumado. Casi parece imposible.

Salgo por la puerta del tren y Luc me entrega a Theo. Después intento pasárselo a Astrid. Normalmente el bebé le sirve de consuelo, pero ahora lo aparta.

—Astrid, tendremos que encargarnos de Herr Neuhoff —le digo—. Hemos de cancelar la función de esta noche, claro. Pero mañana deberíamos actuar de nuevo. ¿No estás de acuerdo? —Percibo un tono suplicante en mi voz, quiero que ella se encargue de todo como siempre ha hecho. Sin embargo, se queda allí sentada, sin voluntad. Se me llenan los ojos de lágrimas, que empiezan a resbalar por mis mejillas. Quiero ser fuerte por su bien, pero no puedo evitarlo—. Oh, Astrid, no puedo creer que Herr Neuhoff ya no esté. —Aunque lo conocía desde hacía solo unos meses, en muchos aspectos fue más un padre que mi propio padre.

—Él no es el único —responde ella.

—Sí, por supuesto —me apresuro a responder mientras me seco los ojos. No tengo derecho a llorar delante de ella cuando acaba de perder algo mucho más importante—. Pero no debemos perder la esperanza con Peter. Regresará. —Ella no responde.

De pronto palidece. Se tumba y se lleva las manos al vientre. Entonces gira la cabeza hacia la pared y deja escapar un gemido. Me doy cuenta entonces de que no es un gemido de pena, sino de dolor. Y advierto la sangre que mancha la sábana al traspasar su falda.

—¡Oh, Astrid, tu bebé! —exclamo y revelo su secreto llevada por el pánico. La mancha se hace más grande mientras la observo—. Iré al pueblo a buscar a un médico.

Ella niega con resignación.

—No hay nada que puedas hacer —responde—. Ya es demasiado tarde.

—Debería examinarte alguien —protesto yo—. Al menos deja que vaya a buscar a Berta.

—Solo quiero descansar. —¿Hace cuánto que sabrá que estaba pasando esto?

—Lo siento mucho… —Busco las palabras adecuadas—. Sé lo que es perder a un hijo. —Aunque mi hijo sobrevivió al parto, no sé si eso es mejor o peor.

—En realidad es lo mejor —responde ella con pesimismo—. No habría sido una buena madre.

—Eso no es cierto —protesto yo—. Te he visto con Theo y sé que eso no es cierto.

—Debes admitir que no soy muy maternal. —No me mira a los ojos mientras habla.

—Hay muchos tipos de madre —le aseguro yo. Quiero ayudar, pero al mismo tiempo tengo la impresión de que no hago más que empeorar las cosas.

—Sin un bebé, seré libre para actuar o hacer cualquier otra cosa que se me antoje —me dice como si quisiera convencerse a sí misma. Se gira hacia mí—. Nada podrá cambiar lo que ha ocurrido. —Mira entonces por encima de mi hombro y abre mucho los ojos, sorprendida. Yo me giro y veo a Luc, que está de pie en la puerta del vagón, sin atreverse a entrar, pero sin querer marcharse tampoco después de todo lo que ha ocurrido—. ¿Qué está haciendo él aquí? —pregunta Astrid.

—Astrid… —Yo trato de encontrar una explicación que justifique por qué estoy con Luc después de haberle jurado a ella que dejaría de verlo, pero no encuentro ninguna.

—Qué casualidad que te sacara de aquí justo antes de que se produjera la detención —declara en francés, para que Luc la oiga—. Él debía de saberlo.

—¡No! —grito yo. Luc nunca nos traicionaría. Espero a que él diga algo para negar la acusación de Astrid y defenderse, pero no lo hace. Comienzo a sentir entonces la misma desconfianza de Astrid. Luc había visto el número de Peter e incluso le había advertido que le traería problemas. Recuerdo las palabras que le dijo la noche que vino a ver el espectáculo: «Te detendrán». ¿Era una predicción o acaso sabía lo que iba a suceder?

—¡Es todo culpa suya! —exclama Astrid, proyectando toda su rabia y su ira contra Luc. Yo quiero decirle que no es Luc, sino Peter, el culpable por seguir haciendo el número a pesar de que Herr Neuhoff se lo hubiera prohibido. Pero no es el momento. Solo empeoraría las cosas.

Luc levanta las manos en un gesto de rendición, sin ganas de pelear. Sale del tren y se funde con las sombras. Yo me siento junto a Astrid y la rodeo con los brazos. Incluso aunque Luc sea inocente, no he podido estar con ella cuando me necesitaba porque me había ido con él. Ella se estremece violentamente. Entonces cierra los ojos y se queda tan quieta que tengo que asegurarme de que todavía respira. Soy consciente entonces de todo lo que ha perdido: Herr Neuhoff, su bebé y Peter. Se lo han arrebatado todo en una misma noche.

O quizá no. Miro hacia la puerta del vagón.

—Sujétalo —le digo mientras le pongo a Theo en brazos.

Camino hacia la puerta y salgo del vagón, pero no veo a Luc. Quizá se haya ido. Segundos más tarde sale de entre las sombras.

—¿Está bien? —me pregunta.

—No lo sé —respondo intentando no llorar—. Lo ha perdido todo.

—Lo siento mucho —dice él—. Siento que todo esto es culpa mía.

—¿A qué te refieres? —Noto un nudo en el estómago. ¿Astrid tenía razón después de todo?

—Hace más o menos una semana mi padre se quejaba del circo —comienza a explicarme—. Decía que el espectáculo en el pueblo solo traería problemas. Yo le dije que había advertido a Peter sobre su número para que no volviera a hacerlo. Pensé que eso ayudaría, pero pareció enfadarse más.

—Peter eligió hacer el número —respondo yo—. Eso no fue culpa tuya.

Él niega con la cabeza.

—Hay más. Mi padre me advirtió que me mantuviera alejado de ti o habría consecuencias. Yo pensaba que había tenido cuidado al ir y venir. Pero quizá encargó a uno de sus hombres que me vigilara y, si me siguió hasta aquí esta noche y vio la boda… Lo siento mucho —repite estrechándome la mano. Me mira con ojos suplicantes.

—No era tu intención hacer nada —le digo yo, pero me aparto. Aunque no fuera su intención, Luc había traído consigo la ruina del circo, como había advertido Astrid. De pronto estoy furiosa, no solo con él, sino conmigo misma.

—Si quieres que me vaya, lo entenderé —me dice—. Debes de odiarme por lo que he hecho.

—No —respondo con firmeza—. Sé que no ha sido culpa tuya, pero tenemos que arreglar esto.

—¿Cómo? —pregunta.

—Debemos hacer algo para encontrar a Peter. —Veo la duda en sus ojos. Él ha visto como la policía se llevaba a personas muchas veces y sabe que eso es imposible.

Yo enderezo los hombros. Ya decepcioné a Astrid en una ocasión y no puedo permitir que vuelva a ocurrir.

—Tu padre —le digo—. Esto ha sido una acción policial. Seguro que él sabe algo al respecto.

Veo el dolor en su rostro ante la idea de que su padre pudiera estar implicado.

—Hablaré con él a primera hora de la mañana para ver si sabe algo.

—Eso sería demasiado tarde —respondo—. Tenemos que ir a verle ahora.

—¿Tenemos? —repite él con incredulidad.

—Yo voy contigo.

Él me pone una mano en el hombro.

—Noa, no puedes.

—No quieres que tu padre te vea conmigo —le digo, dolida.

—No es eso, pero ahora todo es muy peligroso. ¿Por qué no puedes esperar aquí?

—Porque tengo que hacer esto por Astrid. Voy a ver a tu padre ahora, con o sin ti. —Lo miro fijamente a los ojos—. Contigo sería mejor.

Él abre la boca para protestar.

—Está bien —dice en su lugar.

—Dame solo un minuto. —Miro hacia un extremo del tren, donde hay un grupo de mujeres del circo hablando entre ellas—. ¡Elsie! —grito haciéndole un gesto para que se acerque. La chica se separa del grupo y viene hacia mí—. Necesito que cuides de Theo un rato. —Aunque sigo sin fiarme de ella después de lo que hizo con Theo, no tengo elección. Astrid no está en condiciones de cuidarlo.

Astrid. Vuelvo a mirarla a través de la puerta del vagón. Está tumbada, doblada sobre la cama, con Theo en brazos. Debería quedarme y consolarla, pero tengo que saber qué le cuenta a Luc su padre.

—Cuida también de Astrid —le ordeno a Elsie—. A los dos. Yo volveré lo antes que pueda. —Debería decirle a Astrid que me voy, pero no quiero que me haga preguntas—. Ya estoy lista —le digo a Luc, le estrecho la mano y comenzamos a caminar hacia los árboles.

Atravesamos el bosque por un camino que yo nunca había visto. Una brisa fría, más que en las últimas semanas, hace que los árboles se agiten a nuestro alrededor y proyecten sombras fantasmales sobre el suelo iluminado por la luna.

Varios minutos después, el bosque da paso a unos pastos con una villa al fondo. No sé cómo pensaba que sería la residencia del alcalde. Algo más grandioso o imponente, o al menos un poco más grande. Pero se trata de una casa de campo tradicional francesa, con tejado inclinado de pizarra gris con tres ventanas. Hay un camino de piedra que termina frente a la puerta y las paredes a cada lado están cubiertas de hiedra. En la verja hay una bicicleta apoyada.

Estamos en mitad de la noche y pensaba que la casa estaría a oscuras, pero, detrás de la cortina, las luces siguen encendidas. Freno en seco y empiezo a ponerme nerviosa.

—Quizá esto haya sido un error.

—Esto es lo que intentaba decirte antes. Si mi padre te ve… —Luc intenta empujarme hacia los arbustos que rodean la verja, pero la bicicleta que hay allí apoyada cae al suelo con gran estruendo. Antes de que yo pueda esconderme, se abre la puerta y aparece un hombre en bata.

—Luc —dice escudriñando la oscuridad. Es una versión mayor de su hijo, marchito y encorvado, pero con los mismos ojos azules y los rasgos bien marcados. En otros tiempos puede que fuera guapo—. ¿Eres tú? —En su voz advierto la preocupación de un padre por su hijo, no del villano que había imaginado. Del interior de la casa sale un fuerte olor a ajo, quizá la *coq au vin* de la cena de antes, mezclado con el humo de los puros.

El alcalde sale de la casa mientras otea en la oscuridad. Cuando sus ojos se acostumbran a la falta de luz, se fija en mí.

—Tú eres la chica del circo —declara con desprecio—. ¿Qué quieres?

Luc se aclara la garganta.

—Han detenido a uno de sus artistas —dice.

El alcalde se tensa y, por un instante, creo que va a negarlo todo. Pero entonces asiente.

—El payaso ruso. —Me dan ganas de decirle que Peter es mucho más que eso. Es el marido de Astrid, el alma del circo.

—Tú podrás hacer algo —le suplica Luc, que lucha por nosotros.

—Estaba representando números en los que se burlaba del Reich —declara el alcalde con frialdad—. Los alemanes quieren juzgarlo por traición.

Yo pienso en Astrid y oigo sus gritos mientras se llevaban a Peter.

—Al menos déjenos verlo —me atrevo a decir.

El alcalde arquea las cejas, sorprendido de que haya hablado.

—Eso es imposible.

Quiero decirle que va a ser padre para intentar apelar a su sentido paternal, pero he jurado que guardaría el secreto y además dudo que fuese a servir para conmoverlo.

—El dueño de nuestro circo ha muerto esta noche y necesitamos a Peter más que nunca. Por favor... —le suplico, busco las palabras apropiadas y no las encuentro.

—Escapa a nuestro control —responde el alcalde—. Lo han trasladado al viejo campamento militar a las afueras del pueblo para deportarlo. Se lo llevarán a primera hora de la mañana.

Veo la angustia en la cara de Luc.

—Pensaba que ya no utilizaban ese campamento.

—Así es —responde su padre con voz sombría—. Solo en casos especiales.

—Papá, haz algo —dice Luc para volver a intentarlo, desesperado por creer. Veo ahora al chico que defendía a su padre, incluso después de todas las cosas horribles que había hecho.

—No puedo —insiste el alcalde.

—¿Ni siquiera ayudarás a tu hijo? —pregunta él. Noto una determinación renovada en su voz—. Supongo que no me sorprende, teniendo en cuenta que vendiste a tu propio pueblo.

—¿Cómo te atreves? Soy tu padre.

—Mi padre ayudaba a la gente. Mi padre jamás habría permitido que detuvieran a nuestros amigos y vecinos. Y habría hecho algo para ayudar ahora. Tú no eres mi padre —le espeta, y yo me pregunto si habrá ido demasiado lejos—. Si mamá estuviese aquí...

—¡Ya basta! —exclama el alcalde—. No tienes ni idea de las cosas que he tenido que hacer, de las decisiones que he tenido que tomar para protegerte. Si tu madre estuviese aquí, es de ti de quien se avergonzaría. Tú antes no eras así. —Me mira a mí con odio cuando dice eso—. Debe de ser cosa suya, basura del circo sin educación ninguna.

Luc da un paso hacia delante y se interpone entre su padre y yo.

—No digas esas cosas de Noa.

—Da igual —responde el alcalde, despreciándome con un gesto—. No tardarán en irse. Deberías entrar en casa, Luc.

—No —responde él mirándolo a los ojos—. No puedo quedarme aquí, ya no. —Se vuelve hacia mí—. Vamos.

—¡Luc, espera! —grita el alcalde, sorprendido.

—Adiós, papá. —Luc me da la mano, me aleja de la villa, y el alcalde se queda solo en la puerta de su casa.

—¿Estás seguro de que quieres hacer esto? —le pregunto cuando salimos por la verja. Él sigue andando y mirando hacia delante. Sus zancadas son tan largas que casi tengo que saltar para seguirle el ritmo.

Llegamos a la linde del bosque.

—Espera —le digo y me detengo—. ¿Estás seguro? Si necesitas regresar, lo comprenderé. Al fin y al cabo es tu padre.

—No pienso volver —responde.

—¿Jamás? —le pregunto, y él asiente—. Pero ¿dónde irás? —Cada vez estoy más preocupada por él.

Luc no responde, me estrecha entre sus brazos y me besa en los labios con pasión, como si intentara borrar todo lo que acaba de ocurrir. Yo le devuelvo los besos y deseo que pudiéramos regresar al inicio de la noche, antes de que todo cambiara.

Entonces se aparta.

—Lo siento, Noa —me dice.

Por un instante creo que está hablando del beso.

—¿Por Peter? —le pregunto—. No lo sientas. Lo has intentado…

—No solo por eso. Por todo. —Me besa una vez más—. Adiós, Noa. —Entonces comienza a alejarse entre los árboles en la otra dirección y me deja atrás.

CAPÍTULO 20

NOA

El funeral tiene lugar una soleada mañana en el cementerio local, un nido de lápidas torcidas en la misma carretera de montaña, situada al otro extremo de Thiers, por la que subimos el día de nuestra llegada. La de Herr Neuhoff es una tumba solitaria ubicada detrás de las demás, a la sombra de un sauce. Miro el ataúd cerrado de roble y me pregunto qué aspecto tendrá; imagino su cuerpo gris, sin vida, impecable con su traje de maestro de ceremonias. No pertenece a este lugar. Debería estar en Alemania, descansando junto a su esposa. En lugar de eso, permanecerá aquí para siempre. Me embarga la tristeza. Lo ha sido todo para nosotros, nos ha protegido, y ahora ya no está.

Al final fue su salud la que lo mató. Su corazón había ido empeorando ante nuestros ojos, aunque trataba de ocultarlo para que no nos preocupáramos. El estrés de mantener activo el circo tampoco le ayudó. Todos estábamos demasiado centrados en nuestras preocupaciones como para darnos cuenta. Y la pelea con la policía fue la gota que colmó el vaso. O eso pensamos. Nunca lo sabremos realmente.

Nos situamos en torno al ataúd. Alguien debería decir algo sobre el benefactor que tanto significó para nosotros, pero no tenemos pastor; Peter se ha ido y Astrid no está en condiciones. Delante, junto a la tumba, se encuentra Emmet, solo y llorando. El resto mantiene la distancia y yo no puedo evitar sentir pena por él.

Cuando los sepultureros comienzan a bajar el ataúd, lanzo un llanto ahogado. Quiero acercarme y tocarlo una última vez, como si así pudiera retroceder en el tiempo, solo unos días, cuando todo iba bien. Astrid da un paso al frente y echa un puñado de tierra al agujero. Yo sigo su ejemplo, aspiro el olor a tierra húmeda y siento la oscuridad del fondo. Aunque nunca antes había estado en un funeral, el ritual me resulta familiar. Me quedo mirando el hoyo de la tumba. «Gracias», le digo sin palabras a Herr Neuhoff. Por salvarnos a Theo y a mí. Por todo. En mi vida nunca ha habido nadie que haya hecho tanto. Retrocedo y me sacudo la tierra de las manos. Después entrelazo mis dedos con los de Astrid.

Trago saliva para aliviar el nudo que tengo en la garganta y me quedo mirando su cara por el rabillo del ojo. Está pálida y tiene los ojos hundidos, pero no ha llorado. ¿Cómo es posible? Hace unos días comenzaba su vida con Peter. Ahora lo ha perdido todo. Se estremece y yo la rodeo con un brazo para compartir nuestras penas. Noto el escozor en los ojos y parpadeo para contener las lágrimas. Astrid ha hecho mucho por protegerme; ahora me toca a mí ser fuerte por ella. La abrazo con más fuerza.

Termina el funeral y comenzamos el largo y lento camino de vuelta hacia la feria. A lo lejos, las campanas dan las once de la mañana. Miro una última vez por encima del hombro hacia la tumba.

Mientras bordeamos el pueblo, veo los carros y camiones que suben por la inclinada carretera hacia la plaza del mercado, y a los niños que caminan hacia la escuela más callados que antes. Me pregunto dónde estará Luc. Ni siquiera ahora puedo evitar pensar en él y en la propuesta que me hizo de fugarnos juntos. Por un minuto, pese a haber dicho que no, pude ver un destello de esperanza, una vida que podríamos haber compartido. Ahora eso, igual que todo lo demás, parece haberse esfumado.

No he vuelto a verlo desde la noche que detuvieron a Peter y no he encontrado ninguna nota en la caja secreta del vagón cuando he ido a comprobarlo las dos últimas mañanas. Esperaba que apareciera en el funeral para presentar sus respetos, pero no lo ha hecho. Quizá sintiera que no iba a ser bien recibido, o que Astrid podría culparlo de nuevo por todo lo sucedido.

Cuando llegamos a la feria, no regresamos al tren, sino que nos quedamos dando vueltas por el patio como niños huérfanos.

—Deberíamos ensayar para la función —dice Gerda. Casi se me había olvidado. Es martes y esta noche tenemos representación. Se han vendido las entradas y vendrá mucha gente.

—Pero no tenemos maestro de ceremonias —señala una de las amazonas. Todos asienten. Es difícil imaginar una representación sin Herr Neuhoff. Antes Peter podría haberlo reemplazado, pero él también se ha ido.

—Puedo hacerlo yo —dice Emmet. Todos lo miran. No tiene personalidad suficiente para cautivar a la multitud. Nunca le he visto poner un pie en la pista, pero no tenemos elección—. Solo será un día antes de que nos marchemos —añade—. Ya se nos ocurrirá algo después.

—¿Un día? —pregunta Helmut, el adiestrador—. ¿A qué te refieres? Se supone que no nos vamos al próximo pueblo hasta el viernes. —Recuerdo que Astrid me dijo que nos quedaríamos en Thiers tres semanas antes de pasar al siguiente pueblo, y nos quedan pocos días.

—Recogeremos todo tras la función de esta noche —responde Emmet—. Desmontadlo todo. Y no vamos a ir al próximo pueblo. —Noto que se me eriza el vello—. Nos iremos a un sitio que está cerca de Estrasburgo, en Alsacia y Lorena. —Nos da la mala noticia como si fuese su mejor carta.

Todos murmuran. «Esta noche». Esas dos palabras rebotan en mi cabeza. Emmet nos había dicho que el circo regresaría, pero jamás pensé que sucedería tan pronto. Me vuelvo hacia Astrid en busca de ayuda, pero ella no dice nada, como si no lo hubiera oído.

—Alsacia —murmura una de las acróbatas—. Eso es igual que Alemania.

Recuerdo que Astrid me dijo que Herr Neuhoff estaba intentando encontrar la manera de que nos quedáramos en Francia.

—¿No podemos apelar? —me atrevo a preguntar.

Emmet niega con la cabeza.

—Mi padre intentó cambiar la orden antes de que todo esto ocurriera. Rechazaron nuestra propuesta. —Con la detención de Peter y todo lo sucedido, no habría aplazamiento. Y Emmet no es un luchador; él siempre elegiría el camino menos complicado. No podemos contar con él para que vuelva a pedirlo—. Así que actuaremos en Alsacia.

Noto el miedo que inunda mi cuerpo. No puedo acercarme tanto a Alemania con Theo. Sería demasiado peligroso. Miro hacia las colinas del sureste e imagino lo que sería huir con él. Pero no podría abandonar a Astrid, y menos ahora.

—¿Y las ciudades de Francia donde tenemos fechas reservadas? —pregunto, y todos me miran—. Si empezamos a cancelar, no nos invitarán el año que viene. Piensa en el dinero que perderemos.

—¿El año que viene? —pregunta Emmet con desdén—. El circo se muere, Noa. No hay dinero. Hemos perdido a nuestro maestro de ceremonias y los alemanes acaban de llevarse a uno de nuestros artistas estrella. —Astrid deja escapar una especie de sollozo ahogado, pero Emmet continúa—. Nos han seguido la corriente hasta un determinado momento. Pero, ya sea ahora o dentro de unos meses, este es el final. ¿Cuánto tiempo más pensabais que podríamos continuar?

—Tenemos que seguir —dice Astrid. Es la primera vez que habla desde antes del funeral; su voz ha perdido su fuerza habitual.

—¿Para salvarte? —pregunta Emmet.

—Para salvarnos a todos —intervengo yo—, incluyéndote a ti. ¿Sabes lo que hacen los alemanes con aquellos que ocultan a gente? —Doy un paso atrás, temiendo haber hablado más de la cuenta.

Emmet me mira con los ojos muy abiertos.

—Seguiremos donde nos han ordenado durante el resto de la temporada —transige—. Al menos mientras podamos permitírnoslo económicamente. Mi padre no ha dejado mucho dinero.

Los artistas comienzan a murmurar. Todos lamentamos la pérdida de Herr Neuhoff, por supuesto, y la lamentaremos durante mucho tiempo. El vacío que ha dejado en nuestra vida es inmenso, pero también está la cuestión práctica: ¿cómo podría continuar sin él el circo?

—Seguro que tu padre tenía una póliza de seguros —sugiere Helmut.

Todos miran expectantes a Emmet, que parece incomodarse.

—Creo que mi padre tuvo que sacarlo el invierno pasado. Necesitábamos el dinero para gastos.

—Dice la verdad —comenta Astrid. Yo pienso que daría lo mismo. El dinero habría ido a parar a Emmet como su heredero y él no lo habría invertido en el circo—. Sin embargo, había hecho testamento —continúa Astrid. Yo veo los celos en los ojos de Emmet; no conocía a su padre tan bien como Astrid—. Hay una cláusula que estipula que el circo no puede venderse.
—Oigo que alguien suspira a mis espaldas. Nadie compraría el circo en estos tiempos, pero, si fuera posible, Emmet lo vendería y huiría con los beneficios.

—¡Eso es ridículo! —exclama él. Había dado por hecho que lo que quedara sería para él, que tendría rienda suelta para hacer lo que quisiera. No se esperaba esto.

—Y estipula que permanecerán todos los artistas, salvo que haya negligencias —añade Astrid.

—Al menos tengo un artista menos al que pagar —dice Emmet con frialdad, cruzándose de brazos para asestar su último golpe.

Astrid, en apariencia derrotada, no responde. Yo me acerco para pasarle un brazo por los hombros, pero me aparta y empieza a alejarse.

—No —me dice cuando empiezo a seguirla, y levanta un brazo para que no me acerque.

—He organizado un desayuno tardío para todos —dice Emmet, que parece ansioso por concluir la discusión.

Caminamos sin hablar hacia la carpa del comedor. Percibo el olor a salchichas y café recién hecho. En el interior, los pocos trabajadores de la cocina que se han quedado allí durante el funeral han preparado el desayuno más grande que he visto desde que llegamos a Francia; huevos e incluso un poco de mantequilla de verdad. Una comida para consolarnos. Hago inventario del menú en silencio y catalogo, como siempre hago, las cosas que podría llevarle a Theo.

—Es mucha comida —le digo a una de las cocineras, que está rellenando una fuente de patatas fritas—. Me parece absurdo utilizarla toda ahora, ¿no?

—No tendremos tiempo de preparar hielo si vamos a marcharnos dentro de unas horas —dice ella—. Tenemos que comernos ahora los productos perecederos para que no se estropeen.

Me sirvo una tostada y unos huevos y me siento a una mesa vacía. Emmet se acerca con un plato rebosante de comida; al parecer la pena no le ha afectado al apetito. Se sienta sin pedir permiso. No he estado a solas con él desde que habló conmigo en la boda y resisto la tentación de levantarme y marcharme. Entonces recuerdo su tristeza en el funeral.

—Qué día tan duro —comento para intentar ser amable.

—Las cosas se pondrán peor —responde él secamente—. Habrá cambios cuando lleguemos a Alsacia. Tendremos que dejar marchar a casi todos los trabajadores. —Los obreros forman parte del circo y acuden fielmente todos los años a cambio de un trabajo fijo; una promesa que se cumple por ambas partes. ¿Cómo puede hacer eso?

—Pensé que el testamento de tu padre estipulaba que todo el mundo se quedaría —le recuerdo.

—En su testamento solo hablaba de los artistas —responde.

—Pero imagino que tu padre querría…

—Mi padre ya no está —me dice, cortante—. No podemos permitirnos mantenerlos a todos contratados. Encontraremos ayuda de manera local según vayamos desplazándonos. —Hace solo un minuto sentía lástima por Emmet. Ahora mi benevolencia disminuye. Veo que está maquinando, dispuesto a despojar al circo de su talento céntimo a céntimo para obtener el máximo beneficio con el menor trabajo posible. El cuerpo de su padre todavía está caliente y él ya está destruyéndolo todo. Puede que sufra realmente por la muerte de su padre, pero también está utilizándola como excusa para ser tan horrible como de verdad desea—. Podemos apañárnoslas con la mitad de la gente si todo el mundo colabora —añade. Esa sugerencia demuestra lo poco que sabe de lo que hacemos. Hasta yo entiendo la mano de obra y la experiencia que se necesitan.

Miro por encima del hombro hacia el tren. Si al menos Astrid estuviera aquí para razonar con él. Entonces recuerdo su cara cansada y su voz débil. En su situación, no podría soportarlo.

—¿Cuándo se lo dirás? —le pregunto.

—No antes de que lleguemos a Alsacia. Podrán quedarse con nosotros hasta entonces —dice con benevolencia, como si estuviera haciéndoles un gran regalo. Pero no es en beneficio de los trabajadores: quiere que lo desmonten todo y aprovecharse de su trabajo.

—¿Y qué pasa con sus contratos? —le pregunto.

—¿Contratos? —repite él con sorna—. Solo los artistas tienen contrato.

No sigo discutiendo con él. Observo el comedor y me fijo en las mesas de los trabajadores, donde hay un empleado de mantenimiento muy delgado rebañando un plato con los hombros caídos. Recuerdo lo que me contó Astrid del empleado judío, el hombre a quien Herr Neuhoff había dado cobijo. Ahora que Herr Neuhoff ha muerto y que Emmet va a despedir a los obreros, ese hombre no tendría dónde guarecerse. Ni tampoco Astrid ni ninguno de nosotros.

—Algunas de estas personas no tienen un hogar al que regresar —le digo, sin especificar.

—¿Te refieres al viejo judío? —pregunta Emmet con desdén. Me siento incapaz de disimular la sorpresa—. Lo sé —añade.

Al instante me arrepiento de haber hablado, pero ya es demasiado tarde.

—Si se lo dices antes de irnos, quizá tenga oportunidad de escapar antes de marcharnos.

—¿Escapar? No tiene papeles. —Emmet se inclina hacia mí y baja la voz, yo noto su aliento rancio—. No pienso decírselo ahora, ni a él ni a los demás. Y será mejor que tú tampoco se lo digas, si sabes lo que te conviene. —No se molesta en disimular su amenaza. A mí se me hiela la sangre. Emmet no dudaría en echar a alguien a los lobos si la situación le beneficiara… y eso me incluye a mí.

No quiero seguir escuchándole, así que me levanto y me guardo en el bolsillo la servilleta que he usado para envolver unos huevos y algo de pan para Theo.

—Disculpa —le digo. Salgo de la carpa y me dirijo de vuelta hacia el tren.

Mientras atravieso la feria me cruzo con Drina, la vidente, que está sentada bajo otro árbol diferente, más cerca ahora que la última vez que la vi. Me sonríe y me muestra la baraja de cartas del tarot, como si estuviera ofreciéndome algo. Pero yo niego con la cabeza. Ya no me apetece ver el futuro.

Esa noche, los espectadores están todavía abandonando la feria cuando los obreros comienzan a desmontar el circo. Al contrario que el montaje de la carpa, su desmantelamiento es decepcionante, algo que nadie desea presenciar. Las vigas metálicas chocan con fuerza al caer unas sobre las otras y la lona comienza a venirse abajo como un paracaídas al caer a tierra. La gigantesca carpa, antes llena de gente y de risas, desaparece como si nunca hubiera estado allí. Yo camino entre programas abandonados y cucuruchos de palomitas espachurrados contra el suelo. ¿Qué pondrán aquí cuando nos marchemos?

Contemplo la desoladora escena y busco a Astrid con la mirada. No ha venido a la función. Antes, mientras yo me preparaba para actuar, no paraba de mirar hacia el patio, sin perder la esperanza. Pero no ha salido del tren en toda la noche. Era la primera vez que actuaba sin ella cerca y me sentía indefensa, como si de alguna manera me hubieran quitado la red de seguridad. Sin Herr Neuhoff, la necesitaba más que nunca.

Gerda se me acerca.

—Ven —me dice—. Deberíamos cambiarnos y prepararnos para marcharnos. —Es la frase más larga que me ha dirigido desde que llegué al circo, me pregunto si percibirá lo sola que me siento sin Astrid.

—¿Cuándo nos vamos? —le pregunto mientras caminamos hacia el tren para cambiarnos.

—Todavía faltan unas horas —responde—. Terminarán de desmontarlo todo cuando ya estemos dormidas. Pero Emmet ha ordenado que todo el mundo permanezca en el tren.

Unas pocas horas más hasta que abandonemos Thiers para siempre. Luc aparece en mi cabeza. No he tenido la oportunidad de decirle dónde íbamos ni de despedirme. Miro por encima del hombro hacia el pueblo y me pregunto si quedará tiempo para ir a buscarlo. Pienso que podría escabullirme sin ser vista, pero no me atrevería a ir a casa de su padre después de lo que ha ocurrido, y no sé dónde más podría ir a buscarlo.

En el vagón vestuario, las chicas guardan silencio mientras se quitan los trajes y el maquillaje; ya no se percibe la misma emoción que al marcharnos de Darmstadt. Cuando termino de cambiarme, vuelvo al coche cama. Espero encontrar allí a Astrid, como sucede con frecuencia, con Theo en brazos, pero el niño está con Elsie.

—¿Dónde está Astrid? —le pregunto mientras me devuelve a Theo.

—No ha vuelto —responde Elsie.

—¿Volver? —Yo había dado por hecho que, como no había acudido al espectáculo, se habría quedado en la cama, como ha hecho desde que detuvieron a Peter.

—No aparece desde antes de la función —me informa Elsie—. Pensaba que estaría contigo.

Me asomo por la ventanilla del coche cama. ¿Dónde se ha metido? No la he visto en la carpa durante el espectáculo, ni en los alrededores de la feria cuando comenzaron a desmontarla. Saco a Theo del tren y recorro el exterior hasta la parte delantera, pero no la veo. No creo que haya ido lejos, puesto que estamos a punto de marcharnos. A no ser que se haya ido en un último intento desesperado por encontrar a Peter. Miro hacia el pueblo y mi preocupación aumenta.

Me obligo a tranquilizarme. Incluso en su estado actual, Astrid se daría cuenta de que eso sería imposible. Recorro el tren con la mirada en dirección contraria, hacia la parte de atrás, y me fijo en el último vagón, que era de Herr Neuhoff. Después me fijo en el primero de todos y al fin lo entiendo. Astrid no se ha marchado. En vez de eso, ha ido al lugar donde más unida se sentía a Peter. Así que camino hacia su vagón.

La encuentro tumbada sobre la cama sin hacer de Peter, hecha un ovillo, dándome la espalda. Tiene la sábana agarrada con ambas manos.

—Astrid… —Me siento junto a ella, aliviada—. Al no encontrarte pensaba que… —No termino la frase. En lugar de eso, le pongo la mano en el hombro y le doy la vuelta con suavidad, esperando ver al fin sus lágrimas. Pero no hay expresividad en su rostro ni en su mirada. Aunque hace frío en el vagón, advierto el sudor en su labio superior.

Vuelvo a preocuparme.

—Astrid, ¿te encuentras peor? ¿Has empezado a sangrar de nuevo?

—No, claro que no.

Extiendo el brazo y le toco la cabeza.

—Todavía estás caliente. —Debería haber insistido más cuando se negó a ver a un médico, pero ahora ya no hay tiempo.

Le entrego a Theo y después me tumbo a su lado. Huelo a Peter en esas sábanas sucias, e intento no pensar en las noches que Astrid y él habrán pasado aquí. Quiero contarle lo que me ha dicho Emmet sobre los trabajadores, pero no puedo agobiarla ahora con esa carga. Segundos más tarde, noto que su respiración se vuelve más regular, giro la cabeza y veo que se ha quedado dormida.

Theo se retuerce inquieto junto a ella; no parece dispuesto a dormirse en un lugar que no conoce. Se oye un fuerte golpe y el vagón entero se balancea cuando empiezan a cargar algo en el de al lado.

—No pasa nada —digo, más para mí misma que para el bebé. Le acaricio la espalda y dibujo pequeños círculos con la palma de la mano para que se calme. Empieza a agitar los párpados y poco a poco va quedándose dormido.

Cuando ya se ha calmado, me doy la vuelta y pienso en Luc. Descubrirá que me he marchado, claro, pero para entonces ya será demasiado tarde. ¿Descubrirá también dónde me he ido? Un día prometió encontrarme, pero no creo que eso sea posible. Estaremos a cientos de kilómetros de distancia.

Me incorporo, miro por la ventanilla y contemplo el terreno que ocupa la feria, con el bosque de fondo y detrás el pueblo. Todavía estamos aquí. Puedo bajarme del tren, ir a buscarlo, decirle que nos vamos y estar de vuelta a tiempo sin que nadie se dé cuenta. O quizá incluso llevarme a Theo y marcharme con Luc para siempre, pienso al recordar su propuesta. Pero ¿dónde íbamos a ir? No tenemos papeles para cruzar la frontera, ni dinero para comprar comida y buscar cobijo. Miro entonces a Astrid. Incluso aunque fuera posible, no me atrevería. Así que cierro los ojos.

Transcurrido un tiempo, el tren comienza a moverse. Me incorporo una vez más y miro por la ventanilla hacia el sureste, imaginando la libertad de la que disfrutan a pocos cientos de kilómetros de allí, en Suiza. Junto a mí, Astrid respira acompasadamente mientras duerme. Mi destino está ahora ligado al suyo, ocurra lo que ocurra.

El tren sigue avanzando y el pueblo de Thiers parece encoger, pegándose más y más a la tierra a medida que ganamos velocidad. Y al fin desaparece. Toco el cristal donde hace segundos estaba el pueblo y dejo atrás a Luc y nuestra oportunidad de ser libres.

CAPÍTULO 21

ASTRID

El chirrido del picaporte al girar, las manos que empujan contra la madera. Medio dormida, creo estar de vuelta en el cuartel de invierno, Peter viene a decirme que ha encontrado a alguien en el bosque cerca de Darmstadt. Pero, cuando abro los ojos, veo que es Noa, que entra corriendo en la pequeña cabaña que hemos compartido los últimos cinco días, desde que llegamos a Alsacia. Cierro los ojos de nuevo e intento recuperar la imagen de los tiempos pasados.

—¿Astrid? —Noa, con tono de urgencia, me saca de mis recuerdos. Me doy la vuelta. Está mirando por la mugrienta ventana, tiene el cuerpo rígido y la cara pálida—. Tienes que levantarte.

—¿Han vuelto? —pregunto mientras intento incorporarme. Antes de que pueda responder, oigo golpes fuera, una inspección policial, los agentes que registran vagones y carpas. En otro momento me habría escondido, pero aquí no hay escondite posible. «Que me lleven», pienso.

Llaman con fuerza a la puerta y ambas nos asustamos. Me incorporo y busco mi bata. Theo empieza a llorar. Noa abre la puerta y al otro lado hay dos oficiales de las SS. Siempre dos. Salvo la noche que se llevaron a Peter.

—*Wer ist da?* —pregunta uno de ellos, más alto y delgado. «¿Quién anda ahí?».

—Soy Noa Weil —responde ella, y consigue que no le tiemble la voz.

El oficial me señala a mí.

—¿Y ella?

Vacilo un instante.

—Soy Astrid Sorrell —respondo al ver que Noa no dice nada—. La misma que cuando lo preguntaron ustedes hace dos días —añado sin poder evitarlo. ¿Qué creen que puede haber cambiado de una vez para otra?

—¿Qué has dicho? —pregunta él. Noa me dirige una mirada de advertencia.

—Nada —murmuro. No ganaré nada enfrentándome a ellos.

El otro oficial entra en la cabaña.

—¿Estás enferma? —pregunta señalándome con la cabeza.

Me dan ganas de decirle que sí. Los nazis temen a la enfermedad. Quizá, si creen que tengo algo contagioso, nos dejen en paz.

—No —responde Noa con firmeza antes de que yo pueda decir nada. Me mira nerviosa.

—¿Y el niño? —pregunta él.

—Es mi hermano pequeño —dice Noa con convicción, pues la mentira ya le resulta familiar—. También tiene sus papeles. ¿Tienen sed, señores? —pregunta después para cambiar de tema antes de que pueda hacer más preguntas. Mete el brazo detrás de su cama y saca una botella medio llena de coñac que yo no sabía que tuviese.

El hombre abre mucho los ojos y después los entorna de nuevo. Es un riesgo calculado: ¿aceptará el soborno o la acusará de robo o de abastecimiento de licor? Agarra la botella y se dirige hacia la puerta seguido del más bajito.

Cuando se van, Noa cierra la puerta, toma a Theo en brazos y se sienta en la cama junto a mí.

—No pensé que volverían tan pronto después de la última vez —me dice, alterada.

—Casi todos los días, como un reloj —respondo yo mientras me giro para mirar por la ventana de la cabaña donde nos alojamos desde nuestra llegada. En Alsacia, la más afectada de las regiones, cualquier amago de normalidad ya no existe. Al otro lado de un estrecho río se encuentra el pueblo de Colmar, cuyas iglesias renacentistas y casas de madera quedaron derruidas en los ataques aéreos. Los árboles, que otros años habrían florecido a principios de mayo, están partidos por la mitad como si fueran ramitas. A ambos lados de las carreteras hay furgonetas alemanas y Kubelwagen.

—El coñac —digo—. ¿De dónde lo has sacado?

Veo la culpabilidad en su rostro.

—Del vagón de Herr Neuhoff. El otro día Emmet estaba revisando sus cosas y llevándose lo que quería. Pensé que no se daría cuenta.

—Bien pensado. —Gracias a Dios que no les ha ofrecido comida; las raciones han menguado bastante en comparación con lo que eran en Thiers. Apenas tenemos para comer nosotras y alimentar a Theo.

—Pero se la han llevado —comenta ella—. Esperarán más la próxima vez.

—Ya se nos ocurrirá algo —respondo yo. Me tumbo una vez más y noto el picor en la garganta producido por el humo quemado y el polvo de carbón que parecen impregnar el aire permanentemente. La cabaña, en la que apenas cabemos Noa, Theo y yo, es casi como estar de *camping*, con un tejado con goteras y un suelo que básicamente es de tierra. No podemos dormir en el tren como hacíamos en Thiers por miedo a que los pilotos de las Fuerzas Aéreas británicas bombardeen las vías férreas. De modo que nos hemos trasladado a las cabañas, que son poco más que chozas sin sistema de cañerías y que en otro tiempo utilizaron como cobertizos de trabajo los obreros de la cantera que hay al lado. Tampoco es que sean mucho más seguras. La feria aquí está pegada a la carretera y los vehículos militares se pasan la noche yendo y viniendo, lo que nos convierte además en un objetivo para los ataques aéreos. La noche anterior las bombas sonaban tan cerca que metí a Noa y a Theo bajo mi cama y nos quedamos allí acurrucados hasta el amanecer.

Ha pasado casi una semana desde que detuvieron a Peter y se lo llevaron Dios sabe dónde. Lo pienso en todo momento, como si fuera un mal sueño que soy incapaz de borrar. Herr Neuhoff también se ha ido, se ha quedado atrás en una tumba solitaria de Auvernia. Me llevo los brazos al vientre, siento el vacío y lloro por lo que nunca podrá ser. Después de Erich y de mi familia, pensaba que ya lo había perdido todo, que no podían arrebatarme nada más. Pero esto, este último golpe, es demasiado. Me había permitido de nuevo tener esperanza, incumpliendo la promesa que me hice a mí misma cuando me fui de Berlín. Me permití acercarme y ahora estoy pagando el precio.

Noa me pone la mano en la frente.

—No tienes fiebre —me dice con evidente alivio. Intenta por todos los medios cuidar de mí, que Dios la bendiga. Sin embargo, su preocupación es una gota de agua incapaz de llenar el océano vacío que albergo en el corazón.

Extiende los brazos y me agarra las manos.

—Astrid, tengo buenas noticias.

Por un instante me ilusiono de nuevo. Quizá sepa algo de Peter. Pero entonces me contengo. ¿Cómo va a resucitar a los muertos? ¿O a retroceder en el tiempo? Así que aparto las manos.

—Ya no hay buenas noticias.

—Emmet ha dicho que puedes volver a actuar —me dice, y hace una pausa para ver mi reacción. ¿Espera que me ponga a dar saltos de alegría y que corra a ponerme mi leotardo? Antes lo único que deseaba era volver al trapecio, pero ya no me importa—. Vamos a practicar —me anima, sin cejar en su empeño de mejorar las cosas. No sirve de nada, pero la quiero por preocuparse—. Astrid, sé lo duro que es esto, pero no cambiarás nada si te quedas aquí tirada. ¿Por qué no vuelves a volar?

Porque hacer las cosas habituales sería como aceptar que Peter se ha ido. Como una traición.

—¿De qué sirve? —pregunto al fin.

Ella vacila.

—Astrid, debes volver a levantarte.

—¿Por qué?

Mira para otro lado, como si no quisiera decírmelo.

—¿Te acuerdas de Yeta?

—Por supuesto. —Yeta había sobrevivido a su caída y la habían enviado a un hospital cerca de Vichy para recuperarse. De pronto me inquieto—. ¿Qué le pasa?

—Antes de salir de Thiers, le pregunté a Emmet por ella y me dijo que iban a enviarla a Darmstadt para que terminara allí su recuperación. Pero después oí a uno de los trabajadores susurrar que la habían sacado del hospital y se la habían llevado al este en uno de los trenes —me dice con un hilo de voz.

—¿Detenida? —pregunto yo. Como Peter. Y ella asiente—. No detienen a nadie por romperse una pierna, Noa. Eso es ridículo. Ella no hizo nada malo. —Pero, mientras lo digo, dudo de mis propias palabras. Últimamente podrían detener a alguien casi por cualquier cosa, o por nada en absoluto.

—Dijeron que, si no podía actuar, sus papeles de trabajo ya no eran válidos —continúa Noa—. Tienes que ponerte bien, Astrid, por el bien de todos. —Entiendo entonces por qué Noa se ha apresurado a decirles a los alemanes que no estoy enferma. Huelen la debilidad y no quieren más que explotarla—. Por favor, ven conmigo a la pista. Si no te encuentras bien para practicar, al menos mírame a mí y dime qué puedo mejorar —me insiste, suplicante.

—Actuar con una pistola en la cabeza —le digo—. ¿Qué tiene eso de divertido? —Pero ya no se trata de diversión, sino de supervivencia. Y Noa tiene razón: no solucionaré nada ni recuperaré a Peter si me quedo aquí tirada. El circo, mi número, esas son las únicas cosas que tengo—. Está bien —le digo mientras me pongo en pie. Ella lleva a Theo a la cabaña donde se aloja Elsie mientras yo busco mi leotardo y lo acerco a la luz; recuerdo la última vez que me lo puse, las caricias de Peter sobre la tela. Noto un nudo en la garganta. Quizá no pueda hacerlo, pero me pongo el leotardo de todos modos. Cuando Noa regresa, dejo que me saque de la cabaña.

Atravesamos la feria. Los obreros se han esforzado al máximo para montarlo todo, desde la carpa de la cerveza hasta el tiovivo, exactamente igual que en Thiers. Pero el terreno donde se levanta la feria es horrible: un campo de tierra junto a una cantera de piedra abandonada, lleno de agujeros por las batallas que se libraron aquí al principio de la guerra.

Según nos acercamos a la carpa principal, distingo el trapecio a través de una solapa abierta. Entonces me detengo. ¿Cómo podré volver a volar sabiendo que Peter no estará allí para verme?

Noa me estrecha la mano.

—Astrid, por favor.

—Puedo hacerlo —le digo mientras le aparto la mano.

Me doy cuenta de que por dentro todo está mal. Han levantado la carpa chapuceramente sin haber preparado antes el suelo, y con la mitad de trabajadores, casi todos de la zona y sin experiencia. ¿Qué pensaría Herr Neuhoff de su gran circo, ahora en ruinas? El testamento estipulaba que el circo debía continuar, pero hay mil detalles que no podía prever, como los salarios, las condiciones de vida, los horarios de trabajo y cosas similares. Sería fácil culpar a Emmet. Sin embargo, la ruina del circo no comenzó con él; los problemas llevaban meses o años gestándose. Y es ahora, en este pueblo dejado de la mano de Dios, sin nadie que nos guíe, cuando salen a la luz todas las irregularidades.

Ya es suficiente. Con el circo en este estado, Noa y los demás me necesitan más que nunca. Doy un paso hacia delante con determinación, retiro la solapa de la carpa y levanto la cabeza para ver en qué condiciones está el trapecio. En lo alto hay un objeto oscuro que no me resulta familiar y que llama mi atención. Por un instante creo que es otra trapecista ensayando. Doy un paso atrás, porque aún no estoy preparada para enfrentarme a nadie.

Sin embargo, la persona que está ahí subida no se mueve con ninguna fuerza, más bien está colgada.

—¿Pero qué es eso? —Me acerco para verlo mejor.

De la cuerda vertical, donde antes actuaba yo, cuelga el cuerpo sin vida de Metz, el relojero.

—Astrid, ¿qué sucede? —pregunta Noa cuando caigo al suelo. Resulta casi imposible oírla por encima del zumbido de mis oídos, que cada vez suena con más fuerza—. ¿Te encuentras bien? —Está mirándome a mí, todavía no ha visto el horror que yo he descubierto arriba—. Esto ha sido un error. Deja que te ayude a volver a la cama...

—Llama a los obreros —le ordeno, pero, incluso mientras lo digo, sé que es demasiado tarde—. Vete. —Quiero que se marche para que no tenga que verlo. Pero sus ojos siguen la dirección de mi mirada y entonces suelta un grito aterrador.

La agarro por los hombros y la obligo a salir de la carpa.

—Los obreros —le repito aún con más firmeza—. ¡Vete! —Cuando me quedo sola, vuelvo a mirar a Metz. Vi morir a Herr Neuhoff hace solo unos días, pero esto es distinto. Metz ha muerto porque era judío... y porque pensaba que había perdido toda esperanza. Podría haber sido yo. Me quedo ahí en silencio, tocando en mi abrigo el lugar donde debería haber estado la estrella, en un gesto de solidaridad.

—¡En la carpa principal! —oigo gritar a Noa—. Por favor, deprisa.

Dos obreros entran corriendo en la carpa. Yo me quedo inmóvil, viendo como suben la escalera e intentan alcanzar a Metz con el palo que usamos para agarrar la barra del trapecio.

Me doy la vuelta, asqueada. No quiero ver más. Noa entra corriendo seguida de Emmet.

—Maldita sea —maldice él.

—¿Llamamos a la policía? —pregunta Noa.

—No, claro que no —responde Emmet—. No podemos permitirnos llamar la atención de la policía.

—Pero, si alguien lo ha matado, hemos de denunciarlo —protesta ella con más fuerza de la que imaginaba que podría mostrar frente a Emmet. Él no responde y abandona la carpa enfurecido.

Yo le pongo una mano en el hombro.

—Noa, nadie lo ha matado. Se ha matado él.

—¿Qué? —Observo su expresión mientras asimila la idea.

—Sin duda habrás oído hablar del suicidio.

—Sí, por supuesto. Pero ¿cómo puedes estar tan segura?

—No hay signos de forcejeo —le explico—. Ojalá supiera por qué.

—Debió de averiguarlo —dice Noa con el rostro crispado.

—¿Averiguar qué? —le pregunto.

Ella vacila y me doy cuenta de que ha estado ocultándome algo.

—Emmet dijo que iba a despedir a los trabajadores.

—¿Qué? —La idea me deja sin palabras. Metz debió de enterarse del plan de Emmet. Sin su familia y sin un lugar al que ir, se había rendido y se había quitado la vida antes que dejarse matar. No había encontrado otra salida.

—Siento no habértelo dicho antes —me dice Noa—. Emmet me amenazó si decía algo. Y no quería preocuparte… —Salgo de la carpa sin escuchar el resto de su explicación.

Ha corrido la voz por la feria y frente a la carpa se han arremolinado obreros y artistas. Yo bordeo el círculo y encuentro a Emmet en el otro extremo, inquieto y apartado del resto.

—¿Cómo has podido? —le pregunto—. Necesitamos a estas personas.

Él me mira sorprendido.

—¿Llevas días tirada sin hacer nada y ahora quieres decirme cómo dirigir el circo? —me espeta—. Qué cara más dura.

—El caradura eres tú, Emmet —dice Noa a mis espaldas—. Si se lo hubieras dicho antes de irnos de Thiers, ese hombre quizá hubiera tenido una oportunidad.

—Eso no es asunto tuyo —responde él.

—¿Se lo vas a decir tú o lo hago yo? —Parece desconcertado por el atrevimiento de Noa.

Los demás, al oírnos, se acercan también.

—¿Decirnos qué? —pregunta una de las acróbatas.

Emmet parece incómodo y se vuelve hacia la multitud allí reunida.

—Siento deciros que el circo se ha quedado casi sin dinero. Tendremos que prescindir de todos los trabajadores.

—Salvo los encargados —intervengo yo enseguida. Sé que no me corresponde a mí decirlo, pero me da igual. Continúo deprisa antes de que Emmet pueda protestar—. Y aquellos que lleven más de cinco años con el circo. —Si todos se marcharan de golpe, no habría nadie para realizar el espectáculo.

—¡Maldita sea! —grita uno de los trabajadores—. ¡No puedes hacer eso!

—No hay otra opción —responde Emmet con frialdad.

—Todos recibiréis dos semanas de sueldo y un billete de tren a casa —añado yo—. ¿No es así, Emmet?

Él me mira con odio. Es evidente que no lo tenía planeado.

—Sí, sí, por supuesto. Si os vais sin dar problemas. Ahora, si me disculpáis, tengo asuntos de los que ocuparme. —Se escabulle sin dejar de mirarnos, como si le diera miedo darnos la espalda. Cuando desaparece, los trabajadores comienzan a dispersarse mientras murmuran. Los artistas, indultados de momento, regresan a sus ensayos.

Al fin, Noa y yo nos quedamos solas junto a la carpa. Oigo ruidos dentro, me doy la vuelta y veo que los dos trabajadores que han bajado a Metz de la cuerda están sacando su cuerpo.

—¡Oh! —dice Noa llevándose una mano a la boca—. Astrid, sigo sin entenderlo. Aunque las cosas estén tan mal, rendirse así…

—No le juzgues —respondo con más severidad de la que pretendía—. A veces la huida se nos hace cuesta arriba.

CAPÍTULO 22

NOA

Al día siguiente, Emmet me corta el paso cuando salgo de la carpa del comedor para regresar a nuestra cabaña después del desayuno.

—¿Dónde está Astrid? —me pregunta con los brazos cruzados—. ¿No ha vuelto a practicar?

—Todavía no —respondo. Escondo el cuenco de gachas que le llevo a Astrid.

—Ahora que ya no estamos en Thiers, no hay motivo para que no regrese al espectáculo. ¿Por qué entonces no está aquí?

—No se encuentra bien —le miento, aunque eso podría costarme el trabajo si Emmet lo descubriera. En cierto modo es verdad—. Y ayer lo intentamos, ya lo viste. Pero luego pasó lo del trabajador…

Agita la mano como si lo del relojero no tuviera la más mínima importancia.

—Tiene que volver al espectáculo mañana —me dice—. Todo el mundo tiene que arrimar el hombro. A esa se le ha acabado lo de hacer el vago —añade. La idea de que Astrid vaguee es tan ridícula que me dan ganas de reírme. Quiero decirle que es demasiado pronto para que vuelva a columpiase en el trapecio después de todo lo que ha ocurrido, que necesita unos días más para recuperarse, pero sé que no servirá de nada. Al quedarme callada, Emmet da por hecho que estoy de acuerdo y sigue su camino.

288

Empiezo a caminar de nuevo y me subo el abrigo por encima de la cabeza para protegerme de la llovizna primaveral que ha comenzado a caer. Contemplo el riachuelo que hay al otro lado de la carretera y que nos separa del pueblo de Colmar. He cruzado el puente para ir al pueblo una sola vez desde nuestra llegada, porque quería ver si podía comprar en el mercado algo más allá de nuestras exiguas raciones. Pero mi excursión fue infructuosa: el único tendero que había en lo que antes fue un bullicioso mercado de pueblo solo tenía un poco de carne sin identificar, que habría sido demasiado dura para Theo incluso sin el fuerte olor. De hecho, el pueblo entero parecía haberse consumido durante la guerra. Las calles estaban prácticamente desiertas a mediodía, salvo por un perro callejero que había junto a la alcantarilla y los oficiales de las SS, que parecían vigilarlo todo desde cualquier rincón. Las casas y los comercios tenían las persianas bajadas. Las caras de los pocos lugareños con quienes me crucé (todo mujeres, dado que los hombres habían sido reclutados contra su voluntad y enviados a combatir en el este) estaban marcadas por el hambre y el miedo. Era como si estuviéramos de nuevo en Alemania. Salí corriendo del centro del pueblo, pasé junto al alambre de espino y las zanjas que han cavado a modo de fortificación en torno al perímetro y regresé a la feria. No había vuelto al pueblo desde entonces.

Me dirijo hacia la cabaña y recuerdo la cara roja y furiosa de Emmet mientras insistía en que Astrid debía actuar.

Desde que llegamos a Alsacia la semana pasada, no se ha levantado de la cama y se pasa el día hecha un ovillo como un animal herido. Salvo su intento de regresar a la carpa, que acabó al encontrar el cuerpo del relojero, no ha vuelto a salir de la cabaña. Yo me mantengo a su lado y hago todo lo que puedo por ella. Pero no es suficiente. Parece haberse quedado sin voluntad. «Sálvala», era lo que parecían decirme los ojos de Peter justo antes de que se lo llevaran. Pero ¿cómo? Aunque la obligue a comer y a beber, su espíritu se ha ido. Apenas puedo cuidar de Theo y de mí misma. Si tengo que mantenerla también a ella, no podré aguantar mucho.

¿Qué hará Emmet si Astrid se niega a volver al espectáculo? Me estremezco al pensarlo. Tengo que lograr que se levante y se ponga en marcha.

Al pasar junto al tren, aparcado y vacío en un extremo de la vía, miro con melancolía hacia la parte inferior de nuestro coche cama, donde se encuentra la caja en la que Luc y yo nos dejábamos mensajes. Me pregunto si habrá seguido al circo cuando nos fuimos de Thiers, pero sé que eso es imposible. Me acerco a la caja y la abro, casi con la esperanza de encontrar algo allí. Pero, claro, está vacía. Acaricio con la mano la madera e imagino a Luc haciendo lo mismo.

Dentro de la cabaña me sorprende encontrar a Astrid sentada sobre la cama con la bata puesta.

—Peter… —dice cuando me acerco.

Yo me quedo de piedra. ¿Se habrá vuelto loca por la pena?

—No. Soy Noa —le digo mientras me acerco. Pero no está alucinando, sino contemplando una fotografía arrugada. Me aproximo con cuidado y observo la imagen. Es una foto que no había visto antes en la que aparecen los dos sentados en el patio bajo una sombrilla un día soleado, con ropa de calle, no con el traje de actuar.

—¿De cuándo es? —le pregunto. Cuando me la pasa, observo que tiene las uñas mordidas.

—Es en un pequeño pueblo a las afueras de Salzburgo. Era verano, la primera temporada después de mi regreso. —«Antes de mi llegada», pienso yo. Resulta extraño imaginar el circo cuando yo no estaba—. Todavía no estábamos juntos, solo nos estábamos conociendo. —Sonríe con la mirada perdida en el pasado—. Hablábamos y jugábamos a las cartas durante horas. Le encantaban los juegos de cartas, el *gin rummy*, el póquer. Comenzábamos con una copa por la tarde y, sin darnos cuenta, había pasado la noche entera.

Me quedo mirando la fotografía. Incluso entonces, Peter tenía la mirada sombría, como si supiera lo que le esperaba.

—Mañana habría sido su cumpleaños —añade Astrid, y se entristece una vez más. Habla como si Peter ya hubiera muerto. Yo resisto la tentación de corregirla, porque no quiero darle falsas esperanzas.

En el otro camastro, Theo comienza a agitarse. Lo tomo en brazos y le doy un beso en la coronilla. Es nuestra bendición. Pese a todas las penalidades, él está creciendo sano. Todavía tiene las mejillas rechonchas y su pelo es cada vez más fuerte y rizado, de un tono oscuro. Me siento junto a Astrid sin soltar al niño. Se lo han arrebatado todo; la oportunidad de tener un hijo y el hombre al que ama. No le queda nada, salvo nosotros. La rodeo con un brazo.

Pero no es mi cariño el que busca. Extiende el brazo hacia Theo y yo se lo paso, le ofrezco uno de los pocos consuelos que nos quedan. Ella se aferra al niño como si fuera una boya en el mar, como si quisiera absorber toda la energía de su cuerpecito.

Yo le acerco el cuenco de gachas, todavía caliente, pero ella niega con la cabeza.

—Astrid, tienes que comer.

—No tengo hambre.

—Piensa en Peter.

—Estoy pensando en él.

—Cada segundo, lo sé. Pero ¿es esto lo que él querría para ti? —A regañadientes come una cucharada y vuelve a apartar la cabeza—. Emmet preguntaba por ti.

Ella arquea una ceja.

—¿Otra vez? —Yo asiento. Él es el jefe y ni siquiera Astrid puede presionarlo demasiado. Pero ¿qué puede hacerle él realmente?

—Por favor, Astrid. Te necesitamos. Yo te necesito. —Astrid es mi única amiga en el mundo y la estoy perdiendo.

Astrid arquea una ceja, como si esa idea nunca se le hubiese pasado por la cabeza. Suspira y se levanta. Se quita la bata y me sorprende ver que ya lleva el leotardo puesto debajo. Me siento agradecida al ver que no va a decepcionarme.

—Vamos a ensayar —ordena.

Salimos de la cabaña. Estamos a media mañana y en el patio hay mucha actividad; los adiestradores están dando de comer a los animales y los artistas se dirigen a ensayar. Los pocos obreros que quedan intentan reparar el equipo y colocarlo todo en su lugar con dos tercios menos de la mano de obra habitual.

Cuando llegamos a la entrada de la carpa, Astrid se vuelve hacia mí.

—No quiero hacer esto.

¿Será por Peter, por el bebé o por Metz? Le aprieto la mano.

—Lo entiendo, pero puedes hacerlo. Sé que puedes.

Al menos está aquí, dispuesta a intentarlo. Me dirijo hacia la escalera, pero al mirar hacia donde se había colgado el hombre, siento un vuelco en el estómago. Me detengo, todavía agarrada a la escalera y mirando hacia arriba.

Me pregunto si el recuerdo del relojero detendrá a Astrid. Pero ella sube por la otra escalera sin vacilar. Sin embargo, a medio camino se detiene y parece preocupada.

—Algo no está bien —dice.

Nada está bien. El terreno no estaba preparado cuando llegamos, la tierra estaba llena de montículos y de desechos.

—Les pedí que allanaran el terreno —le digo. He actuado aquí con Gerda varias veces, me he acostumbrado al temblor de los aparatos y a que la inclinación de la tierra cambie mi caída. Pero Astrid no ha estado aquí desde que llegamos al pueblo. Para ella es un desastre, una vergüenza—. ¿Es por la escalera? —le pregunto, y tiro de ella para demostrarle que está bien asegurada.

Pero ella niega con la cabeza.

—Es por todo.

La observo con atención, a la espera de que vuelva a bajarse de la escalera e insista en hablar con el encargado. Puede que se niegue a actuar. Pero entonces se encoge de hombros y sigue subiendo. Ni siquiera eso le importa ya. Llega arriba, agarra la barra y está a punto de perder el equilibrio. Me temo que es demasiado pronto; obligarla a regresar al trapecio tan rápido ha sido un error. Pero entonces se endereza.

Comienzo a subir por la escalera preguntándome si necesitará mi ayuda, pero levanta la mano para que no me moleste.

—Tengo que hacer esto sola —me dice. Yo me aparto de la escalera, regreso a la entrada y me quedo en la sombra para dejarle su espacio y que se reencuentre con el trapecio en solitario. Salta sin dudar y, con cada movimiento, parece más segura de sí misma.

Me preguntaba si, con los días que ha pasado sin actuar y con todo lo que ha experimentado su cuerpo, estaría oxidada o torpe. Pero es más bien al contrario: sus movimientos son más intensos y precisos. Antes sujetaba la barra del trapecio con la elegancia de una artista, pero ahora se aferra a ella como si fuera una cuerda salvavidas. Sus movimientos son enérgicos, como si intentara domar a una yegua salvaje, proyectando toda su rabia sobre el trapecio. Realiza una serie de piruetas y saltos mortales mareantes. Yo noto un ligero movimiento del aire a mi alrededor y casi puedo sentir a Peter admirando su actuación como hacía antes.

Oigo un ruido detrás de mí. Me doy la vuelta y por un momento pienso que de verdad me voy a encontrar a Peter. Pero, evidentemente, no está allí, no hay nada. El viento sopla a través del campamento, agita la lona y provoca el sonido que acabo de oír. Me relajo un poco.

Entonces un brazo me agarra por detrás sin previo aviso. Antes de que pueda gritar, alguien me saca de la carpa. Me retuerzo y me vuelvo, dispuesta a enfrentarme a mi atacante.

Y allí, en la entrada de la carpa, está Luc.

—¡Luc! —exclamo, y me pregunto si la figura alta y oscura que tengo ante mis ojos será una especie de alucinación. Pero es él. Me quedo mirándolo con incredulidad. ¿Cómo habrá recorrido un camino tan largo para verme?

—Noa —me dice mientras me acaricia la mejilla. Yo me lanzo a sus brazos y me estrecha contra su pecho.

Lo alejo más de la carpa y nos escondemos detrás de un cobertizo. Es mejor que no le vea nadie.

—¿Cómo nos has encontrado?

—Fui al circo a buscarte —me dice—. Pero os habíais ido. Después regresé a casa de mi padre. No tenía planeado hacerlo —añade rápidamente—, pero quería ver si él sabía dónde había ido el circo. No quería pensar que en parte pudiera ser cosa suya. Pero tenía que saberlo. —A juzgar por el dolor de su mirada, y pese a todo lo que había ocurrido, me doy cuenta de que quería creer en su padre—. Lo negó todo, por supuesto. Pero encontré la orden en su mesa con su firma. Me enfrenté a él y admitió la verdad. Después me marché para venir a buscarte. —Me imagino su viaje durante kilómetros y kilómetros para llegar hasta mí. Me da un beso largo y apasionado en los labios. Tiene la cara áspera de no afeitarse y los labios salados y sucios.

Nos separamos segundos más tarde. Aunque solo han sido unos pocos días, parece tener la cara más delgada, los pómulos más pronunciados. Tiene ojeras, como si llevara días sin dormir.

—¿Has comido? Necesitas descansar. —Miro a mi alrededor en busca de algún lugar donde esconderlo.

Él agita la mano como si la pregunta no tuviera importancia.

—Estoy bien.

Me apoyo en él y me abraza con fuerza.

—Siento mucho haber tenido que marcharme sin decírtelo.

—Sabía que no te habrías ido así si hubieras tenido elección, que algo debía de haber ocurrido. —En sus ojos veo lo preocupado que está por mí.

—Pero me has encontrado —digo mientras apoyo la cabeza en su pecho.

—Te he encontrado —repite—. La pregunta es, ¿y ahora qué? —Se aparta de mí y veo el conflicto en su mirada. Está a cientos de kilómetros de casa. ¿Se limitará a decirme adiós para marcharse otra vez?—. No quiero volver a perderte, Noa —me dice. Yo aguanto la respiración y espero a que me proponga de nuevo pasar la vida juntos—. Pero voy a unirme a los maquis. —Al oír eso, pierdo por completo la esperanza. He oído hablar de los guerrilleros de la resistencia que operan desde los bosques, pero nunca los he visto y me parecen algo propio de las leyendas en comparación con los tímidos aldeanos. Suena peligroso… y lejano—. Hay un pelotón al este de aquí, en el bosque de los Vosgos. Y, si puedo llegar hasta allí, podré ayudar —añade.

—Pero eso es muy peligroso —protesto yo, y levanto la cabeza para mirarlo a los ojos.

Él se echa el pelo hacia atrás.

—No voy a huir, Noa. Tú me has enseñado a no tener miedo. Por una vez en mi vida voy a ponerme firme y a luchar.

—¿Así que entonces será culpa mía si te matan? —pregunto, bromeando solo a medias.

Él sonríe. Después me estrecha la mano y se pone serio una vez más.

—Lo que quiero decir es que esto que hay entre nosotros me ha abierto los ojos. No puedo seguir sentado de brazos cruzados. Tengo que hacer algo. Y el trabajo que hace la resistencia, entorpeciendo la comunicación y las vías férreas, es de vital importancia para preparar la invasión aliada. Se dice que sucederá pronto, ahora que ha mejorado el tiempo.

Me estrecha de nuevo contra su pecho, me abraza y me da un beso en la coronilla.

—Pero no quiero dejarte. Es el momento de hacer algo más… por ti y por mí. Si… si quisieras venir conmigo.

—¿Con los maquis? —pregunto yo.

—Sí. También hay algunas mujeres que ayudan con el trabajo. —Me doy cuenta con orgullo de que está pensando en mí y de que soy lo suficientemente fuerte—. ¿Lo harías? —me pregunta esperanzado.

Quiero decirle que sí. Si al menos fuese tan simple.

—No puedo —respondo poniéndole una mano en el pecho—. Ya lo sabes.

—Si es por Theo, podemos buscarle un lugar seguro hasta que todo esto haya acabado —me dice, coloca la mano sobre la mía y entrelazamos nuestros dedos—. Entonces lo criaríamos como si fuera nuestro.

—Lo sé, pero es más que eso. Astrid lo ha arriesgado todo por nosotros. No puedo abandonarla ahora. —En otro momento, podría habérselas apañado sola, pero ya no puede. Se lo han arrebatado todo, salvo a nosotros.

—Pensé que dirías eso. —Parece decidido—. Pero tengo que hacerlo. En casa ya no hay lugar para mí.

—¿Cuándo te irás? —le pregunto.

—Esta noche. Si parto al anochecer hacia las colinas, debería poder encontrar el campamento de los maquis antes de que amanezca. Si pudieras venir conmigo…

—Lo sé. —Pero no puedo, así que ha llegado el momento de la despedida. Lo abrazo con más fuerza. Nos quedamos allí juntos, abrazados, deseando que el momento pudiera durar un poco más.

Me aparto y miro hacia la carpa.

—Debería irme. Astrid está esperándome. —Él asiente—. Estoy muy preocupada por ella —le confieso—. Ha perdido al bebé y a Peter.

—Siento no haber podido hacer nada —me dice con tono de culpabilidad.

—No debes culparte. Yo no lo hago.

—De hecho, esa es otra de las razones por las que he venido.

—No te entiendo. —¿Qué otra razón puede haber?

—Debería habértelo dicho antes, pero estaba muy emocionado por volver a verte. —Se mete la mano en el bolsillo y saca un sobre—. Llegó una carta al pueblo.

Me la entrega y yo me imagino lo peor. ¿Le habrá ocurrido algo a mi familia?

Pero, cuando me dispongo a agarrarla, él retira la mano.

—No es para ti. —Se la quito de todos modos y, al ver el matasellos de Berlín en el sobre, me da un vuelco el corazón.

La carta es para Astrid.

CAPÍTULO 23

ASTRID

Doce metros. Eso es lo que separa la vida de la muerte, una línea muy fina.

He regresado a la pista como dije que haría y he fingido ensayar ante Noa, y he saltado como si nada hubiera ocurrido. Pero ella ha desaparecido de la carpa y me ha dejado sola, así que regreso a la tabla. La idea de volar por el aire antes lo era todo para mí. Ahora cada movimiento es como un cuchillo que se me clava en el corazón. El espacio cavernoso que hay sobre la pista, que antes era mi hogar, ahora me resulta insoportable.

Me asomo por el borde de la tabla como si fuera un acantilado, contemplo el abismo y la red de abajo. Ya intenté suicidarme en una ocasión, después de que Erich me dijera que me marchara. Él había salido del apartamento, supuestamente para darme tiempo de hacer las maletas y marcharme, incapaz de soportar verme o quizá para evitar una histeria que él consideraba poco civilizada. Yo corrí al armario, saqué un bote de pastillas y una botella de vodka e ingerí todo lo que pude de ambas cosas. Imaginé que Erich encontraría mi cuerpo y lloraría por lo que había hecho. Pero, pasados unos minutos, me di cuenta de que no iba a volver para comprobar cómo estaba. Realmente me había expulsado de su vida. Me arrepentí al instante, me metí los dedos en la garganta y vomité lo que acababa de tomarme. Juré entonces que jamás volvería a vivir por un hombre.

Sin embargo, esta pérdida es más profunda; esta pérdida lo es todo.

Destierro ese recuerdo, salto e intento volar una vez más. Pero ya no me queda nada aquí. «Salta, déjate llevar y olvídate de todo». Los pensamientos se suceden rítmicamente en mi cabeza con cada movimiento. Incapaz de soportarlo más, me lanzo una segunda vez hacia la plataforma. Me tiemblan las piernas al mirar abajo. ¿Sería eso lo que experimentó el relojero? Lo veo colgado de la cuerda con el cuello roto, la boca abierta y los miembros rígidos. Podría saltar, ponerle fin como sin duda hizo Metz. Si muero aquí, será con mis condiciones, no a manos de los demás. Estiro un pie por encima del borde de la plataforma, para probar.

—¿Astrid? —Noa me llama desde la entrada de abajo. Sobresaltada, me tambaleo y me agarro a la escalera para estabilizarme. Estaba tan absorta en mis pensamientos que no la había visto regresar. Parece preocupada. ¿Habrá percibido lo que estaba pensando? ¿Lo habrá adivinado?

Sin embargo, no parece darse cuenta de lo que me proponía. En lugar de eso, me hace un gesto para que me acerque y me observa con seriedad mientras bajo la escalera.

—¿Qué sucede? —le pregunto, cada vez más inquieta—. Dime.

Ella me muestra un sobre.

—Ha llegado una carta para ti.

Me quedo helada. Las cartas solo pueden significar malas noticias. La acepto con manos temblorosas y me preparo para recibir noticias sobre Peter. Sin embargo, el sobre lleva franqueo de Darmstadt. La sujeto con el brazo extendido, como si su contenido pudiera ser contagioso. Por un instante deseo permanecer suspendida en el tiempo, protegida de lo que sea que haya escrito ahí.

Pero nunca se me ha dado bien esconderme de la verdad. Rasgo el sobre. Dentro hay otro sobre dirigido a mí, no al Circo Neuhoff, sino al antiguo cuartel de invierno de mi familia. Viene de Berlín. Veo la caligrafía mayúscula de Erich. *Ingrid Klemt*, ha escrito, utilizando mi apellido de soltera. No el suyo. Incluso después de tanto tiempo, el rechazo aún duele. Alguien, quien sea que haya reenviado la carta, lo ha tachado y ha añadido mi nombre artístico, Astrid Sorrell. Dejo caer el sobre. Noa lo recoge de inmediato y me lo entrega. ¿Qué puede querer Erich?

—¿Quieres que la abra yo? —me pregunta Noa con amabilidad.

Yo niego con la cabeza.

—Puedo hacerlo. —Abro el sobre, que está manchado y gastado. De dentro cae una hoja de papel. Se me llenan los ojos de lágrimas al recogerla y leer aquella caligrafía tan familiar, que no es la de Erich.

Querida Ingrid.

Rezo para que te llegue esta carta y para que estés sana y salva. Hui de Montecarlo antes de la invasión y no tuve tiempo de escribir. Pero he llegado a Florida y he encontrado trabajo en una feria.

—¿De qué se trata? —pregunta Noa.

—Es Jules. —Mi hermano pequeño, el más débil y el más improbable, ha conseguido sobrevivir. Debió de enviarme la carta a Berlín y Erich la reenvió.

—Pensé que todos habían…

—Yo también. —El corazón se me acelera. Jules está vivo. En América.

—Pero ¿cómo? —pregunta ella.

—No lo sé —respondo, casi incapaz de procesar mis propias preguntas y mucho menos las de Noa—. Jules dirigía el circo en el sur de Francia cuando empezó la guerra. No sé cómo, pero consiguió salir. —Sigo leyendo en silencio.

Escribí a mamá y a papá durante meses, pero no obtuve respuesta. No sé si lo sabes, pero siento muchísimo decirte que murieron en un campo de concentración en Polonia.

—¡Oh! —Me llevo la mano a la boca para contener el sollozo que me sale de la garganta. Aunque hacía tiempo que sabía que mis padres no podrían haber escapado, una parte de mí se aferraba a la esperanza de que pudieran seguir vivos. Ahora me enfrento a la realidad y es mucho peor.

—¿Qué sucede? —pregunta Noa. Se inclina para leer la carta por encima de mi hombro. Después me rodea con sus brazos por detrás y me mece hacia delante y hacia atrás—. Astrid, lo siento mucho. —Yo no respondo, me quedo allí en silencio, asimilando el hecho de que ha sucedido lo que más temía—. La carta sigue —dice Noa segundos más tarde. Señala el papel que yace arrugado sobre mi regazo. Hay más líneas escritas después de la noticia sobre mis padres. Pero yo niego con la cabeza. No puedo. Así que ella agarra la carta, se aclara la garganta y comienza a leer en voz alta.

—«No he podido localizar a los gemelos. Puede que solo quedemos tú y yo. Sé que no quieres dejar a tu marido, pero he conseguido un visado en el consulado suizo de Lisboa. Dicen que es válido durante cuarenta y cinco días. Por favor, plantéate la idea de venir conmigo, al menos hasta que acabe la guerra. Luego podrás regresar. Ahora solo nos tenemos el uno al otro. Siempre tuyo, Jules».

Yo intento asimilarlo todo mientras Noa me devuelve la carta. El sobre lleva matasellos de Berlín. Jules la había enviado al apartamento que compartía con Erich. Erich debió de leerla y después reenviarla por mensajero, haciendo todo lo posible por asegurarse de que yo la recibiera. La reenvió al hogar de mi familia en Darmstadt, sabiendo que yo me iría allí. Pero allí mi familia ya no tiene casa, de modo que el cartero debió entregarla en la finca de los Neuhoff. Quizá Helga, que cada año se queda allí para cuidar de la finca en nuestra ausencia, corrigiera mi nombre y la reenviara a su vez al primer pueblo de nuestra gira: Thiers.

—¿Cómo ha llegado hasta aquí? —le pregunto a Noa.

Ella se aclara la garganta.

—Reenviada desde Thiers —dice. Yo asiento. El circo siempre deja la dirección de su siguiente destino para las facturas y demás correspondencia. Hemos hecho muchas paradas por el camino; la carta podría no haberme llegado nunca, pero lo ha hecho.

—Mi familia —digo en voz alta. Ya no sé bien lo que significa eso. El sollozo que he contenido durante tantos meses me rasga la garganta. Estoy llorando por el hermano que ha sobrevivido y por los que no lo han hecho. Mis padres y mis hermanos. Todos muertos.

O eso pensaba durante todos esos meses. Pero Jules está vivo. Recuerdo nuestra despedida en la estación de Darmstadt unos años antes. Fue un momento acelerado por la impaciencia de Erich para subir al tren. Me imagino a Jules como debe de estar ahora, un poco mayor, pero igual que siempre. En algún lugar persiste una pequeña parte de la dinastía circense de mi familia, como una semilla plantada en un nuevo mundo.

Vuelvo a mirar el sobre, que es más grueso de lo que debería ser si estuviera vacío.

—Hay algo más. —Son dos cosas, de hecho. Primero saco una especie de extracto bancario. Pero está escrito en un idioma que desconozco y las únicas palabras que entiendo son mi propio nombre—. ¿Pero qué es esto?

Noa se acerca.

—¿Puedo verlo? —pregunta. Yo le entrego el papel—. No sé lo que pone, pero parece ser dinero para tu viaje. Está en tu cuenta bancaria en Lisboa —me explica mientras me lo devuelve.

Yo me quedo mirándola sin entender nada.

—Yo no tengo una cuenta.

—Parece ser que la abrieron hace unas seis semanas —añade señalando la fecha—. ¿Tu hermano ingresó ahí el dinero?

Observo el papel con atención.

—No lo creo. —Hay una única transacción, un ingreso desde Berlín. Diez mil marcos, dinero suficiente para ir donde sea que necesite ir, incluyendo América.

—Entonces ¿quién?

—Erich —declaro tras tomar aliento.

Erich, al leer la carta de Jules, querría asegurarse de que tuviera los recursos necesarios para irme con mi hermano a América. Me ha dado el último regalo que podía hacerme: la posibilidad de escapar. Agito el sobre una última vez y saco una pequeña tarjeta. Un permiso de salida alemán, también escrito con la caligrafía mayúscula de Erich y con el sello oficial del Reich. Ha pensado en todo para asegurarse de que pudiera salir de los territorios ocupados y llegar hasta Jules. ¿Lo habrá hecho por amor o porque se siente culpable? Aunque forma parte de mi pasado antes de Peter, y sucedió hace tanto tiempo que casi parece un sueño, una parte de mí no puede evitar sufrir por el hombre que se preocupa tanto por mi existencia como para hacer algo así, pero no lo suficiente como para luchar por nosotros.

—Astrid, puedes irte con tu hermano. —Noa parece esperanzada con la idea de que yo pueda encontrar un lugar seguro. Pero entonces veo el conflicto en su cara cuando se da cuenta de que ella se quedará atrás.

—No puedo abandonarte —le digo. De pronto parece todavía más joven y vulnerable que el día que llegó. ¿Cómo podrá apañárselas sin mí?

—Tú vete. Theo y yo estaremos bien —responde, intentando sin éxito que no le tiemble la voz. Después vuelve a examinar los papeles y frunce el ceño—. En la carta, tu hermano dice que el visado solo es válido durante cuarenta y cinco días. La carta ha tardado más de un mes en llegar hasta aquí. Y no sabemos cuánto tardarás en llegar a Lisboa o a Estados Unidos desde allí. Tienes que irte de inmediato. Esta noche. Lo harás, ¿verdad? —me pregunta con una mezcla de miedo y esperanza.

Yo me dirijo hacia el tren sin responder.

—¡Pero, Astrid! —me grita Noa—, pensaba que íbamos a practicar. Aunque, claro, si tú te marchas…

«Ya no importa», termino la frase por ella.

—Sigue sin mí —le digo—. Después de todas estas noticias, no puedo.

Regreso a la cabaña donde Elsie está cuidando a Theo.

—Chico guapo —le digo al niño. Él sonríe al reconocerme y, por primera vez, extiende los brazos hacia mí cuando me acerco a por él. Noto que se me rompe algo por dentro y amenaza con brotar otro torrente de lágrimas, pero me contengo. Ya habrá tiempo para llorar más tarde. Ahora debo decidir qué hacer.

Sujeto a Theo con un brazo y con la otra mano agarro la carta, como si estuviera pesando ambas cosas en una balanza. ¿Cómo puedo abandonarlos a Noa y a él? Sin Peter, ellos son lo único que me queda en este mundo, o eso pensaba hasta que he recibido la carta de Jules. Ahora debo pensar en mi hermano también. Soy la única familia que le queda. Y además se ha esforzado mucho para conseguirme el visado, mi única oportunidad de estar a salvo; desaprovechar algo así sería un crimen.

Theo me golpea la barbilla con la manita y me saca de mis pensamientos. Me mira atentamente con esos ojos oscuros. No puedo concebir la idea de dejarlos a Noa y a él solos ante un futuro incierto. Tiene que haber otra solución.

Miro hacia la cama. Debajo se encuentran mi baúl y el de Noa. Empiezo a idear un plan en mi cabeza. Dejo a Theo sobre la cama y saco mi bolsa para empezar a guardar mis cosas.

CAPÍTULO 24

NOA

Me invade la tristeza al ver a Astrid regresar hacia la cabaña. Cuando Luc me entregó el sobre, pensé en no dárselo a ella. No podría soportar más malas noticias. Sin embargo, no podía ocultarle la verdad. Y ahora se marcha. No la culpo. A juzgar por el conflicto que he visto en sus ojos, la decisión de dejarnos no ha sido fácil. Nos conoce desde hace solo unos meses, no deberíamos importarle en absoluto, y menos cuando tiene una familia de verdad que la necesita. Pero una parte de mí desea ir tras ella y rogarle que no me abandone.

Luc asoma la cabeza por un lateral del cobertizo donde estaba escondido. Le había ordenado que esperase ahí antes de correr a entregarle la carta a Astrid. No quería que ella lo viera, pero tampoco estaba preparada para que desapareciera y me abandonara tan rápido cuando acabábamos de reencontrarnos. Me fijo en él ahora y me siento culpable. He mentido a Astrid al decirle cómo ha llegado la carta hasta aquí, pero no podía admitir que había roto la promesa que le hice de no volver a ver a Luc.

—¿Va todo bien? —me pregunta.

—No —respondo—. Quiero decir, sí y no. Astrid acaba de descubrir que sus padres han muerto.

—Eso es horrible —dice él con pesar—. Pensé que estaba siendo de ayuda al traer la carta.

—Y lo has sido —insisto yo—. Pero ¿cómo llegaste a tenerla tú?

—Hace unos días estaba en la oficina de correos y oí a una mujer comentar que el circo se había ido de pronto. Dijo unas cosas horribles, que el circo se había quedado con el dinero de los espectáculos y después había huido. Yo intervine para decirle que estaba equivocada. Cuando el jefe de correos lo oyó, dijo que había correo para el circo. Comentó que tenía una dirección donde reenviarlo, pero, cuando vi que era una carta para Astrid, supe que tenía que traerla yo. Pensé que quizá fuesen noticias sobre Peter. —Se queda callado y me doy cuenta de que aún se siente culpable—. Ahora desearía no haberlo hecho —concluye con tristeza.

—No. Astrid tenía que saber la verdad —respondo—. Me alegra que hayas venido. No era todo malo. Su hermano le ha enviado un visado desde América. Quiere que vaya a vivir con él. —Se me quiebra un poco la voz al decir eso último.

—Eso son buenas noticias, ¿no? —dice él, algo confuso.

Yo noto un nudo en la garganta que hace que me resulte difícil responder.

—Supongo —digo al fin, avergonzada por mi egoísmo. Quiero alegrarme por Astrid, sabiendo que estará a salvo—. Lo que pasa es que no puedo imaginar el circo sin ella —añado.

Oímos ruidos a nuestras espaldas, las voces de dos acróbatas que caminan hacia la carpa. Luc tira de mí para escondernos detrás del cobertizo.

—Ahora puedes replanteártelo —me dice. Yo ladeo la cabeza, confusa—. Antes dijiste que no te irías conmigo porque no podías dejar a Astrid. —Todavía sigo dándole vueltas a lo que ha pasado con Astrid y casi me había olvidado de nuestra conversación—. Pero ahora todo es diferente. Si ella se va, tú también puedes hacerlo.

Con las prisas no lo había pensado, pero Luc tiene razón: si Astrid se va, no habrá nada que me retenga aquí. Puedo marcharme con Theo. Pero, cuando miro hacia la carpa y el patio, tengo dudas. El circo es el único entorno seguro que he conocido desde que mis padres me echaron de casa. No puedo imaginarme aquí sin Astrid, pero tampoco puedo imaginarme en otro lugar. Me recuerdo además que el circo no se quedará mucho tiempo en este lugar. Emmet dijo que cerraría al finalizar la temporada. Entonces también desaparecerá.

—Noa… —Luc parece preocupado—. Cuando la policía se dé cuenta de que Astrid se ha marchado, habrá muchas preguntas. —Habrá más que preguntas; Emmet se pondrá furioso por perder a una de sus artistas estrella—. Ya no estarás a salvo aquí. Vendrás conmigo, ¿verdad?

Lo miro anhelante, dividida entre la vida que tengo con el circo y la posibilidad de un futuro con él.

—Confía en mí —me ruega con los ojos muy abiertos.

«Ya lo hago», dice una voz en mi interior. Algo parece hacer clic en mi cabeza, como si de pronto encajara todo.

—Lo haré. Con Theo —me apresuro a añadir.

—Por supuesto —responde él, como si eso nunca hubiera estado en duda. Pero entonces veo el conflicto en su rostro—. Pero ¿cómo? Si nos vamos con los partisanos, no habrá sitio para un niño.

—Jamás podría irme sin él —insisto.

—Encontraremos la manera —responde estrechándome la mano—. Los tres permaneceremos juntos —dice con determinación; Theo es ya tan suyo como mío. Le rodeo el cuello con los brazos, agradecida—. Entonces ¿vendrás? —Me da un beso en la mejilla, después en el cuello; miles de besos de persuasión.

—Sí, sí —respondo emocionada, pero acto seguido me obligo a apartarme. Estamos juntos a plena luz del día, apenas ocultos entre los árboles. Soy consciente de la realidad: abandonaré el circo con Luc. Pero, antes de poder empezar una vida en común, tengo que contárselo todo. No puedo seguir hacia delante ocultando un secreto—. Luc…

—Tengo que irme —me dice, sin oírme—. Tengo el nombre de un contacto de la resistencia a unos diez kilómetros de aquí. Él podrá decirme la mejor manera de llegar hasta los maquis. —Mira por encima del hombro—. Volveré a buscarte antes de que anochezca.

—¿Dónde nos encontraremos? —le pregunto.

—Hay un barranco al otro lado de la cantera —responde señalando en esa dirección—. Como a un kilómetro hacia el este. Me reuniré contigo ahí a las nueve en punto.

—Pero el espectáculo no habrá terminado a esa hora.

—Lo sé, pero tenemos que marcharnos entonces para llegar al bosque de los Vosgos antes de que amanezca. ¿Podrás hacerlo? —Yo asiento, él me da un beso y comienza a alejarse.

—Luc, espera. —Se vuelve hacia mí. Quiero decirle la verdad, pero parece tan esperanzado que no me atrevo—. Te veré a las nueve.

Se aleja con paso ligero. Quiero volver a llamarle, no estoy preparada para que se vaya, pero volverá pronto y entonces me iré con él.

Cuando me vuelvo hacia la carpa, me invade la tristeza. Todo está cambiando. Acabo de encontrar este lugar, lo más parecido que he tenido a un hogar, y ahora vuelvo a marcharme. No puedo evitar preguntarme dónde terminará todo y dónde estaré cuando por fin pueda dejar de huir.

El cielo ha adquirido un tono rosado cuando me dirijo al vagón vestuario a cambiarme para mi última representación. Observo a las otras chicas, que se visten y se maquillan como si fuera una función cualquiera. Me alivia comprobar que no sospechan nada. Sin embargo, la diferencia está ahí, en la forma en la que Astrid me impregna la colofonia en las manos y me envuelve las muñecas, igual que todas las noches, pero con más cuidado. Al sentir sus manos firmes y cálidas en mi piel, vuelve a consumirme la tristeza. Ambas nos separaremos esta noche. No había razón para pensar que seguiríamos juntas; tampoco es que seamos familia. Pero el final ha llegado mucho antes de lo que esperaba. Quiero confesarle mi plan de irme con Luc, pero ella nunca lo entendería. Aunque no puedo marcharme sin decírselo. Quizá con una nota…

Las demás chicas ya han acabado de vestirse y se dirigen hacia la carpa. Pero Astrid se queda. De debajo de una de las mesas saca una bolsa, más suave que una maleta, que yo no había visto antes. Recoloca algo en el interior de la bolsa, que es pequeña y no llama la atención. Son las pertenencias que se llevará consigo.

Siento de nuevo el nudo en la garganta.

—Nos escribirás para decirnos que estás a salvo, ¿verdad? —pregunto con un hilo de voz. Ella no responde, solo asiente ligeramente y sigue recolocando la ropa, intentando hacer más hueco. Claro, yo no estaré aquí para recibir su mensaje. Me habré ido y ella ni siquiera lo sabrá.

Me acerco para abrazarla, pero ella se tensa y me aparta. Yo me sonrojo, dolida por el rechazo.

—¿Qué sucede? —Me pregunto si habré hecho algo para ofenderla una vez más.

—No me voy.

—¿Qué quieres decir? Claro que te vas. —Por un momento pienso si estará de broma, pero me mira con mucha seriedad. Me dispongo a enumerar de nuevo todos los argumentos por los que no puede quedarse aquí y por los que sería absurdo desperdiciar el visado—. Te vas.

—Te vas tú —dice ella.

Me quedo mirándola con incredulidad.

—No te entiendo.

Astrid me ofrece el sobre que ha traído Luc.

—Necesitas el visado. Para irte con Theo.

No acepto el sobre y ella deja la mano suspendida en el aire.

—No puedes dármelo a mí.

—Te llevarás mi *kennkarte* —continúa—. La foto no es muy buena. Si te tiñes el pelo y no levantas mucho la cabeza, nadie sabrá que no eres yo. Y podrás llevar a un niño con los papeles.

—No puedes hablar en serio. —Me acerco a la bolsa que estaba preparando. Debajo de una fina capa con su ropa están los pañales y los patucos de Theo. Lo tenía planeado.

Entonces me ofrece de nuevo la carta.

—Debes marcharte esta noche, justo antes de que termine el espectáculo. Hay una estación de tren, no a la que llegamos el otro día, sino otra, a unos quince kilómetros hacia el sur. Tomarás el tren a Lisboa y en el consulado te darán el visado. —Hace que suene todo muy sencillo, como ir a comprar pan al pueblo—. Después utiliza el dinero de Erich para comprar un billete… —Continúa dando instrucciones, pero yo no la oigo. Veo en mi cabeza la cara de Luc. Se supone que me voy con él a empezar una vida juntos.

Al ver la duda en mi cara, se detiene a mitad de una frase.

—¿Qué pasa? —pregunta con impaciencia, como si yo estuviera poniendo en duda sus consejos sobre un número en el trapecio.

El visado es su única oportunidad de sobrevivir. Y está dispuesta a renunciar a todo por mí.

—No puedo aceptarlo —le digo—. Quedarte aquí siendo judía es un suicidio.

—Exacto. Y por eso debes marcharte con Theo.

—El visado es tuyo. Tienes que usarlo tú —insisto, enfrentándome a ella más que nunca.

—Lo he pensado bien —responde, sin dejarse convencer—. Esto es lo mejor. Es la única opción.

—Hay otra manera —digo tras tomar aliento—. Llévate a Theo. Así los dos estaréis a salvo. —Las palabras se me clavan en la garganta como trozos de cristal. Podría darle a Theo y los dos estarían a salvo. Pero renunciar a él me destrozaría.

—No. Theo te pertenece —insiste Astrid—. Eres tú la que debe irse.

Yo me voy, pero con Luc. Aunque, claro, ella no lo sabe. Está dispuesta a renunciar a todo por mí y yo sigo mintiéndole.

—Astrid —le digo lentamente—. Sí que me voy.

—No te entiendo —responde con el ceño fruncido—. Acabas de decir que no aceptarás el visado. ¿Cómo vas a marcharte?

—No, pero Luc…

—¿Otra vez él? —me interrumpe con los ojos entornados—. El hijo del alcalde. ¿Qué tiene que ver él con esto?

—Está aquí, en Alsacia. —Veo la ira en su mirada—. Él es quien ha traído la carta de tu hermano —añado, con la esperanza de que eso ayude. Pero, a juzgar por su expresión, no es así.

—Me prometiste, no, me juraste que no volverías a verlo —me dice—. Y aun así lo hiciste, después de todo el dolor que me ha causado.

—Yo no… quiero decir que no era mi intención —protesto sin fuerza. Entonces me detengo, porque no quiero volver a mentir—. Siento no habértelo dicho. Luc se va con los maquis. —Me pregunto si eso hará que le respete más.

Pero su rabia no parece disminuir.

—Pues bien por él. —«Por fin», es lo que parece decir su tono—. Que tenga buen viaje —añade sin mucho afán. Yo noto que empiezo a enfadarme con ella. Luc intentó ayudar a Peter, arriesgó su propia vida para traerle a ella la carta de Jules. Y, pese a todo lo que ha hecho por nosotras, ella sigue sin aceptarlo. Lo odia por ser quien es. Nunca lo verá de otro modo—. Sigo sin entender qué tiene que ver él con que no aceptes el visado.

—Luc ha ido a contactar con la resistencia y después volverá. Quiere que me vaya con él. —Se hace el silencio y Astrid se queda mirándome con asombro—. Y Theo. Luc quiere cuidar también de él.

—¿Cuándo? —pregunta al fin.

—Esta noche.

—¿Así que ibas a marcharte con él sin decírmelo? Ibas a desaparecer sin más.

—Iba a marcharme después de que te fueras tú —le digo, como si eso fuese a servir de algo—. Lo siento.

—¿Y dónde pensabas llevarte a Theo exactamente? —me pregunta—. No tendrías cobijo, ni tarjeta de transporte, ni siquiera papeles decentes. No es lugar para un niño, no habrá nadie allí que pueda cuidarlo. ¿Qué pensabas hacer? ¿Llevarlo contigo mientras vas por los bosques con los partisanos? —Mientras enumera los fallos de mi plan, me doy cuenta de todas las cosas que Luc y yo habíamos pasado por alto con la emoción del momento.

—Nos las apañaremos —insisto con testarudez.

—Bueno, eso ya no importa —declara Astrid—. Ahora tienes el visado y te marchas.

Vuelvo a intentarlo.

—Irme con Luc sería más seguro que irme sola.

Astrid niega firmemente con la cabeza.

—Llegar a Lisboa y salir de Europa sería lo más seguro. Debes ser fuerte. Tienes que hacer lo mejor para Theo. —Vuelve a ofrecerme la carta, como si estuviera todo decidido.

Yo me dispongo a aceptar el sobre, pero vacilo al imaginar la vida que me espera junto a Luc. Se lo devuelvo.

—No —le digo con fuerza. Ahora decido por mí. Mi futuro está al lado de Luc. Y, si me voy con él, ella se quedará con el visado. Así ambas tendremos una oportunidad.

Ella me mira sorprendida.

—¿Cómo te atreves? Te lo he ofrecido todo ¿y quieres renunciar a ello por un chico?

—No es tan sencillo…

—Te lo digo por última vez: toma la carta y vete. —Me la ofrece una vez más y su voz suena fría como el acero. El espacio que nos separa parece hacerse más grande.

La miro, vacilante. Si me voy con Luc en contra de su voluntad, eso será lo que nos separe para siempre. En otro momento habría hecho lo que ella me pidiera, cualquier cosa con tal de ganarme su aprobación, pero algo ha cambiado en los últimos días. He sido yo la que ha tenido que cuidar de ella, tomar decisiones por ella, por todos nosotros en realidad. No puedo seguir haciéndole caso. Tengo que hacer lo que creo que es mejor.

—Lo siento —digo dando un paso atrás.

Me mira sorprendida y después entorna los ojos con rabia. Luego me da la espalda.

—Astrid, espera —le digo para volver a intentarlo. Si al menos pudiera hacerle entrar en razón, pero se aleja y me deja sola.

A lo lejos suena la campana que indica al público que ocupe sus asientos. Y nos convoca, por última vez, a volar por el aire.

CAPÍTULO 25

NOA

Así que va a ser la última función.

Las lágrimas resbalan por mis mejillas cuando la música del comienzo va *in crescendo* y las luces se apagan. ¿Qué es lo que me pasa? Pensaba que era lo que deseaba, abandonar el circo y encontrar el camino hacia la libertad para Theo y para mí, disfrutar de un futuro con Luc. Pero acabo de descubrir esta vida y es ahora cuando empiezo a amarla. No estoy preparada para irme.

—¡Trapecistas, al trapecio! —grita alguien. Entro en la carpa y busco a Astrid. No la veo y me pregunto si estará tan enfadada como para negarse a actuar conmigo. Pero enseguida aparece por el extremo opuesto de la carpa y camina hacia la pista con la mandíbula apretada. Yo vacilo. ¿Cómo podemos actuar en equipo si está furiosa conmigo? Pero el público espera en la oscuridad, ajeno a todo. No hay otra opción.

Subo por la escalera frente a Astrid y agarro la barra.

—¡Ha! —grita ella, y yo vuelo en su dirección. Cuando me suelto, veo en sus ojos la rabia. No, no es eso. Es dolor y traición. Sus manos no me alcanzan. Quiere equivocarse, fallarme como yo le he fallado a ella. Caerme aquí no sería como cuando estábamos en el cuartel de invierno, o incluso como en el pueblo anterior. La red está mal puesta y el suelo que hay debajo está durísimo. Si me caigo aquí, moriré. Cierro los ojos y comienzo a caer, a alejarme de ella.

Entonces algo me agarra del tobillo. Astrid me ha salvado en contra de su voluntad. Pero ha llegado un poco tarde y me ha agarrado del empeine y no del tobillo, lo que hace imposible que aguante mucho. Empiezo a resbalar entre sus dedos. Ella me lanza desesperada en dirección a la barra para regresar, pero le falta su precisión habitual. Me lanza con tanta fuerza que realizo un salto mortal por el aire. El público aplaude al confundir el fallo con un nuevo truco.

Mis brazos encuentran la barra. Regreso a la plataforma y me subo con torpeza. Cuando me enderezo, me dan ganas de terminar ya el número. Esto ya ha ido demasiado lejos. Pero Astrid espera en la otra plataforma y me ordena terminar lo que hemos empezado.

—¡Ha!

Antes de poder responder, se oye una explosión seguida del retumbar de la tierra y otro golpe más fuerte. Nos miramos nerviosas y olvidamos por un instante la rabia que hay entre nosotras. Los ataques aéreos no son nada nuevo; se producen desde el inicio de la guerra, primero por parte de los alemanes para debilitar a los países que querían ocupar y, más recientemente, por parte de los Aliados en territorios alemanes. Se producen con brusquedad, sin importar a quién pillen por medio. Desde que regresamos a Alsacia, suceden casi a diario. Pero esta es la primera vez que ocurre durante la función. La carpa tiene que ser el edificio más grande a las afueras del pueblo. Quizá eso nos convierta en un buen objetivo desde el aire.

Se produce otra explosión, más cerca esta vez. Algunos espectadores huyen de sus asientos en dirección a las salidas, y el serrín y el yeso de los postes de la carpa ensucian el aire. La carpa no sirve de protección. Quizá deberíamos poner fin al espectáculo y dejar que todos se vayan a casa. Miro a Astrid a los ojos. «Sigue actuando», me ordena con la mirada. No podemos permitirnos devolver el dinero de la entrada, que el público sin duda exigiría si canceláramos el resto del espectáculo. Me tiemblan las manos cuando alcanzo la barra y otra explosión amenaza con hacerme caer. Pero me agarro con más fuerza. Una vuelta más es lo único que me separa de la libertad.

—¡Ha! —Vuelo por el aire y Astrid me atrapa y me lanza de vuelta por última vez.

Acabado el número, el público aplaude temeroso. Hora de irse… al fin. Salgo de la carpa y atravieso el patio en dirección a la cabaña donde duermen Theo y Elsie, que se supone que está cuidando de él. Me pongo la ropa de calle antes de recoger la bolsa que Astrid ha preparado. Levanto a Theo, que se agita y me mira con ojos somnolientos.

—Hora de irnos —le susurro antes de salir de la cabaña.

Mientras atravieso el patio, veo a Astrid una vez más. Me hace un gesto con la mano para que me acerque. Por un momento albergo la esperanza de que nuestra actuación haya suavizado su rabia. Pero, según me acerco, veo que todavía le brillan los ojos. Me arrebata a Theo.

—Esto sí que lo echaré de menos —dice aferrándolo contra su pecho.

—Astrid… —Busco alguna palabra que pueda mejorar la situación entre nosotras, pero no encuentro ninguna.

—Vete —me ordena cuando me devuelve al niño, que emite un pequeño grito de protesta—. Al menos no tendré que volver a verte. —Sus palabras se me clavan como un cuchillo y, cuando se da la vuelta y se aleja, sé que no habrá más despedidas.

Quiero ir tras ella. No puedo soportar la idea de irme sabiendo que Astrid está furiosa conmigo, pero no hay elección. Le dije a Luc que me reuniría con él a las nueve en punto, dentro de quince minutos. Tengo que encontrarlo.

Desde la carpa llega el estruendo de la música. Se oye la voz de Emmet por el altavoz, que no puede compararse con la voz de su padre. Miro hacia allí agradecida. El circo ha sido mi refugio; mi seguridad y mi hogar, como nunca habría imaginado. Incluso ahora, cuando ya apenas queda nada, el circo sigue siendo la familia más auténtica que conozco. Cuando me marche, ¿podré volver a sentirme así alguna vez?

Entonces enderezo los hombros y me alejo con Theo. ¿Qué recordará él de todo esto? Me obligo a no quedarme parada cuando paso junto a los vagones del tren. Corro agachada para que nadie me vea, con cuidado de no agitar al niño con demasiada fuerza. «Más deprisa», oigo a Astrid en mi cabeza según voy ganando velocidad, dirigiéndome hacia el este, en la dirección que dijo Luc. Me gustaría contar con el cobijo de los árboles, pero el terreno aquí es yermo y llano. Alguien podría vernos en cualquier momento y preguntar por qué me voy. Intento ir más despacio, caminar con normalidad mientras trato de recuperar el aliento.

Camino hacia la cantera y las risas y los aplausos del público se pierden a mis espaldas, al tiempo que afloran de nuevo mis dudas. ¿Cómo sobreviviremos Luc y yo con un niño y nada más? Trato de no pensarlo. Quiero irme con él. Imagino la vida en común que me ha prometido. Pese a mis miedos, seríamos dos, unidos en la lucha por nuestra supervivencia y la de Theo. Sin él, estaría sola… de nuevo.

Ya estamos lejos del circo y el terreno se vuelve rocoso, con pendientes pronunciadas. Agarro a Theo con fuerza e intento no caerme. El camino que he seguido termina en lo que parece ser un agujero abierto en la roca. Luc dijo que estaría ahí en el descanso, esperándome.

Pero la cantera está vacía.

Me digo a mí misma que es pronto aún, para no preocuparme. Inspecciono los matorrales que crecen entre las rocas al otro extremo de la cantera, preguntándome si se habrá escondido allí. Pero las ramas no se mueven.

Pasan cinco minutos, después diez. Luc sigue sin venir. Repaso en mi cabeza una lista de excusas: se ha perdido, ha tenido que volver sobre sus pasos para asegurarse de que no le seguían. Quizá se haya puesto enfermo. Theo, cansado o quizá hambriento, comienza a alterarse.

—Shh —le digo para intentar calmarlo, y saco del bolsillo un trozo de galleta que había dejado allí antes—. Solo un poquito más.

Miro más allá de la cantera, hacia el campo llano y vacío. El pánico se asienta en mi estómago como una piedra. Luc no va a venir.

¿Cómo es posible que esté ocurriendo esto? Nuestros planes estaban claros. Tengo miedo. Quizá le haya ocurrido algo. Veo su cara horas antes. Me había pedido que me fuera con él, y parecía encantado cuando le dije que sí. ¿Habrá cambiado de opinión y habrá decidido que marcharse con Theo y conmigo sería demasiado? O quizá Astrid tuviera razón desde el principio. Me quedo quieta en la cantera fría y oscura, notando el picor de las lágrimas en los ojos; ingenua y abandonada una vez más.

Algo me roza entonces la mejilla. Theo me está mirando y levanta los brazos hacia mí igual que en el bosque la noche que me lo llevé del vagón. Recuerdo partes de aquella noche: un pequeño puño cerrado y rígido que jamás volvería a abrirse, unos brazos estirados en busca de una madre que ya no estaba allí. Imágenes que no puedo tener durante el día. Dejo escapar un sollozo. No lloré cuando mi padre me abrió la puerta y me echó de casa sin nada más que mi bolso. Tampoco cuando vi el vagón con niños robados, muertos o moribundos. Ahora, en cambio, las lágrimas se precipitan y lloro por todo aquello. Me llevo las manos a los ojos para que cesen las visiones. Es inútil; cargaré para siempre con esa noche en el vagón del tren. No salvé a Theo solo por él, sino también por mí, para intentar lograr la redención.

Quizá siga siendo así. Veo a Astrid frente a mí, ofreciéndome el billete hacia la libertad. Está tan enfadada que no sé si me lo daría ahora. Y una parte de mí no desea aceptar el visado, que es su única oportunidad de sobrevivir. Pero le debo a Theo intentarlo.

Miro hacia el cielo. «Jamás volverás», me dijo Astrid una vez. Tiene razón. No puedo contar con Luc igual que no puedo contar con mi familia para que me salve. En vez de eso, buscaré un lugar donde Theo pueda estar a salvo. Ya no estoy buscando a Luc ni a mis padres. Lo que busco es un hogar que sea mío.

Miro por encima del hombro hacia la carpa del circo. Si regreso ahora para el saludo final, nadie, salvo Astrid, sabrá que me he ido. Puedo pedirle el visado después del espectáculo. Me pongo a Theo en la otra cadera. Empieza a llorar con fuerza y sus llantos inundan la oscuridad mientras salgo de la cantera.

—Shh —le digo. Miro una última vez hacia el lugar por donde debería haber aparecido Luc. Al no ver a nadie, me doy la vuelta y regreso al circo.

Me aproximo a la carpa de vuelta. Entonces, al recordar la rabia de Astrid al marcharme antes, aminoro el paso. ¿Qué puedo decirle para que me perdone? Al llegar al patio, oigo la música del último número. Todos los artistas se reúnen para el saludo final. A través de la solapa de la carpa, veo el lugar donde normalmente me coloco yo, sobre la plataforma, e imagino la cara de confusión de Gerda, que suele estar a mi lado, preguntándose dónde me habré metido. Me embarga el deseo de ir al lugar al que pertenezco, con la familia del circo una última vez. Y, aunque me entristece que Luc no haya venido y que pronto vayamos a irnos de nuevo, una parte de mí se alegra de estar en casa.

Pero, según me acerco a la carpa, mi felicidad se esfuma. El aire huele raro, como si alguien hubiera quemado las palomitas dulces, pero más fuerte. Noto el olor a quemado. Hay un incendio, y no está lejos. Recuerdo el ataque aéreo que oímos durante nuestro número. No ha caído ninguna bomba cerca, pero quizá sean restos de metralla, o incluso un cigarrillo que haya lanzado alguien en la feria. ¿Será en la carpa? Siempre hemos tomado muchas precauciones contra el fuego. Miro hacia arriba y veo algo que brilla en la lona junto al mástil principal: una llama, que va haciéndose más grande mientras la miro. Nadie, salvo yo, parece haberse dado cuenta aún: ni la gente del público que todavía está en la carpa ni los artistas que se dirigen hacia el patio.

Agarro a Theo con más fuerza y echo a correr.

CAPÍTULO 26

ASTRID

Estoy de pie en la plataforma sobre la pista del circo. Sola, una vez más.

Después de que Noa se fuera, me subí a la plataforma. «Que te vaya bien», me daban ganas de decir cuando me la imaginaba. En su lugar, descubrí que me dolía su pérdida. Aun así no era a Noa a quien maldecía en ese momento, sino a mí misma. ¡Me odiaba por haber vuelto a implicarme emocionalmente! Era como cuando Erich me abandonó. Recordé la lección que aprendí el día que me fui de Berlín, grabada ahora en mi cerebro: la única persona en quien puedo confiar en esta vida soy yo misma.

Tanto mejor, me digo ahora. Sin Noa, puedo usar el visado para irme con mi hermano. Tras el saludo final, me escabulliré antes de que nadie se dé cuenta. Dejo de pensar en Noa y en Theo y me centro en Jules, que me está esperando.

La música me da el pie y desato las cuerdas de sus amarres. Emmet me ha dicho en el último minuto que ha vuelto a añadir el número de la cuerda vertical en la segunda parte del espectáculo. Fue entonces cuando me fijé en las cuerdas nuevas, que habían instalado a toda prisa en el lugar donde el relojero se colgó días atrás. Quise protestar. No era que estuviera sensible por lo de Metz. El motivo era que hacía semanas que no practicaba ese número, y el trapecio de por sí ya sería bastante

321

agotador. Pero no quería darle a Emmet motivos para discutir; al fin y al cabo, iba a ser la última función antes de marcharme para siempre.

Me enrollo las cuerdas y salto de la plataforma. No hay barra a la que agarrarse, solo las dos finas tiras de satén. Doy vueltas a su alrededor y estiro una pierna. Si volar con el trapecio es como la gimnasia, como le dije a Noa en una ocasión, la cuerda vertical es como la natación, fluida y elegante. O al menos así era antes; ahora siento la debilidad en los brazos porque hace semanas que no entreno, y realizo movimientos bruscos. Hago el número con gran esfuerzo, pero el público no parece darse cuenta.

Regreso a la plataforma y estallan los aplausos. Estoy sudando. No me bajo de la escalera. Mi número es el último antes del final y tengo que quedarme allí para el saludo. Mientras los elefantes saltan, intercalados con las amazonas a caballo, se oye un grito abajo. «¡Fuego!», grita alguien. Entonces lo veo; el destello de las llamas detrás de las gradas, que van creciendo a cada segundo. Las llamas están solo en un lado de la carpa. Si todo el mundo sale por la otra salida, no pasará nada. Ya hemos hecho simulacros de incendio en otras ocasiones. Herr Neuhoff o Peter, de haber estado aquí, nos dirían que mantuviésemos la calma.

—¡Fuego! —grita de nuevo una mujer, y todos empiezan a correr, empujándose unos a otros mientras huyen y tropiezan. Los espectadores de las primeras filas ocupan la pista y asustan a los elefantes, que salen en estampida.

Yo contemplo aterrorizada la pesadilla que se desarrolla abajo. La parte superior de la carpa está en llamas. En otros tiempos, los trabajadores habrían agarrado los cubos de arena y agua, siempre colocados junto a cada pilar, y habrían luchado por salvar la carpa. Pero ya se han ido casi todos, despedidos por Emmet. Un forzudo lanza arena y después arroja el cubo antes de salir corriendo en la otra dirección. Los adiestradores tratan de salvar a los elefantes, intentando sacarlos de la carpa. Pero los animales se resisten y golpean el suelo fuertemente con sus pezuñas, así que los adiestradores huyen. El tigre está tumbado sin moverse, derrotado por el humo. ¿Qué haría el circo sin él? Entre las llamas veo la sombra oscura de Emmet, que huye, cobarde hasta el final.

Yo permanezco inmóvil sobre la plataforma, contemplando la escena de abajo como si fuera una película. Pero el calor, que empiezo a sentir en mi piel, me recuerda que es real. Recuerdo que, antes de recibir la carta de Jules, quería morir. Si no hago nada, todo se habrá acabado. ¿Sería eso tan horrible? Siento que Jules y la vida en América se me escapan como en un sueño.

No. Sacudo la cabeza para despejármela. Mi hermano está esperándome. Tengo que salir. Me dirijo hacia la escalera. Pero, cuando empiezo a bajar, uno de los elefantes se da la vuelta, golpea la escalera y afloja sus anclajes. Se balancea hacia los lados. Yo me agarro a los peldaños cuando empieza a soltarse. Queda inclinada hacia un lado y amenaza con caerse en cualquier momento.

Miro desesperada a mi alrededor. La barra del trapecio está a más de un metro por encima de mi cabeza, casi fuera de mi alcance. Me lanzo hacia ella y la agarro con una mano. ¿Y ahora qué? Hay demasiada gente abajo, corriendo por debajo de la red, como para caer con seguridad. Me fijo en la plataforma de enfrente, después agito con fuerza los pies para intentar columpiarme hasta ella. Pero está demasiado lejos. Es inútil.

Me quedo allí colgada, impotente, con el humo inundando mis pulmones y haciendo que me lloren los ojos. Siento el dolor en los brazos, que ya estaban cansados del espectáculo. Debo aguantar. Unos minutos más y ya no habrá nadie abajo a quien lesionar cuando caiga. Pero será demasiado tarde; la red está ardiendo también, lo que imposibilita un aterrizaje seguro.

—¡Astrid! —grita una voz entre el humo. Noa. Está en la entrada de la carpa. ¿Por qué ha vuelto?

Comienza a avanzar hacia mí con los ojos muy abiertos.

—¡Astrid, aguanta! —Mira a Theo, que se retuerce en sus brazos, y después a mí, sin saber qué hacer. Veo que le entrega el niño a una de las bailarinas y le ruega que lo saque de allí, lejos del humo y del calor abrasador. Pero a la bailarina le entra el pánico y huye, dejando al niño atrás. Noa se dirige hacia la otra escalera sin soltar a Theo.

—¡Fuera! —le grito. ¿En qué está pensando para ponerse en peligro a sí misma y al niño? Pero ella sigue subiendo. Al llegar arriba, deja a Theo en la plataforma lo más alejado posible del borde para que no se caiga y asegura el extremo de su manta a la plataforma. Después agarra la barra y salta; parece fuera de lugar vestida con su ropa de calle.

—¡Astrid, intenta agarrarme! —grita mientras se columpia. Yo no me suelto. Noa nunca en su vida me ha agarrado. No podrá hacerlo—. Astrid, tienes que soltarte. —Lo último que deseo ahora mismo es que Noa me salve—. Peter querría que lucharas —añade—. No te rindas así.

—Peter ya no está —murmuro.

—Lo sé. Pero nosotros estamos aquí. Y, si no te sueltas, moriremos todos, incluido Theo. Astrid, tienes que soltarte. —Sus palabras, que me recuerdan a las mías cuando llegó al circo, son ciertas. Desesperada, me doy la vuelta, me cuelgo con las piernas de la barra y extiendo los brazos hacia ella. Me columpio y me estiro hacia ella. Falla y vuelvo a intentarlo.

Nuestras manos se encuentran y veo una mirada triunfal en sus ojos.

—Te tengo —dice, pero yo no le devuelvo la sonrisa. Esto no cambia nada.

—Volvamos —le ordeno. Pero ¿cómo? No puede columpiarme hasta la plataforma—. Ahí —le digo señalando un rincón de la red, cercano a la escalera, donde todavía no ha llegado el fuego—. Lánzame en esa dirección.

—¿Quieres que te deje caer? —me pregunta con incredulidad.

—No hay otra opción. Apunta hacia el rincón y lánzame con fuerza. —Ella mira hacia abajo con reticencia—. Tienes que hacerlo ahora. —En cuestión de minutos toda la red será pasto de las llamas y se esfumará mi única vía de escape—. Tienes que soltarme. —Noa toma aliento y agita las piernas para impulsarse y columpiarnos a ambas en esa dirección. Yo aguanto la respiración. Noa nunca ha agarrado ni lanzado a nadie en su vida. Pero entonces me suelta y su puntería es buena. Me lanzo con suavidad hacia abajo, con el cuerpo rígido y las rodillas flojas, y aterrizo en el trozo de red que permanece intacto, justo en el borde.

Miro hacia arriba y veo que Noa sigue colgada del trapecio. Me gustaría decirle que salte también, pero Theo sigue arriba, en la plataforma.

—¡Deprisa! —grito. Se columpia hacia arriba, desesperada por alcanzar la tabla. Resbala y está a punto de caer, pero sus dedos se agarran al borde y se incorpora sobre la plataforma.

Recoge a Theo y empieza a bajar por la escalera. Pero sus movimientos son lentos y torpes mientras intenta descender sin soltar al niño, que grita y patalea llevado por el miedo.

—¡Dámelo! —grito mientras corro al pie de la escalera.

—¡Atrápalo! —grita, y deja caer a Theo hacia mí. El pequeño aterriza en mis brazos de golpe y grita con más fuerza. Le tapo la nariz y la boca. Tengo que sacarlo de aquí cuanto antes. Me choco contra un hombre que está intentando huir y siento un intenso dolor en el hombro. Agarro a Theo con más fuerza para no dejarlo caer. Miro hacia la puerta abierta, por donde entra el aire fresco.

Por encima de mi cabeza oigo un crujido que se convierte en un gemido.

—¡Fuera! —grita alguien mientras me empuja hacia la salida. Yo me doy la vuelta y veo que Noa sigue intentando llegar al suelo, pero está demasiado arriba como para que yo la alcance.

La escalera comienza a balancearse y se inclina hacia un lado. Oigo un fuerte estruendo y el trapecio comienza a desmoronarse sobre mí. La carpa ha quedado debilitada por las llamas y empieza a venirse abajo.

Salgo a través de la solapa de lona sin soltar a Theo. Con un último estruendo ensordecedor, la carpa se derrumba sobre el fuego. Y Noa desaparece con ella.

CAPÍTULO 27

NOA

Theo ha desaparecido.

Lo busco frenéticamente en la oscuridad. Pero mis brazos no lo encuentran, como sucedió aquella noche en la que intenté alcanzarlo en el tejado de la estación de tren. No está.

—¡Theo! —grito una y otra vez, pero no hay respuesta.

—Aquí está. —Astrid. Suena muy lejana. Intento abrir los ojos, pero noto como si tuviera la cara cubierta de esquirlas de cristal y solo puedo entreabrirlos. Lo justo para ver a Theo, a quien ella ha colocado encima de mí. Está aquí, pero no siento su roce debido al dolor abrasador, como si me hubieran picado mil abejas.

Estoy tendida en el suelo, a unos cinco metros de la carpa principal. ¿Cómo he llegado hasta aquí? A lo lejos humea lo que queda del *chapiteau*, que ha quedado reducido a un montón de lona chamuscada y mástiles rotos. La brigada antiincendios echa agua encima, ya demasiado tarde, para que no salten chispas y prendan fuego al bosque cercano, completamente reseco.

Intento tomar en brazos a Theo, pero Astrid vuelve a tumbarme con suavidad en el suelo.

—No —respondo con voz rasgada—. Tengo que hacerlo.

—Me lo coloca más arriba sobre el pecho sin soltarlo—. ¿Está bien?

—Perfectamente —me asegura ella. Observo al niño para ver si el humo ha dañado sus pequeños pulmones. Tose una vez a modo de protesta, pero tiene buen color y le brillan los ojos.

Luego me recuesto, incapaz de mantener la cabeza levantada durante más tiempo.

—Descansa —me dice Astrid y, cuando me quita a Theo de encima, veo que tiene quemaduras en los brazos.

—¿Qué ha ocurrido? —le pregunto. Ella vacila, como si no quisiera contármelo—. No soy una niña, ¿recuerdas? Nada de esconder la verdad.

—La carpa se te derrumbó encima —responde.

Revivo el momento en mi cabeza, recuerdo cómo me ha sacado de entre los restos que se me habían caído encima y me aprisionaban contra el suelo.

—No siento las piernas —le digo, e intento tomar aire. Noto un dolor agudo al respirar, después empiezo a toser y el dolor se intensifica y se extiende a todo mi cuerpo.

Astrid me limpia la boca con su manga y, cuando la retira, está manchada de rojo. Veo el pánico en su cara cuando empieza a mirar a su alrededor.

—¡Un médico! —grita, y por su voz quebrada sé que no es la primera vez que intenta pedir auxilio.

Pero nadie responde ni acude en nuestra ayuda. Estamos solas.

—Pronto vendrán a socorrernos —me promete.

A lo lejos oigo el zumbido de una sirena. La policía tampoco tardará en llegar. Harán preguntas, investigarán.

—El visado —recuerdo. Se supone que Astrid debería marcharse de inmediato—. Después de esta noche, no servirá de nada. Tienes que irte.

Ella agita la mano como si estuviera espantando una mosca.

—No te abandonaré. —Minutos antes quería perderme de vista, pero ya no está enfadada. Al fin me ha perdonado. Ya conoce todos mis secretos y no me ha dado la espalda, que es lo único que yo deseaba desde el principio. Siento un alivio que supera a mi dolor.

—Tienes que irte —insisto. Levanto la mano y acaricio a Theo—. Llévatelo contigo. —Las palabras se me clavan en la garganta.

—Pero… —empieza a protestar ella.

—Ahora —añado—. O será demasiado tarde. —Vuelvo a recostarme sin apenas fuerzas.

—Tú puedes irte todavía —me dice ella, que se niega a ver la verdad ante sus ojos—. Te daré el visado como te dije antes. Puedes marcharte con Theo y podréis estar juntos los dos.

Parece tan sincera que, por un segundo, estoy a punto de creerla.

—No —digo al ser consciente de la realidad una vez más. Mi sueño de alcanzar la libertad con Theo ha quedado destruido. Vuelvo a toser y trato de tomar aire.

—Voy a encontrar ayuda —me repite Astrid mientras empieza a levantarse.

—Quédate conmigo. —Utilizo mi última pizca de energía para estrecharle la mano—. No voy a lograrlo.

Ella niega con la cabeza, pero, al mismo tiempo, es incapaz de negar la verdad que tiene ante sí.

—No puedo dejarte atrás —me dice, todavía luchando.

—¿Qué opción tenemos? —El circo ha desaparecido; el fuego ha destruido lo que la guerra no ha podido destruir—. Tienes que llevarte a Theo. Eres su única esperanza.

Theo se retuerce sobre mi regazo, como si reconociera su nombre por primera vez. Yo le acaricio la cabeza y, en ese momento, veo ante mí al hombre en que se convertirá. No me conocerá. Las lágrimas brotan de mis ojos y me queman la piel de las mejillas. Como sus padres biológicos, me borraré de su memoria para siempre.

«Algún día tendrás que renunciar a él». Recuerdo las palabras de Astrid la noche de la primera función con tanta claridad como si estuviera diciéndomelas ahora, aunque sus labios no se mueven en absoluto. Como si se hubiera cumplido una de las predicciones de Drina.

—Lo has logrado —me dice entre lágrimas—. Te has convertido en trapecista. —Y, en ese momento, lo tengo todo.

Casi todo.

—Luc —digo. Aunque me ha fallado, no puedo evitar pensar en él. El dolor recorre mi cuerpo al recordar su traición—. Tenías razón con respecto a él. Intenté reunirme con él como planeamos, pero no apareció. No le importaba.

—No, no, eso no puede ser cierto —protesta Astrid—. Vino hasta aquí por ti. No tiene sentido. Seguro que tuvo una razón. Si quieres, intentaré encontrarlo por ti —me ofrece—. Averiguaré por qué no pudo reunirse contigo y le diré lo que ha ocurrido. —Ambas sabemos que eso es imposible. Luc ha desaparecido y ella no tiene manera de encontrarlo.

Pero la quiero por ofrecerse.

—Primero elogias mi trabajo en el trapecio y ahora eres amable con Luc —murmuro—. Sí que debo de estar muriéndome. —Ambas nos reímos y noto la garganta áspera y el dolor en el pecho.

Astrid me quita a Theo y lo mece en sus brazos. Si al menos fueran los míos. Levanta la cabeza. Percibo cierta claridad en ella ahora y, en el brillo de sus ojos, veo a todos los hermanos de la gran familia circense que vinieron antes que ella. Hace solo unas horas no estaba segura de que ella pudiera sobrevivir. ¿Cómo lograría huir y cuidar de Theo? Pero ahora me parece más fuerte que antes de perder a Peter. Y, con Theo, no estará sola. Me mira mientras lo mece con suavidad, sin entender nada.

—Vete ya, antes de que sea demasiado tarde —consigo decirle utilizando las pocas fuerzas que me quedan. Ella no protesta, me da un beso en la mejilla y me acerca a Theo para que haga lo mismo.

Tienen que marcharse ahora que no hay nadie mirando. Cierro los ojos, sabiendo que no se irá mientras yo siga aquí. No se marcha, sino que se tumba a mi lado con Theo en brazos. Yo intento que mi respiración se vuelva más lenta y, de pronto, volvemos a estar los tres en el vagón, durmiendo juntos como antes. Noto que se aparta y el espacio que deja junto a mí se vuelve frío. Se levanta y comienza a caminar hacia los árboles.

Yo me obligo a mantener los ojos cerrados, incapaz de verlos marchar.

Cuando vuelvo a abrirlos, ya se han ido.

Pero no estoy sola. El cielo se ha despejado y, cuando miro hacia las estrellas, veo caras. Primero a Peter, que vigila a Astrid.

—Lo conseguí. —La he salvado, aunque no como él tenía planeado.

Luego, más alejado, veo a Luc. Nunca sabré por qué no se reunió conmigo, pero lo perdono. «Espérame, mi amor. Ya voy».

Y por último veo a Herr Neuhoff. Después de la función, cuando los artistas han saludado y han abandonado la pista, él permanece donde empezó, solo bajo el foco. Recorre a la multitud con la mirada y se toca el sombrero a modo de invitación y de despedida.

Y, después, la oscuridad.

EPÍLOGO

ASTRID

París

No era yo la que debía sobrevivir.

Se me aclara la mirada. Sigo de pie frente al vagón, contemplando la litera vacía. Casi puedo sentir a Noa tumbada a mi lado, su mejilla cálida pegada a la mía mientras dormimos.

Todavía era de noche cuando los ojos de porcelana de Noa se cerraron por última vez. Ya había visto antes cuerpos destrozados; el relojero e incluso una vez un domador devorado por un tigre. Pero lo de Noa iba mucho más allá. Los mástiles de la carpa que se le cayeron encima le destrozaron las piernas y probablemente le rompieron la espalda. Podría haber huido cuando comenzó el incendio. Sin embargo, regresó para salvarme… y eso le costó la vida.

Me froto los ojos al recordar. Aunque yo había tenido muchos hermanos, estaba mucho más unida a ella, como la hermana que nunca tuve. Había estado dispuesta a renunciar a mi libertad por ella. Eso ya no era posible contemplando sus lesiones, por supuesto. Al mirar su cara de lástima y su cuerpo destrozado e impotente, me sentí incapaz de abandonarla. Sin embargo, yo era la única esperanza de supervivencia para Theo. Así que esperé a que Noa cerrara los ojos por última vez y me alejé hacia el bosque abrazando al niño con firmeza. Estaba sola de verdad por primera vez en mi vida.

La suerte pareció sonreírnos a Theo y a mí cuando escapamos, como si hubiera decidido que ya habíamos sufrido bastante.

Llegamos hasta Lisboa principalmente en tren, y a pie para entrar en la ciudad como tal. Allí el visado que me había conseguido mi hermano estaba esperándome en el consulado. Aunque la ciudad estaba llena de refugiados desesperados por huir, el dinero que había ingresado Erich fue suficiente para comprar un billete para un barco de vapor. Pequeños golpes de suerte, cuando antes había habido tan pocos. Quizá fuese más de lo que merecía.

Pocas semanas después de que nuestro barco llegara a Nueva York, recibimos la noticia de que los Aliados habían desembarcado y se dirigían hacia París. Aunque aún no se hubiese producido, el final de la guerra ya estaba cerca. A mí me consumían las dudas: quizá había sido un error huir de Europa. Quizá hubiéramos estado a salvo. Pero no había vuelta atrás.

Jamás volví a volar tras la noche del incendio. Encontramos una vida a las afueras de Tampa, donde mi hermano Jules dirigía la feria. Yo trabajaba vendiendo entradas y comida. Regresar al trapecio era algo que Jules y yo no habríamos podido soportar. Al principio temía que la vida sin actuar pudiera resultarme asfixiante y ajena, como me había sucedido con Erich. Pero, estando sola, era libre.

Es ahora cuando he regresado. Dejo a un lado los recuerdos y contemplo la exposición del circo, que celebra los espectáculos y los números de un tiempo pasado. Por supuesto, la exposición no menciona el mayor logro del circo: salvar vidas.

Hay una foto de Peter, resplandeciente con su disfraz de payaso. Detrás del maquillaje blanco se esconden esos ojos tristes y oscuros que solo yo conocía. En el pie de foto se lee: *Muerto en Auschwitz en 1945*. Eso no es del todo verdad. Décadas más tarde, gracias a los archivos de Yad Vashem, descubrí que fue sentenciado por un tribunal nazi de Auschwitz para morir ante un pelotón de fusilamiento. La mañana en que los guardias fueron a por él, descubrieron que se había ahorcado en su celda. Me pego a la gruesa lámina de cristal que recubre la foto y la maldigo por separar su imagen de mi piel.

¿Y qué fue de Erich? Durante algún tiempo no fui capaz de saber cuál había sido su destino. Me preguntaba si habría muerto en combate o si habría huido a Sudamérica como aquel carnicero nazi, Josef Mengele, y todos esos malnacidos que jamás fueron llevados ante la justicia. Pero, unos tres años después de que acabara la guerra, recibí una carta de un bufete de abogados de Bonn que me encontró a través de la cuenta bancaria de Lisboa y que me informaba de que Erich me había dejado una pequeña herencia. Fue entonces cuando descubrí que había muerto en el momento en que el edificio de apartamentos de la Rauchstrasse fue alcanzado por un proyectil de mortero. El edificio fue bombardeado el 7 de abril de 1944, pocos días después de que me reenviara la carta de Jules. El ataque aéreo se produjo durante la madrugada, cuando los que vivían allí todavía dormían. Yo también habría estado en la cama y seguramente habría muerto si Erich no me hubiera echado. Doné el dinero que me dejó al Comité Judío de Distribución.

Jamás volví a casarme. Logré recuperarme una vez después de Erich, pero perder a Peter fue demasiado para mí. Dos desengaños como los que yo viví eran suficientes para una vida entera.

En mi mente aparece la cara de Noa. En la exposición no hay ninguna fotografía de ella, salvo por un trozo de su cara que se ve detrás de una de las acróbatas en una foto donde todos los artistas realizan el saludo final. Actuó durante muy poco tiempo, como una nota a pie de página sin nombre en los siglos de historia circense. Pero la veo, joven y hermosa, en el trapecio, experimentando la maravilla de volar por primera vez. Ella también había conocido el desengaño, en una vida mucho más corta que la mía. Siempre me pregunté qué pasó con Luc. ¿Por qué no se reuniría con Noa aquella noche? Aunque nunca me cayó bien, parecía sentir algo por ella. ¿Qué le impediría acudir a su encuentro?

Esa es la cuestión que, en su mayor parte, me ha traído hasta aquí. Eso junto con la idea de averiguar dónde podría encontrar la respuesta, cuando me di cuenta de que el vagón que aparecía en el *Times* era el mismo. Contemplo una vez más el vagón y me fijo en el compartimento situado bajo la parte trasera. Noa y Luc se dejaban mensajes ahí, pensando que nadie más lo sabía. Sin embargo, yo los vi intercambiar confidencias en ese lugar como en un juego infantil. ¡Qué tontos! Si alguien más lo hubiera descubierto, nos habrían puesto en peligro a todos. Pero esperé, dejé que se divirtiera, vigilando con atención para asegurarme de que nadie más lo hubiese visto. Cuando leí en el periódico el artículo sobre la exposición, observé el vagón, que seguramente sería el nuestro, y pensé que cabía la posibilidad de que el chico le hubiera dejado allí un mensaje a Noa con alguna explicación.

Pero ahora descubro que el compartimento está vacío.

Me apoyo contra el lateral del vagón y presiono con la cabeza la madera gastada. Como al acercarte una caracola al oído para oír el mar, oigo en su interior voces que ya no están ahí. Después avanzo un poco más por la exposición.

Hay un óleo que no había visto antes en el que aparece una joven en un trapecio. Me quedo con la boca abierta. La figura esbelta y pálida tiene que ser Noa, con un traje de lentejuelas que yo misma le dejé. ¿De dónde habrá salido? Si alguien le hubiera hecho ese retrato mientras estaba en el circo, yo me habría enterado.

Me acerco más y leo la pequeña placa que hay debajo del cuadro:

Óleo perteneciente a un joven desconocido muerto durante un bombardeo alemán sobre un fuerte de la resistencia cerca de Estrasburgo en mayo de 1944. Se desconoce su relación con el circo y la modelo de su cuadro.

Me quedo de piedra y se me hiela la sangre. Una vez Noa me contó que Luc quería ser pintor. Yo no sabía que tuviera tanto talento. La imagen ha sido captada con gran detalle y se aprecia que el artista sentía mucho afecto por su modelo. Al observar la obra de Luc, me convenzo de que jamás habría abandonado a Noa.

Ella también me había dicho que Luc tenía intención de unirse a los maquis y que había acudido a un frente de la resistencia que no estaba lejos de la feria. Oigo entonces las bombas que lanzaron la noche de nuestra última función y entiendo por qué no pudo ir a buscarla. Noa y Luc murieron la misma noche, a pocos kilómetros de distancia, sin saberlo. Se me llenan los ojos de lágrimas que después resbalan por mis mejillas.

Me quedo mirando el cuadro de Noa, que está cubierto por un cristal para protegerlo del paso del tiempo.

—No te abandonó —susurro.

En el reflejo del cristal percibo que algo se mueve a mis espaldas. Detrás de mí hay una mujer con el pelo blanco. Pienso que es Noa, aunque sé que es imposible. Me doy la vuelta hacia la imagen, fantaseando con que ella está aquí y puedo pedirle perdón por todo lo que he hecho.

—¿Mamá?

—Petra. —Mi preciosa hija. Allí está, el bebé que tenía que haber perdido hace tantos años. Me llevo la mano al vientre y siento, como tantas otras veces a lo largo de los años, el golpe que estuvo a punto de arrebatármela. Mi pequeño milagro.

—¿Cómo es que sabía que te encontraría aquí? —No hay rabia en su voz. Solo una sonrisa en esos labios carnosos y unos ojos oscuros que siempre veré asomar detrás del maquillaje blanco. Actuando.

Al principio no era mentira que hubiese perdido al bebé. Había experimentado un dolor intenso y hemorragias la noche en la que el guardia me golpeó. Di por hecho que, después del golpe, habría abortado. Pero, pocos días más tarde, cuando estaba en el trapecio planteándome saltar al vacío, experimenté esas náuseas tan familiares. Me di cuenta al instante de lo que era: mi bebé, desafiante, que hacía por vivir.

No se lo dije a Noa; nunca habría aceptado el visado de haber sabido que yo seguía embarazada. No es que yo no quisiera ser libre y vivir por mi bebé. Sí que quería, tanto que casi podía saborearlo, pero Noa era más joven y no tan fuerte. Tenía que irse y llevarse a Theo consigo. Sin el circo, no le quedaría nada. Yo podría apañármelas, salir adelante, encontrar algún lugar donde actuar y sobrevivir. Pero ella apenas podía cuidar de sí misma y del niño con toda nuestra ayuda. No lo conseguiría de haber estado sola. Así que mentí.

Mi plan era bueno y habría funcionado de no ser por Luc y por el incendio. De haber existido ocasión de ponerlo en práctica. Pero ¿cómo comenzó el fuego? Con el pasar de los años me he preguntado si sería intencionado, provocado por algún trabajador contrariado del circo, o incluso por Emmet, que quería librarse de todo. Quizá fuera un trozo de metralla de las bombas. Sigo sin saberlo.

Al final dio igual. Fue el fuego y no la guerra lo que mató a Noa, con la misma arbitrariedad con la que a Herr Neuhoff le falló el corazón. No me quedó otro remedio que utilizar el visado y salvar a Theo.

Y a mi hija. Petra tiene los rasgos de su padre, pero es menuda como yo, cirujana de metro cincuenta para Médicos Sin Fronteras. Estiro el brazo por encima del cordón de terciopelo y le aparto el flequillo de los ojos como si tuviera seis años. Salvo que tiene el pelo completamente blanco. ¡Qué raro es ver envejecer a tu propia hija! Petra, nacida en Estados Unidos, no conoció las penurias que pasamos nosotros. Casi. Mi hija nació ciega de un ojo, única lesión derivada de los golpes que me infligió el guardia la noche que se llevaron a Peter.

Cuando Petra se acerca a darme un abrazo, alguien más alto aparece a sus espaldas.

—Mamá, sal de ahí. —Yo obedezco y me estiro para abrazar a Theo, que le saca una cabeza a su hermana y que tiene el pelo gris y rizado. Aunque no son hermanos de sangre, tienen unos rasgos bastante parecidos.

—¿Tú también has venido? —le pregunto con tono maternal—. ¿No tienes pacientes a los que atender?

—Vamos en *pack* —responde pasándole un brazo a su hermana por encima del hombro. Es cierto; no podrían estar más unidos.

Ambos son médicos. Petra, que no pudo escapar a los genes viajeros, recorre el mundo ejerciendo su profesión, y Theo, satisfecho con quedarse en un mismo sitio, es cirujano en un hospital en el mismo pueblo donde los crie, con su esposa y mis tres hermosas nietas, que ya son adultas también. Mis dos hijos, procedentes de lugares tan distintos y, sin embargo, tan parecidos entre sí. La medicina es para ellos una especie de negocio familiar, como lo fue el circo para mis hermanos y para mí.

Cierro el compartimento secreto del vagón con el trasero para que Petra y Theo no lo vean y dejo que ella me ayude a pasar al otro lado del cordón.

—¿Cómo habéis llegado hasta aquí tan deprisa? —le pregunto a Theo—. Me fui de Nueva York hace dos días.

—Fue pura suerte que yo estuviera en una conferencia en Bruselas cuando me llamaron de la residencia —me responde—. Llamé a Petra y ella vino desde Belgrado. —Petra pasa casi todo su tiempo en Europa del Este ayudando a los refugiados. Según parece, se siente atraída hacia esta parte del mundo de la que tanto luchamos por escapar.

Miro a mis hijos con cariño. En sus caras veo el pasado del mismo modo en que Drina veía el futuro: Peter está muy presente en nuestra hija y es casi como si caminara junto a mí. Theo no era hijo de Noa, pero logró absorber sus rasgos, casi por ósmosis, sus expresiones e incluso su manera de hablar. Ella lo quiso mucho durante los escasos meses en los que cuidó de él, y Theo no habría podido ser más suyo ni aunque hubiera sido su hijo biológico.

Y también hay otra cara que siempre se me aparece, aunque jamás llegué a conocerlo, nunca vi una fotografía. El hijo de Noa que le arrebataron al nacer. Lo veo junto a Theo y con frecuencia me pregunto cómo habría sido de adulto.

—Mamá... —La voz de Theo irrumpe en mis pensamientos—. Te has fugado de la residencia. Estábamos muy preocupados.

—Tenía que ver la exposición —respondo.

Theo da un paso atrás y se fija en el retrato de Noa.

—Es ella, ¿verdad? —pregunta con la voz cargada de emoción. Tanto Petra como él saben de la existencia de Noa. Se lo conté cuando tuvieron edad suficiente para entender la verdad. Pero los detalles sobre cómo había llegado ella al circo y sobre el otro hermano que podría seguir por ahí, en alguna parte... Bueno, hay cosas que es mejor que no se sepan nunca. Me limito a asentir con la cabeza—. Era preciosa.

—Preciosa —repito—. Más de lo que podríais imaginar. Lo pintó un joven a quien conoció cuando estaba en el circo. Apenas se conocieron, pero se amaron mucho. Nunca supe qué fue de él... hasta ahora.

Nos quedamos mirando el cuadro durante varios segundos sin hablar.

—¿Ya estás lista para irte? —me pregunta Petra.

—No —respondo con firmeza—. No estoy lista para irme.

—Mamá —dice Theo con paciencia, como si hablara con una niña—. Sé que el circo fue muy importante en tu vida, pero eso ya quedó atrás. Y es hora de irse a casa.

Yo me aclaro la garganta.

—Antes hay algo que debo deciros.

Petra frunce el ceño y me recuerda a su padre.

—No te entiendo.

—Venid. —Señalo hacia un banco que hay junto a la exposición. Me siento y les estrecho las manos para que se siente uno a cada lado—. Hay algo más que vosotros no sabéis. Antes de que encontrara a Theo, Noa tuvo un bebé.

—¿De verdad? —Petra no parece sorprendida en exceso. Esas cosas en la actualidad son algo normal y no suponen el escándalo de antes.

—Sí —respondo. Es el capítulo que falta en la historia, el que nunca se ha contado. Yo soy la única que lo sabe y no viviré mucho más. Tengo que contárselo ahora, para que la verdad no se pierda.

—Era una madre soltera y el padre un soldado alemán, así que el Reich le quitó al bebé. Ella nunca supo qué fue de él. Después te encontró a ti, Theo, y fue como una segunda oportunidad. Te quería como si fueras suyo —me apresuro a añadir dándole una palmadita en la mano—. Pero nunca se olvidó de su primer hijo. Siento no habéroslo contado antes. No me correspondía a mí contar ese secreto.

—¿Por qué nos lo cuentas ahora? —pregunta Petra.

—Porque no estaré aquí para siempre. Alguien ha de saber la historia para que perdure. —Vuelvo a mirar el cuadro de Noa—. Ya estoy lista.

Petra se pone en pie y me ofrece una mano.

—Entonces vamos.

Le estrecho la mano y nuestros dedos se entrelazan. Theo está al otro lado. Me inclino hacia él y agacha la cabeza hasta que nuestras frentes se tocan.

—Nos vamos los tres juntos de nuevo —les digo. Dejo que me saquen del museo y percibo las manos invisibles que nos guían.

NOTA DE LA AUTORA

Hace unos años, cuando me documentaba, me topé con dos historias increíbles en los archivos de Yad Vashem. La primera era el desgarrador relato de los «niños desconocidos»; un vagón lleno de bebés, arrebatados a sus familias para ser enviados a un campo de concentración, demasiado jóvenes incluso para saber cómo se llamaban.

La segunda fue la historia de un circo alemán que protegía a judíos durante la guerra. El Circo Althoff acogió a una joven judía, Irene Danner, procedente de otra familia circense. Varias partes de la historia me resultaron fascinantes. Primero descubrí que el circo no solo había dado cobijo a Irene Danner, sino también a su hermana y a sus padres. De hecho su padre, Hans Danner, no era judío, sino un soldado del ejército alemán. Cuando el ejército alemán le envió de permiso y le ordenó divorciarse de su esposa judía, él desafió la orden y se escondió con ella y con sus hijas. También descubrí que Irene Danner se enamoró de Peter Storm-Bento, un payaso que trabajaba en el Circo Althoff, y que tuvieron hijos.

Otra cosa que me intrigó mientras me documentaba fue la gran cantidad de dinastías circenses judías que abarcaron varios siglos, incluyendo la familia Lorch, de la que procedía la madre de Irene Danner. Había otras familias circenses, como los

Blumenfeld, que tenían diez hermanos o más actuando y dirigiendo el circo. Por desgracia fueron aniquilados por los alemanes.

Mientras leía las historias de los niños desconocidos y de los circos, supe que tenía que entrelazarlas de alguna manera. Y así creé la historia de Noa, una joven holandesa expulsada por quedarse embarazada y que, a pesar de encontrarse sola y sin dinero, reúne el valor para rescatar a uno de los bebés del tren. Le busqué una aliada en el personaje de Astrid, una trapecista judía a quien se le rompió el corazón cuando su marido no tomó la misma decisión valiente que tomara Hans Danner en la vida real, sino que en vez de eso renegó de su matrimonio.

El vagón de los huérfanos no es una biografía, y mi historia no es la de las familias circenses sobre las que investigué, sino una obra de ficción. Me he tomado grandes libertades con los números circenses y con la manera en que vivían y actuaban durante la guerra. Pero me inspiraron mucho las personas reales a las que conocí mientras me documentaba: me inspiró el amor de Irene Danner y de Peter Storm-Bento pese a la prohibición del Reich, me inspiró el valor con que Adolf Althoff, dueño del circo, acogía a los judíos y las ingeniosas maneras que tenía de esconderlos cuando venían los alemanes.

Cuando, en 1995, Adolf Althoff recibió el honor de ser nombrado Justo entre las Naciones por Yad Vashem, dijo: «La gente del circo no discrimina entre razas y religiones». Aunque se trate de una obra de ficción, me gustaría que este libro fuese un tributo al valor de todas esas personas.

AGRADECIMIENTOS

Con frecuencia digo que *El vagón de los huérfanos* es el libro que más me costó escribir y además en el momento más difícil. Lo segundo se debe a que escribí la novela mientras me enfrentaba a una importante enfermedad familiar, poniendo a prueba mi mantra de «puedo escribir pase lo que pase». El libro en sí fue más difícil de escribir que otros porque parte de la temática resultaba muy oscura. Me di cuenta, por ejemplo, de que para escribir la escena de los niños en el vagón iba a tener que meter figuradamente a mis propios hijos en ese tren. Aunque siempre estoy agradecida a quienes apoyan mi trabajo, esta vez me siento más en deuda por la enormidad de la tarea.

Aprender cosas sobre el circo fue todo un desafío y adquirí profundo respeto y admiración por el esfuerzo y la perseverancia necesarios en los números circenses, especialmente en los del trapecio. Muchas gracias a Suzi Winson, del Circo Warehouse, por sus conocimientos, su tiempo y su paciencia a la hora de explicarme cómo funciona el trapecio volante.

También estoy muy agradecida a Stacy Lutkus y a Aime Runyan por su ayuda con el alemán y el francés, respectivamente, y a mi fiel tabla de salvación, Andrea Peskind Katz. Sin embargo, los errores son solo míos.

Asimismo agradezco mucho haber podido trabajar por fin con la talentosa Erika Imranyi; hacía mucho que deseaba colaborar con ella y ha sido un sueño hecho realidad. Gracias también a Natalie Hallak, a Emer Flounders y a todo el equipo de MIRA Books, por su tiempo y su talento. Mi equipo ganador no estaría completo sin mi maravillosa agente Susan Ginsburg, de Writer's House, cuyo liderazgo y cuya visión son como una luz que guía mi carrera.

Me siento afortunada por formar parte de una estupenda comunidad literaria, tanto *online* como en persona. Lo único que me evita caer en la tentación de nombrarlos aquí a todos es la certeza de que me olvidaría de alguien. Pero estoy en deuda con los blogueros literarios, los bibliotecarios, los libreros, mis colegas escritores y los lectores, que me ayudan día a día.

Se requiere una nación entera para escribir cualquier libro, y *El vagón de los huérfanos* no ha sido menos. Doy las gracias a mi marido por su capacidad para cuidar de los niños; a mi madre y a mi hermano, que nos ayudan ocho días por semana; a mis suegros; a mis amigos; a mis compañeros de la Escuela de Derecho Rutgers. Y, sobre todo, doy gracias a mis tres pequeñas musas, sin las cuales nada de esto habría sido posible… ni habría merecido la pena.

CONVERSACIÓN CON PAM JENOFF

En la nota de la autora dices que te inspiraron los niños desconocidos, además de un circo alemán que daba cobijo a los judíos durante la Segunda Guerra Mundial. ¿Podrías profundizar un poco más en las razones personales que te llevaron a escribir estas historias?

Tanto la historia sobre los niños desconocidos como la del circo que rescataba a judíos las encontré en los archivos de Yad Vashem. Me intrigaron por motivos diferentes. Para empezar, siendo madre de tres niños pequeños, lo veo todo de un modo diferente. Cuando leí la historia de los niños desconocidos, esos bebés que les arrebataban a sus padres a una edad tan temprana, me quedé destrozada. Quería saber qué experimentaban esas familias. La idea era insoportable y aun así no pude mirar hacia otro lado.

El circo me fascinó por otros motivos. Aunque he pasado décadas documentándome sobre temas relacionados con la Segunda Guerra Mundial y el Holocausto, nunca antes había oído hablar de un circo que rescatara a judíos. Y, cuando empecé a documentarme, descubrí información igualmente interesante sobre circos judíos que habían prosperado durante siglos antes de ser exterminados por los nazis. Supe que estas dos historias se mezclarían de alguna forma.

Narrada desde la perspectiva de Astrid y de Noa, *El vagón de los huérfanos* **cuenta la historia de su amistad eterna y conmovedora. ¿Hubo alguna perspectiva que te resultó más fácil de escribir? ¿Tienes un personaje favorito en la historia?**

Intentar escoger entre personajes es como elegir un favorito entre mis hijos; no puedo hacerlo. Los quiero por igual, aunque de maneras diferentes. Astrid se acerca más a mi edad y era como la hermana que nunca tuve. También me fascinaba el hecho de que su marido nazi se hubiera divorciado de ella después de que el Reich se lo ordenara (algo basado en hechos reales).

Noa es más como uno de mis hijos y sentía pena por ella después de todo lo que había pasado siendo tan joven. Era un sentimiento de protección. Pero no demasiado, porque entonces agarras a esos personajes a los que tanto quieres y comienzas a hacerles cosas horribles. Ahí reside la diversión en la mente retorcida de un escritor...

Tus novelas suelen centrarse en relaciones que se desarrollan durante una época específica de la historia: la Europa golpeada por la guerra. ¿Qué es lo que te atrae de esa época y de ese escenario?

Mi interés por la Segunda Guerra Mundial se remonta a hace más de veinte años, cuando me enviaron a Cracovia, Polonia, como diplomática del Departamento de Estado. Estuve trabajando con temas relacionados con la guerra y me sentí muy unida con algunos de los supervivientes del Holocausto. Esas experiencias me marcaron y me llevaron a escribir.

También creo que ese periodo es un terreno muy fértil para contar historias. Mi objetivo como escritora es poner a mis lectores en la piel de mis protagonistas y que se pregunten: «¿Qué habría hecho yo?». La guerra, con sus circunstancias extremas y desesperadas, es perfecta para algo así.

Cuando comenzaste la novela, ¿tenías ya planificada de antemano la amistad de Astrid y Noa? ¿En qué te sorprendieron sus historias y cómo evolucionaron, si es que lo hicieron?

Tanto con El vagón de los huérfanos *como con mis libros anteriores, sé cuál es el punto de partida y suelo saber cómo acabará, pero suele ser la mitad lo que me sorprende. Por ejemplo, al principio del libro, Noa depende de Astrid, pero llega un punto en el que eso cambia y Astrid busca apoyo en Noa. Quizá haya algún detalle más sobre el final del libro que me sorprendió también, ¡pero no quiero desvelarlo aquí!*

¿Cuál fue tu mayor desafío al escribir *El vagón de los huérfanos*? ¿Y tu mayor placer?

Suelo decir que El vagón de los huérfanos *es «el libro que me rompió». Bromeo solo a medias. Diría que hubo dos desafíos principales. Primero, tardé mucho tiempo en aprender cosas sobre el circo y los números del trapecio. (Me muerdo las uñas y albergo la esperanza de haberle hecho justicia).*

Segundo, escribir sobre el tren lleno de niños desconocidos fue insoportable. Sabía que tenía que escribir esa escena (de hecho es la escena de arranque), ya que era lo que inspiraba el libro. Al mismo tiempo, no paraba de evitarlo. Al fin me di cuenta de que, para escribir con la profundidad suficiente, iba a tener que meter a mis propios hijos de manera figurada en ese tren. Es demasiado doloroso pensar en eso.

¿Podrías describir tu proceso creativo? ¿Escribes escenas de manera consecutiva o vas dando saltos hacia delante y hacia atrás? ¿Tienes un horario o una rutina? ¿Algún amuleto de la suerte?

Comienzo con una imagen o una escena en mi cabeza. Enciendo el ordenador y escribo todo lo que me venga a la cabeza, en el orden que sea, durante tres o cuatro meses. (Alguien dijo una vez que era como vomitar sobre la página. ¡Lo siento!). Luego, cuando tengo unas

60 000 palabras, el documento se vuelve inmanejable, así que empiezo a dividirlo en capítulos y le doy una estructura. Esa es la peor parte del proceso (el tiempo que tardo en editarlo es una locura) y no se lo recomiendo a nadie. Pero no sé hacerlo de otra forma.

Otra cosa que diría es que me gusta escribir todos los días. Soy una escritora de periodos breves. Si me das cuarenta y cinco minutos, los aprovecho bien, pero después de tres horas ya estoy agotada. El año pasado me autoimpuse un desafío de cien días para ver si podía escribir durante cien días consecutivos. Lo logré, contra viento y marea. Al finalizar los cien días, me sentía tan bien que continué sin más. Terminé El vagón de los huérfanos el día 299.